AF355087

Eufemia von Adlersfeld-Ballestrem

Der Amönenhof

e-artnow 2018

**Eufemia von Adlersfeld-Ballestrem**
Gesammelte Werke: Historische Romane, Krimis, Liebesromane & Erzählungen: Die weißen Rosen von Ravensberg, Die Falkner vom Falkenhof, Trix, Maria Schnee, ...Die Herzogin von Santa Rosa, Rosazimmer...

**Eufemia von Adlersfeld-Ballestrem**
Die Erbin von Lohberg (Detektiv Dr. Windmüller-Krimi)

**Eufemia von Adlersfeld-Ballestrem**
Tragödie im Palazzo Pavonazetti (Historischer Krimi): Gespensterjagd in den Straßen Roms

**Elisabeth Bürstenbinder**
Ein Gottesurteil (Historischer Roman)

**Elisabeth Bürstenbinder**
Gesammelte Liebesromane & Novellen: Frühlingsboten, Gesprengte Fesseln, Vineta, Ein Gottesurteil, Adlerflug, Glück auf!, Am Altar, ...Standpunkt, Der Lebensquell, Edelwild

*Eufemia von Adlersfeld-Ballestrem*

# Der Amönenhof

e-artnow, 2018
ISBN 978-80-268-8945-8

# Inhaltsverzeichnis

# 1. Kapitel

Friedrich XV., Herzog von Weißenfels, hatte seine Regierungsgeschäfte für heute erledigt, das heißt, er hatte seine schwungvolle Namensunterschrift unter ein halbes Dutzend Dokumente gesetzt und lehnte sich nun mit einem Gähnen in den bequemen Sessel vor seinem Schreibtisch zurück, das vielleicht unfürstlich, aber menschlich durchaus berechtigt war. Er durfte sich das gestatten, weil er sich allein in seinem Arbeitszimmer befand; er richtete dabei die Frage an das Schicksal, was er nun machen solle. Die durch seine Person vereinigten Herzogtümer von Weißenfels älterer und jüngerer Linie bezeichneten auf der Landkarte Deutschlands einen Flecken, den man bequem mit einem Fünfpfennigstück zudecken konnte; mithin war das »Regieren« derselben eine Arbeit, die sich im Maximalfalle über die Dauer einer Stunde pro Tag beim besten Willen nicht ausdehnen konnte. Die Residenzstadt mit ihrem imposanten Schlosse war ein kleines, verträumtes Nest, in dem das gesamte Militärkontingent des Landes in der Stärke eines ›Leib-Regimentes‹ Infanterie sein denkbar Möglichstes tat, um etwas Leben hineinzubringen. Der Hofstaat beschränkte sich auf wenige Hofchargen; die Empfänge im Schlosse waren Ereignisse, die sich unter dem Titel von zwei oder drei Hofbällen im Winter und ebensoviel Hofgartenkonzerten im Sommer in weiser Beschränkung abspielten. Man konnte also nicht behaupten, daß der Herzog und seine Gemahlin unter der Last ihrer Pflichten hätten zusammenbrechen müssen.

Friedrich XV., ein junger Mann, gähnte nochmals, daß Fafner, der Lindwurm in der Neidhöhle, ein Waisenknabe dagegen war, streckte seine langen Beine länger aus und murmelte:

»Was tun, spricht Zeus? Hm – tja! – reiten? Wenn man nur nicht immer diesen langweiligen, steifleinenen Adjutanten mitnehmen müßte! Verdirbt einem die ganze Landschaft, der Mensch – – was? Schon gleich fünf Uhr? Na, da wird man erst mal bei Elisabethchen 'ne Tasse Tee pietschen und sich dabei mit der schönen Theo 'n bißchen raufen.«

»Elisabethchen« aber war die reizende junge Gemahlin des Herzogs, und die »schöne Theo«, ihre Freundin, Gräfin Theodora Zimburg, die eben auf Besuch anwesend war. Wenn der Herzog mit dem Epitheton ornans »schön« eine gewisse Bewunderung ausdrückte, so darf man daraus beileibe keine falschen Schlüsse ziehen; denn er meinte das ganz im platonischen und harmlosen Freundschaftssinne. Friedrich XV. hatte seine Gemahlin aus reiner Liebe geheiratet. Er hatte sie auf einem Hoffeste in Berlin gesehen und ohne zu ahnen wer sie war, sich sofort sterblich in sie verliebt. »Die oder keine!« hatte er sich beim Anblick der anmutigen jungen Dame im Gefolge der Kaiserin gelobt, und – »sie und keine andere« wurde seine Frau. Die Verbindung mit ihr als der Erbin der jüngeren Linie Weißenfels war zwar von seiner, der älteren Linie, schon diplomatisch stark angestrebt, aber von ihm, als der Hauptperson, durch passive Resistenz abgelehnt worden. Als er sich ihr vorstellen ließ und dabei erfuhr, daß sie die gemiedene Erbin der jüngeren Linie war, die eben ihren ersten Flug in die Welt wagte, erleichterte das zwar nicht ganz unwesentlich sein fürstliches Gewissen, aber im großen und ganzen war es ohne Einfluß auf seine Gefühle. Da sie zum Glück rückhaltlos von der jungen Erbin erwidert wurden, so stand der Wiedervereinigung der seit ein paar Jahrhunderten getrennten Linien durchaus nichts mehr im Wege, und es wurde eine glänzende Hochzeit auf dem Weißenfels, der Stammburg des alten Geschlechtes, gefeiert.

Herzogin Elisabeth hatte ihre Erziehung in einer klösterlichen, sehr gründlich betriebenen Anstalt genossen und sich dort eng an eine Mitschülerin, die schon genannte Gräfin Theodora Zimburg, angeschlossen, die Tochter eines Generals, welcher außer seinem Gehalt wenig oder nichts besaß, aber es doch ermöglicht hatte, seinem einzigen Kinde eine gediegene und treffliche Erziehung in jener Anstalt zuteil werden zu lassen. Die beiden Freundinnen verloren fast gleichzeitig ihre Väter, wodurch Prinzeß Elisabeth Herzogin von Weißenfels jüngerer Linie und Gräfin Theo eine recht arme Waise wurde, die eine steinreiche Pate zu sich nahm, um ihr nicht lange darauf ihr ganzes Vermögen zu hinterlassen.

Nachdem Herzog Friedrich XV. also zu dem erleuchteten Entschlusse gekommen war, sich zu einem Spazierritt durch eine Tasse Tee bei seiner Gemahlin zu stärken, läutete er, übergab dem wartenden Kabinettssekretär die unterzeichneten Dokumente, und nachdem er sich im Spiegel überzeugt hatte, daß der Scheitel seines welligen Haares nichts von seiner Schönheit eingebüßt hatte, begab er sich nach den Privatgemächern der Herzogin und liebäugelte unterwegs noch ein wenig mit seiner Miniaturensammlung, die jedem Museum zur Zierde gereicht hätte, denn jeder Mensch hat zum mindesten ein Steckenpferd. Herzog Friedrichs Liebhaberei waren die Miniaturgemälde. Die reichlich gefüllten und wohlgeordneten Kästen bewiesen, daß er den Sport mit Geschmack und Verständnis betrieb. Erfrischt und immer wieder neu begeistert von dem Anblick seiner Schätze, durcheilte er sodann rasch die übrigen Räume seiner Privatwohnung. Das Vorzimmer seiner Gemahlin betretend, winkte er dem Lakaien vom Dienst ab, durchkreuzte ein paar Empfangszimmer und öffnete, ohne zu klopfen, die Tür zum Privatissimum der Herzogin, die tatsächlich allein mit ihrer Freundin vor einem reichlich besetzten Teetisch saß, bei seinem Erscheinen aber mit dem Ausruf aufsprang: »Friedel, du? Na, das ist doch mal ein gescheiter Einfall von dir!«, ihm ungeniert um den Hals fiel und ihm gleichzeitig ein Stück Kuchen, das sie gerade in der Hand hielt, in den Mund stopfte.

»Mmm!« machte der Herzog, wider Willen kauend, indem er sich den Magen strich und dann der lachend daneben sitzenden Gräfin Zimburg die Hand gab. »Hat unser Koch das zuwege gebracht?«

»Hat er, so unglaublich es scheinen mag«, nickte die Herzogin vergnügt. »Theo hat ihm das Rezept gegeben und ich den Befehl, es zu machen. Aber der Gute ist wie Mephisto: Ich mußte es dreimal sagen. Unser Hofkoch ist fürchterlich bockbeinig, lieber Friedel!«

»Ist er, mein Herzel«, bestätigte Friedrich XV., und seufzend setzte er hinzu: »Seitdem ich dieses schöne Land regiere, wünsche ich mir Knackwürste mit Meerrettich, aber gekriegt habe ich sie noch nicht, und Seine Hoheit der Erbprinz ist schon über ein Jahr alt.«

»Vielleicht ist der Herr Leibkoch der Meinung, daß Knackwürste für die Tafel Eurer Hoheit eine zu gemeine Speise sind«, bemerkte Theo lachend. »Ich werde Hoheit ein Postpaket dieser Delikatesse nebst einer Stange Meerrettich schicken.«

»Gräfin, Sie sind ein Engel! Aber, bitte, unter meiner höchsteigenen Adresse, sonst sehe ich doch nichts davon!« rief der Herzog mit Begeisterung. »Indes«, setzte er hinzu, den Kuchenteller zu sich heranziehend, »wir sind doch gottlob mal hier unter uns, und da wär's wirklich nett, wenn Sie die »Hoheit« schießen lassen und mich bei meinem ehrlichen Namen nennen wollten, wie wir's doch ausgemacht haben, nicht?«

»Gewiß, ich habe nur Angst, daß ich mich vor dem Hofstaat mal verplappern könnte. Die Gesichter möchte ich sehen, wenn ich Sie ›Friedel‹ nennen würde!« lachte Gräfin Theo, und das herzogliche Paar versicherte, daß sie das auch gern möchte. »Meine beschleunigte Abreise wäre die nächste Nummer des Programms!« setzte sie hinzu.

»Ach, und ich habe mir solche Mühe – vergebens! – gegeben, dich ganz hier festzuhalten!« jammerte die Herzogin. »Da hätte man doch mal eine Seele, mit der man ungeniert schwatzen und lachen könnte!«

»Wenn ich wüßte, unter welchem Titel wir Sie hier festhalten könnten, ich würde ihn durch allerhöchste Verfügung umgehend schaffen. Ich weiß es aber nicht«, sagte der Herzog.

»Vielleicht als Palastdame«, schlug die Herzogin vor. »Das wäre zwar hier eine neue Charge –«

»Worüber die Hühner des ganzen Landes Lachkrämpfe kriegen würden«, fiel die Gräfin Theo lustig ein.

»Nun, was das betrifft: Ich habe vorhin durch meine Unterschrift den Posten eines Oberhofmarschalls geschaffen, über den man sich bei den großen Höfen auch nicht schlecht lustig machen wird«, meinte der Herzog. »Das wäre dann in einem! Aber ich bin auch Ihrer Ansicht, Gräfin: Elisabeth hat viel mehr von Ihnen, wenn Sie von Zeit zu Zeit als Gast zu ihr kommen. Das ist ein unbestreitbarer Titel für einen intimen Verkehr und Ihre Selbständigkeit würde überdies durch jede mit den Haaren herbeigezogene Charge leiden. Ich bilde mir nämlich ein, für Sie wäre jede Abhängigkeit einfach unmöglich.«

Gräfin Theo lachte zwar zu dieser Behauptung, aber sie seufzte auch ein wenig hinterher, und dieses Gemisch von Gefühlen machte sie nicht minder anziehend, als sie es ohnedem sonst schon war. Wenn der Herzog sie bei sich »die schöne Theo« genannt hatte, so hatte er wirklich kaum zu viel gesagt. Ihre Bewegungen waren von jener natürlichen Anmut, die kein Tanzlehrer der ganzen Welt eindrillen kann. Von vollendeter Schönheit waren ihre großen, grauen Augen, mit den goldenen Lichtern darin in ihrer Umrahmung tiefdunkler Wimpern und Brauen, und dem frischen, freien und fröhlichen Ausdruck; und wenn Gräfin Theo lachte und dabei die schönsten weißen Zähne zeigte, dann war sie einfach unwiderstehlich.

»Ja«, gab sie nach jenem kleinen Seufzer zu, »ja, ich bekenne gern, daß die Selbständigkeit etwas sehr Schönes ist. Und doch – hätte mich nach Vaters Tode die Pate nicht zu sich genommen und zu ihrer Erbin gemacht, so wäre ich jetzt auch ein Glied in der langen Kette abhängiger Wesen. Elisabeth, du erinnerst dich gewiß noch an unsere Mitschülerin, die niedliche kleine Anna von Ried? Wir nannten sie scherzweise ›das Lumperl‹, weil sie so arg brav war. Der ist's recht schlecht gegangen, denn ihr Vormund hat ihr ganzes Vermögen verspekuliert, und nun schlägt sie sich tapfer als Sprachlehrerin durch. Eine Hilfe nimmt sie nicht an, – sie ist stolz wie Luzifer. Ich habe vor, sie aufzusuchen, wenn ich von hier abreise.«

»Oh, dann grüße das liebe Lumperl recht herzlich von mir!« sagte die Herzogin warm. »Könnte man denn wirklich gar nichts für sie tun?«

Der Herzog meinte nachdenklich: »Ihnen, Gräfin, möchte ich Energie keineswegs abstreiten – im Gegenteil, ich glaube, Sie haben davon mehr als genug. Aber Sie in einer abhängigen Stellung – nein, das wäre ein Ding der Unmöglichkeit. Keine drei Tage hielten Sie darin aus. Entweder würden Sie Ihrem Brotherrn den Stuhl vor die Tür setzen, oder –«

»Oder ich würde an die Luft gesetzt werden!« vollendete Theo halb lachend, halb empört. »Ich danke Euer Hoheit untertänigst für Ihre gute Meinung, aber ich – ich wette dagegen!«

»Sie haben gut wetten, da Sie nach menschlicher Berechnung nie in eine solche Lage kommen werden«, versetzte der Herzog lachend.

»Man kann nie wissen, wie die Feste fallen«, entgegnete Theo leise. »Die arme Anna von Ried war auch ein sehr wohlhabendes Mädchen, und wenn mir zum Glück ja kein unredlicher Vormund mein Vermögen verpretzeln kann, weil die Pate mich beim Antritt ihrer Erbschaft schon mit zwanzig Jahren mündig erklären ließ, so gibt es doch noch viele andere Fälle, bei denen man sein Geld verlieren kann. Gesetzt, es ginge mir so und ich käme in die Lage unserer Freundin, dann würde ich es genau so machen wie sie.« »Keine Spur! Dann kämst du zu uns!« rief die Herzogin lebhaft.

»Ob zu dir oder zu jemand anderem, bliebe sich gleich. Nach der gütigen Meinung deines Herrn Gemahls würde ich dann entweder von ihm – nach drei Tagen schon – oder sonst von wem hinausgeworfen werden, falls ich nicht vorher schon davonliefe!« – Der Herzog wollte sich vor Lachen ausschütten.

»Ich würde die Perle meiner Sammlung, das Miniatur der Jane Seymour von Holbein, gegen einen faulen Apfel wetten, daß die Herrlichkeit bald ein Ende hätte.«

»Und ich wette dagegen mein Miniatur der Ahne Amöne Zimburg von Schöpfer, um das mich Hoheit unverhohlen beneiden!« gab Theo rot vor Entrüstung zurück.

»Ach ja, den ›Schöpfer‹ hätte ich freilich gern«, erklärte der Herzog begeistert. »Schade, daß diese Wette nichts ist wie ein schöner Traum.«

»Hoheit sind wirklich ein Gemütsmensch!« meinte Theo, wider Willen lachend.

»Ja nun, wenn man einem Sammler den Mund auch so wässerig macht!« entschuldigte sich der Herzog. »Das kommt mir vor, als wenn man einem Hunde eine Wurst so hoch vorhält, wie er nicht springen kann. Elegant ist der Vergleich zwar nicht. Warum müssen wir uns eigentlich immer raufen, Gräfin?«

Die Herzogin fiel vergnügt ein: »Du sagst aber auch immer Dinge, Friedel, die meine arme Theo einfach zu heller Wut reizen müssen.«

»Na, Wut ist ja etwas zu viel gesagt«, lachte Theo, indem sie mit Behagen in ein Stück Kuchen biß.

»Solange dieser Zustand appetitreizend wirkt, ist er ja noch ganz gesund«, neckte der Herzog, indem er sich erhob. »Nachdem wir also unser tägliches Pensum erledigt haben, muß ich mich jetzt empfehlen; denn ich will noch einen ergiebigen Spazierritt machen. Also, nichts für ungut, Gräfin! Ja, fast hätte ich's vergessen, Sie zu fragen, ob der Graf Leo Zimburg ein naher Verwandter von Ihnen ist.«

»Er ist nur ein Namensvetter«, erwiderte Theo. »Die beiden Zimburger Linien sind schon seit Olims Zeiten ganz voneinander getrennt, – verfeindet, muß man sagen, und ein wahrer Lindwurm von einem Prozeß hat das zuwege gebracht. Der ist gewissermaßen zum Familienerbstück geworden, das ich dem Namen nach mit übernommen habe; von unserer Seite aus ist er aber während der letzten Generation wegen Mangel an Mitteln schlafen gegangen. Ich kenne die Existenz des Grafen Leo nur aus dem Gothaischen Almanach, – persönlich bin ich ihm nie begegnet. Warum fragten Hoheit?«

»Nur einer Notiz wegen, die ich kürzlich in der Zeitung fand und dir, Elisabeth, immer mitzuteilen vergaß«, erklärte der Herzog. Die Ruine Zimburg, der Stammsitz dieses Geschlechtes, liegt nämlich in der Nachbarschaft von Schloß Weißenfels, der Wiege unseres gemeinsamen Hauses, wie du weißt, und zu ihren Füßen Schloß Amönenhof, der frühere Besitz von Leo Zimburg. Er hat ihn an einen Großindustriellen, den ›Stahlkönig‹ Reudnitz, verkauft.«

»Ist es möglich?« rief die Herzogin überrascht. »Wieder einmal ein alter Familienbesitz, der in die Hände eines Neureichen gefallen ist. Wie schade! Ich erinnere mich sehr gut des alten Grafen, der ja eine Zeitlang Staatsminister von Weißenfels jüngere Linie war; ich weiß auch, daß die Rede davon war, daß es um die Finanzen des Amönenhofes nicht sonderlich gut stünde, weil Graf Leo, der Sohn des Ministers, viel verbraucht haben soll. Es tut mir leid, daß es zum Verkauf des Besitzes gekommen ist. Was mag aus Graf Leo geworden sein?«

»Er hat den Abschied genommen. Mehr weiß ich auch nicht«, erwiderte der Herzog. »Ich habe ihn in Berlin natürlich kennengelernt; er war ein netter Mensch – im besten Sinne. Näher bin ich ihm nicht getreten; er stand ja bei einem anderen Regiment. Ja, es tut mir leid, daß er, wie so viele andere, auch verkrachen mußte. Daß die Nachricht vom Amönenhof dich interessieren würde, wußte ich, Elisabeth. Ich erinnere mich übrigens auch des reizenden Schlosses am See. So, und nun aber muß ich mich wirklich empfehlen. Auf Wiedersehen!«

»Und was fangen wir jetzt an?« fragte die Herzogin, als sie mit ihrer Freundin wieder allein war. »Laß mal sehen – in – hm – ja, in einer Viertelstunde muß ich eine Abordnung von Damen empfangen, die mich um die Übernahme des Protektorats eines Wohltätigkeitsbasars bitten will. Ich habe nichts weiter dabei zu tun, als die fein säuberlich auswendig gelernte Ansprache der Präsidentin anzuhören und ein paar Worte zu erwidern; die Sache ist also nur ein kurzer Schmerz. Man nennt das ›regieren‹, Theo, mein Schatz! Ist diese Pflicht erledigt, dann könnten wir uns auch einen Happen frischer Luft gönnen und eine kleine Ausfahrt machen, wenn's dir recht ist.«

»Sehr recht ist mir's«, erklärte Theo bereitwilligst. »Soll ich mich jetzt zurückziehen?«

»Bewahre, – das hat Zeit, bis die Korona mir gemeldet wird. Eigentlich drückt mich nämlich eine – nun ja, eine etwas indiskrete Frage, die ich gerade an dich richten wollte, als Friedel herein platzte.«

»Immer heraus damit; unter Freundinnen gibt es doch keine indiskreten Fragen«, ermunterte Theo lächelnd.

»Nun, ich weiß nicht –«, meinte die Herzogin zögernd. »Es gibt Dinge, in die man sich das Hineintappen besser versagen sollte. Indes – kurz und gut: Irgendein kleines Vögelchen hat mir zugezwitschert: ›Eine Jungfrau, reich und schön, will nicht allein durchs Leben gehn‹, unter dem Hinweis, daß der dazu nötige andere Teil schon keine bloße Schattengestalt mehr ist.«

»Wenn man auf das alles hören wollte, was einem die bekanntlich sehr schwatzhaften ›kleinen Vögelchen‹ vorzwitschern, dann müßte man viel Zeit übrig haben«, fiel Theo abweisend ein, und weil sie dabei nicht rot, sondern blaß wurde, so zog die kluge Herzogin ihre Schlüsse daraus.

»Schade!« meinte sie enttäuscht. »Denn siehst du, liebes Herz, weil ich selbst doch so glücklich geworden bin, so wünsche ich dir so von ganzem Herzen das gleiche. Und man sagt, daß Baron Bergfried als Diplomat eine große Zukunft vor sich habe, daß er ein hervorragend kluger Mann ist und eine äußerst anziehende Persönlichkeit dazu.«

»Das alles ist nicht zu leugnen, aber – –« gab Theo zögernd zu. »Nun, ich will dir reinen Wein einschenken. Ich habe Baron Bergfried im Hause meiner Pate kennengelernt, wo er mich entschieden, sogar auffällig, ausgezeichnet hat; aber irgendein entscheidendes Wort hat er nie gesprochen. Die Pate erzählte mir, daß er nicht ganz mittellos ist, jedoch eben nur so viel hat, um sich damit in seiner diplomatischen Laufbahn zu halten; er hingegen wußte, daß ich ein armes Mädchen war, und mochte wohl auch gehört haben, daß die Pate ihren Reichtum einer Stiftung hinterlassen würde, was sie auch selbst überall erzählt hat, ehe ich zu ihr kam. Kein Mensch, ich am allerwenigsten, konnte vermuten, daß sie mich zu ihrer Universalerbin einsetzen würde. Als das aber bekannt wurde, trug Baron Bergfried mir seine Hand an, und ich – das ist wohl die Schattenseite des Reichtums –, ich wurde mißtrauisch und gab ihm einen Korb. Er hat das aber nicht für endgültig angesehen; denn unlängst erst hat er seinen Antrag wiederholt, und – ja, das ist eben alles.«

»Doch nicht so ganz, Liebste«, sagte die Herzogin mit einem leisen Lächeln. »Erstens fehlt dabei doch noch der Schluß, und dann drängt sich mir die Frage auf, wie es um dein eigenes Herz steht – – Liebst du ihn?«

»Das ist's ja eben – ich weiß es nicht!« erklärte Theo offen. »Ich will es unumwunden eingestehen, daß er mir sehr imponiert hat – sowohl durch seine universale Bildung und nicht gewöhnliches Wissen, als auch durch seine schöne, vornehme Erscheinung. Hätte er mich vor dem Tode der Pate gefragt, so würde ich ohne Bedenken ›ja‹ gesagt haben. Aber dieses in mir erwachte Mißtrauen hält allen seinen glänzenden Eigenschaften nun das Gegengewicht. Wenn ich ihn sehe, wenn ich mit ihm spreche, dann neigt das Zünglein der Waage ihm zu; aber es war sicherlich kein kluger Diplomatenzug, daß er mir beide Anträge schriftlich gemacht hat; denn ist er mir aus den Augen, dann schnellt er in der Waagschale meiner Gefühle federleicht empor, und die andere zieht das Mißtrauen, daß es mein Geld ist, um das er wirbt, bleischwer herab. Und ich weiß auch nicht, ob er aufrichtig ist.«

»Also hast du ihm wieder einen Korb gegeben?« fragte die Herzogin nach einer kleinen Pause.

»N–nein, noch nicht«, erwiderte Theo zögernd. »Ich habe mir Bedenkzeit ausgebeten, und er hat sich dareingefügt. Eine Frist ist nicht ausgemacht, – die hat er mir offen lassen müssen. Ach«, setzte sie mit einer Bewegung der Ungeduld hinzu, »ich wollte, ich könnte ihn auf die Probe stellen, wie er's meint. Aber wie soll ich denn das anfangen? Die Zeiten sind vorbei, wo die Ritterfräulein ihren Freiern die Aufgabe stellten, um schmale Burgmauern zu reiten, mit Drachen zu kämpfen und andere gefährliche Liebesbeweise verlangten. Mir fällt rein gar nichts ein, was man als Ersatz dafür ansehen könnte. Und ich weiß auch selbst wahrhaftig nicht, ob ich mir's wünschen möchte, daß er eine solche Probe besteht – es ist zum Davonlaufen!«

Ein leises Klopfen unterbrach hier das Gespräch; das der Herzogin viel interessanter war als die Meldung, daß die Damen im Salon versammelt seien; mit einem herzlichen: »Auf Wiedersehen denn in einer halben Stunde!« trennten sie sich von ihrer Freundin, um ihren Pflichten als Landesmutter zu genügen.

## 2. Kapitel

Am Mittagstische des Kommerzienrats Jakob Reudnitz auf Amönenhof herrscht jene gewitterschwüle Stimmung, die man als »ungemütlich« zu bezeichnen pflegt. Wenn der Kreis groß ist
und dazwischen ein Mitglied der Tafelrunde mit der Miene eines Schlachtopfers sitzt und das
tut, was man gemeinhin ›maulen‹ nennt, dann braucht die allgemeine Gemütlichkeit darunter
nicht zu leiden, sondern nur die des ›Maulenden‹; besteht aber der ganze Kreis nur aus drei
Personen, dann regiert die Ungemütlichkeit in vollstem Umfang und ungeschwächt.

Dem Kommerzienrat, einem mittelgroßen und etwas schmächtigen älteren Herrn mit ange-
grautem Haar und kurzgeschnittenem, fastweißem Vollbart hätte ein oberflächlicher Beobachter
kaum den zielbewußten Charakter angesehen, durch den er sich vom schlichten Schlossergesellen zum weltmarktbeherrschenden Großindustriellen emporgearbeitet hatte. Er tat mit schöner
Beharrlichkeit so, als merkte er nichts von einer herrschenden Ungemütlichkeit, aber aus dem
Hause schaffte er sie damit doch nicht, besonders, da die Urheberin dieses Zustandes ihrerseits
so tat, als säuselte der Wind in den Blättern, wenn er das Wort an sie richtete. Natürlich kann
das nur ein weibliches Wesen zuwege bringen; denn ein Mann, und wäre er der allergrößte
Ekel, wäre niemals imstande, mit Ausdauer die ›geknickte Lilie‹ zu spielen. In ihrem bürgerlichen Dasein hieß sie Cordula, Freiin von Ganting, Gan-Erbin auf Burg Ganting, und war die
Schwester der etwa vor zwei Jahren verstorbenen Frau Reudnitz; seitdem vertrat sie aus eigener Machtvollkommenheit bei dem Kommerzienrat die Stelle der fehlenden Hausfrau und war
zugleich die Ehrendame seiner Tochter. Ihre Nichte, ein achtzehnjähriges, bleichsüchtig und
verschüchtert aussehendes schmächtiges Mädchen, mit einem kleinen, schmalen Gesichtchen,
das zwar nicht absolut reizlos, aber herzlich unbedeutend war, saß wie ein naß gewordener, junger Spatz zwischen Vater und Tante, Sie ließ ein Paar allzu hellblaue Augen ängstlich zwischen
beiden hin und her irren, ungewiß, ob sie für die eine oder die andere Partei eintreten durfte
oder sollte, ob eins von beiden das etwa von ihr erwartete oder ob übersehen zu werden, die
Rolle, die sie zweifellos spielte, nicht der bessere Teil sei.

Der Casus belli aber, der diese ungemütliche Stimmung schon seit mehr wie einer Woche
ausgelöst hatte, war eine dritte, oder besser gesagt, vierte Person, die an der ganzen Sache so
unschuldig war, wie ein Säugling im Steckkissen – eine Person, deren Erscheinen noch dazu
für heute fällig war. Der Kommerzienrat hatte nämlich eines schönen Tages ohne vorbereitende
Umschweife erklärt, daß er für seine Tochter Sabine eine junge Gefährtin und Gesellschafterin
gesucht und gefunden und zunächst für die Sommermonate verpflichtet habe; demgemäß sei
ein Zimmer, das er genau bezeichnete, neben dem seiner Tochter gelegen, zur Aufnahme der
jungen Dame, Fräulein Anna von Ried, herzurichten, damit es bei ihrer Ankunft an dem und
dem Tage bereit sei.

Das leichte Erröten freudiger Überraschung, das sich bei dieser Ankündigung über Sabinens
blasses Gesichtchen ergossen, wich umgehend einer erschrockenen Blässe, als die Tante, die sich
von ihrem ersten Erstaunen rasch erholte, zornesrot auffuhr: »Was? Ohne mich zu fragen, ohne
eine so wichtige Angelegenheit vorher mit mir zu besprechen, hast du hinter meinem Rücken,
über meinen Kopf weg eine – eine Gesellschafterin für Sabine engagiert?«

»Sehr richtig«, hatte der Kommerzienrat mit der Seelenruhe bestätigt, die er überhaupt während der ganzen kritischen Tage nie verloren hatte. »Ich begreife nur nicht ganz, was dich zu
diesem Erstaunen veranlaßt; denn Sabine ist doch meine Tochter, und meine Sache ist es demnach, für sie zu tun, was ich für gut und richtig halte.«

»Nun, Sabine ist aber auch meiner einzigen, verewigten Schwester Kind, bei dem ich seit
zwei Jahren Mutterstelle vertrete – ein Amt, das meine Schwester mir sterbend anvertraut hat!«
versetzte Fräulein von Ganting heftig.

»So? Das ist mir neu! Hast du das schriftlich?« erkundigte sich der Kommerzienrat mit uner-
schütterlicher Ruhe. »Da meine liebe Frau leider unerwartet starb, als du zufällig mal nicht auf
Besuch bei uns warst, muß sie dir also dieses Amt schriftlich übertragen haben; es wäre mir
sehr lieb, wenn du mir dieses wichtige Dokument mal zeigen wolltest. «

»Ich – ich habe den Wunsch auf ihren erkalteten, stummen Lippen gelesen«, murmelte sie nach einer Pause unleugbarer Verlegenheit.

»Aha! Na, dann hast du mehr gelesen, wie ich; denn mit noch warmen Lippen versicherte mir deine Schwester, daß sie mir Sabine getrost zurücklasse, da sie mich für einen guten Vater hielte. Du warst ja dabei, Sabinchen, und kannst es der Tante bestätigen«, erwiderte Reudnitz. »Was nun meine Gründe anbelangt, die mich zu diesem Schritt bewogen haben, so liegen sie auf der Hand: Du und ich, wir sind über die erste Jugend heraus – eine Tatsache, die du anerkennen wirst, namentlich da du die ältere Schwester meiner seligen Frau bist. Jugend aber braucht Jugend, und darum ist es dringend geboten, daß mein Mädel die Gesellschaft einer Altersgenossin erhält, bevor sie unrettbar geistig verhuzelt. Ist das klar?«

Wieder leuchtete es in Sabinens Augen freudig auf; die kluge und berechnende Tante Cordula aber beging eine jener Dummheiten, denen auch der klügste oder »gerissenste« Mensch stellenweise unterworfen ist: Sie brach in Tränen aus.

»Daß du mir auch noch mein Alter vorwerfen mußt!« schluchzte sie. Nun aber war Reudnitz nichts so verhaßt, als ›ein Geheule um jeden Quark‹. Solche Tränen machten ihn nicht weich, sondern erreichten bei ihm nur das genaue Gegenteil der beabsichtigten Wirkung.

»Quatsch!« brummte er ziemlich deutlich in seinen Bart und setzte laut hinzu: »Das nennt man einen Grund zum Heulen mit den Haaren herbeiziehen, liebe Schwägerin! Laß es, bitte, bei diesem ersten Versuch bewenden; denn deine Tränen werden nicht das geringste ändern. Soweit mußt du mich endlich doch kennengelernt haben, daß ich nichts unüberlegt zu tun pflege.«

Cordula mußte wohl eingesehen haben, daß sie einen falschen Schachzug getan hatte; denn sie trocknete hastig ihre Augen und setzte das Gefecht auf einer anderen Seite fort.

»Ich möchte bestreiten, daß eine total fremde Person, von der wir absolut nichts wissen, eine geeignete Gesellschaft für ein so sorgsam behütetes Wesen, wie Sabine, ist«, sagte sie gereizter, als sie zeigen wollte.

»Bin ich von heute und gestern, daß du mir zutraust, keine Erkundigungen über eine Person einzuziehen, die ich meinem Kinde zur Gefährtin geben will?« fragte Reudnitz lachend. »Habe ich dir wirklich solch einen – harmlosen Eindruck gemacht? Das spricht nicht sehr für deine Beobachtungsgabe, aber ich kann dich darüber vollständig beruhigen. Nicht nur, daß ich über Fräulein von Rieds Familie, Vorleben, Charakter und Fähigkeiten sehr befriedigende Referenzen besitze, ich habe neulich sogar ihre persönliche Bekanntschaft gemacht und bin überzeugt, daß sie Sabine und dir ebenso gut gefallen wird, wie sie auf mich den besten Eindruck gemacht hat. Das genügt wohl.

»Es genügt mir nicht«, erklärte Fräulein von Ganting scharf. »Nun wir werden ja sehen, was dabei herauskommt. Das Ende vom Liede wird sein, daß du in die Netze einer schlauen, berechnenden Intrigantin fällst, und – nun, du wirst ja verstehen, was ich meine, ohne daß ich es ausspreche. Ich protestiere gegen diese Gesellschafterin, denn ich kenne die Sorte zur Genüge.«

»Schön! Ich nehme deinen Protest zur Kenntnis«, schmunzelte der Kommerzienrat. »Deine Kenntnis ›dieser Sorte‹ soll dir unbestritten bleiben, da du ja selbst in deinen jüngeren Jahren zu ihrer Zunft gehört hast, und natürlich über ihre Zwecke und Ziele genau Bescheid wissen mußt. Tja – man sucht bekanntlich niemand hinterm Ofen, wenn man nicht selber dahinter gesteckt hat.«

Ehe Tante Cordula, feuerrot geworden, eine Erwiderung finden konnte, war Reudnitz aufgestanden und zur Tür gegangen, wo er sich nochmals umdrehte und sehr betont sagte:

»Was deine Gefühle in dieser Sache auch sein mögen, werte Schwägerin, und so wenig verständlich mir dein Widerspruch ist – eins erwarte ich mit Nachdruck von dir: nämlich, daß Sabine nicht systematisch gegen eine Gefährtin aufgehetzt wird, ehe diese den Fuß auf meine Schwelle gesetzt hat. Ich hoffe, du hast mich verstanden! Komm, Sabinchen, wir wollen eine Kahnfahrt miteinander machen.«

Der Spieß, den der Kommerzienrat so wirkungsvoll gegen seine Schwägerin umgedreht hatte, verbesserte ihre Laune nicht, wie man sich leicht vorstellen kann. Ihr Widerstand gegen ein fremdes Element im Hause erklärte sich leicht daraus, daß sie dadurch nicht ganz ohne Berechtigung eine Verminderung ihres Einflusses auf ihre Nichte fürchtete, deren Wille bisher ganz unter dem ihrigen gestanden hatte, weil sie dem jungen Mädchen überhaupt keine Gelegenheit gestattete, einen eigenen Willen bei sich zu entdecken oder gar zur Geltung zu bringen. Cordula hatte seit dem Tode ihrer Schwester im Hause ihres Schwagers, den sie seiner bescheidenen Herkunft wegen entschieden für minderwertig hielt, mit souveräner Gewalt geherrscht, und seine Duldung des Status quo ihrer überlegenen Stellung zugeschrieben, dem Übergewicht der Aristokratin gegenüber dem Plebejer. Denn der Adelsstolz war eine ihrer hervorstechendsten Eigenschaften, und nie vergaß sie zu betonen, daß sie Gan-Erbin von Burg Ganting war. Daß sie als ein blutarmes Mitglied dieser ehedem freiherrlichen aber längst stark herabgekommenen Familie in deren Stiftung auf Burg Ganting eine höchst bescheidene Unterkunft gefunden, nachdem sie ihre Jugend und den größten Teil ihrer reiferen Jahre als Gesellschafterin in fremder Dienstbarkeit zugebracht hatte, tat ihrem Stolz auf ihre Gan-Erbschaft keinen Abbruch. Daß ihre jüngere Schwester sich herabgelassen, einen »Emporkömmling« zu heiraten, verurteilte sie zwar vor jedem, der's hören wollte, es hinderte sie aber durchaus nicht, sich möglichst oft an den Fleischtöpfen ihres Schwagers niederzulassen und endlich ganz daran Platz zu nehmen.

Cordula von Ganting war eine sehr stattliche Erscheinung; ihre stolzen, regelmäßigen Züge, die eine auffallende Ähnlichkeit mit der bekannten Büste der jüngeren Agrippina hatten, wären auch heute noch schön zu nennen gewesen, hätte sie nicht der leider recht weit verbreiteten Untugend gehuldigt, sich durch künstliche Mittel verjüngen zu wollen. Sie puderte sich ihr Gesicht, färbte sich ihre feingeschnittenen Lippen rot, und trug dazu noch eine kastanienbraune, schön frisierte Perücke, deren Preis ein riesiges Loch in ihre Ersparnisse gerissen haben mußte. Natürlich täuschte sie mit diesen Künsten niemand anders, als sich selbst; denn der natürliche Verfall der Züge wird durch künstliche Mittel nicht verhüllt, sondern nur um so auffallender.

Nach der ersten Schlacht, die Cordula mit ihrem Schwager um die Herrschaft über ihre Nichte geschlagen und verloren hatte, zog sie andere Saiten auf. Zunächst spielte sie die Rolle der Beleidigten, wozu sie nach seinem direkten Angriff Berechtigung zu haben glaubte und in seinen Augen wohl auch haben durfte; denn als er sie zum ersten Male danach wiedersah, gab er ihr die Hand und sagte gutmütig, wie er überhaupt war:

»Na, nichts für ungut, Schwägerin! Laß dir's zur Lehre dienen, daß man die Leute nicht reizen soll. Ich bin wahrhaftig der letzte, der jemand etwas vorwerfen würde, was ihm eigentlich nur zur Ehre gereichen kann. – Im übrigen bleibt's natürlich dabei.«

Cordula war viel zu klug und zu berechnend, um nicht einzusehen, daß dies eine Entschuldigung sein sollte, und daß es unweise wäre, sie nicht für eine solche anzunehmen. Da sie darnach die Rolle der Beleidigten nicht mehr spielen konnte, fiel sie auf die der »geknickten Lilie«. Sie sprach nicht, sie aß nicht – wenigstens nicht, wenn der Kommerzienrat dabei war – sie tat, als hörte sie nicht, wenn er mit ihr sprach, und zeigte sich ständig mit geröteten Augenlidern, deren Farbe höchst verdächtig der ihrer Lippen glich, nur etwas weniger stark aufgetragen. Damit erreichte sie auch, daß Reudnitz sie nach ein paar Tagen fragte, »was denn los sei? Ob ihr etwas fehle?« Und nach einem geschickten Zögern gestand sie, »es zehre an ihr, daß man ihr Sabine entfremden und entziehen wolle«.

»Stuß!« hatte der Kommerzienrat darauf gesagt und keine Notiz mehr von ihr genommen. Da sie aber der Meinung war, daß steter Tropfen den Stein höhlt, und die Zeit zudem drohend vorrückte, so beharrte sie in ihrer Rolle und erreichte damit glücklich jenen Zustand permanenter Ungemütlichkeit, von dem in dieser wahren Geschichte bereits die Rede war, ohne jedoch damit zu erreichen, was sie wollte.

Die ungemütliche Mittagsmahlzeit verlief genau nach dem Schema ihrer Vorgänger, seit die bevorstehende Ankunft von Fräulein von Ried als drohende Wolke den Horizont des Amönenhofs verdunkelte. Fräulein von Ganting schien den Höhepunkt ihrer melancholischen Niedergeschlagenheit erreicht zu haben, und wenn sie bisher von den ihr gereichten Speisen ein Minimum genommen, um es dann auf ihrem Teller unberührt liegen zu lassen, so lehnte sie heute auch das ab, so daß Sabine, die bisher nur eine stumme Zuschauerin war, nicht umhin konnte, ängstlich zu bemerken, »daß Tante es wirklich doch so nicht weiter treiben könnte, ohne ernstlichen Schaden an ihrer Gesundheit zu nehmen«. Kaum aber, daß Tantchen mit einem wehmütigen Lächeln und vielsagendem Kopfschütteln ihre Meinung mit ersterbender Stimme durch ein »Laß mich, Kind!« eingeleitet hatte, bemerkte der Kommerzienrat gemütlich:

»Zum Essen muß man niemand zwingen, Sabine, wenn er keinen Appetit hat. Die menschliche Natur weiß in solchen Fällen am besten, was ihr not tut. Wenn ich mir aber einen Rat erlauben darf, so wäre es der, es einmal mit Rizinusöl zu probieren.«

Cordula faltete ergeben ihre immer noch schönen, weißen, wohlgepflegten Hände, an denen einige alte Gantingsche Familienringe blitzten, und schlug ihre dunklen, schimmernden Augen zur Decke auf.

»Mir bricht das Herz, und dagegen wird mir – nein, ich kann es nicht wiederholen, was, verordnet!« hauchte sie im Theaterflüsterton.

»Siehste, das ist auch ein Zeichen innerer Störungen«, meinte Reudnitz teilnehmend. »Der Franzose nennt solche Zustände sehr treffend ›mal du coeur‹, weil man dabei das Gefühl des Herzbrechens hat. Solltest du kein Rizinusöl besitzen, – ich habe welches in meiner Hausapotheke. Es war das Allheilmittel meiner Mutter selig. Gut schmeckt's ja nicht, aber wenn man schwarzen Kaffee nachtrinkt, dann –«

Weiter kam er mit seiner Belehrung nicht, denn der Diener trat ein und überreichte ihm ein Telegramm. Reudnitz aß ruhig seine Erdbeeren auf, öffnete dann die Depesche, las sie, las sie noch einmal, machte dann »Hm!«, sah sich im Kreise um und zog die Augenbrauen hoch, was bei ihm immer ein Zeichen war, daß irgend etwas nicht ganz nach Wunsch ging.

»Doch nichts Unangenehmes, Vater?« fühlte Sabine sich verpflichtet ängstlich zu fragen.

»Hm!« machte der Kommerzienrat noch einmal. »Wie man's nehmen will. Telegraphiert mir da ein Sanitätsrat – wie heißt er? Müller! – ›Anna von Ried an typhösen Erscheinungen erkrankt im Städtischen Hospital. Krankheitsdauer unbestimmbar, voraussichtlich für längere Zeit dienstunfähig. Stellvertreterin mit besten Referenzen trifft wie verabredet Amönenhof ein‹ – Da haben wir die Bescherung.«

»Die Arme!« wagte Sabine ihrer Teilnahme Worte zu geben.

» Ja, ja! Natürlich tut mir das arme Mädel auch sehr leid«, rief Reudnitz ungeduldig. »Mit der ›Bescherung‹ meinte ich ja auch nur –«

»Die Stellvertreterin«, fiel Tante Cordula mit wesentlich gestärkter Stimme ein. »Kennst du diese – Ungenannte?«

»Woher soll ich sie denn kennen? Man macht doch kontraktlich nicht gleich eine Stellvertretung aus, wenn man eine Person engagiert!« rief der Kommerzienrat heftig, fuhr aber dann ruhiger fort: »Es ist ja sehr nett und rücksichtsvoll von dem armen Mädel, daß sie einen nicht im Stich lassen will und gleich einen Ersatz abschickt, aber eigentlich – na ja, eigentlich hätte dieser Sanitätsrat doch erst anfragen müssen, ob's einem auch recht ist. Gegenorder nützt nichts mehr, denn der Ersatz, wer immer es auch ist, muß schon seit zwei Stunden unterwegs sein und trifft in weiteren zwei Stunden und zwanzig Minuten auf der Station Weißenfels ein. Hm! Da bleibt nichts anderes übrig, als daß ich selbst zur Abholung fahre; das heißt, ich werde mir die Stellvertreterin mal erst ansehen und ihr auf den Zahn fühlen. Ist nichts mit ihr, dann gibt man ihr das Reisegeld und meinetwegen auch eine Entschädigung und schickt sie mit dem nächsten Zuge wieder zurück. So wird's gemacht.«

»Ich will dir das sehr, sehr gern abnehmen, lieber Jakob«, sagte Tante Cordula liebenswürdig und mit scheinbar ganz wieder hergestellten Lebensgeistern.

»Ich danke vielmals, aber der liebe Jakob wird sich sehr, sehr gern selbst bemühen«, erwiderte Reudnitz verbindlich und kniff dabei ein Auge zu. »Erstens habe ich volles Vertrauen zu meiner Menschenkenntnis, und zweitens ordnet ein Mann Geschäftsfragen, wie sie sich notgedrungen ergeben, falls die Dame mir irgendwie nicht passen sollte, entschieden besser. Ich habe auch darin einige Erfahrung. Und drittens – überhaupt! Ich fürchte nämlich, daß die Ungenannte unter keinen Umständen Gnade vor deinen Augen finden dürfte.«

Ohne eine Antwort abzuwarten, legte der alte Herr seine Serviette zusammen und stand auf.

»Schlage meinen Rat nicht ohne weiteres mit jugendlichem Übermut in den Wind, Cordula, sondern nimm Rizinusöl«, schmunzelte er mit funkelnden Äuglein und entfernte sich, um bei einer Zigarre die neue Lage mit Ruhe zu überlegen.

Nicht ohne eine gewisse Spannung fand er sich mit seinem Auto zu dem mit Fräulein von Ried verabredeten Schnellzuge auf der Station des Städtchens Weißenfels ein. Über seiner Handvoll Häuser mit dem uralten Rathaus in der Mitte, thronte auf waldigem Hügel die Stammburg und ehemalige Residenz der jüngeren Linie der nun vereinten Herzogtümer Weißenfels malerisch und imponierend.

Der Reiseverkehr von Weißenfels ist auch zur Zeit, da Sommerfrischler gern das idyllisch gelegene Städtchen aufsuchen, nicht gerade überwältigend, und da aus dem heransausenden Schnellzuge nur drei Personen ausstiegen, zwei Geschäftsreisende und eine Dame, so wurde es dem Kommerzienrat leicht gemacht, die Erwartete gleich festzustellen. Das tat er denn auch mit einem nur halb unterdrückten »Donnerwetter noch mal!«

Man macht sich von unbekannten Personen, mit denen man zusammenkommen soll, gern vorher ein ungefähres Bild, und dieses hatte bei Reudnitz sonderbarerweise die Gestalt einer eckigen und etwas ruppig aussehenden, »älteren jungen Dame« angenommen. Die Dame, die ihm auf dem Bahnsteig entgegentrat, sah wirklich wie das aus, was man unter dieser Bezeichnung versteht, vor allem aber war sie das Bild blühender Jugend, keineswegs »eckig« und von einer Schönheit, welche die mehr liebliche Erscheinung der erkrankten Anna von Ried sehr in den Schatten stellte.

Tannenschlank, im einfachen, aber tadellos gearbeiteten grauen Kostüm mit weißer Hemdbluse wäre sie bei ihrer aufrechten Haltung selbst im Gedränge nicht leicht zu übersehen gewesen. Der Kopf mit dem wundervollen, wie reife, goldene Ähren leuchtenden Haar unter dem einfachen Panamahut aber war wirklich bezaubernd; das reine Oval des Gesichtes wurde belebt und anziehend durch den Ausdruck innerer, echter Liebenswürdigkeit und Klugheit.

»Donnerwetter!« murmelte der Kommerzienrat noch einmal vor sich hin, und indem er den Hut zog, trat er ihr in den Weg und sagte mit leichter Unsicherheit: »Mein Name ist Reudnitz. Ich habe doch das Vergnügen, die – die Stellvertreterin von Fräulein von Ried vor mir zu sehen?«

»Ja, die bin ich«, erwiderte die junge Dame ohne jede Verlegenheit. "Es ist wirklich sehr liebenswürdig von Ihnen, daß Sie selbst gekommen sind, Herr Kommerzienrat. Da ich nichts über eine Abholung erfahren hatte, so habe ich mich schon gefragt, wie man eigentlich nach Amönenhof gelangen könnte – per pedes oder mit Wagen.

»Letzteres ist unter Umständen wegen der Entfernung von reichlich zehn Kilometern vorzuziehen«, versetzte Reudnitz mit wachsendem Wohlgefallen; denn auch die wohlklingende Altstimme der immer noch Namenlosen tat seinem Ohre wohl. Aber er wollte und durfte sich nicht ohne weiteres durch solche Äußerlichkeiten beeinflussen lassen und setzte hastig hinzu: »Wenn es Ihnen also recht ist Fräulein – hm – Fräulein – –«

»Ich heiße Theodora Zöllner«, fiel sie lächelnd ein.

»Ah!« machte der Kommerzienrat. »In dem Telegramm des Sanitätsrats Müller war nämlich kein Name genannt. Tatsächlich nicht; es ist wohl in der Eile übersehen worden. Also, wenn es Ihnen recht ist, Fräulein Zöllner, dann wollen wir zunächst mal hier in den sogenannten Wartesaal erster Klasse eintreten und uns mit einer Tasse Tee, die ich dorthin bestellt habe, für den staubigen Weg nach Amönenhof stärken.«

»Und dabei erst mal schauen, wes Geistes Kind ich bin«, vollendete sie lachend. »Aber natürlich wollen Sie das, und ich finde es auch ganz gerechtfertigt. Wenn einem jemand so ohne Vorrede ins Haus geschickt wird, wie ich, da will man doch wissen, was das eigentlich für ein Geschöpf ist.«

»Nun«, meinte Reudnitz schmunzelnd, indem er die Tür zu dem wenig einladenden Raum öffnete, in dessen Mitte ein sauber gedeckter Teetisch stand. »Sie scheinen jedenfalls eine junge Dame zu sein, mit der sich's reden läßt. Da Sie die Sachlage ohne jede Ziererei beim rechten Namen nennen, so stehe ich nicht an zu sagen, daß mir das gefällt, ausnehmend gefällt. Vor allem aber: Welche Nachrichten bringen Sie von Fräulein von Ried mit?«

»Leider keine guten«, erwiderte Fräulein Zöllner, indem ein Schatten über ihr Gesicht flog.
»Sanitätsrat Müller fürchtet, daß es im besten Falle eine langwierige Sache werden wird – – –
Und das bringt mich auch gleich zu der Erklärung, die ich Ihnen schulde. Ich kam auf der
Durchreise nach meiner Heimat nach X. mit der Absicht, meine Schulfreundin Anna von
Ried aufzusuchen und ein paar Tage mit ihr zu verleben. Ich wußte natürlich, daß sie nach
dem Verlust ihres Vermögens durch einen gewissenlosen Vormund mit Sprachunterricht ihren
Lebensunterhalt verdiente, aber es war mir unbekannt, daß sie inzwischen – zunächst für den
Sommer – eine Stellung als Gesellschafterin Ihrer Tochter, Herr Kommerzienrat angenommen
hatte und dadurch in die Lage kam, den Ausfall der Stunden durch die Reisezeit nicht nur aus-
zugleichen, sondern durch den Landaufenthalt auch ihre Gesundheit zu stärken, die in letzter
Zeit schon viel zu wünschen übrig ließ. Tatsächlich fand ich das arme Ding in einem Zustand
vor, der mich mit größter Besorgnis erfüllte; denn sie hatte meines Erachtens starkes Fieber
und klagte auch über fast unerträgliche Kopfschmerzen. Trotzdem packte sie ihren Koffer, das
heißt, sie schleppte die Sachen ziel- und zwecklos herum wie ein Mensch, der nicht mehr weiß,
was er tut. Die Idee krank sein zu sollen, wies sie ordentlich angstvoll ab und meinte, es würde
morgen alles wieder in Ordnung sein, müßte es sogar, denn sie könnte sich ihrer Verpflichtung
nicht entziehen; es sei fast eine Lebensfrage für sie und so weiter. Bei dieser Gelegenheit erfuhr
ich denn auch Ihre Adresse, Herr Kommerzienrat, und wann Anna bei Ihnen erwartet wurde.
Als ich dann in der Frühe des nächsten Tages wieder zu ihr kam, fand ich sie, unfähig aufzustehen, mit einem schrecklichen Fieber im Bette vor, und mein erstes war nun, nach einem Arzt
zu schicken. Annas Pensionsgeberin, eine freundliche ältere Dame, die wohl sah, wie die Sache
stand, telephonierte gleich an das städtische Hospital, dessen Chefarzt, Sanitätsrat Müller, rasch
genug erschien und den sofortigen Transport der Kranken in das Hospital anordnete. Zufällig
fand ich in Doktor Müller einen alten Freund, der mich schon als Kind gekannt und meinen
Vater in seiner letzten Krankheit behandelt hat; daß er inzwischen nach Y. übergesiedelt war,
hatte ich nicht gewußt. Er machte zu dem Zustande meiner Freundin ein recht bedenkliches
Gesicht und erklärte ihn für typhös. Jedenfalls hatte sich ihr Befinden, als ich am Nachmittag
im Hospital Erkundigungen über sie einzog, merklich verschlechtert, wozu auch ihre Unruhe
beitrug, an der Abreise nach Amönenhof verhindert zu sein. Das brachte mich dann auf den
Gedanken, ihr die Stellung dadurch zu sichern, daß ich für sie einsprang, und besprach es mit
Doktor Müller, der sich dadurch auch eine relative Beruhigung der Kranken versprach und ihr
die Sache in einem klaren Moment beibrachte – denn sie phantasierte, abwechselnd mit völli-
gem Bewußtsein. Das Resultat war dann das Telegramm an Sie, Herr Kommerzienrat. Das ist
in Kürze der Sachverhalt, und wenn Sie meinen, mich nicht brauchen zu können, so muß ich
eben betrübt wieder abreisen und zusehen, wie ich das arme Wurm in dem Wahn lassen kann,
daß ihr die Stelle bei Ihnen durch mich erhalten bleibt, bis sie wieder so weit ist, die Wahrheit
vertragen zu können.«

Reudnitz hatte aufmerksam zugehört und die Sprecherin dabei scharf beobachtet. Der dabei
gewonnene Eindruck war ein durchaus günstiger; denn, den Freibrief ihrer unleugbaren Schönheit ganz beiseite lassend, konnte er nicht umhin, sich zu gestehen, daß die einfache offene und
klare Art, mit der sie ihre schlichte Erklärung abgab, sehr für sie einnahm. »Nun, ob ich Sie
als Ersatz für Fräulein von Ried für wünschenswert halte, möchte ich gern mit ja beantworten«,
sagte er freundlich. »Ich würde sogar nicht anstehen, Ihnen den Vorschlag zu machen, sofort
nach Amönenhof zu fahren; denn mit ihrer Entschlossenheit scheinen Sie mir ganz die richtige
Person für den Zweck zu sein, den ich mit Fräulein von Ried für meine Tochter im Auge hatte,
aber – Sie müssen mir schon noch ein paar Fragen gestatten und sie im rechten Sinne auffassen. Daß Sanitätsrat Müller Ihre Anmeldung übernahm, dürfte ja eigentlich eine genügende
Empfehlung sein; sein Telegramm erwähnte aber noch besonders ›beste Referenzen‹.«

»Damit meinte er wohl, dafür einstehen zu können, daß ich aus gutem Hause bin und mich
des besten Leumunds erfreue, denn ich war bisher nie in Stellung«, erwiderte Fräulein Zöllner,
rot werdend, was Reudnitz auf das Eingeständnis ihrer Unerfahrenheit schob. »Sie werden das
vielleicht als ein Hindernis betrachten, was Doktor Müller übrigens auch tat. «

»Keineswegs«, beeilte sich der Kommerzienrat einzufallen. »Fräulein von Ried war ja auch bisher nicht in Stellung gewesen, und mir liegt sogar viel daran, meiner Tochter eine Gefährtin – verstehen Sie wohl, eine Gefährtin – zu geben, nicht aber, was man unter einer Gesellschafterin versteht, die schon in soundso viel Familien oder bei einzelnen Damen ihre Prüfungszeit der Selbstverleugnung abgelegt hat und, wie man so sagt, mit allen Hunden gehetzt ist. Der Ausdruck ist ja vielleicht ein bißchen drastisch –«

»Aber treffend«, versicherte Fräulein Zöllner lachend. »Mein Vater war Offizier und hat mich an ›drastische‹ Ausdrücke gewöhnt. Als er starb, kam ich zu einer Pate, die wegen ihrer Kraftausdrücke eine gewisse Berühmtheit genoß, und wenn ich die nicht vertragen hätte, wär's mit unserer Freundschaft aus gewesen. Sie ist auch vor einem Jahr gestorben und hat mir ihre paar Kröten hinterlassen, die mich in die Lage versetzt haben, in relativer Unabhängigkeit zu leben, so daß ich nicht gezwungen bin, irgendeine Stellung zu suchen. Und damit möchte ich noch einmal betonen, daß mein einziges Motiv, mich Ihnen aufzudrängen, der Wunsch und die Absicht war, meiner erkrankten Freundin den Posten bei Ihnen warm zu halten. Sie sehen, ich bin ganz offen, damit Sie nicht meinen, daß etwa Gewinnsucht oder die Notwendigkeit die Mutter des Gedankens war.

»Diese Offenheit macht Ihnen Ehre, Fräulein Zöllner, und ich stehe nicht an, Ihnen zu sagen, daß Ihre Erklärungen mir genügen. Da ja Doktor Müller jedenfalls auch die Verantwortung für Ihre Person übernimmt, so können wir unseren Vertrag für abgemacht erklären«, sagte Reudnitz, und rieb sich befriedigt die Hände. »Außerdem glaube ich mich auf meine ersten Eindrücke verlassen zu dürfen, –tja! Und was nun den finanziellen Teil der Sache betrifft, so wird Fräulein von Ried Ihnen jedenfalls gesagt haben, unter welchen Bedingungen sie ihr Amt in meinem Hause übernommen hat.

»Ja, das hat sie getan, aber ich möchte Sie bitten, das ausgemachte Gehalt nicht mir zu geben, sondern auf das Sparguthaben meiner Freundin in X, einzuzahlen«, erwiderte sie einfach. »Den kleinen Kampf, den ich darob mit ihr zu bestehen haben werde, will ich gern auf mich nehmen. Ich selbst brauche ja bei Ihnen nichts und setze demnach auch nichts zu.«

»Nun, wie Sie wollen. Das ist Ihre Privatsache und geht mich nichts an«, meinte Reudnitz. »Aber noch eins, ehe wir uns auf die Fahrt begeben: ich hatte mit Fräulein von Ried eine persönliche Unterredung, in welcher ich ihr vertraulich auseinandersetzte, um was es sich in ihrer Stellung handelte. Hat sie Ihnen darüber Mitteilungen gemacht?«

»Nicht ein Wort! Anna ist nicht die Person, vertrauliche Mitteilungen unterm sogenannten Siegel der Verschwiegenheit auszuplaudern, und ich darf wohl hinzufügen, daß ich auf dem gleichen Standpunkt stehe«, versicherte Theodors Zöllner sachlich.

»Um so besser!« rief Reudnitz befriedigt. »Da wir nun aber nicht wissen können, wie lange Ihre Stellvertretung dauern wird, so wird es schon notwendig sein, auch Sie einzuweihen. Das läßt sich jedoch mit drei Worten nicht gut machen, und der Weg bis Amönenhof ist mit meinem ›Daimler‹ rasch zurückgelegt; überdies möchte ich nicht, daß mein Fahrer hört, was ich Ihnen zu sagen habe, andererseits aber wäre es mir lieb, wenn Sie wüßten, wie der Hase läuft, ehe Sie mein Haus betreten. Sind Sie sehr ermüdet von der Reise?«

»Keine Spur!« verneinte sie lachend.

»Sie sehen auch nicht aus, als ob ein paar Stunden Eisenbahnfahrt Sie gleich umwerfen könnten«, bestätigte er zufrieden. »Ich schlage Ihnen also vor, daß wir an einem bestimmten Punkt aussteigen und den Rest des Weges durch den Wald zu Fuß zurücklegen, was bei dem schönen Maiwetter einen prächtigen Spaziergang von etwa einer halben Stunde ergibt. Sind Sie damit einverstanden?«

»Mit Vergnügen!« rief sie aus, und da der Tee, der nach dem Urteil beider nach Heusamen schmeckte, keine Sehnsucht nach mehr erweckte, so bestiegen sie das wartende Auto und fuhren davon.

»Ich glaube, der Amönenhof wird Ihnen gefallen«, sagte Reudnitz, als sie das holprige Pflaster von Weißenfels hinter sich hatten. »Ich habe den Besitz, der landwirtschaftlich gleich Null und eigentlich mehr ein Luxusartikel ist, vor einigen Monaten von einem Grafen Zimburg gekauft, in dessen Familie er seit mehreren Jahrhunderten war. Unter etwas sonderbaren Bedingungen gekauft, – doch davon gelegentlich mal später! Nachdem ich mich von meinen Geschäften etwas zurückgezogen und nur noch gewissermaßen die Hand darüber halte, kam mir die Sehnsucht nach frischer Luft, fern vom Werk und Büro und da wurde ich denn auf den Amönenhof aufmerksam gemacht. Das Haus und sein schöner Park gefielen mir gleich sehr gut; das Schloß wirkte auf meine Einbildungskraft, die Sie mir trockenem Geschäftsmenschen wahrscheinlich gar nicht zutrauen würden.«

»Warum nicht?« rief Fräulein Zöllner lebhaft. »Ich selbst besitze nämlich auch ein gutes Teil von dieser Gabe und möchte behaupten, daß ein Mensch ohne sie kein höher gestecktes Ziel erreichen kann. Sie hätten es sicher nicht zu dem gebracht, was Sie sind, wenn Sie sich in Ihrem Herzen nicht ein frisches, grünes Fleckchen erhalten und gepflegt hätten, auf das Sie sich vom Strudel der Welt und aus den Reihen trockener Ziffern zurückziehen und erholen könnten. Ich habe nämlich auch ein Paar ganz helle Augen, Herr Kommerzienrat, und damit in Ihnen bereits dieses grüne Eiland latenter Romantik entdeckt.«

»Wahrhaftig?« sagte Reudnitz lächelnd, aber bewegt. »Da müssen Sie wohl ein Sonntagskind sein. Nun, auf alle Fälle danke ich Ihnen herzlich für das gute Wort. Ja, ja, das grüne Eiland wäre wohl vorhanden, aber von vielen ist's in mir noch nicht entdeckt worden, darauf können Sie sich verlassen. Na, kurz und gut, das alte, verträumte Schloß – mit seiner bizarren Architektur, seiner Lage im Park und am See tat es mir an, und ich kaufte es. Innen wie außen trug es die Spuren großer Vernachlässigung, die aber ein genialer Architekt mit liebevoller Treue und großem Verständnis beseitigt hat, und ich gehöre auch nicht zu den emporgekommenen Barbaren, die sich einen solchen Besitz mit modernem Kram verschandeln. Die Einrichtung, soweit sie alt war, habe ich an Ort und Stelle gelassen, die Lücken mit liebevoll gesammelten Altertümern ausgefüllt –«

»Ah, ein neuer Beweis für Ihre Einbildungskraft!« warf Fräulein Zöllner ein.

»Von anderen Leuten Antiquitätenfexerei genannt«, lachte Reudnitz gut gelaunt. »Na, ich freue mich, daß Sie es wenigstens auf den richtigen Wert taxieren. Ein wenig habe ich der Neuzeit aber doch Konzessionen gemacht und die Elektrizität im Amönenhof eingeschmuggelt. Daß ich mir aber erlaubte, andere moderne Einrichtungen und hygienische Anforderungen, zum Beispiel reichlich verteilte Badeeinrichtungen, so diskret wie möglich einzuführen, tut Ihrer guten Meinung von der ›latenten Romantik‹ in meinem Herzen hoffentlich keinen Abbruch.«

»Im Gegenteil, das vermehrt nur meinen Respekt und läßt mich ein Behagen ahnen, das ich schmerzlich vermißt hätte«, versicherte Fräulein Zöllner vergnügt. »Doch ich weiß nun zwar, daß ich im Amönenhof elektrisches Licht und Badewannen finden werde, aber sonst tappe ich noch sehr im Dunkeln. Natürlich finde ich Ihr Fräulein Tochter dort, die ja für mich der Ausgangspunkt meiner Tätigkeit ist. Wenn Sie aber die Güte haben wollten, mir zu sagen –«

»Wir kommen noch darauf«, fiel Reudnitz ein. »Und da sind wir auch an der Stelle angelangt, wo wir aussteigen wollen. Halten Sie am Eingang der Schneise, Lehmann!« befahl er dem Fahrer, und als die Maschine an dem bezeichneten Punkte stillstand, sagte er: »Melden Sie dem gnädigen Fräulein und meiner Tochter, daß Fräulein Zöllner angekommen ist und ich mit ihr durch den Wald heimgehen wollte, da ich heute meinen Spaziergang noch nicht gemacht habe.«

»So«, begann er, nachdem er mit seiner Gefährtin aus der Schneise nach wenig Schritten in einen breiten, schattigen Waldweg eingebogen war, »jetzt können wir plaudern, das heißt, ich möchte Ihnen die Mitteilungen machen, die ich für notwendig zum Verständnis der Sachlage halte. Ich bin Witwer und habe nur ein Kind, meine achtzehnjährige Tochter Sabine. Meine vor zwei Jahren verstorbene Frau, eine geborene Freiin von Ganting, war nicht mehr jung, als ich sie heiratete, was ich nur erwähne, um damit zu erklären, daß unsere einzige Tochter nicht die Kraft und Lebensfülle geerbt hat, die eine junge Mutter Ihrem Kinde zu spenden vermag. Sabine war ein schwächliches Kind und ist heute noch ein recht zartes Pflänzchen, das wohl gepflegt sein will. Ihre Mutter war eine vortreffliche Frau, aber viel zu ängstlich um die leibliche Gesundheit unseres Sorgenkindes bemüht, als daß sie daneben noch die geistigen Fähigkeiten Sabinens ans Licht gebracht und angefeuert hätte. Als sie dann ziemlich unerwartet nach kurzer Krankheit starb, war Sabine gerade auch in einem Zustand, der großer Aufmerksamkeit bedurfte, und darum hieß ich es stillschweigend für den Augenblick willkommen, daß die Schwester meiner Frau, Fräulein Cordula von Ganting, die zum Begräbnis meiner Frau eingetroffen war, mir diese Sorge abnahm. Ich war damals gerade in ein wichtiges Unternehmen verwickelt, das meine ganze Aufmerksamkeit und Tatkraft in Anspruch nahm, und schob darum die Entscheidung darüber, wem meine Tochter am besten anzuvertrauen wäre, auf die lange Bank, um so mehr, als meine Schwägerin für ihre Nichte, was ihre gesundheitliche Fürsorge anbetraf, es wirklich an nichts fehlen ließ, auch nicht etwa in moralischer Beziehung, gewiß nicht! Sie besitzt eine gewisse Bildung, weiß über alles gut und klug zu reden; aber sie ist in Vorurteilen und veralteten Ansichten erstarrt, und wenn ich nicht für ein gesundes Gegengewicht gesorgt hätte, so wäre aus Sabine eine jener gesellschaftlichen Drahtpuppen geworden, wie sie zu Fräulein von Gantings Jugendzeit Mode waren – eine Sorte, die mir in der Seele zuwider ist, der jede Natürlichkeit heraus ›erzogen‹ wird, die nicht jung sein darf und sich in den Schranken eines engen Horizontes im Kreise drehen muß. Nämlich – – na ja, zum Kuckuck, zuwider, wie mir's ist, es vor einer Fremden aussprechen zu müssen – meine Schwägerin hat sich ungebeten und unverlangt bei mir niedergelassen. Sie hat nach der ersten Zeit der Trauer mein Haus für das ihrige betrachtet, und ich bin so schwach gewesen – aus falscher Pietät gegen die Verstorbene –, es dabei zu lassen. Nun ich aber meine Ruhe habe und das Geschäft mich nur noch in beschränktem Maße ablenkt, ist mir die Sache denn doch zu nahe getreten, um nicht eine Änderung herbeiführen zu müssen. Sabine verhutzelt und verkrüppelt ja moralisch in der Gesellschaft von uns zwei alten Leuten! Hat meine Schwägerin schon in der Stadt dafür gesorgt, daß Sabine isoliert wurde und keinen Anteil hatte an der Gesellschaft gleichaltriger Mädchen, an ihren Studien, unschuldigen Freuden und Dummheiten, wie die Jugend sie nun einmal begehen muß, um frisch und jung zu bleiben – hier in dieser Einsamkeit, die an nachbarlichem Verkehr so gut wie nichts hat, muß sie ja vollends versauern. Und da dachte ich mir, wenn ich ihr eine recht frische, junge Gefährtin geben könnte – eine nach meiner Wahl, nicht nach der meiner Schwägerin. Heimlich ging ich ans Werk, und das Glück wollte es, daß ich in Fräulein von Ried die Gesuchte fand. – Wenn Sie, liebes Fräulein, aber die sind, für die ich Sie nach kurzer Bekanntschaft halten möchte, dann sage ich: Es lebe die Stellvertretung? Sie haben verstanden, was ich meine?«

»Aber die Sache ist ja sonnenklar!« rief Fräulein Zöllner aus. »Ich muß vor allem natürlich alles tun, um mir das Vertrauen und die Freundschaft von Fräulein Sabine zu erwerben, was hoffentlich nicht übermäßig schwer ist, falls sie nicht allzusehr gegen ihre Gefährtin – voreingenommen worden ist.«

»Na, sehen Sie, so wollte ich's aufgefaßt haben, so hatte mich Ihre Freundin verstanden, so hatte ich den ersten Eindruck von Ihnen, daß sie mich verstehen würden!« rief Reudnitz lebhaft. »Nein, mit Sabine dürfte es Ihnen nicht zu schwer fallen, falls Sie's richtig anfangen und das Mädchen ein wenig studieren. Aber ich warne Sie: Sie werden einen schweren Stand bei meiner Schwägerin haben! Sie hat sich mit Händen und Füßen und noch bis heute mittag durch passive Resistenz gegen eine Gefährtin für Sabine gesträubt und wird ihren Einfluß, ihre Macht nur nach hartem und – rücksichtslosem Kampfe mit einer anderen teilen oder ganz abtreten. Das ist das Motiv ihres Widerstandes.«

»Nun, diese Warnung war ja schon aus Ihrer ganzen Darlegung der Verhältnisse herauszuhören«, erklärte Fräulein Zöllner lachend. »Auch gegen Angriffe aus dem Hinterhalt kann man sich einigermaßen schützen, wenn man nur weiß, daß sie einem drohen. Die Warnung davor nimmt der Gefahr schon ein gutes Teil ihrer Stärke. Im offenen Kampfe traue ich mir zu, meinen Mann zu stehen, und – wenn ich Ihnen dabei die Tante aus dem Hause graulen sollte, dann schadet das weiter auch nichts, gelt?«

Reudnitz, in dessen Gesicht sich das Schmunzeln allmählich zum offenen Grinsen ausgebildet hatte, brach bei Fräulein Zöllners letzten Worten in ein schallendes Gelächter aus, das er nur mit Anstrengung sofort zu unterdrücken suchte.

»Halt! Halt! Nur nicht so hitzig, und, wenn ich bitten darf, unter keinen Umständen Gewaltmaßregeln oder schlechte Witze! Ich habe aus Pietät und Ritterlichkeit meiner Schwägerin nicht den Stuhl vor die Tür gesetzt und wünsche keinesfalls, daß sie sich als malträtiertes Opfer in die Arme ihrer Freunde stürzt und mich als Rohling und undankbaren Proleten ausposaunt – der ich ohnehin in ihren Augen bin. – Herr du meines Lebens – Sie sind mir ja beinahe zu hell und zu energisch!«

Fräulein Zöllner aber faßte die immer schärfer werdende Zurechtweisung als eine Bestätigung ihrer geschickten Probe des Gedankenlesens auf. Statt sich demütig in sich selbst zu verkriechen, fing sie an zu lachen.

»Haben Sie keine Furcht. Herr Kommerzienrat!« rief sie heiter. »Zum Tantenvernichter war meine Freundin offiziell ja auch nicht engagiert. Da ich aber leider immer noch nicht gelernt habe, mit meinen Gedanken hinterm Berge zu halten, so brauste diese schöne Lösung des Problems natürlich wieder mal etwas voreilig über meine Lippen. Sie haben aber Humor, Herr Kommerzienrat, und darum werden Sie meine kühne Idee auch richtig einschätzen. Nichts für ungut, nicht wahr?«

Reudnitz blieb stehen und sah seine Begleiterin mit schiefem Kopf und verdächtig funkelnden Augen scharf an. Sie hielt den Blick nicht nur aus – was ihm eigentlich etwas ganz Ungewohntes war; denn er pflegte damit im Reiche seiner Untergebenen Furcht und Zähneklappern zu erregen – nein, sie erwiderte ihn sogar mit vor Vergnügen und Übermut tanzenden Augen, was ihn veranlaßte, die Mütze abzunehmen und sich mit schlecht unterdrücktem Schmunzeln hinter den Ohren zu kratzen.

»Cinna, ex hodierno die inter nos amicitia incipiatur«, murmelte er halblaut vor sich hin.

»Ich danke vielmals und hoffe mich dessen würdig zu erweisen«, erwiderte sie ernsthaft.

»Waaaaas?« machte er zurückprallend, »Latein verstehen Sie auch?«

»Gewiß. Ich habe das Realgymnasium des Institutes besucht, in welchem ich mit Anna von Ried zusammen war, kann aber auch mit den modernen Sprachen aufwarten, auf die Sie Wert bei Anna legten. Sonst hätte ich wirklich nicht gewagt, mich als Stellvertreterin anzubieten«, antwortete sie ohne jede Überhebung.

»Fräulein Zöllner«, sagte Reudnitz nach einer kleinen Pause, »Pilatus sprach: ›Was ich geschrieben habe, habe ich geschrieben‹ – man weiß, daß das, was ich gesagt habe, von mir nur in den Fällen zurückgenommen wird, wo starres Festhalten nicht mehr Charakterstärke, sondern Eigensinn wäre, Eigenschaften, die leider sehr oft verwechselt werden. Ich will darum mein klassisches Zitat, das eigentlich nicht dazu bestimmt war, von Ihnen verstanden zu werden, als gesprochen betrachten.«

»Und den Dank, den ich dafür schon ausdrückte, wiederhole ich hiermit«, gab sie lächelnd zurück.

»Nun, wenn Sie den Mund immer so auf dem rechten Flecke haben, dann – Allheil!« meinte er schmunzelnd. »Aber nun vorwärts; sonst glauben sie daheim, daß wir unterwegs verunglückt sind!« Fräulein Zöllner blieb aber stehen.

»Noch einen Augenblick«, bat sie und wurde in rascher Folge rot und blaß. »Ich hätte nämlich auch noch etwas zu sagen, weil ich mich für einen anständigen Menschen halte, und weil Sie, Herr Kommerzienrat, mir, der Fremden, so großes Vertrauen geschenkt haben, und weil ich mit Ihnen gefühlt habe, wie ungern Sie dabei eine Person preisgeben mußten, die Ihrer verewigten Gattin so nahegestanden hat. Da komme ich mir dann recht übel vor, daß ich Ihnen gewissermaßen unter einer Maske unter die Augen getreten bin. Bitte, nein, – alles was ich Ihnen über die Geschichte meiner Stellvertretung sagte, war natürlich reine Wahrheit«, fuhr sie hastig fort, als Reudnitz mit sehr ernst gewordenem Gesicht eine Bewegung machte. »Auch die Angaben über meine Verhältnisse entsprechen vollkommen den Tatsachen, nur – nur mein Name bedarf einer Erklärung. Es ist wahr, daß ich Theodora Zöllner heiße, nur ist dies unser ursprünglicher Familienname, dem vor Olims Zeiten noch ein zweiter mit einem Titel angehängt wurde; obwohl wir ja die volle Berechtigung haben, beide Namen gleichzeitig zu führen, so ist doch der ›Zöllner‹ im Laufe der Zeit fast ganz fallen gelassen worden und wird nur noch in offiziellen Urkunden angewendet. Ich fürchtete, und auch Doktor Müller, Sie würden mich unter dem Namen, unter dem ich bekannt bin, am Ende nicht aufnehmen wollen. Nicht, daß etwa ein Makel oder eine traurige Berühmtheit daran haftete – er ist Gott sei Dank ganz rein und von gutem Klang. Ich heiße also –«

»Halt!« fiel Reudnitz mit erhobenem Finger ein. »Wenn Sie mir versichern, daß Sie ein Recht auf den Namen ›Zöllner‹ haben, so genügt mir das. Lassen wir es also ruhig beim Fräulein Zöllner.«

»Damit kommen Sie meinem Wunsche entgegen«, erwiderte sie erleichtert. »Das schließt aber doch nicht aus, daß Sie selbst erfahren, unter welchem Namen ich einem großen Kreise bekannt bin.«

»Ausschließen täte es das allerdings nicht«, gab Reudnitz zurück. »Aber ich habe meine Gründe, selbst in Unwissenheit darüber zu bleiben. Unter anderem möchte ich mit gutem Gewissen sagen, daß ich nur weiß, Sie heißen Theodora Zöllner. Ich bin ja meine eigene Behörde, Bürgermeister und Standesbeamter für Amönenhof. Sollten sich aus dem Inkognito Verwicklungen ergeben, dann ist es immer noch Zeit. Mit offenem Visier kann man den alten Reudnitz um den kleinen Finger wickeln; gegen alles Hinterhältige aber ist er ein ekliger Kunde. Außerdem«, schloß er lachend, »ersparen Sie mir einen vertraulichen Brief an Doktor Müller, der also nicht nur in der Eile, sondern mit Vorbedacht den Namen der Stellvertretung in seinem Telegramm überhupft hat. Und nun kommen Sie! Wir sollten längst im Amönenhof sein.«

»Sie haben's erraten«, erwiderte Theodora, rüstig neben dem alten Herrn einherschreitend. »Mit dem Namen waren wir nämlich bei der Abfassung des Telegrammes sehr im Zweifel. Ich wollte ihn – den wirklichen – nicht genannt haben, um der armen Anna nicht die Sache vorweg zu verpfuschen, und Doktor Müller wollte den anderen nicht schreiben, um mit seinem Namen nicht eine gewisse Täuschung zu decken. Da wählten wir denn den Ausweg, gar keinen zu nennen, und eigentlich machte es mir einen Riesenspaß, mal inkognito aufzutreten.«

»Das sei der Lohn für Ihre Offenheit, daß Sie jetzt Ihren ›Riesenspaß‹ mit Seelenruhe weiter genießen können«, lobte Reudnitz mit Wärme. »Wenn ich Ihnen aber einen guten Rat geben darf, so wäre er der: Spielen Sie nicht etwa die Rolle eines demütigen Opferlamms von einer Gesellschafterin. Das dürfte sich bei meiner Schwägerin nicht bewähren und Ihre Stellung von vornherein unhaltbar machen.«

»Mit der Opferlammrolle hätte ich also besser bei Ihnen anfangen müssen, wenn ich überhaupt imstande wäre, eine andere zu mimen als mich selbst«, lachte Fräulein Zöllner übermütig. »Sollte ich das wider Willen getan haben?«

»Nee, weiß Knöppchen, das haben Sie nicht getan«, versicherte Reudnitz gleichfalls lachend. »Und daß Sie's nicht taten, hat mir ausnehmend gut gefallen. So, dort durch die Bäume sehen Sie den Amönenhof liegen, in dem ich Sie hiermit feierlich willkommen heiße.

»Das Bild, welches sich durch eine Öffnung hoher, alter Buchen wie in einem Rahmen zeigte, entlockte Theo Zimburg einen Ausruf des Entzückens und der Überraschung – denn daß sie es ist, das haben wir ja nun schon erkannt. Am Ufer eines Sees, der kleiner aussah, wie er in der Tat war, lag, mit der Front ihm zugekehrt, das stattliche Schloß mit einer Terrasse davor, von der sich breite, steinerne Stufen direkt ins Wasser verloren. Es war ein einstöckiger Bau mit erhöhtem Erdgeschoß und reichverzierten Giebeln mit Ochsenaugenfenstern über der Belletage – ein Meisterwerk französischer Spätrenaissance. Von der Terrasse mit der steinernen Rampe führte die Treppe zum See herab, an beiden Seiten reich mit blühenden Pflanzen und Oleanderbäumen besetzt. Dem eleganten, durchweg mit altersgrauem Marmor verkleideten Bau gaben aufragende Berge mit dem abschattierten Grün gemischter Hölzer einen besonders reizvollen Hintergrund.

»Wie wunderschön!« wiederholte Theo. »Aber warum nannten Sie das Schloß ›bizarr‹? Der Stil ist doch meines Erachtens ganz rein und fern von jeder Übertreibung! «

»Das Wort ›bizarr‹ bezog sich nur auf die innere Einrichtung«, erwiderte Reudnitz. »Dort ist, wie Sie sehen werden, das Oval Stichwort gewesen. Was den Namen ›Amönenhof‹ betrifft, so vermute ich, daß eine Dame des Hauses Zimburg, deren Porträt sich noch hier befindet, die Urheberin war, falls man nicht, da ›Amöne‹ im Griechischen die Schöne heißt, das Schloß eigentlich ›den schönen Hof‹ nennen wollte.

»Amöne war früher ein beliebter Frauenname«, nickte Theo. »Unter meinen Vorfahren haben wir auch eine Amöne, die in der Geschichte mancher Familie eine Rolle, wenn auch keine sehr rühmliche, gespielt hat.«

Sie brach ab; denn ihnen entgegen kam eine junge Dame – Sabine Reudnitz. Ihr schmales, blutleeres Gesichtchen war vom raschen Gang und vielleicht auch von der Aufregung der Erwartung mit einer leichten Röte überhaucht, und in ihren allzuvergißmeinnichtblauen, immer etwas erschrockenen Augen war ein ungewohnter Glanz.

»Oh, Vater – endlich!« sagte sie schüchtern. »Ich hatte schon gefürchtet, es wäre etwas passiert, weil du so lange bliebst!«

»Na ja, Herzel, das Auto fährt halt eben schneller, wie dein alter Vater laufen kann«, meinte Reudnitz in dem Ton, wie man einem Kinde etwas erklärt. »Fräulein Zöllner, das ist meine Tochter Sabine; ich hoffe, ihr beide werdet gute Freundinnen werden.«

»Ich – ich hoffe es auch«, sagte Sabine ganz atemlos vor Beklommenheit, indem sie Theo ihr mageres Händchen reichte, das diese zu festem Drucke ergriff. Schüchtern blickte die Erbin von Millionen auf zu ihr, und als ihre Augen dem großen freundlichen, klaren Blick ihrer neuen »Gefährtin« begegneten, da geschah etwas, worüber der alte Herr erstaunt die Hände zusammenschlug: Sabine hob sich auf die Zehenspitzen, schlang ihre Ärmchen um Theos Hals und gab ihr einen Kuß, worauf sie, über ihre eigene Kühnheit erschrocken, förmlich in sich zusammenkroch. »Willkommen!« stotterte sie kaum hörbar.

»Bravo, Binchen!« rief der Kommerzienrat. »Das war nett von dir – so begrüßt man sich unter Gottes freiem Himmel. So wird's gemacht.«

»So wird's gemacht!« wiederholte Theo fröhlich. »Für dieses Willkommen danke ich Ihnen herzlichst, Fräulein Reudnitz, auch im Namen meiner Freundin, für die ich's wagte, ungefragt und unerlaubt in ihr Haus zu schneien. Aber da Sie mich so lieb und freundlich aufnehmen, so freut mich meine Keckheit. Denn Sie müssen wissen, daß ich eigentlich eine gräßliche Angst vor Ihnen hatte«, schloß sie lachend.

Daß irgendein Mensch in der Welt »gräßliche Angst« vor ihr haben könnte, machte Sabine auch lachen, was sie entschieden verschönte, und damit überwand sie ihre hilflose Schüchternheit besser, als irgendeine schöne Rede es zuwege gebracht hätte.

»Sind Sie immer so lustig?« rief sie impulsiv.

»Nun, wenn mir nicht gerad' mal etwas sehr Böses über die Leber läuft, darf ich mich über schlechte Laune nicht beklagen«, versicherte Theo. »Es gehört aber schon viel dazu, um mich in Harnisch zubringen. «

»Wobei mir Tante Cordula einfällt – ›sans comparaison‹ natürlich«, sagte Reudnitz unüberlegt, was der Nachsatz eigentlich erst zum Bewußtsein der Hörer brachte. »Weiß die Tante, daß du uns entgegengegangen bist, Binchen?«

»Ich – ich weiß nicht. Ich glaube nicht«, erwiderte Sabine mit solch ausgeprägtem Schuldbewußtsein, daß Theo nur mit Mühe ein Lächeln verbiß, während der alte Herr ein Gesicht schnitt. »Tantchen ist in ihrem Zimmer und wünscht Fräulein Zöllner dort zu empfangen.«

»Reudnitz spitzte die Lippen und pfiff leise vor sich hin: »Auf in den Kampf, Torero«, was Theo so belustigte, daß es ihr einfach unmöglich gewesen wäre, die Fortsetzung: »Mut in der Brust, siegesbewußt« nicht nachzupfeifen, was zwar für eine bezahlte Gesellschafterin reichlich ungewöhnlich war, den alten Herrn aber zu lautem Lachen reizte; Sabine, die ja nicht wußte, was dies sonderbare Konzert zu bedeuten hatte, stand mit großen erstaunten Augen daneben. Da ihr Vater aber lachte, so lachte sie etwas unsicher mit und fragte naiv:

»Mögen Sie die Musik zu ›Carmen‹ auch so gern, wie mein Vater? Oh, wenn ich ganz allein bin, habe ich auch schon versucht zu pfeifen, – jawohl, das habe ich! Tantchen dürfte es natürlich nicht hören. Ich glaube, sie fiele in Ohnmacht!«

»Wonach sich also zu richten ist«, meinte Reudnitz gutgelaunt. »Na also, vorwärts denn!«

Der kurze Weg bis zur Rückseite des Schlosses war schnell zurückgelegt, und durch ein säulengetragenes Portal, das zugleich als Unterfahrt diente, betraten sie die imposante Vorhalle, aus der eine doppelte Treppenflucht zu einem Vestibül emporführte. Die Zimmer im ersten Stock des Mittelbaues wurden von dem alten Herrn bewohnt. Rechts davon, aber getrennt durch ein schmales Vorzimmer, hatte Fräulein von Ganting ihre Gemächer, links, Sabine das Eckzimmer. Daneben lag ein ovaler, saalartiger Raum, in den Theo nun von der Tochter des Hauses geführt wurde. Er war erhellt durch drei hohe Fenster, von denen das in der Mitte zugleich als Tür für den Balkon diente; von ihm aus sah man ein Stück des Sees und überblickte den Blumengarten, der, in altholländischem Geschmack angelegt, den östlichen Teil des Schlosses umgab. Reichvergoldete Stuckornamente, wie man sie im Dogenpalast in Venedig sieht, zierten die Decke; die Wände waren mit grauseidenen, zartgeblümten Tapeten bespannt. Die Möbel schön geschnitzt, lackiert und vergoldet, gehörten der Epoche Ludwigs XVI. an, Stühle und Sofa waren mit verblaßtem hellgrünem Damast bezogen; derselbe kostbare Stoff schloß auch in schweren Falten dem Balkon gegenüber eine Nische ab, in deren Vertiefung ein Bett seinen Platz gefunden hatte. Die Ellipse des Zimmers schnitt von dem ursprünglichen Viereck vier Winkel ab, die durch fast unsichtbare, tapetenverkleidete Türen zu kleinen Räumen umgewandelt waren und jetzt durch elektrisches Licht erhellt werden konnten. Der eine rechts vom Balkon war mit kommodenartigen Kästen und Regalen ausgestattet, der links davon diente als Garderobe; rechts der Bettnische war ein Raum als Toilette mit Waschtisch und großem Spiegel, der andere links als Badekabinett hergerichtet.

Sabine zeigte ihrer neuen Gefährtin alle diese Herrlichkeiten mit vor Eifer zart glühendem Gesichtchen, und erhielt die Versicherung, daß keine Prinzessin sich zu schämen brauchte, dieses Zimmer zu bewohnen. Dann zog sie sich durch eine reich verzierte, vergoldete und lackierte Tür am südlichen Oval zurück, indem sie Theo bat, hier anzuklopfen, wenn sie so weit sei, um zu ›Tantchen‹ geführt zu werden.

Nicht ohne eine gute Dosis von Galgenhumor sagte sich diese: »Ich wollte, die Paradeaufstellung vor diesem Tantchen, das ja nach allem ein ausgewachsener Drache sein muß, wäre erst glücklich vorüber. ›Mut in der Brust‹ hätten wir schon, aber mit dem Siegesbewußtsein sieht's noch etwas unsicher aus. Na, schließlich kann sie einen ja nicht gleich fressen, und das ist immerhin ein Trost. Und wenn mir's zu bunt wird – nein, es wird ausgehalten, das bin ich dem armen kranken Wurm schuldig, und wer A gesagt hat, muß auch B sagen können. Gerechter Strohsack, wenn mich Elisabeth so sehen könnte! Und noch jemand anderes! Als stellvertretende Gesellschafterin bei Kommerzienrats! Übrigens ein famoser alter Herr – was der nicht alles zwischen den Zeilen gesagt hat –«

Schon nach sehr kurzer Zeit klopfte Theo an der bezeichneten Tür an; denn sie hatte nur ihre Jacke und den Hut abgelegt, sich die Hände gewaschen und das Haar etwas geordnet, und betrat nun das Zimmer Sabinens, das in der Größe und in der Anordnung des Raumes dem ihren ganz gleich war.

»Herein!« piepste Sabinens schwaches Stimmchen, und als Theo bei ihr eintrat, trotz ihres einfachen grauen Rockes mit weißer Hemdbluse sehr vornehm aussehend; hätte sie sich eigentlich sehr geschmeichelt fühlen müssen von der unverhehlten Bewunderung, die ihr aus den hellen Augen ihrer ›Brotherrin‹ entgegenleuchtete. Aber es rührte sie mehr, als es ihr schmeichelte, und das sprach für ihr Herz. Nach einer kurzen Vorstellung ihres Reiches führte Sabine ihre Gefährtin dann nach dem westlichen Flügel; sie fanden in dem schmalen Vorzimmer zu Fräulein von Gantings Gemächern eine ältliche Person in schwarzem Kleide, weißem Kragen und Häubchen vor, die am Fenster saß und nähte.

»Das gnädige Fräulein wünscht das Fräulein allein zu empfangen«, sagte sie, Sabine mit einer Insolenz in den Weg tretend, daß Theo darob das Blut in die Wangen schoß. Sabine mußte diese Art von Behandlung schon gewöhnt sein; denn sie kroch darunter förmlich in sich zusammen.

»O ja – natürlich«, erwiderte sie, und trat gehorsam zurück. »Wenn Tantchen Sie entläßt, Fräulein Zöllner, nicht wahr, dann kommen Sie zu mir herüber. Ich helfe Ihnen dann beim Auspacken.«

»Dazu hat das gnädige Fräulein mich befohlen«, erklärte die Person, die übrigens auf den Namen Adelheid hörte, dem im Dienerzimmer ein respektvolles »Fräulein« vorangesetzt wurde;

denn sie war die Kammerfrau Fräulein von Gantings und führte in den »unteren Regionen« das große Wort.

Auf diesen Bescheid hin verschwand Sabine ohne Gegenrede, worauf Adelheid Theo, die zu begrüßen sie als überflüssig erachtet hatte, mit unverschämtem Kopfnicken aufforderte, ihr zu folgen, darauf eine Tür öffnete und mit gänzlich verändertem servilem Ton »Fräulein Zöllner« anmeldete.

Theo betrat das Zimmer. Auch in diesem Gemache dienten moderne Polstermöbel der größeren Bequemlichkeit, und in einem tiefen, niedrigen Lehnsessel saß Fräulein von Ganting, ein Buch in der Hand, das sie beim Eintritt Theos lässig auf ein Tischchen neben sich legte. Sie setzte einen Kneifer auf die klassische Nase, mit dessen Hilfe sie Theo nicht ohne Überraschung eingehend und ungeniert betrachtete, indem sie deren verbindliche, aber nicht allzu tiefe Verneigung durch ein leichtes Kopfnicken erwiderte.

»Ich habe Sie hier bei mir zu sprechen gewünscht, Fräulein – Zöllner, um Ihnen unter vier Augen die notwendigen Anweisungen für Ihr Amt zu geben«, begann sie nach beendeter Besichtigung. »Ich bitte also um Ihre volle Aufmerksamkeit; denn je besser Sie mich verstehen, um so leichter dürfte Ihnen Ihre Stellung hier im Hause fallen.«

Theo machte nochmals eine kleine Verbeugung, holte sich dann einen Stuhl und setzte sich mit verbindlichem Lächeln Fräulein von Ganting gegenüber, der durch ein jähes Aufrichten des Oberkörpers der Kneifer von der Nase fiel.

»Ich – ich kann mich nicht erinnern, Sie zum Sitzen aufgefordert zu haben«, sagte sie scharf.

»Oh, haben Sie es vergessen?« fragte Theo liebenswürdig. »Es tut aber wirklich nichts, es war mir ein Vergnügen, Ihren Wünschen zuvorzukommen. Selbstverständlich steht Ihnen, gnädiges Fräulein, meine ganze Aufmerksamkeit zur Verfügung; ich möchte mir nur erlauben, zu bemerken, daß der Herr Kommerzienrat schon die Güte hatte, mich auf dem Wege vom Bahnhof in meine Pflichten einzuweihen.«

Tante Cordula hatte sich bei Theos im harmlosesten Ton gesprochenen Worten auf die Lippen gebissen, fand es aber für gut, die Sitzfrage fallen zu lassen; denn sie empfand dunkel, daß sie es war, die eine Lektion im ›guten Ton‹ erhalten hatte, und daß »diese Person« denn doch aus einem anderen Holze geschnitten war, als sie sich's vorgestellt hatte. Auch daß ihr Empfang ›dieses Geschöpfes‹ ein Irrtum war, fühlte sie vage, fürchtete aber, sich etwas zu vergeben, wenn sie andere Saiten aufzog.

»Ah ja, es war mir in der Tat entfallen, daß mein Schwager für gut befunden hat, Sie selbst abzuholen«, sagte sie um einen Schatten herablassender. »Auch daß Sie ja nur in Stellvertretung hier sind, hatte ich für den Augenblick vergessen. Nun, für diesen vorübergehenden Zustand dürfte vielleicht genügen, was mein Schwager Ihnen gesagt hat – indes, ich habe so lange Mutterstelle bei meiner Nichte vertreten, und eine Frau sieht um so vieles klarer, wenn es sich um ein Mädchen handelt, als selbst der beste Vater es zu tun vermag. Wie kam es doch, daß Sie für Fräulein Ried eintraten?«

Theo wiederholte einfach und klar, nur wesentlich kürzer, was sie dem Kommerzienrat schon auf dem Bahnhof über das Wie und Warum mitgeteilt, und verfehlte auch nicht anzudeuten, daß der »vorübergehende« Zustand sich möglicherweise in die Länge ziehen könnte.

»Sie haben natürlich genügende Ausweise über Ihre Person und Ihre Leistungen mitgebracht?« fragte Fräulein von Ganting.

Theo nickte zustimmend, aber innerlich war sie doch nicht so ganz zuversichtlich, wie sie die Miene dazu machte.

»Der Herr Kommerzienrat hat sich befriedigt davon erklärt«, sagte sie ausweichend. »Sonst hätte ich auch wohl kaum den Vorzug hier zu sein«, setzte sie mit einem frohen Lächeln hinzu, und dieser glücklich gefundene Nachsatz schien auch seine Wirkung nicht zu verfehlen; denn Tante Cordula nickte zustimmend.

»Wollen Sie mir gelegentlich – es braucht nicht gleich zu sein – Ihre Zeugnisse zeigen?«

»Ich habe keine«, erklärte Theo ohne Zögern. »Ich war nie in Stellung; meine Stellvertretung ist der reine Freundschaftsdienst. Ich habe mit Fräulein Reudnitz ja noch keine zwei Dutzend

Worte gewechselt, kann aber trotzdem schon sagen, daß die mir gestellte Aufgabe bei ihr nicht den Eindruck einer Sisyphusarbeit gemacht hat.«

»Nein – darin mögen Sie ja recht haben; indes ist meine Nichte bei ihrer zarten Konstitution doch nicht so einfach zu behandeln«, erwiderte Fräulein von Ganting zögernd. »Vor allem lege ich Wert darauf, daß – nach aller der Mühe, die ich mir gegeben habe, sie zu einer perfekten jungen Dame zu erziehen – ihre Manieren nicht etwa leiden und ordinär werden.«

»Da ich mir schmeicheln darf, daß die meinen es auch nicht sind, so wäre von mir in dieser Hinsicht nichts zu befürchten«, versetzte Theo trocken. »Ich esse nicht mit dem Messer, schneuze mich nicht in die Serviette oder ins Tischtuch und pflege mich überhaupt so gesittet zu benehmen, wie man es in den Kreisen Gebildeter erwarten darf.«

Fräulein von Ganting mochte wohl aus dem übrigens durchaus liebenswürdigen und sachlichen Ton Theos heraushören, daß sie abermals einen Mißgriff gemacht hatte, den sie besser hätte vermeiden sollen, und rief hastig:

»Nun ja, gewiß! So hatte ich es auch nicht gemeint. Indes, Ihre Aufklärung dieses wichtigen Punktes ist, um es gelinde auszudrücken, etwas drastisch, was mir den willkommenen Anlaß gibt, gegen diesen Ton im Hinblick auf meine Nichte, Verwahrung einzulegen. Diese burschikose Art droht den gewählten Ausdruck zu verdrängen, wie er in meiner Jugend zum guten Ton gehörte. Ich wünsche und verlange, daß meine Nichte diese freie Ausdrucksweise überhaupt nicht zu hören bekommt, und sollte es Ihnen unmöglich scheinen, meine Wünsche zu berücksichtigen, so möchte ich Ihnen in aller Güte zureden, Ihren Koffer nicht erst auszupacken, sondern – nicht gleich, aber sagen wir, morgen früh – den Amönenhof wieder zu verlassen.«

Theo lachte leise – sie lachte tatsächlich, wie es einem zu gehen pflegt, wenn man einen Gegner übers Ziel hinausschießen sieht.

»Ich danke Ihnen herzlichst für den guten Rat, gnädiges Fräulein«, erwiderte sie, mühsam ihre Heiterkeit unterdrückend. »Ich werde noch heute nacht Herz und Nieren prüfen und in meinem Lexikon verpönter Ausdrücke, bildlich gesprochen, nachblättern. Da die Frage meiner Abreise aber eigentlich doch nur von dem Herrn Kommerzienrat abhängt, so werde ich mich leider wohl nach ihm richten müssen«, schloß sie mit einem Seufzer, der Tante Cordula mit vollster Absicht irreführte; denn diese wußte in der Tat nicht, ob die »Person« ernsthaft gesprochen, oder sich herausgenommen hatte, ironisch zu werden.

»Nun ja«, pflichtete sie unsicher bei. »Wenn Sie meinem Schwager aber erklären, daß Sie sich Ihrer Aufgabe hier nicht gewachsenfühlen –«

»Das ist's ja eben! « rief Theo mit dem unschuldigsten Gesicht von der Welt. »Ich bilde mir ein, meiner Aufgabe ganz und gar gewachsen zu sein, und Sie werden doch sicher nicht wollen, daß ich dem Herrn Kommerzienrat wissentlich eine Unwahrheit sage. Gegen seine Überzeugung darf doch kein Mensch sprechen, er sei, wer er wolle, nicht wahr?«

»Gewiß nicht, gewiß nicht!« versicherte Fräulein von Ganting, für den Augenblick ganz von dem Argument überwältigt.

»Ich fühlte, daß ich an Ihren Edelsinn und Ihre Wahrheitsliebe nicht umsonst appellieren würde«, sagte Theo sanft mit schiefem Kopf.

»Nachdem dieser Punkt also zur gegenseitigen völligen Befriedigung erledigt wäre, bleibt mir nur noch die Versicherung, daß ich alles tun werde, mir auch in allem übrigen Ihre Zufriedenheit zu erwerben –«

»Halt!« fiel Tante Cordula ein, die sich von ihrer Betäubung inzwischen erholt hatte. »Soweit sind wir noch nicht. Ich habe noch einen anderen Punkt zu berühren. Ich verbiete von vornherein alle und jede Intimität mit meiner Nichte. Sie verstehen mich doch?«

»Ehrlich gesagt, nein«, erwiderte Theo harmlos. »Das liegt doch einzig und allein an Fräulein Reudnitz, wie ich es auffasse.«

Tante Cordula, die einsehen mußte, daß sie wieder einen Schlag ins Wasser gemacht hatte, gab es für jetzt auf, diese stupide oder gerissene Person – sie war sich darüber noch nicht ganz im klaren – entsprechend zu belehren. Sie tat aber noch mehr und legte sich mit dem Trost auf bessere Angriffe zunächst auf die gnädige Seite.

»Nun, Ihre Auffassung wäre ja an sich einwandfrei«, sagte sie herablassend. »Es ist immer erfreulich, wenn jemand seine Stellung richtig auffaßt. Ich will Sie also nicht länger aufhalten. Auf Wiedersehen beim Abendessen!«

Theo stand sofort auf, stellte ihren Stuhl wieder an seinen Platz machte eine tadellose Verbeugung, drehte sich auf dem Absatz herum und ging zur Tür.

»Fräulein Zöllner, bitte noch eins!« rief Fräulein von Ganting ihr nach. »Wo sagten Sie doch, daß Ihre Familie lebt?«

»Ich hoffe, im Himmel, gnädiges Fräulein«, erwiderte Theo, die Türklinke in der Hand. »Ich bin leider eine Waise.«

»Wie traurig!« machte Tante Cordula kopfschüttelnd. »Und ihr seliger Vater war –?«

»Offizier, gnädiges Fräulein.«

»Offizier!« wiederholte die alte – nicht doch, die ältere Dame. »Nun ja, es gibt beim Militär eine solche Menge Rangstufen – wie wurde ihr Vater von seinen Untergebenen genannt?«

Theos Augen funkelten vor Übermut. »Warum kann sie nicht geradezu fragen, was er war, welche Charge er innehatte?« dachte sie, laut aber sagte sie mit der größten Harmlosigkeit:

»Ganz genau kann ich das nicht sagen. Beim Militär wird ein Vorgesetzter je nach dem Grade des Wohlwollens, das er sich erwirbt, entweder kurzweg der ›Alte‹ oder auch ›der alte Kaffer‹ genannt. Ich, als seine Tochter, habe das natürlich direkt nicht gehört, aber man darf schon annehmen, daß auch mein Vater von seinen Untergebenen so oder so genannt wurde.«

Und ehe Fräulein von Ganting noch sagen konnte: »Sie mißverstehen mich«, war Theo nach einem erneuten Knicks schon hinter der Tür. In dem Vorzimmer saß Adelheid mit ihrer Näharbeit als Schildwache am Fenster, aber ein Streifen weißen Stoffes dicht neben der Tür verriet, daß sie dieser während der Audienz der Gesellschafterin bei Ihrer Herrin nicht zu fern gewesen sein konnte, und Theo konnte sich das Vergnügen nicht versagen, den weißen Verräter mit der Fußspitze beiseite zu schieben.

»Wollen Sie jetzt Ihren Koffer auspacken, weil ich gerade Zeit hätte?« fragte die Kammerjungfer von ihrem Platze aus, ohne das Manöver zu beachten.

»Sprechen Sie mit mir?« erkundigte Theo sich kühl. Aber Adelheid reagierte auf diesen deutlichen Wink keineswegs, sondern setzte, ohne sich zu rühren, hinzu:

»Zum Abendessen wird hier im Hause der Anzug gewechselt. Das gnädige Fräulein haben mir befohlen, Ihnen zu helfen und nachzusehen, daß Ihre Kleider ordentlich geputzt werden und so weiter.«

»Und so weiter«, wiederholte Theo trocken. »Ich bin dem gnädigen Fräulein sehr verbunden für diese Aufmerksamkeit und fühle mich außerordentlich geschmeichelt, daß sie mir einen Teil Ihrer kostbaren Dienste überlassen will; ich kann dieses Opfer aber nicht annehmen, denn ich helfe mir selbst.«

Und im Herausgehen gelobte sie sich, ›diese privilegierte Spionin ‹gründlich abzuwimmeln, – zum mindesten aber den Versuch dazu zu machen.«

Sie kehrte in das Zimmer Sabinens zurück, wie sie es versprochen hatte, traf sie zwar nicht an, fand jedoch dort den Kommerzienrat vor.

»Meine Tochter besorgt einen Gang für mich und kommt gleich wieder«, empfing er Theo mit einem prüfenden Blick auf ihr Gesicht. »Hm – Ihrer Miene nach, die mir etwas vom siegreichen Torero zu haben scheint, ist demnach die erste Audienz bei meiner Schwägerin ganz angenehm verlaufen!«

»Vorpostengefecht, Herr Kommerzienrat«, lachte sie. »Danke, ja; soweit war die Lage für mich nicht gerade ungünstig. An das erste Kreuzen der Waffen schloß sich dann eine ganz erbauliche Instruktionsstunde für mich an –«

»Das war vorauszusehen«, fiel Reudnitz ein. »Ich hätte Ihnen gleich sagen sollen, daß Sie sich dabei auf mich berufen möchten.«

»Ist auch geschehen«, versicherte Theo. »Trotzdem erhielt ich noch einige Winke, deren Auffassung von meiner Seite mir den guten Rat eintrug, nicht erst auszupacken, sondern morgen früh wieder abzureisen. Auch das erlaubte ich mir von Ihnen abhängig zumachen. Im großen ganzen darf ich aber ohne Überhebung sagen, daß ich, für heute wenigstens, als Siegerin aus der Löwengrube hervorgegangen bin. Das hat zum mindesten den Wert einer Geländeaufklärung für meine Freundin. Anna Ried ist trotz ihrer Sanftmut zwar eine ganz energische kleine Person, die den Kampf ums Dasein mutig aufgenommen hat, ob sie aber der überwältigenden Persönlichkeit Fräulein von Gantings gewachsen wäre, möchte ich doch sehr bezweifeln. Was Anna bestimmt eingeschüchtert und mutlos gemacht hätte, reizte mich aber unwiderstehlich zum Widerstand.«

»Na, das muß ja recht nett zugegangen sein!« rief Reudnitz schmunzelnd, indem er sich die Hände rieb »Aber, liebes Fräulein, welche Waffen Sie auch immer in Bereitschaft haben mögen: setzen Sie sich nicht ins Unrecht; denn da könnte ich Sie nicht mehr schützen und Ihnen den Rücken decken.«

»Darüber bin ich mir ganz klar«, erwiderte Theo. »Seien Sie ganz unbesorgt. Die Waffen, mit denen ich focht, haben nicht mich ins Unrecht gesetzt. Übrigens hat Fräulein von Ganting die große Liebenswürdigkeit gehabt, ihre eigene Kammerfrau zu meinem Dienst zu befehlen.«

»Waaaas?« machte Reudnitz zurückprallend. »Die Adelheid, die sonst für keinen Menschen im ganzen Hause einen Finger rühren darf? Hören Sie, Fräulein Zöllner –«, er brach kurz ab und rannte ein paarmal im Zimmer auf und ab, wobei Theo ihm sichtlich belustigt zusah. Aber sie hielt es für gut, mit ihren eigenen Kommentaren zurückzuhalten und abzuwarten, ob er selbst das Wort dazu ergreifen würde. Und das tat er denn auch wirklich; denn vor ihr stehenbleibend sagte er eindringlich: »Fräulein Zöllner, lassen Sie sich vor dieser Person warnen, die mir ein Greuel ist, weil sie im ganzen Hause herumspioniert und meiner Schwägerin, bei der sie lieb Kind ist, jeden Quark zuträgt. Das Frauenzimmer steht aber in ihrem persönlichen Dienst, und darum kann ich sie nicht gut an die Luft setzen, um so mehr, als sie sehr schlau ist und einem wie ein Aal durch die Finger schlüpft. Also –«

»Also – durch diesen recht durchsichtigen Schleier habe ich bereits einen Blick getan und die kostbaren Dienste der Jungfer Adelheid dankend abgelehnt«, fiel Theo lachend ein. »Daß sie an der Tür gehorcht hat, während ich bei Fräulein von Ganting war, hat mir ein stummer Zeuge verraten; ob meine Ablehnung ihrer Hilfe aber Erfolg haben wird, möchte ich dahingestellt sein lassen.«

»Ich auch«, brummte Reudnitz in den Bart und setzte nicht ohne eine gewisse Bitterkeit hinzu: »Sie werden einen netten Begriff von mir, beziehungsweise von meiner Hausherrlichkeit bekommen, weil ich Ihnen doch notgedrungen als ein alter Waschlappen erscheinen muß, der nicht mal so viel Autorität besitzt, sich eine Weiberherrschaft vom Halse zu schaffen, die ihm das Leben im eigenen Hause verbittert! Das kommt von der falschen Pietät und einer ungesunden Sentimentalität, die aus ganz dummem, sogenanntem Zartgefühl vor einem Ende mit Schrecken zurückscheut und dafür einen Schrecken ohne Ende erntet! Lassen Sie sich das zur Lehre dienen, daß man nie etwas aus ›Pietät‹ laufen lassen muß, was einem gegen das Gefühl geht.«

»Es kommt halt eben alles auf die Umstände an«, meinte Theo teilnahmsvoll. »Als im Märchen Sindbad, der Meerfahrer, aus purer Gutmütigkeit den Meergreis auf die Schulter nahm, dachte er auch nicht, daß der Gute diesen Platz nicht mehr zu verlassen wünschte. Bis die Stunde kam, wo Sindbad es nicht mehr aushielt ––«

Über Reudnitz' Züge ging ein Zucken wie Wetterleuchten, das sich alsbald zu einem ausgesprochenen Schmunzeln verdichtete.

»Sie sind eine kostbare junge Dame«, sagte er bewundernd. »Die Analogie stimmt ausnahmsweise mal aufs Haar, was man nicht immer behaupten kann. Ja, ich erinnere mich des Märchens. Ich lese heut noch gern welche; denn ich gehöre nicht zu denen, die sich einbilden, daß Märchen nur für Kinder geschrieben sind und ein kindliches Verständnis voraussetzen. Sie sind im Gegenteil eigentlich in erster Linie für Erwachsene zum Nachdenken geschrieben. Wieviele Sindbads laufen nicht mit ihrem Meergreis auf den Schultern herum! Wie war doch das Ende? Was hat Sindbad schließlich gemacht?«

»Er hat den Meergreis an einem Felsen zerschellt und war dann frei«, erwiderte Theo lächelnd. »Der Felsen ist wahrscheinlich auch nur ein Vergleich.«

»Natürlich, und ein recht drastischer dazu«, nickte der Kommerzienrat. »Als Alexander der Große den Gordischen Knoten, den er positiv anders nicht lösen konnte, mit dem Schwerte durchhieb, hat er auch bewiesen, daß drastische Mittel manchmal die einzigen sind, die zum Ziele führen.«

Sabinens Eintritt unterbrach die Unterhaltung, welche den alten Herrn sehr angeregt haben mußte; denn er war sichtlich in bester Laune, als er gleich darauf Miene machte, sich zurückzuziehen.

»Wollen wir etwa zusammen noch vor Tisch etwas ins Freie gehen?« fragte er an der Tür.

»Ich weiß nicht«, erwiderte Sabine unentschlossen. »Wir haben noch eine reichliche Stunde bis zum Abendessen, und wenn Fräulein Zöllner etwa bis dahin ruhen will – oder möchten Sie lieber auspacken? Ich helfe Ihnen sehr gern dabei!« Theo sah den Kommerzienrat fragend an.

»Soll ich auspacken?«

»Unter allen Umständen«, erwiderte er mit Nachdruck. »Das heißt, natürlich nur, falls Sie die Büchse nicht heute schon ins Korn werfen wollen!«

Theo lachte hellauf und schob ihren Arm in den Sabinens.

»Ich nehme Ihre Hilfe mit Vergnügen an«, rief sie. »Ein Koffer im Zimmer ist so schrecklich ungemütlich.«

## 3. Kapitel

Kaum hatte Theo die Tür des Vorzimmers zu Fräulein von Gantings Salon geschlossen, so packte Adelheid eiligst ihre Näharbeit zusammen, klopfte an, und trat, ohne die Einladung dazu abzuwarten, bei Ihrer Herrin ein, was diese in ihrem Nachdenken, in das sie versunken war, durchaus nicht zu stören schien. Die Kammerjungfer machte sich allerlei zu schaffen, rückte Stühle zurecht, hob einen Faden vom Teppich auf und räusperte sich dann energisch.

»Schöne junge Dame, die Gesellschafterin«, begann sie endlich vor ihrer Herrin stehenbleibend.

»Findest du? Nun, das ist Geschmacksache«, erwiderte Cordula als hätte sie auf diese Einleitung gewartet.

»Freilich, freilich« bestätigte Adelheid zustimmend. »Es gibt viele Leute, besonders Männer, die so was sehr schön finden. Die schlanke Figur, die weiße Haut, das prachtvolle Haar –«

»Unnatürlich, dieses Gelb!« murmelte Fräulein von Ganting vor sich hin.

»Wie'n Kanarienvogel!« setzte Adelheid sofort eine Hyperbel auf das Stichwort, nach welchem sie vorsichtig geangelt hatte, um sich danach zu richten. »Freilich ist die gelbe Farbe unnatürlich, wie gnädiges Fräulein mit Ihrem Scharfblick gleich zu erkennen geruhten. Aber so was fällt eben auf. Sieht wie eine verkleidete Prinzessin aus, das Fräulein.«

»Warum nicht gar!« »Na, es gibt doch verschiedene Sorten von Prinzessinnen, zum Beispiel Theaterprinzessinnen«, meinte Adelheid in sondierendem Drumherumreden. Und als ihre Herrin, aufmerksam geworden, sie erstaunt ansah, fuhr sie ermutigt fort: »Mit aller Untertänigkeit erlaube ich mir zu bemerken: Das Fräulein hat so was – was vom Theater an sich. Womit ich natürlich nichts gesagt haben will. Aber wenn das gnädige Fräulein mich fragen: Sie trägt mir den Kopf zu hoch und wird doch für ihre Dienste genau so bezahlt wie ich. Womit ich aber nichts gesagt haben will.«

Cordula behielt für sich, wie sie über diese dreiste Bemerkung dachte, ließ sie aber ungerügt, was Adelheid mit vollem Recht für eine Zustimmung nahm. Sie wußte sehr genau, daß ihre Herrin Stellung gegen eine Gesellschafterin ihrer Nichte genommen hatte, und erriet auch den Grund dazu; sie war schlau genug, zu ermessen, daß mit einem schwindenden Einfluß Fräulein von Gantings auch ihr eigener Platz an den Fleischtöpfen Ägyptens gefährdet war. Durch die immer näher rückende Möglichkeit einer Verheiratung Sabinens schwebte ohnedem das Schwert des Damokles über der Herrscherherrlichkeit Tante Cordulas im Hause des Kommerzienrats, der nach Adelheids Dafürhalten ›das gnädige Fräulein anscheinend doch nicht zu heiraten beabsichtigte, wie diese es wohl gewünscht und erwartet hatte‹.

Was Reudnitz betraf, so hatte Adelheid bezüglich der Wünsche ihrer Herrin jedenfalls einen größeren Scharfblick bewiesen wie in Bezug auf sich selbst, indem sie sich dem süßen Wahne hingab, dem Herrn des Hauses ein nicht unangenehmer Anblick zu sein, eine Selbsttäuschung, der ja so viele Leute verfallen, die sich allmählich fest einbilden, was sie selbst gern möchten und voraussetzen.

In Bezug auf Adelheids Ideen über Fräulein von Gantings geheime Wünsche und Hoffnungen mag es dahingestellt bleiben, ob die schlaue Person recht damit hatte; Tatsache jedoch war, daß sie ein mal gelegentlich einer Verstimmung ihrer Herrin über eine ihr ungelegene Anordnung des Kommerzienrats den ebenso kühnen wie unverschämten Trost gewagt hatte: »Nun, nun, das kann ja alles wieder geändert werden, wenn gnädiges Fräulein erst Frau Kommerzienrat sind!« Zwar hatte Cordula kurz gesagt: »Rede nicht solchen Unsinn!« aber die Zurechtweisung hatte so mild und – nun ja, so geschmeichelt geklungen, daß Adelheid triumphierend dachte: »Also doch! Freilich, wozu wäre sonst auch die neue, sündhaft teure Perücke notwendig gewesen, wo doch die alte noch so hübsch, wenn auch ein bissel fuchsig war?«

Daß zwei Jahre seit dem Tode von Frau Reudnitz vergangen waren, ohne daß Fräulein von Ganting auch dem Namen nach die Stelle ihrer Schwester einnahm, war nach Adelheids Meinung kein Grund, die Sache als gescheitert zu betrachten; aber immerhin mußte doch damit gerechnet werden, daß der Kommerzienrat nicht gewillt war, Cordula zu seiner zweiten Frau zu machen. Adelheid aber blickte noch weiter, als ihre Herrin es vielleicht selbst tat, und war entschlossen, ihr darüber einen Wink zu geben, wozu sie jetzt den Augenblick gekommen sah, da ihre Bemerkung über die Gesellschafterin, die den Kopf zu hoch trägt, keine Zurechtweisung erhielt.

»Na, wie gnädiges Fräulein und untertänigst auch ich über dieses Fräulein Zöllner denken mögen – lassen muß man es ihr schon, daß sie doch eine sehr auffallende Person ist, genau das, was die Männer allemal besticht. Die dunklen Augenbrauen und Wimpern mögen ja gefärbt sein und die Haare auch, wohinter ich schon noch kommen werde; aber den Männern verschlägt so was nicht, wenn's nur sonst gut aussieht. Ich war einmal in meiner Jugend in Stellung bei einem Witwer, das heißt, natürlich nur bei seinen erwachsenen Töchtern. Für die kam auch so'n Fräulein zum Französischparlieren ins Haus. Hübsch war sie ja, das mußte ihr der Neid lassen, und was war das Ende vom Liede? Der Herr hat sie geheiratet. Geheiratet! Denken das gnädige Fräulein mal bloß! Das fiel mir gleich ein, wie ich Fräulein Zöllner vorhin zum ersten Male sah. Und der Herr, von dem ich spreche, war noch weit älter wie der Herr Kommerzienrat. Ja, ja, die Männer! Alter schützt vor Torheit nicht, besonders, wenn so ein hübsches, junges Lärvchen daherkommt. Und was ich eigentlich fragen wollte: »Was wünschen gnädiges Fräulein heute abend anzuziehen?«

Es war ein sehr diplomatischer Zug von Adelheid, daß sie die grausige Geschichte von dem alten Witwer nicht weiter ausspann, sondern nur sein Alter mit dem des Kommerzienrates verglich und dann zur Alltäglichkeit überging; ihrer durchaus klugen Meinung nach durfte man die Wirkung seiner Winke nicht durch allzuviel Drum und Dran abschwächen. »Zuviel Wasser verfault das Samenkorn; aber wenn man es in Ruhe läßt, keimt es ganz von selbst.« Am Ende war das gnädige Fräulein noch gar nicht auf eine solche Möglichkeit gekommen; und vorgewarnt ist so gut wie vorgebeugt.

Cordula hatte indes diesen Gedanken ganz von selbst gehabt und ihn, wie wir wissen, dem Kommerzienrat sogar schon angedeutet, aber es machte sie doch sehr stutzig, daß auch andere schon dasselbe gedacht hatten, daß sie es denken konnten; die äußere Erscheinung der »Stellvertreterin«, die ihr Amt dazu auf so ganz unbestimmte Zeit antrat, hatte ihren Befürchtungen neue Nahrung gegeben. Es wegzuleugnen, daß dieses Fräulein unbestreitbar ein sehr schönes Mädchen war, das brachte Cordula trotz aller Voreingenommenheit im tiefsten Schreine ihres Herzens vor sich selbst nicht fertig; auch das alles »echt« an ihr war, hatte ihr sonst so getrübtes Auge sehen müssen. Wenn sie vor ihrer Kammerjungfer grundsätzlich den allgemein günstigen Eindruck abzuschwächen suchte, so hatte das den Zweck, einer etwaigen Parteinahme für den »Eindringling« vorzubeugen. Auch ihr Stillschweigen zu der impertinenten Kritik ihrer Dienerin verfolgte dieses Ziel, weil Fräulein von Ganting sich in dem seligen Glauben wiegte, daß ihr Urteil das Ausschlaggebende für ihre Untergebene sein mußte. Es wiederholte sich damit eben wieder einmal Bürgers köstliche Ballade vom »Kaiser und vom Abt«, dem Abt, der bekanntlich ein sehr gelehrter Herr gewesen – »nur schade, sein Schäfer war klüger als er!«

Beim Abendtisch trugen der Kommerzienrat und Theo ziemlich allein die Kosten der Unterhaltung. Sabine, die Theo sichtlich bemüht war dauernd ins Gespräch zu ziehen, trug nur wenig dazu bei, weil die Gegenwart ihrer Tante sie schüchtern und befangen machte; denn Fräulein von Ganting hüllte sich in tiefes Schweigen, das sie in den letzten Tagen für eine wirkungsvolle Waffe gehalten hatte. Erst beim Nachtisch und als die beiden Diener den Speisesaal verlassen hatten, ging sie zu einer Offensive über, für welche die Gelegenheit ihr günstig schien.

»Fräulein Zöllner!« nahm sie nach einem einleitenden, die Aufmerksamkeit fordernden Räuspern das Wort. »Habe ich mich vorhin verhört oder haben Sie meine Nichte wirklich mit dem Vornamen angeredet?«

»Gewiß, gnädiges Fräulein, Sie haben ganz richtig gehört«, erwiderte Theo mit liebenswürdigster Bereitwilligkeit. »Sabine hat mir die Freude gemacht, mich zu fragen, ob sie mich mit meinem Vornamen nennen dürfte.«

»Das war von meiner Nichte sehr – impulsiv, um nicht zusagen voreilig und aufdringlich«, sagte Cordula scharf mit einem so verweisenden Blicke auf die arme Sabine, daß diese ganz blaß vor Angst wurde. »Daß Sie aber Ihre Stellung so – falsch auffassen konnten, so ohne weiteres Gleiches mit Gleichem zu erwidern, das ist doch wohl etwas reichlich und mir ein Beweis, daß Ihnen die Umgangsformen unserer Kreise nicht hinreichend geläufig sind.«

Der Kommerzienrat, der seiner Schwägerin mit einem sonderbaren Gemisch von Grimm und Belustigung in den Augen zugehört und sie ruhig hatte ausreden lassen, öffnete schon den Mund zu einer Entgegnung, als Theo ihm zuvorkam.

»Wenn gnädiges Fräulein mir die Kenntnisse der Formen Ihrer Kreise nicht zutrauen, so ist das ja freilich schmerzlich, entschuldigt mich anderseits aber auch«, sagte sie im liebenswürdigsten Unterhaltungston, als handle es sich gar nicht um eine persönliche Sache, sondern nur um ein allgemeines Argument. »Wenn Sabine Ihre Kammerzofe – nur um ein Beispiel anzuführen – mit Vornamen anredet, ob gebeten oder ungebeten, und die Dienerin erwidert Gleiches mit Gleichem, so wäre das natürlich eine glatte Unverschämtheit. Da ich aber nicht als Sabinens Kammerjungfer, sondern als ihre Gefährtin mit ausdrücklicher Betonung der Gleichberechtigung hierhergekommen bin, so würde ich mich doch in ein sehr sonderbares Licht setzen, wenn ich mich von ihr ›Theo‹ nennen ließe und sie mit ›Fräulein Reudnitz‹ oder gar mit ›gnädiges Fräulein‹ anreden wollte. Ich wette, Sie wären in diesem Falle die erste, die mich auf eine solche Unschicklichkeit aufmerksam machen würde. Wofür ich Ihnen ja noch obendrein zum größten Dank verpflichtet sein müßte.«

Tante Cordula, die wieder einmal das Gefühl hatte, als würde ihr der Boden unter den Füßen weggezogen, gab das Gefecht trotzdem noch nicht verloren, weil sie das Schweigen ihres Schwagers total mißverstand und in ihm eine Zustimmung ihrer Auffassung zu erblicken vermeinte.

»Sabine«, sagte sie hochmütig, »du wirst von Stund' an deine – mundfertige Gefährtin wieder ›Fräulein Zöllner‹ nennen!«

»Warum nicht gar!« fiel Reudnitz ruhig ein. »Meine Schwägerin, liebes Fräulein Zöllner, hat die Sachlage noch nicht recht verstanden, das ist die ganze Geschichte. Erstens, daß ich für Sabine keinen Schicketanz oder Prügeljungen wünschte, sondern eine Gefährtin, die ihr auch eine Freundin ist. Zweitens sind Sie, Fräulein Zöllner, freiwillig zu uns gekommen und damit auch in einer vollständig unabhängigen Lage. Ich erkenne es Sabine dankbar an, daß sie mit ihrer Bitte, Fräulein Zöllner beim Vornamen nennen zu dürfen, gleich den rechten Ton getroffen hat, und wünsche, daß es dabei bleibt und ich von dir, liebe Schwägerin, aufs kräftigste und wärmste darin unterstützt werde.«

Cordula war klug genug, einzusehen, daß ihr gar nichts anderes übrigblieb, wenn sie es nicht zu einem offenen Zerwürfnis kommen lassen wollte. Sie machte daher gute Miene zum bösen Spiel und sagte nach einem kurzen Kampfe mit sich selbst sauersüß:

»Alles verstehen, heißt alles verzeihen. In dieser Darstellung hat die Angelegenheit allerdings ein anderes Gesicht, und wenn ich mich vielleicht schärfer ausgedrückt haben sollte, als ich es tatsächlich gemeint, so trifft die Schuld dich, lieber Schwager. Warum hast du mir das alles nicht schon früher erklärt?«

»Ja, warum?« brummte Reudnitz grimmig, »Na, Schwamm drüber! Schmal, wie ich sonst bin, ist mein Rücken immer noch breit genug, um sich die ganze Schuld aufhucken zu lassen. Bist du fertig, Cordula? Na, dann erlaube, daß wir aufstehen, um den Rest des schönen Abends im Freien zu genießen, Fanfaro, junges Volk, Signal zum Schwärmen!«

Aus dem Speisesaal, der zu ebener Erde unmittelbar unter dem Zimmer Sabinens lag und gleichfalls die im Amönenhof beliebte ovale Form aufwies, trat der kleine Kreis durch die offene, hohe Glastür hinaus auf die Terrasse vor dem See, und während Fräulein von Ganting sich mit fieberhaft jagenden Gedanken auf einen bequemen, mit Kissen belegten Rohrsessel setzte, gingen die jungen Damen, begleitet von dem Kommerzienrat, der sich eine Zigarre angezündet hatte, auf und ab. Der Widerschein des letzten Abendsonnengoldes lag noch auf den Wipfeln der Bäume am anderen Ufer, während er in vollem Glanze die darüberragenden Berge beleuchtete und das große, mit Türmen flankierte Viereck eines weißen Schlosses, das auf einer dieser Anhöhen lag, rosig überhauchte.

»Das ist Schloß Weißenfels«, erklärte der Kommerzienrat auf Theos Frage. »Seit dem Tode des letzten Herzogs der jüngeren Linie, dessen Tochter und Erbin den regierenden Herzog der älteren geheiratet hat, ist der kolossal große Bau nicht mehr bewohnt worden. Natürlich ist ein Schloßhauptmann darin, – ja, Cordula, dabei fällt mir ein, wir werden bei ihm, beziehungsweise seiner Frau wohl endlich einen freundnachbarlichen Besuch machen müssen. Groß ist der Verkehr für den Amönenhof in der Gegend ja nicht, aber was er bietet, wollen wir natürlich mitnehmen, und da die letzten Handwerker zum Glück endlich zum Tempel hinaus sind, haben wir auch keinen Grund mehr, unsere Höflichkeitsbesuche noch länger hinauszuschieben.«

»Gewiß, wenn du es wünschest, bin ich bereit dazu«, erwiderte Fräulein von Ganting. »Mit Auswahl natürlich«, setzte sie hinzu.

»Na, von Auswahl ist hier eigentlich nicht die Rede«, meinte Reudnitz. »Wer es als nachbarliche Aufmerksamkeit von uns erwarten darf, wird mit unserem Besuch beglückt. Die Liste dazu ist kurz genug. Zu unserm nächsten, unmittelbaren Nachbarn von Mühling auf Steinau fahre ich natürlich allein, weil er Junggeselle ist und daneben ein großer Jägersmann. Mir macht's gelegentlich auch mal Spaß, einen Bock zu schießen – einen vierbeinigen, Notabene!

»Bitte, Böcke haben keine Beine, sondern Läufe«, fiel Theo lachend ein.

»Richtig! Na, dann hätten wir ja schon den ersten Bock geschossen«, meinte Reudnitz gut gelaunt. »Wie gut, daß Sie das Jägerlatein ebensogut verstehen, wie das der alten Römer, Fräulein Zöllner! Ja, ja, mache nur große Augen, Sabinchen, mein Kind, sie versteht's wirklich. Sie hat mich auf dem Heimweg heute nachmittag beinahe damit in Verlegenheit gebracht! Um auf unsere Besuchsliste zurückzukommen – – da käme für uns also in Betracht der schon genannte Schloßhauptmann, der Regierungspräsident in Weißenfels und der Amtsgerichtsrat ebendaselbst. Das wäre alles. Hoffentlich sind's nette, umgängliche Leute, denn ich denke mir einen gemütlichen Landverkehr als etwas recht Angenehmes, weil ich im ganzen ein geselliger alter Knabe bin und es auch für Sabine ganz gut wäre, wenn sie mal zunächst im kleineren Kreise die Kraft ihrer Schwingen erprobte.«

»Oh – Sabine hat jetzt ihre – Gefährtin«, bemerkte Fräulein von Ganting nicht ohne Schärfe. »Es würde sich wohl besser für sie schicken, wenn sie im nächsten Winter zuerst in den Stadtkreisen ausgeführt würde, was ich aber durchaus noch nicht für notwendig halte und keineswegs befürworten möchte.«

»Sabine ist achtzehn Jahre alt und kann nicht ewig in der Kinderstube bleiben«, versetzte Reudnitz ruhig. »Ich kann dir ja vollständig nachfühlen, daß dir vor der Rolle der Ballmutter auf dem ›Drachenfels‹ graut, aber das mutet dir ja auch kein Mensch zu, verehrte Schwägerin. Ich werde mich mit Heldenmut als Ballvater opfern und meine Tochter pflichtgemäß ausführen. Es wird's einer alten Dame, die nicht die Mutter ist, niemand übelnehmen, wenn sie sich von solchen anstrengenden Scherzen drückt.«

Cordula von Ganting antwortete nicht gleich; denn ihr war bei der Ankündigung dieser neuen »Kaltstellung« kein schlechter Schrecken in die Glieder gefahren. Natürlich bediente sie sich dem anscheinend ganz harmlos gemachten Vorschlage gegenüber keines so frivolen Ausdruckes, aber sie empfand ihn doch als einen Schlag ins Gesicht, und die »alte Dame« trug nicht dazu bei, ihn erträglicher zu machen. Indes war sie klug genug, sich nichts davon merken zu lassen, das gelang ihr jedoch wohl nur bei der unschuldigen Sabine; denn gar so harmlos hatte es der Kommerzienrat nun doch nicht gemeint, und Theo erriet unschwer die Gefühle, die er mit seinen Worten im Busen seiner Schwägerin erweckte.

»Nun, soweit sind wir ja noch nicht. Darüber kann man seinerzeit noch reden«, sagte Cordula beherrscht. »Also willst du, daß Sabine uns bei den Besuchen begleitet?«

»Ja, das will ich. Sabine und Fräulein Zöllner – mitgefangen, mitgehangen – begleitet uns. Platz für vier ist ja im Auto«, erklärte Reudnitz sehr bestimmt.

»Fräulein Zöllner?!« wiederholte Cordula aufhorchend. »Aber lieber Jakob, welche Rolle soll denn Fräulein Zöllner bei unseren Besuchen spielen?«

»Die Rolle unseres Gastes und der Freundin Sabinens«, versetzte der Kommerzienrat ruhig.

»Lieber Jakob, könnten wir das nicht besser unter vier Augen besprechen?« fragte Cordula sanft und eindringlich.

»Wieso unter vier Augen?« erkundigte sich Reudnitz ruhig. »Du hast eine Frage gestellt, die allerdings besser unter vier Augen auszusprechen gewesen wäre, und ich habe dir die Antwort darauf gegeben. Womit die Sache wohl erledigt ist. Wo waren wir denn eigentlich stehengeblieben? Richtig, bei den Besuchen, die uns also nicht allzusehr anstrengen werden. Übrigens hätte ich fast vergessen, daß in der Haupt- und Residenzstadt Weißenfels noch eine alte Oberhofmeisterin der letzten seligen Herzogin lebt, der man, wie mein Gewährsmann, der Schloßhauptmann, mir sagte, unbedingt einen Besuch machen muß. Eigentlich ist es doch recht schade, daß dieses schöne, große Schloß dort oben immer leer steht und damit so allmählich vermodern und verfallen wird.«

»Es stand aber heute im Weißenfelser Tagblatt, daß der Herzog, die Herzogin und der Erbprinz demnächst zu längerem Aufenthalt hier einzutreffen gedenken«, wagte Sabine einzuwenden. »Ich habe auch heute alle Fenster des Schlosses geöffnet gesehen – wollten Sie etwas sagen, Theo?« unterbrach sie sich, als die letztere eine unwillkürliche Bewegung machte.

»Ich wollte nur sagen, es sei alles mögliche, daß auch der Erbprinz ›gedenkt‹, sich an dem Aufenthalt zu beteiligen«, sagte Theo rasch gefaßt. »Er ist nämlich, soviel ich weiß, erst ein Jahr alt.«

»Hofjargon, liebes Fräulein«, lächelte der Kommerzienrat. »Je kleiner der Hof, um so bombastischer der Stil und um so strenger das Zeremoniell. Ich wette, daß es bei diesem Duodezfürsten zugeht, wie am spanischen Hofe von Anno Tobak! Die Wette wird freilich wohl unausgetragen bleiben müssen, da wir ja als nicht ›hoffähig‹ auch nicht in die Lage kommen werden, uns persönlich zu überzeugen.«

Das konnte Cordula von Ganting denn doch nicht unberichtigt lassen. »Wenn du das ›wir‹ auf dich und deine Tochter beziehst, so hast du wohl recht, obschon es ja jetzt Sitte geworden ist, auch die Vertreter der Großindustrie an die Höfe zu ziehen«, bemerkte sie hochmütig. »Ich für mein Teil aber bin hoffähig und halte es durchaus nicht für ausgeschlossen, daß ich mich zur Vorstellung bei der Herzogin melden werde.«

»Des Menschen Wille ist sein Himmelreich«, sagte Reudnitz lachend. »Wenn's dich also glücklich macht, so tue was du glaubst nicht lassen zu können.«

Damit nahm er seinen Abendspaziergang mit den beiden jungen Mädchen wieder auf und überließ Cordula ihren Gedanken, die sich natürlich wieder um den Pol drehten, der jetzt ihr ganzes Sinnen und Trachten beschäftigte. Daß dieser »fremden Person«, dieser Zöllner, auf dem so sorgsam vorgezeichneten Wege nicht beizukommen war, hatte sie zum Glück schon in den ersten Stunden eingesehen. Sie sagte sich selbst noch einmal »zum Glück«, trotzdem ihre ersten Angriffe jedesmal mit einer empfindlichen Niederlage geendet hatten. Erstens war ›dieses Mädchen‹ ihr an Schlagfertigkeit überlegen und dabei doch so merkwürdig schwer von Begriffen, und zweitens wurde sie durch Reudnitz unterstützt. Drittens aber – und das schien in Cordulas Augen die größte Gefahr zu sein – ›schwärmte‹ Sabine mit der ganzen Torheit ihrer achtzehn Jahre bereits für diese Fremde, die dem »dummen Mädel« natürlich durch ihre Überlegenheit, ihre ›freche Haltung‹ und durch ihr Äußeres imponierte. Wäre die Stellvertretung ›dieser Person‹ nur eine kurz vorübergehende gewesen, so hätte man sich damit abfinden können; weil Typhus jedoch eine langwierige und gefährliche Krankheit und die Genesungsperiode noch langwieriger ist, so mußten eben Mittel und Wege gefunden werden, die gefährliche Stellvertretung zu entfernen, ehe sie volle Gewalt über Sabine gewann und womöglich den alten Narren, Jakob Reudnitz, in ihre Netze zog.

Cordula hatte sich bisher viel auf ihre ›Konsequenz‹ zugute getan und damit allerdings auch vieles erreicht, besonders das warme Nest im Hause ihres Schwagers; aber nun begann sie einzusehen, daß eine Änderung der Taktik nicht nur von größtem Vorteil sein konnte, sondern direkt geboten war. Nachdem sie das bei sich erwogen hatte, war sie für den Rest des Abends bis zum Auseinandergehen für die Nacht nicht mehr ausgesprochen ungnädig und beim ›gute Nacht‹ sogar ganz liebenswürdig, in welche angenehme Stimmung sogar Theo eingeschlossen wurde,

was diese als etwas ganz Selbstverständliches hinnahm, Sabine selig machte, den Kommerzienrat aber mit düsteren Ahnungen erfüllte; denn er kannte ›seine Pappenheimer‹. Also überlegte
er, entweder will sie sich in den Status quo finden, und das bedeutet dann einen Status quo
in aeternum, oder sie hat noch andere Eisen im Feuer. Na, werden's ja sehen! Jedenfalls: das
famose Mädel, die Zöllner, wird gehalten; denn erstens scheint sie ganz die Richtige für Sabine
zu sein, und zweitens – überhaupt!

## 4. Kapitel

Die erste Nacht in dem fremden Hause, in einem Bett, dessen ›Höhen und Tiefen‹ einem noch nicht vertraut sind, pflegt meistens eine rechte Ruhe selbst bei jungen Menschen nicht aufkommen zu lassen, und Theo erging es damit auch nicht besser. Herzlich müde, wie sie sich kurz nach Tisch gefühlt hatte, war sie jetzt am Abend dieses an neuen Eindrücken so reichen Tages eigentlich wieder ganz munter und abgeneigt, zu Bett zu gehen.

Die herrliche, warme Maiennacht mit dem wunderbaren Mondenschein lockte sie hinaus auf ihren Balkon, und während sie, an das vergoldete, schmiedeeiserne Gitter gelehnt, in das vom Mond versilberte Grün und auf den reizenden Blumengarten zu ihren Füßen hinausblickte, zogen die Ereignisse noch einmal an ihrem geistigen Auge vorüber.

»Eigentlich doch eine recht nette Sache, in die ich mich hier hineingesetzt habe«, dachte sie mit einem unwillkürlichen Lächeln. »Wenn mir das einer noch vor vier Tagen gesagt hätte, daß ich mich von einem alten Drachen, wie die kostbare Tante hier ist, hinausweisen lassen würde, ohne den Wink mit dem Zaunpfahl umgehend zu benutzen – ich hätte ihn einfach ausgelacht. Und warum habe ich mir das alles gefallen lassen? Ich könnte mir ja ganz nett selbst vorlügen, daß ich's der armen Anna wegen tat, aber Aug' in Aug' mit mir selbst hält dieses edle Motiv die Prüfung doch nicht ganz aus; denn Anna ist einmal jetzt in einem Zustand von Bewußtlosigkeit und könnte in ihren lichten Momenten ganz gut in dem seligen Wahn gehalten werden, daß ihr die Stellung hier nicht verloren ist, und dann ließe sich, selbst wenn der Kommerzienrat nicht auf sie warten wollte, ganz gut ein Modus finden, der sie reichlich für den Verlust entschädigt. Im ersten Augenblick, ja gewiß, da war Anna mein einziger Beweggrund – daß ich mit der tollen Idee dieser Stellvertretung noch eine zweite Fliege mit derselben Klappe schlagen könnte, ist mir wahrhaftig erst später eingefallen, und weil ich so voreilig war, das gleich an Ort und Stelle zu melden, so konnte ich ja gar nicht mehr zurück, ohne mich unsterblich zu blamieren. Schließlich macht mir diese ganze Komödie hier doch auch einen Riesenspaß. Man guckt mal in ganz andere Verhältnisse hinein, was einem nur nützlich sein kann, und dann – dieser Kampf mit dem Drachen! Diese Anstrengungen des wirklich netten Kommerzienrates, seinen Meergreis los zu werden – das ist ja der reine Schwank, ein Stoff, um den einen jeder Lustspieldichter beneiden könnte. Ja, es reizt mich, dem alten Herrn beizustehen, den Meergreis herauszugraulen! Sabine ist ein gutes Tierchen ohne Arg und Tücke, unbedeutend, und auf die Dauer wahrscheinlich eine Nervenprobe, aber dafür habe ich sie auch schon so gut wie ganz auf meiner Seite und will von Herzen gern versuchen, in ihr zu wecken, was sie an Talent zur Selbständigkeit besitzt. Die Tante ist aber schon wirklich eine – na ja, eine tolle Person! Wenn sie's mit ihrer Behandlung meines werten Ichs nicht gleich so furchtbar übertrieben hätte, dann wär's ihr wahrscheinlich gelungen, mich umgehend zum Tempel hinaus zu befördern Aber sie hat's zu dick aufgetragen und mich damit zu einer Kraftprobe gereizt. Insoweit hätte ich ja noch Oberwasser behalten, aber ich traue dem alten Drachen nicht. Es scheint doch zuviel für sie auf dem Spiel zu stehen – warum zum Beispiel will sie das arme kleine Ding, die Sabine, immer noch in der Kinderstube halten? Warum frage ich? Weil sie fürchtet, daß Sabine sich bei ihrem Erscheinen in der Welt gleich verheiraten könnte, womit ihre Herrlichkeit als Meergreis ein Ende hätte! Ja, das muß ihr Motiv sein! Das liegt auf der Hand! Unklarer ist mir aber, warum Vater Reudnitz nicht wissen wollte, wie ich mit meinem richtigen Namen heiße. Um sich, wenn's herauskommen sollte, vor der Tante mit gutem Gewissen als unschuldiges Bählamm, das selbst betrogen wurde, eine Szene zu ersparen? Nein, für solch einen Pantoffelhelden kann man doch unmöglich einen Menschen halten, der, wie er, in seinem Leben soviel Energie bewiesen hat. Allerdings hat sich ja auch Herkules zum Wollespinnen pressen lassen, wenn's wahr ist, aber das traue ich dem alten Herrn denn doch nicht zu, bis er mir's beweist. Da das Grübeln aber vorläufig doch keinen Zweck hat, indem die Ereignisse sich schon historisch entwickeln werden, so will ich lieber jetzt schlafen gehen.«

Das Bett in der tiefen Nische, in welchem Theo sich alsbald mit Behagen ausstreckte, war vorzüglich, aber der Schlaf wollte trotzdem nicht kommen. Sie hatte die Balkontür weit offen gelassen und empfand die eindringende, linde Nachtluft sehr angenehm; aber der Mond schien so hell ins Zimmer, daß sein Licht bis auf das Bett und die Wand dahinter fiel. Deshalb zog sie den Vorhang vor der Nische zu und – nach zehn Minuten wieder zurück, weil die Luft in dem engen, abgeschlossenen Raume bald drückend wurde; denn der verblichene, hellgrüne Damast war schwer und zudem noch mit rosa Taft gefüttert. Nun versuchte Theo den Schlaf mit den bekannten Hausmitteln zu locken. Sie zählte eine gedachte Schafherde durch ein enges Tor in ein wogendes Kornfeld hinein, fand aber bald, daß die lieben Tiere zu sehr durcheinander wimmelten und sie mehr aufregten als schläfrig machten. Dann versuchte sie es mit der »Reise durch das Zimmer«, die gleichfalls als einschläfernd empfohlen wird. Mit dem, was sie vom Bett aus sehen konnte, war sie schnell fertig, aber ohne den erhofften Erfolg. Dann betrachtete sie den Damast des Vorhanges vor der Nische, dessen elegantes Muster sie bei dem hellen Mondlicht deutlich erkennen konnte, und sie stellte dabei fest, das die ganze Nische mit demselben kostbaren Stoff in reichem Faltenwurf bekleidet war. Sie streckte die rechte, der Rückwand zunächst befindliche Hand aus, den Damast zu befühlen; der knisterte und rauschte unter ihren Fingern, grad' wie ein Märchen aus jener Zeit, da der Amönenhof die Tage seines Glanzes sah und die Grafen von Zimburg darin eine Art von Hof hielten.

»Ob die schöne Amöne wohl auch in dieser Nische geschlafen und von ihren gestohlenen Schätzen geträumt hat?« dachte Theo, den Stoff streichelnd »Ob sie selbst sich diesen Damast ausgewählt haben mag?«

»Ich weiß doch nicht, ob er nicht einer späteren Zeit angehört, dem Rokoko zum Beispiel. Das verblichene Grün sieht im Mondlicht eigentlich wunderhübsch aus, gerad' wie mit Silber broschiert, und der Stoff des Vorhangs ist wirklich noch sehr gut erhalten – halt, hier ist ein Loch! Nein, nur ein Schlitz, ein Querschlitz – von Rechts wegen hätte der Damast doch in der Falte der Länge nach brechen müssen. Und der komische Schlitz ist noch dazu hinter dieser tiefen Falte, – ja. was ist denn das?«

Theos Hand, die hinter eine der tiefen Falten hineingeriet, in welche der Stoff an der Rückwand der Nische gelegt war, hatte dabei etwas zu fassen bekommen, das sich wie ein steifes Stück Papier anfühlte. Sie zog es hervor und betrachtete es, so gut es eben ging, nicht ohne ein kleines Erstaunen.

»Wenn das nicht ein Treff-As ist, und noch dazu ein recht sonderbares, dann hab' ich nie eins gesehen«, sprach sie vor sich hin und entzündete dabei die elektrische Tischlampe auf ihrem Nachttischchen.

Es war wirklich ein Treff-As, und zwar war die Karte mit einer reizenden, zart kolorierten Handzeichnung verziert, während die Rückseite mit ungemein fein stilisierten Lorbeergirlanden in Gittermuster bedruckt war. Theo, deren Pate eine Sammlung alter Spielkarten besessen hatte, war gleich imstande, das Alter dieser Spielkarte zu bestimmen; denn in dieser wertvollen Sammlung befand sich auch ein vollständiges Spiel aus der Empirezeit. Und als sie die Karte näher betrachtete, sah sie, daß mit halb verblichener Tinte etwas darauf geschrieben war, und zwar rechts und links von dem As je fünf untereinandergestellte, große lateinische Buchstaben, und einer bzw. zwei über und unter dem Treffzeichen. »M. A. U. L. E. M. E. H. C. L. E. R. L.« las sie die Buchstaben von oben nach unten in den drei Reihen ab. »Was soll denn das heißen? Das hat ja gar keinen Sinn! Ob da noch mehr solcher Karten stecken?«

Wieder fuhr sie mit der Hand hinter die tiefe Falte, aber es dauerte eine ganze Weile, bis sie den Schlitz wiederfand, in den sie beim ersten Mal ganz zufällig geraten war.

»Das ist überhaupt eine Tasche«, stellte sie dann fest und richtete sich auf, um besser hineinlangen zu können; dabei bekam sie ein dünnes Päckchen in die Hand, das, bei Licht betrachtet, nichts anderes war, als die zu dem Treff-As gehörigen Karten eines ganzen Spiels.

Theo breitete diese Karten nun auf der Bettdecke vor sich aus, – es waren vollzählig die zweiunddreißig Blätter eines Pikettspiels, und auf jeder einzelnen dieser Karten waren rechts, links und in der Mitte zwischen den Zeichen ebensolche lateinische Buchstaben ohne Zusammenhang, wie willkürlich hingeschrieben, aber doch sichtlich mit System, immer in drei Kolonnen geordnet. Nur auf den Bildern wich die Zahl der Buchstaben von denen der anderen Karten ab. Hier hielten vier Lettern die Anordnung in drei Reihen ebenfalls ein. Davon je eine über und unter den Doppelköpfen und je eine links oben und rechts unten. Nur das Coeur-As hatte, abgesondert von der dritten Reihe, einen Buchstaben mehr.

Diese Karte war auch auf der Rückseite beschrieben, und zwar trug sie den Namenszug »Leopold, Graf von Zimburg – Amönenhof, 1806.«

»Das ist ja wie eine Unterschrift zu diesen kabbalistischen Zeichen«, dachte Theo, und blickte von dem Namen der Karte in ihrer Hand zu dem ausgebreiteten Spiel auf ihrer Bettdecke. »Und ich lasse mich hängen, wenn das Ganze nicht ein Kryptogramm ist, eine Mitteilung irgendwelcher Art in Geheimschrift! Aber was tut man mit einem Kryptogramm ohne Schlüssel? Ist er vielleicht auch in dieser kunstreich versteckten Tasche, und hat der alte Herr, der diese Buchstaben so zierlich und säuberlich auf die Karten gemalt hat, sie selbst als Aufbewahrungsort dafür benutzt? Dann hätte dieses Pikettspiel ja über hundert Jahre darin gesteckt, – und ich muß da hineintappen, bloß weil ich nicht schlafen kann, mehr noch: ausgerechnet ich muß dieses Zimmer bekommen, um hineintappen zu können –«

Sie schob die Karten, die sehr dünn und augenscheinlich viel benutzt worden waren, zusammen und tauchte ihre Hand nochmals in die Tasche hinter der Falte. Sie war tief und schmal zwischen Stoff und Futter angebracht, und da sie sich auf der Innenseite der tiefen Falte befand, so wäre sie selbst mit einem umfangreicheren Inhalt von außen nicht zu bemerken gewesen. Aber sie enthielt nichts weiter, so emsig Theo auch suchte, und schließlich schob sie das Spiel Karten wieder zurück. »Ich nehme zwar vorläufig feierlich Besitz davon, aber nur, um sie bei Gelegenheit dem letzten Zimburg von Amönenhof zurückzugeben«, murmelte sie, die bewußte Falte wieder in Ordnung bringend. »Bis ich diese heiligen Hallen freiwillig oder durch überlegene Kräfte, alias Tante Cordula, wieder verlasse, sind diese sonderbaren Karten hier am besten aufgehoben. Daß sie irgendein Familiengeheimnis enthalten, darauf möchte ich beinahe schwören; das aber hat der gute Kommerzienrat bestimmt nicht gekauft, und darum halte ich die Zwangsaneignung dieses Pikettspiels für berechtigt. Daß ich neugierig wie eine Nachtigall bin, hinter das Rätsel dieser Buchstabenreihen zu kommen, will ich vorbehaltlos zugeben, und wer weiß? Eine blinde Henne findet manchmal auch ein Korn. Warum sollte ich nicht den Schlüssel dazu finden? Durch meinen Scharfsinn oder durch Zufall? Ja, wer weiß!«

Damit löschte Theo ihre Lampe wieder aus und war in wenigen Minuten fest eingeschlafen.

Theo gehörte nicht zu der Sippe der Langschläfer, die den halben Morgen im Bett zubringen und damit die schönste, fruchtbarste Zeit ihres Lebens vergeuden. Ob früh oder spät zur Ruhe gekommen hielt sie an ihrer Gewohnheit fest, im Sommer wie im Winter früh aufzustehen, nahm ein kühles Bad, zog sich gleich fertig für den Tag an und war darum auch beim Frühstück nicht übellaunig, mißgünstig oder ›verkatert‹, wie man es bei den meisten Leuten beobachten kann, die sich morgens von ihrem Bett nicht trennen können oder wollen.

Nach dem Erwachen war es Theos erstes Werk, in die verborgene Tasche des Vorhangs zu fassen, um sich zu überzeugen, daß sie ihren sonderbaren Fund nicht geträumt hatte. Als sie das Päckchen Karten in der Hand fühlte, widerstand sie heroisch der Versuchung, gleich an des Rätsels Lösung zu gehen.

„Nein! Setzt man sich einmal darüber, dann kommt man sobald nicht mehr davon los«, dachte sie entschlossen und verließ das Bett. »Wenn ich noch mein eigener Herr wäre – aber das bin ich ja eben seit gestern nicht mehr. Und da ich von der Zeit bei der Pate her Übung darin besitze, nicht nach meiner eigenen, sondern nach anderer Leute Pfeife zu tanzen, so wird sich dieser Zustand ja wohl ertragen lassen. Hoffentlich hat man im Laufe des Tages mal eine Freistunde, und dann wollen wir Ihnen mal auf den Zahn fühlen, Leopold Graf von Zimburg-Amönenhof! Wozu ich mich aus verschiedenen Gründen für berechtigt halte: erstens, weil ich die glückliche Finderin dieser Karten bin, – zweitens überhaupt!«

Der Rest dieses Selbstgesprächs ging in dem Bad unter, in welches Theo mit Behagen tauchte, und eine knappe halbe Stunde später verließ sie leise ihr Zimmer, um in dem Park draußen die taufrische, wunderbar belebende Morgenluft zu genießen. Als sie das Haus durch das Portal der Landseite verließ, traf sie den Kommerzienrat, der, auf und ab gehend, seine Morgenpfeife rauchte.

»Was? Sie schon auf, Fräulein Zöllner?« rief er erfreut, »Na, das lobe ich mir. Wenn Sie das meiner Tochter beibringen könnten, würde sie bald so frisch aussehen und so klare Augen haben, wie Sie! Aber meine Schwägerin besteht darauf, das arme Mädel den halben Morgen im Bett zu halten und das Frühstück in den Federn einzunehmen. Wo soll sie bei solcher Lebensweise Kraft und Frische hernehmen?«

»Oh, das Frühaufstehen will ich Sabine schon beibringen, namentlich wenn ihr Wunsch mich dabei unterstützt«, meinte Theo zuversichtlich. »Ich habe überhaupt noch einige andere Reformideen für Sabine in petto, aber es wäre unweise, so etwas zu überstürzen, um die Opposition nicht herauszufordern, wodurch der Sieg nur erschwert werden würde.«

»Ganz einverstanden«, sagte Reudnitz, und lächelnd setzte er hinzu. »Woher haben Sie nur bei Ihrer Jugend alle diese Weisheit?«

»Nun, ob's gerade Weisheit ist, möchte ich doch nicht so ohne weiteres behaupten«, lachte Theo. »Ich habe nur ein Paar ganz helle Augen im Kopfe und bemühe mich, damit sehen zu lernen. Wenn man damit auch mal auf einen Holzweg kommt, tut nichts; Lehrgeld muß man für alles zahlen.«

»Wenn's nicht hinausgeworfen ist, hat man auch was dafür«, meinte Reudnitz wohlgefällig. »Na, und die vergangene Nacht haben Sie hoffentlich gut geschlafen und was Schönes geträumt, und Ihr Entschluß, zu bleiben, ist nicht wankend geworden, wie?«

»I bewahre!« versicherte Theo. »Einmal bin ich überhaupt nicht wankelmütig, sondern im Gegenteil schrecklich zähe im Festhalten, und dann, ehrlich gesagt, reizt mich der fröhliche Strauß mit Fräulein von Ganting. So ein ›Kampf mit dem Drachen‹ – das soll nicht etwa ein Vergleich sein, behüte! – ist ganz erfrischend.«

»Ja, das glaube ich Ihnen aufs Wort«, sagte Reudnitz mit Überzeugung. »Hm – ja – wenn die Sache nur nicht ›erfrischender‹ wird, wie Sie sich's vorstellen. Meine Schwägerin ist auch recht zäh veranlagt, wo es sich bei ihr um Vorteile – gelinde gesagt – und noch um andere Dinge handelt. Vergessen Sie auch nicht meine Warnung, sich unter keinen Umständen ins Unrecht zu setzen, denn damit verlieren Sie sofort den Rückhalt an mir. Ich wäre gezwungen, mich auf die Seite meiner Schwägerin zu stellen; ich halte übrigens nicht für ausgeschlossen, daß sie ihre Taktik Ihnen gegenüber nach der kleinen Auseinandersetzung gestern abend bei Tisch ändert. Das darf Sie aber nicht zu der Annahme verleiten, als hätte sie damit ihren Widerstand aufgegeben. Das glaube ich nicht!«

»Ich auch nicht«, fiel Theo ein. »Ich hoffe sogar, daß Fräulein von Ganting mir gegenüber nicht plötzlich zur Liebenswürdigkeit übergeht. Das wäre ein böses Zeichen und eine ernste Warnung zur Vorsicht; denn meine selige Pate pflegte immer zu sagen: Hüte dich vor den – na, ich will das Wort nicht wiederholen; denn es ist so drastisch, wie die Pate selbst es war – hüte dich vor denen, die dich erst kratzen und dann lecken, oder umgekehrt.«

»Die Pate muß eine kluge Dame gewesen sein«, nickte Reudnitz. »Aber Sie wollen einen Spaziergang machen, und ich auch. Meinen Sie nicht, daß es nun sehr weise von uns beiden wäre, uns dazu erst durch ein Frühstück zu stärken?«

»Das fände ich nicht nur weise, sondern sogar höchst angenehm, Herr Kommerzienrat. Müßten wir damit aber nicht eigentlich auf Ihre Damen warten?«

»Da können Sie lange warten! Die frühstücken beide im Bett, meine Schwägerin vermutlich aus Schönheitsrücksichten, meine Tochter par ordre de moufti. Nein, ihr Frühstück müssen Sie sich selbst bestellen, und daß man Ihnen das nicht gesagt hat, beweist nur, daß Hausgäste bei uns ein ungewohnter Zustand sind. Wissen Sie was? Frühstücken wir gemeinsam, was sehr viel netter ist, als wenn man's allein hinunterschlingt, und werfen Sie dann Sabine rücksichtslos aus dem Bett heraus!«

»Sehr einverstanden!« rief Theo vergnügt, und bald saßen sie im Speisezimmer, durch dessen offene Tür man den See im Morgenlicht glitzern sah, beim Frühstückstisch, auf dem Theo den

Tee selbst zubereitete, was den alten Herrn, der aufmerksam und händereibend zusah, zu der Bemerkung hinriß, dies sei sein erstes gemütliches Frühstück seit dem Tode seiner Frau.

»Ich hatte gehofft, Sabine würde diesen Liebesdienst für mich übernehmen, aber meine Schwägerin bestimmte ›aus Gesundheitsrücksichten‹ anders«, sagte er mit einem Seufzer, der Theos Mitleid mit dem armen, reichen Mann erregte. »Sie hat es ja gut mit Sabine gemeint, aber allzu große Ängstlichkeit ist auch nicht gut, und aus der Fürsorge ist dann eine Gewohnheit geworden. Finden Sie Sabine eigentlich so überzart?«

»Etwas zart scheint sie mir schon zu sein, wenigstens nicht allzu kräftig«, gab Theo zu. »Indes sollte man solche Menschen doch nicht auch noch in Watte packen, so daß jeder frische Lufthauch sie gleich umwirft. Zwischen spartanischer Abhärtung und einer gesunden Lebensweise ist ja schließlich auch noch ein Unterschied. Lassen Sie mir nur etwas freie Hand, und ich will schon zusehen, daß Sabine sich von aller Verzärtelung frei macht, ohne daß wir uns darüber mit Ihrer Tante in die Haare geraten.«

»Wenn Sie das zuwege bringen, was meine Predigten und Argumente nicht vermochten, dann will ich Ihnen in meinem Herzen ein Denkmal setzen, Fräulein Zöllner!«

»Aber bitte, noch zu meinen Lebzeiten«, lachte Theo. »Ich meine, wir haben durch das Landleben einen starken Hilfsgenossen. Welch prächtigen Besitz haben Sie mit dem Amönenhof erworben, Herr Kommerzienrat! Es muß dem Grafen Zimburg doch sehr schwer geworden sein, sich von ihm zu trennen. Kennen Sie ihn? Doch das ist wahrscheinlich eine sehr überflüssige Frage.«

»Durchaus nicht, denn ich habe den Grafen nie persönlich gesehen«, erwiderte Reudnitz. »Als mein Agent mir den Amönenhof empfahl, hatte der Graf schon seinen Abschied genommen – aus finanziellen Gründen, wie ich hörte – und war in Schweden zum Besuch bei einem Freunde. Sein Rechtsanwalt, der den Verkauf übernommen hatte, erzählte mir, daß sein Klient auszuwandern gedenke.«

»Wirklich? Sie erwähnten gestern, daß Sie den Besitz unter sonderbaren Bedingungen erworben hätten und versprachen, gelegentlich darauf zurückzukommen. Wenn es also nicht indiskret ist, Sie daran zu erinnern –«

»Durchaus nicht, da ich ja davon angefangen habe – überdies ist mir auch keinerlei Verpflichtung auferlegt worden, die Sache für mich zu behalten. Der Rechtsanwalt des Grafen machte mir nämlich die erstaunliche Mitteilung von einem sagenhaften Familienschatz, welcher der Tradition nach hier in Amönenhof vergraben oder verborgen liegen soll – wenn mir recht ist, seit der Franzosenzeit. Warum man diesen Schatz nie gehoben hat und wie er verschwunden ist, kann ich nicht sagen. Genug, der Graf stellte dem Käufer des Amönenhofes die Bedingung, den Schatz auszuliefern, falls dieser ihn entdecken sollte – was eigentlich doch ganz selbstverständlich ist. Daran anknüpfend, sicherte er sich noch das Rückkaufrecht des Amönenhofes für den, wie mir dünkt, nicht sehr wahrscheinlichen Fall, daß der Käufer den Schatz finden sollte. Nach kurzer Überlegung glaubte ich auf diese Bedingung eingehen zu können; denn gesetzt, der Schatz existiert wirklich, so ist die Wahrscheinlichkeit, daß ich ihn finden könnte, doch sehr minimal, nachdem die Familie Zimburg sicherlich nichts unterlassen hat, was sie im Verlauf von mehr denn hundert Jahren in den Wiederbesitz dieses legendenhaften Schatzes hätte bringen können. Und da ich ganz sicher nicht danach suchen werde, so ist mein Risiko bei der Annahme dieser Bedingungen so gering, daß ich geneigt bin, es überhaupt als nicht bestehend zu betrachten. Der Zufall spielt einem ja freilich oft ganz sonderbare Streiche; aber wenn man damit rechnen wollte, dann würde man überhaupt nichts mehr unternehmen können.«

»Ja,« machte Theo nachdenklich, »glauben Sie, daß es überhaupt einen Zufall gibt? Ich weiß nicht, dieses Wort hat mich immer zum Widerspruch gereizt.«

»Sie meinen also, daß das, was wir Zufall nennen, eigentlich eine Art von Bestimmung ist?«

»Ja, und daß das, was wir ›Vorsehung‹ nennen, sich eines Werkzeuges bedient, um diesen sogenannten Zufall herbeizuführen, der für eine bestimmte Person vielleicht über ein ganzes Leben entscheidet.«

»Na, Egoist der man nun einmal ist, hoffe ich inbrünstig, daß ich nicht dazu ausersehen bin, den Zimburgschen Schatz aufzufinden, nachdem ich den Amönenhof, der ganz verlottert war, hübsch instand gesetzt habe, Graf Zimburg mag ja ein ganz netter Mensch sein, aber daß ich ihm seine Bude hergerichtet haben sollte, nicht mir, das würde mir denn doch stark gegen den Strich gehen!«

»Es wäre auch wirklich ein ganz phänomenales Pech«, meinte Theo lachend. »Und da Sie sich über Pech in Ihren Unternehmungen nicht gerade beklagen können, so wird Ihnen das Glück wohl auch im Falle Amönenhof treu bleiben.«

»Sonst wäre ich auf diese Bedingungen beim Kauf überhaupt nicht eingegangen. Mein Rechtsanwalt unterstützte mich darin, während der des Grafen mir zu verstehen gab, daß sein Klient mit dieser Klausel lediglich einen letztwilligen Wunsch seines Vaters erfülle und gewissermaßen um Entschuldigung für diese ›verrückten Bedingungen‹ bat. Seine Hoffnung auf diesen Schatz scheint demnach nicht gerade auf einen Felsen gebaut zu sein.«

Als Theo nach beendetem Frühstück die Treppen wieder hinaufstieg, tat sie das nicht in ihrer gewohnten energischen, raschen und doch elastisch leichten Art, sondern langsam und nachdenklich; denn es hatte sie plötzlich wie ein Blitz der Gedanke durchzuckt, daß die besondere Verkaufsklausel am Ende gar mit dem ebenso sonderbaren Kartenspiel, das sie gestern abend gefunden, zusammenhängen könnte. Ob diese Karten, die darauf geschriebenen Buchstaben einen Hinweis auf diesen Schatz enthielten? Sie nannte diesen Gedanken bei sich selbst zwar sofort ›höheren Blödsinn‹, aber sie schaffte ihn damit doch nicht aus dem Kopfe. Warum hatte man diese Karten aber auch in einem so raffiniert angebrachten Versteck verborgen? Anscheinend waren sie bei den seit hundert Jahren doch sicherlich sehr gründlichen Großreinemachefesten und bei der Renovierung unentdeckt geblieben. Ja, und endlich, warum hatte gerade sie, Theo, sie finden müssen? Und warum hatte der Mond durch die offene Balkontür bis in die Nische gerade auf diese Stelle so intensiv scheinen müssen und das Muster des Stoffes so beleuchtet, daß ihr Blick darauf fallen und ihre Hand führen mußte? War das nicht mehr wie ein Zufall?

»Wenn ich jetzt könnte, wie ich wollte, dann würde ich mich über diese verflixten Karten hermachen und mir den Kopf darüber zerbrechen«, dachte sie mit einem mißlungenen Versuch, sich selbst zu verspotten. »Zum Glück habe ich aber zunächst die höhere Pflicht, Sabine Reudnitz aus den Federn zu holen.«

Trotzdem warf sie einen sehnsüchtigen Blick in die Bettnische, als sie ihr Zimmer betrat; dann klopfte sie resolut an die Verbindungstür, trat in Sabinens Zimmer ein und hätte fast laut aufgelacht beim Anblick des kleinen, schmächtigen Wesens, das in dem großen Bett hinter den zurückgeschlagenen roten Damastvorhängen saß; vor ihr auf der Steppdecke, auf deren unteren Hälfte sich ein mächtiges Federbett bauschte, stand ein Tablett mit dem noch unberührten Frühstück. Sabinens dürftiges Körperchen war mit einem Nachthemd mit einer sehr sorgfältig getollten Halskrause bekleidet, und ihren Kopf bedeckte eine Haube, aus der zwei rosa Bandschlupfen wie Ohren emporstanden – sie sah aus, wie ein junger, weißer Uhu.

»Oh, Theo!« rief sie der Eintretenden entgegen »Wie lieb, daß Sie zu mir kommen! Ich habe Sie durch das offene Fenster – o Gott wenn Tantchen wüßte, daß ich's aufmachen ließ! – drunten mit Vater reden und lachen hören und bin ganz neidisch und rebellisch geworden. Sie haben gewiß mit ihm zusammen gefrühstückt?«

»Natürlich! Es war fein, und morgen werden Sie auch dabei sein«, erklärte Theo mit großer Bestimmtheit. »Aber Sie haben Ihren Haferbrei ja noch gar nicht angerührt.«

»Er ist mir schon so zuwider, daß ich ihn nicht mehr hinunterbringe«, jammerte Sabine. »Alle Tage dasselbe pappige Zeug! Ich soll nämlich dick davon werden, aber es nutzt ja doch nichts!«

»Natürlich nicht – was einem zuwider ist, schlägt auch nicht an«, meinte Theo, ergriff das Tablett und stellte es auf den nächsten Tisch. »Und nun heraus mit Ihnen aus der Klappe, im Namen Seiner Hochwohlgeboren des Herrn Kommerzienrats! Sie bestellen sich einfach ein anderes Frühstück, oder ihr Vater tut's für Sie. Passen Sie mal auf, wie Ihnen das schmecken wird!«

„Das glaube ich auch«, erwiderte Sabine zögernd. »Aber erst muß ich doch ein heißes Bad nehmen und dann noch mindestens eine Stunde wieder ins Bett –«

»Warum nicht gar!« lachte Theo. »Sie nehmen ein kühles Bad, und darnach geht's gleich in die Kleider und dann hinaus ins Freie! – So macht man's!«

„Ach – aber was wird Tantchen sagen? Ich werde eine schreckliche Strafpredigt bekommen, und – gewiß ins Bett zurückmüssen!« rief Sabine zitternd und doch darauf erpicht, zu tun, wie's ihr gesagt wurde. »Und Fliedertee trinken!« setzte sie halb weinend hinzu.

„Wieso müssen Sie?« erkundigte sich Theo heiter. »Wenn ich keinen Fliedertee trinken will, bringt ihn keine Macht der Welt über meine Lippen. Vorwärts, Sabinchen, keine Müdigkeit vorgeschützt; denn – Papa hat's gesagt! Außerdem läßt man sich mit achtzehn Jahren nicht mehr ins Bett schicken oder darin zurückhalten, wenn man weder krank noch ein Trottel ist und selbst gern aufstehen möchte. Ihre Tante meint's ja natürlich gut, ihr Vater aber noch viel besser, und so müssen Sie sich eben entschließen, wem Sie lieber folgen wollen. Die Strafpredigten werden ganz von selbst aufhören, wenn das Kücken sich die Eierschalen abschüttelt und versucht, die Körner allein zu picken, ohne daß die Frau Henne sie ihm in den Schnabel steckt. Nun, wie gefällt Ihnen diese Aussicht?«

Sabine mußte unwillkürlich lachen und – sprang zum Bett heraus. »Ach, du liebe Zeit, das wird eine gute Sache geben«, rief sie nicht ohne Galgenhumor.

»Wenn's Ihnen gar zu gepfeffert und gesalzen ausfällt, dann brauchen Sie ja nur die Annahme zu verweigern«, sagte Theo seelenruhig. »Machen Sie einen hübschen Knicks dazu, bedanken sich inbrünstig, und – tun Sie, was Ihnen paßt; denn sehen Sie: Unbeschadet der großen Hingabe, mit der Ihre Tante hier im Hause Ihres Vaters zum Rechten sieht und Sie bemuttert, sind Sie doch, bei Lichte besehen, an der Stelle Ihrer Frau Mutter die Herrin. Wenigstens war ich es im Hause meines Vaters, der auch Witwer war, ganz unbestritten, und die Tante hätte ich sehen mögen, die mich von diesem Platze hätte verdrängen wollen!«

Der Eintritt von Sabinens Zofe, der sie geklingelt hatte, verhinderte eine Antwort auf diese aufrührerische Rede; aber an Sabinens immer größer werdenden Augen konnte Theo unschwer erkennen, daß sie ihr wirklich ein Licht aufgesteckt hatte, das eine andere Beleuchtung, als die gewohnte, auf die Sachlage warf. Damit war es vorläufig auch genug; es mußte jetzt abgewartet werden, ob das Samenkorn auf fruchtbaren Boden oder ins Wasser gefallen war.

»Ich erwarte Sie unten vor dem Hause, Sabine, wenn's Ihnen recht ist« sagte Theo und verließ dann das Zimmer, doch ein klein wenig im Zweifel, ob sie fürs erste nicht ein bißchen zu scharf ins Zeug gegangen war. Als sie ins Vestibül trat, kam Adelheid gerade aus den Zimmern ihrer Herrin heraus, mehrere Kleider über dem Arm, die Theo zu ihrem Erstaunen als die ihrigen erkannte.

»Ich wollte die Sachen gerade wieder in ihr Zimmer tragen, Fräulein, ich habe sie gereinigt«, beeilte sich Adelheid die Sache zu erklären.

»Was? Und das besorgen Sie im Zimmer von Fräulein von Ganting?« fragte Theo noch erstaunter.

»Aber nicht doch – wie werde ich denn so was tun?« widersprach die Kammerjungfer beleidigt und wurde rot dabei. »Ich habe Ihre Sachen zusammen mit denen des gnädigen Fräuleins geputzt und die Ihrigen natürlich zuerst abgegeben.«

»Natürlich!« wiederholte Theo trocken. »Bei dem weißen Kleide hätten Sie sich allerdings die Mühe sparen können, denn ich habe es noch niemals getragen.«

»Es hatte ein Fleckchen am Saum – so was kommt schon bei der Anprobe auf weiße Wollenstoffe«, behauptete Adelheid. »Und weil ich sehr genau bin bei meiner Arbeit, so hab' ich's auch gefunden und mit Kreide ausgerieben. Nichts ist so gut gegen Flecken auf weißem Zeuge wie Kreide. Sie gehen ratzibus damit heraus. Es soll nur ein Wink sein, Fräulein, da Sie doch überhaupt Weiß tragen.«

Damit verschwand sie samt dem Arm voll Kleidern in Theos Zimmer, und diese stieg nicht ohne ein unbehagliches Gefühl die Treppe hinab.

»Sie hat dem Drachen meine Sachen zum Zeigen gebracht«, dachte sie entrüstet. »Entweder auf ihren eigenen Kopf hin oder auf höheren Befehl! Solch eine Unverschämtheit! An sich ist die Sache ja bedeutungslos, denn was sich Herr und Gescherr an meinen paar Sachen abgucken wollen, ist mir schleierhaft. Hab' ich mir doch nur das Allereinfachste »fürs Land« mitgenommen. Aber es soll mir eine Lehre sein, gut zu verschließen, was ich – nicht sehen lassen will und hab's ja instinktiv zum Glück schon getan.«

Theos Verdacht war ein vollständig begründeter; denn Adelheid hatte wirklich aus eigener Initiative die Kleider zu ihrer Herrin getragen, um ihr damit einen illustrierten Vortrag voll sittlicher Entrüstung über den Luxus zu halten, der sogar schon bei den Angestellten eingerissen sei.

»Sehen sich gnädiges Fräulein mal bloß diese Sachen an«, hatte sie ausgerufen, indem sie die Bescherung auf Cordula von Gantings Bettdecke ausbreitete. »Erstens, wozu braucht eine Gesellschafterin weiße Kleider? Das ist doch geradezu unpassend für so'n Mädchen! Und diese Stoffe – bessere, wie Fräulein Sabinchen sie trägt. Jawohl! Und alles Schneiderarbeit von der besten! Darin kenne ich mich aus. Hundert Mark Schneiderlohn für jedes, schlecht gerechnet! Woher nimmt das Fräulein Zöllner das Geld, frage ich? Ja, wenn's noch alt gekaufte Kleider wären, aber alles ist funkelnagelneu, besonders das Weiße hier – einzig und allein auf Figur gemacht, darauf lasse ich mir die Nase abbeißen!« Da dieses Organ in Adelheids Physiognomie eine hervorragende und große Rolle spielte, so war die Bekräftigung sehr ernst zu nehmen. »Und alles, sogar das Fähnchen, in dem sie gestern ankam, ist mit Seide gefüttert, bester, dicker und weicher, reiner Seide, wie das gnädige Fräulein sie kaum für Ihre Kleider verwenden. Da soll mir einer weismachen, daß die nichts anderes ist, als was sie scheinen will! Solche Seide zum Futter! Einfach sündhaft!«

Fräulein von Ganting konnte nicht umhin, es auch sündhaft zu finden, und betrachtete die mustergültig gearbeitete Garderobe »der Person« mit wachsendem Mißbehagen. Aber sie schwieg sich dazu aus, was Adelheid natürlich zum Weiterreden anfeuerte.

»Fräulein Zöllner hat heute schon in aller Herrgottsfrühe mit dem Herrn Kommerzienrat gefrühstückt, und mächtig vergnügt ist es dabei zugegangen, sagt der Johann, der serviert hat«, schwatzte sie weiter. »Das Fräulein hat den Tee selbst gemacht und dem Herrn die Brötchen geschmiert und einen Apfel geschält – tjaja, die versteht's. Sie hat heute einen blauen Leinenrock an und eine frische Bluse mit feinsten Stickereien, und wenn der Rock nicht auch vom Schneider A. gemacht ist, und die Bluse nicht ihre fünfzig Mark gekostet hat, dann versteh' ich nichts davon. Soviel darf ich schon sagen, Ihre Wäsche, die ich nur so obenhin besehen habe, ist auch funkelnagelneu, oder wenigstens doch ›auf neu‹ gewaschen, und hat Stickereiverzierungen, wie das gnädige Fräulein sie nicht trägt – – nu ja, so obenhin besehen, scheinen die Kleider ja einfach genug zu sein, aber die Qualität und die Arbeit machen den Preis.«

Fräulein von Ganting konnte ihrer eifrigen Zuträgerin darin nur recht geben. Sie hatte sich nie, wenigstens nicht, bevor ihre Schwester eine reiche Frau wurde, solche Kleider anschaffen können, wie dieses Fräulein Zöllner sie hatte, Kleider, denen jeder geübte Blick ansah, was sie gekostet haben mußten. Nein, da war ganz bestimmt etwas nicht in Richtigkeit. Nun hatte der Kommerzienrat ja freilich erklärt, daß Fräulein Zöllner die Stellvertretung als einen unbezahlten Freundschaftsdienst übernommen hätte, was wohl eine gewisse Wohlhabenheit voraussetzen durfte, aber doch kaum diesen Luxus, dessen Unauffälligkeit ihn um so verdächtiger machte.

Fräulein von Ganting war heute beim Erwachen halb und halb geneigt gewesen, sich mit der Stellvertreterin abzufinden, um einen desto energischeren und wirksameren Feldzug gegen die eigentliche Gefahr zu eröffnen; aber der Anblick der Kleider hatte sie wieder umgestimmt, denn es wollte ihr immer mehr zur Gewißheit werden, daß auch hier eine Gefahr – vielleicht sogar die größere von beiden – zu fürchten war. Dieser sogenannte »Freundschaftsdienst« mochte den Schein für sich haben; aber, wenn »diese Person« wirklich die Mittel zu solch einer Garderobe besaß, dann wäre es ihr doch leicht gefallen eine dritte zu finden, die für Geld und gute Worte die Stelle des Fräuleins von Ried gewiß nur zu gern vertreten hätte, ohne daß Fräulein Zöllner sich selbst zu bemühen brauchte. Nein, wenn sie es trotzdem tat, dann mußte die Sache einen anderen Grund haben; darüber wurde sich Fräulein von Ganting immer klarer, je mehr sie sich's überlegte.

Aber was konnte das für ein Grund sein? Das war die Frage.

Hatte diese »Zöllner« ein Eisen verloren – um es diskret zu umschreiben – und ging sie darauf aus, den Kommerzienrat einzufangen? Das wäre sehr denkbar gewesen und schien sogar sehr wahrscheinlich. Und mit Ihrem Äußeren hätte ihr Plan dann auch alle Aussicht auf Erfolg, denn die Männer sind sich – Gott sei's geklagt! – alle gleich, wenn ein hübsches, junges Wesen ihnen schmeichelt und es darauf anlegt! Es gab aber auch noch eine andere Möglichkeit. Man liest und hört heutzutage allenthalben von geheimen Agentinnen, die in Häusern, in denen es etwas auszuspionieren gibt, Einlaß zu finden verstehen, um hinter gewisse Geheimnisse zu kommen. Cordula entsann sich einer durch alle Zeitungen gehetzten Geschichte von der Erzieherin im Hause des Botschafters einer Großmacht, die ihre Stellung dazu benutzt hatte, gewisse diplomatische Dokumente zu stehlen, oder sich Kenntnis ihres Inhalts zu verschaffen – sie war einfach eine politische Agentin in Verkleidung gewesen. Da nun Jakob Reudnitz ein weltbekannter Lieferant von Geschützen für europäische und außereuropäische Staaten war, so lag es nahe, daß die Kenntnis der Verträge über diese Lieferungen von höchstem Interesse für die Staaten sein mußte, denen daran lag, sich darüber zu informieren. Wäre es daher nicht möglich, daß »diese Zöllner« eine solche Agentin wäre, die eigens zu dem Zwecke hergekommen war, solche Dinge auszuspionieren? Reudnitz hatte sich freilich schon vor Monaten halb und halb von den Geschäften zurückgezogen; die Hauptfäden liefen aber noch immer alle in seinen Händen zusammen, und die Dokumente darüber verwahrte er in dem eisernen Schrank in seinem Schlafzimmer, den er sich eigens dazu hatte nach dem Amönenhof kommen lassen. Also war die Parole: die Augen nach diesen beiden Möglichkeiten offen zu halten und unter allen Umständen Material zu sammeln, um die Verdächtige beizeiten und ohne Aufschub zu entlarven, womit dann dem guten Jakob wohl die Lust für weitere »Gefährtinnen« seiner Tochter vergehen würde. Und wenn nicht, dann mußte für die Nachfolgerinnen eben die Methode des »Herausgraulens« wieder in Kraft treten.

Daß damit gegen »diese Zöllner« nichts auszurichten war, hatte Cordula einsehen müssen. Es wäre falsch gewesen, sie weiter zu brüskieren und sich selbst damit ins Unrecht zu setzen. Besser war es, sich scheinbar zu fügen, um hinter dieser Maske unauffälliger und energischer kämpfen zu können. Denn daß »diese Zöllner« standzuhalten beabsichtigte, das hatte sie bewiesen. Eine andere, die keine Hintergedanken hegte, wäre gleich wieder abgereist, wie's ihr ja deutlich genug nahegelegt worden war. Folglich verfolgte sie hier ein bestimmtes Ziel; das durchkreuzt werden mußte.

Als Cordula an diesem Tage im Kreise der Familie beim Mittagstisch erschien, waren ihre Augenlider nicht mehr gerötet, dafür aber ihre Wangen, und um ihre gefärbten Lippen spielte ein liebliches Lächeln. Sabine hatte ein sehr schlechtes Gewissen; zwar war sie dem erwarteten Unwetter vorläufig entronnen, da sie ihrer Tante, die gerade Toilette machte, nur hinter der Tür hatte guten Morgen wünschen können. Sie war die erste, das günstig veränderte Aussehen ihrer Verwandten zu bemerken und ihrer Freude darüber Ausdruck zu geben. Das war übrigens ganz ehrlich gemeint; denn abgesehen davon, daß Sabine einer Unehrlichkeit überhaupt unfähig war, hatte das gute, harmlose Kind keine Ahnung, daß Tantchen ihr blühendes Aussehen aus dem Schminktopfe bezog.

»Ich fühle mich auch heute wie neugeboren«, versicherte Cordula strahlend. »Der schreckliche Druck und das physische Unbehagen, das während der letzten Zeit auf mir lag, ist durch eine vorzügliche Nachtruhe wie weggeblasen. Körperliche Leiden, an welche du, mein lieber Jakob, ja nicht glaubst, weil deine eigene Gesundheit so unglaublich robust ist, drücken auch auf das Gemüt – ich habe, wie ich hoffen möchte, eine böse Zeit endgültig hinter mir; denn ich fühle mich heute so leicht und frei, so jung, möchte ich sagen.«

»Na, da siehst du, was so'ne gute Nacht nicht alles zuwege bringen kann«, sagte Reudnitz trocken.

»In der Tat, ich habe das nie so wie heute empfunden«, strahlte Cordula unentwegt weiter. »Und Sie, liebes Fräulein«, wandte sie sich honigsüß an Theo, »haben Sie eine gute erste Nacht im Amönenhof verbracht? Hat man alles zu Ihrer Bequemlichkeit hergerichtet? Ist Ihnen das Frühstück nach Wunsch im Zimmer serviert worden?«

»Meinen verbindlichsten Dank, gnädiges Fräulein«, erwiderte Theo ebenso liebenswürdig. »Ich habe vorzüglich geschlafen, alles ausgezeichnet gefunden und das Vergnügen gehabt, mit dem Herrn Kommerzienrat zusammen zu frühstücken.«

»Ah!« meinte Cordula mit gut gespielter Überraschung.

»Das Vergnügen war ganz auf meiner Seite«, fiel Reudnitz ein »Ich war heilfroh, daß ich endlich mal meinen Tee nicht allein in meiner werten Gesellschaft hinunterzugießen brauchte, und freue mich, daß in meinem Hause eine Person ist, die so früh aufstehen kann wie ich.«

»Von morgen ab, Vater nehme ich am Frühstückstisch teil«, erklärte Sabine, die ihren Mut in beide Hände genommen hatte, weil sie den großen Augenblick zur Verkündigung ihres Entschlusses unter sicherer Deckung gekommen sah. »Es wäre doch geradezu eine Schande, mich von Theo beschämen zu lassen! Nicht wahr, Tantchen?« fuhr sie überstürzt fort.

Cordula sah ihre Nichte einen Augenblick fassungslos an; aber dann fiel ihr ein, daß man jede Hilfstruppe ausnützen muß, wo sie sich bietet. Denn ein Frühstück zu dritt ist eben keins unter vier Augen mehr, auch wenn nur ein Schäfchen dabei sitzt.

»Nun ja«, sagte sie trotzdem zögernd. »Ich möchte aber trotzdem zu bedenken geben, liebes Kind, daß Fräulein Zöllners und deine Gesundheit nicht in einem Atem zu nennen sind –«

Sabine hatte sich an ihrem eigenen, ungewohnten Mut derart berauscht, daß sie damit wie auf einem Seil tanzte, außerdem hörte sie aus den Worten ihrer Tante kein direktes Verbot heraus und fühlte sich dadurch zu ferneren Kundgebungen angespornt.

»Oh, meine Gesundheit ist ganz gut«, rief sie und lachte mit wackelnder Stimme, daß es wie das Meckern eines jungen Geißleins klang. »Theo hat mich schon vor dem Frühstück aus dem Bett geholt, und so wohl wie heute habe ich mich schon lange nicht gefühlt!«

Natürlich wußte Cordula längst alles; dafür hatte Adelheid schon gesorgt; denn das unerhörte Ereignis war wie ein Lauffeuer ins Dienerzimmer gedrungen. Aber sie tat überrascht – angenehm überrascht sogar.

»Somit wäre Fräulein Zöllners Ankunft gleichbedeutend mit dem Anbruch einer neuen Ära«, schwang sie sich zu einem Scherze auf, dem aber die unwillkürliche Ironie des Tones das Scherzhafte nahm. »Nun, hoffentlich nimmt sie dann auch die Verantwortung für die etwaigen und, wie ich fürchte, unausbleiblichen Folgen ihrer drakonischen Mittel auf sich.«

»Ei bewahre – ich weiß von gar nichts, mein Name ist Hase«, lachte Theo mit der größten Harmlosigkeit. »Sabine ist doch erwachsen und hat ihren eigenen freien Willen, kraft dessen sie mich sicher heimgeschickt hätte, wenn's ihr darum zu tun gewesen wäre, im Bett zu bleiben. Nicht wahr, Sabine?«

»Gewiß«, bestätigte diese mit schwindendem Mut.

»Nun, etwas Suggestives muß schon in Ihrem Vorschlage gelegen haben, wenn er Sabine zu solcher Eigenwilligkeit und Nichtachtung meiner – und vor allem der ärztlichen Vorschriften veranlassen konnte«, sagte Cordula gekniffen. Doch ehe sie sich darüber verbreiten konnte, fiel Reudnitz ein:

»Die ärztliche Vorschrift der Mehlsuppe durch einen altmodischen Medizinalrat, wie dein Leibmedikus es ist, ist ihm auch nur von deiner übergroßen Sorge für Sabine eingeredet worden. Erinnere dich, daß ich immer ein Gegner dieser Verweichlichung war. Nun endlich aber einmal ein Anfang gemacht ist, wollen wir's das Mädel versuchen lassen, wie es ihr bekommt, wenn mir der Wunsch meines Lebens, mit meiner Tochter zu frühstücken, spät, aber dennoch erfüllt wird.«

»Gut, aber ich wasche meine Hände«, fuhr Cordula auf, besann sich aber und setzte mit sauersüßem Lächeln hinzu: »Wer weiß, ob mich schließlich das Beispiel nicht reizt und ich mich auch zum Frühstück einfinde. Was würdet ihr wohl dazu sagen?«

»Ich würde sagen, daß es nie zu spät ist, vernünftig zu werden«, erklärte Reudnitz mehr deutlich wie höflich, und damit schien zu Sabinens Erleichterung das Thema erledigt.

Cordula ging nun dazu über, ein kleines Kreuzfeuer von Fragen an Theo zu richten, wie alt sie eigentlich sei, wo geboren, welche Studien sie getrieben und wo, in welchen Kreisen sie verkehrt, ob sie diese und jene Person »zufällig« kenne, welche Reisen sie gemacht, und so fort.

Theo, welcher die Liebenswürdigkeit Cordulas ohnedem schon aufgefallen war und die sich dabei der Warnung des Kommerzienrates entsann, merkte natürlich sofort den Zweck der Übung und beantwortete die an sie gerichteten Fragen mit großer Gewandtheit teils direkt, teils indirekt, sie scheinbar gänzlich mißverstehend, oft total verkehrt; sie war auch durch förmlich skandierte Berichtigungen nicht aus ihrer gespielten Begriffsstutzigkeit herauszubringen, und brachte es schließlich zuwege, die bohrende Fragerin über ihre geistigen Fähigkeiten so zu täuschen, daß sie das Rennen aus purer Erschöpfung endlich aufgab.

»Entweder«, überlegte Cordula, »ist diese Person wirklich trotz ihrer Schulweisheit so beschränkt und schwer von Begriff oder sie hat etwas zu verbergen und ist gewandt genug, das unter der Maske des Mißverstehens zu tun. Dahinter werde ich schon noch kommen.«

Es war somit eine gegenseitige Komödie, die sich am Mittagstisch des Amönenhofs abspielte, nur, daß Theo genau wußte, was sie tat, während ihre Widersacherin es vorläufig bloß für möglich halten konnte, daß eine Absicht vorlag.

Reudnitz war als stummer Zuhörer allerdings nicht im Zweifel; denn als sich nach Tisch eine Gelegenheit fand, ohne Zeugen mit Theo zu sprechen, sagte er schmunzelnd, indem er das junge Mädchen scharf ansah:

»Also heute hätten wir denn gleich eine Probe der veränderten Taktik bekommen. Und Sie haben mit großem Geschick die Geschichte vom Zweimarkstück variiert.«

»Wieso? Welches Zweimarkstück?« fragte Theo verwundert.

»Was, den alten Meidinger kennen Sie nicht?« lachte Reudnitz. »A. trifft B. in später Stunde auf der Straße und fragt: ›Wo sind Sie denn gewesen?‹ ›Im Theater!‹ ›Was haben sie denn gegeben?‹ B: ›Zwei Mark.‹ A.: ›Unsinn – Was für ein Stück sie gegeben haben?‹ B.: ›Ein Fünfmarkstück.‹ A. (verzweifelt): ›Nein, da kriegt man ja nichts heraus!‹ B.: ›Natürlich hab' ich drei Mark herausgekriegt!‹ A. (wütend): ›Das ist ja nicht zum Aushalten!‹ B.: ›Na, deswegen bin ich auch schon nach dem zweiten Akt weggegangen.‹«

Theo lachte, war aber rot geworden. »Und Sie wollen damit sagen –«, fragte sie.

»Daß Sie meiner Schwägerin auf ihre etwas eingehenden Fragen mit großem Geschick nach Muster B. geantwortet haben. Ihr Talent zum Fechten hat mir Hochachtung eingeflößt.«

»Sehr geschmeichelt«, erwiderte Theo mit einem Knicks. »Ich dachte mir halt: ›So fragt man die Bauern aus.‹ Wenn Sie jetzt dieselben Fragen an mich richten würden wie Fräulein von Ganting, dann sollten Sie klipp-klare Antworten erhalten, und kein Zweimarkstück. Aber Sie haben mir ja gestern schon den Mund verboten, und was Sie nicht wissen wollen, brauche ich keinem anderen zu sagen.«

»So, na, das wollte ich ja bloß wissen«, nickte Reudnitz befriedigt. »Was nun meine Schwägerin betrifft, so haben Sie sie für den Augenblick ja wohl ziemlich betäubt, aber wenn sie im Denken auch nicht sehr schnell ist, so kommt das doch man sachtchen bei ihr nach; denn beschränkt ist sie eigentlich nicht. Es ist also hundert gegen eins zu wetten, daß sie bis zum Abend ganz genau wissen wird, daß das bewußte Zweimarkstück ihr nicht ganz absichtslos gegeben worden ist. Und dann wird sie sich ihren Reim darauf machen. Das wollte ich nur gesagt haben, damit Sie sich nicht wundern, wenn die Taktik abermals eine Schwenkung erfährt.«

Da Sabine eben dazutrat, konnte Theo keine Antwort darauf geben und weil sie von ihr nun auch vollauf in Anspruch genommen wurde, fand sie keine Muße zum Nachdenken.

Da Fräulein von Ganting sich zu ihrer gewohnten Siesta zurückgezogen hatte, ohne Sabine an die ihre zu erinnern oder gar sie dazu zu ›befehlen‹, saßen die beiden jungen Mädchen auf einem schattigen Plätzchen im Park und »lernten sich kennen«, das heißt, sie schwatzten nach Herzenslust, wofür Sabine mehr und mehr Talent entwickelte. Immer nur auf sich allein oder auf die belehrende Gesellschaft ihrer Tante angewiesen, hatte sich ihre natürliche Redseligkeit so aufgespeichert, daß sie ihr in dem ungewohnten, aber ach! heimlich so ersehnten Verkehr mit einer annähernd gleichaltrigen Gefährtin die Zügel schießen und sie wie einen Sprudel hervorbrechen ließ. Und da Theo das ganz richtig auffaßte und dem armen reichen Dinge mit vollem Verständnis entgegenkam, so eroberte sie sich damit ebenso das Vertrauen Sabinens, wie sie sich gestern durch ihr bloßes Erscheinen die Schwärmerei eines Mädchenherzens gewonnen hatte, das durch seine Vereinsamung viel, viel jünger geblieben war, als seine Jahre.

Sabine schwamm so in der Seligkeit der Gegenwart, daß ihr unbedeutendes Gesichtchen sogar etwas Farbe bekam und ihre Augen einen ungewohnten und ungeahnten Glanz annahmen, der sowohl ihrem Vater als auch ihrer Tante auffallen mußte, als sie mit ihnen zur gewohnten Teestunde wieder zusammentraf.

Da die Sonne zu dieser Zeit noch voll auf der Terrasse am See lag, wurde der Tee in dem großen Saal des Mitteltraktes, den Theo damit zum ersten Male betrat, auf einem Tisch dicht vor den offenen Glastüren angerichtet. Dieser Saal war ein Raum, dessen Oval in Weiß und Gold mit zahlreichen, in die lackierten Paneele eingelassenen vielteiligen Spiegeln dekoriert war, während die Decke ein farbenprächtiges, recht gutes Gemälde in der Manier des Johannes Zieck, des deutschen Tiepolo, zeigte, das eine reichlich mit Amoretten bevölkerte Apotheose des Hauses Zimburg darstellte.

Augenscheinlich war dieser Saal zur Zeit des Rokoko im Geschmack dieser eleganten und graziösen Periode restauriert worden, und auch die zahlreichen Sessel, Taburetts und einige Sofas – mit gelbem Brokat bezogen, der schon recht deutlich Spuren seines Alters zeigte – wiesen auf diese Zeit hin. Auch zwei lebensgroße Porträts in Öl, die rechts und links des Eingangs aus dem Vestibül an Stelle der Spiegel die Paneele bedeckten, zeigten die reiche, prächtige Tracht der Damen und Kavaliere aus dem ersten Viertel des siebzehnten Jahrhunderts. Der Fußboden des Saales war in großen, mit Sternenmuster eingelegten und mit dunklerem Holz umrahmten Karos parkettiert, und nur ein Teppich unter dem Teetisch unterbrach seine spiegelartige gewachste Fläche.

Theo war ganz begeistert von diesem prächtigen Raum, dessen sich kein Residenzschloß hätte zu schämen brauchen, und hielt mit dem Ausdruck ihres Entzückens auch nicht zurück.

»Wer sind denn diese Herrschaften?« fragte sie, auf die Porträts neben der Tür deutend. »Die Bilder machen den Eindruck, als ob sie für den Raum, den sie einnehmen, eigens gemalt wären. Hat denn Graf Zimburg seine Bilder mit verkauft?«

»Doch nicht; er hat sie nur leihweise bis auf weiteres hier gelassen. Sie werden in den anstoßenden Räumen des Ostflügels noch eine ganze Galerie davon finden«, erklärte Reudnitz. »Diese beiden stellen laut Unterschrift auf den Rahmen die Erbauer des Amönenhofs dar. Hier, der martialisch aussehende Herr ist Leopold III. Z. Graf von Zimburg; rechts von ihm die schöne Dame ist Amöne Z. Gräfin von Zimburg, geborene Gräfin Z. von Zimburg. Was das ›Z‹ bedeuten soll, weiß ich nicht. Vermutlich hat wohl der Amönenhof seinen Namen von ihr erhalten.«

»Aber Theo, was siehst du ihr ähnlich! » zirpte plötzlich Sabine dazwischen »Tantchen, Vater, seht doch! Ist das nicht auffallend? Gerad' als hätte Theo im Maskenkostüm zu diesem Bilde Modell gestanden!«

»In der Tat!« rief Reudnitz betroffen. »Eine Ähnlichkeit ist da – ganz zweifellos ist sie da! Findest du nicht auch, Cordula?«

»Hm – nun ja, die Haare – – das Ähnlichfinden war nie meine Stärke«, erwiderte Fräulein von Ganting ablehnend, indem sie kaum aufsah und sich mit der Zubereitung des Tees beschäftigte.

Theo selbst betrachtete mit einem ganz eigenen Lächeln das Bildnis, von dem sie selbst sich eingestehen mußte, daß es ihr ähnlich, sogar auffallend ähnlich sah. Nur war sie größer wie diese Gräfin Amöne, deren Ausdruck kühlen Hochmuts ihr fehlte Die zierliche, schlanke Gestalt auf dem Bilde – sie stand vor einem Vorhang von violettem Samt – trug ein Gewand von Goldbrokat, das sich über einem Unterkleide von schwerem, weißem Atlas öffnete und mit einer von Edelsteinen gebildeten Borte besetzt war. Edelsteine besetzten auch das Schneppenleibchen, so daß man kaum noch den Grundstoff sah, und auch die mächtigen Puffen der Ärmel waren durch Juwelenspangen zusammengerafft. Aus dem enorm hohen, drahtgesteiften Spitzenkragen, der den Kopf überragte, stieg der schlanke Hals der Gräfin Amöne, von einer einzigen Schnur kirschgroßer Perlen umschlossen, schwanenweiß wie eine elfenbeinerne Säule empor – ein stolzer Sockel für das schöne, zartgetönte Gesicht, über dem das ährengoldene

Haar in tausend Löckchen wie eine Aureole aufgebauscht war, aus der sich vom Hinterkopfe aus eine lange, schillernde Locke wie eine Schlange über die weiße Büste ringelte. Und in diese Löckchenkrone waren ringsum viereckige, flach geschliffene und mit Diamanten umrahmte Rubine gesteckt, während der ganze Haaraufbau zum Überfluß noch von einer Krone überragt wurde, deren neun Zacken aus großen birnenförmigen Perlen bestanden.

»Wenn all' diese Steine und Perlen echt waren, was wohl anzunehmen ist, so muß die Gräfin Amöne annähernd für eine Million Schmuck an sich getragen haben«, meinte Reudnitz. »Wieviel mag davon verkauft, wieviel verloren und gestohlen worden sein. Denn wenn auch der Amönenhof, wie die ganze Gegend hier, im Dreißigjährigen Kriege so gut wie gar nicht gelitten hat, was durch die geographische Lage dieses stillen, weltfernen Tales zu verstehen ist, so kann der mittelbare Einfluß dieser Zeit doch nicht ganz ausgeblieben sein. Und später sollen die Franzosen während der Raubkriege unter Ludwig XIV. und durch die napoleonischen Einfälle ins deutsche Land hier recht lebhaft gehaust haben, und da wird wohl von diesem Edelsteinreichtum manches mitgewandert sein. – Die Bewunderung dieser Pracht hat Sie ja ganz stumm gemacht, Fräulein Zöllner! Wenn Sie dem Bilde des Grafen Leopold auch einmal einen Blick widmen wollten, so werden Sie sehen, daß auch er die Pracht der Juwelen nicht verschmäht hat. Allein, was auf dem Bandolier seines Riesenbratspießes von Degen sitzt, muß seinen Duodezfürsten droben auf dem Weißenfels vor Neid gelb gemacht haben; von den tellergroßen Schnallen auf seinen Schuhen und auf seinem ellenhohen Spitzhut ganz zu schweigen.«

»Ja«, sagte Theo trocken, »Die beiden haben's verstanden. Vielleicht zum Schaden anderer.«

»Du sagst das in einem Ton, als ob du's wüßtest«, bemerkte Sabine und bewies damit, daß sie ein Paar ganz feine Ohren hatte. Theo machte eine rasche Kehrtwendung und sah sie überrascht an, immer noch das eigene Lächeln auf den Lippen und einen weltentrückten Ausdruck in den Augen. Aber ehe sie noch etwas sagen konnte, rief Cordula zum Tee, und sie folgte dem Kommerzienrat und seiner Tochter langsam und ohne ihre sonstige Lebhaftigkeit.

»Ist da nicht eben ein Wagen vorgefahren?« fragte Reudnitz, kaum, daß er sich gesetzt hatte.

»Ich erwarte heute einen Wagen mit verschiedenen Vorräten aus Weißenfels«, bemerkte Cordula.

»Na, der wird wohl kaum in schlankem Trabe vorfahren. Ich wüßte zwar wirklich nicht, wer – aha!« unterbrach sich Reudnitz, als der Diener eben mit einem kleinen, silbernen Servierteller eintrat, auf dem eine Visitenkarte lag, die er dem Kommerzienrat überreichte.

»Leopold, Graf von Zimburg«, las er laut den Namen ab. »Ah, – ist wohl mit dem Hauderer von Weißenfels herübergefahren. Sehr angenehm. Ich lasse den Herrn Grafen bitten. Und, Johann, bringen Sie gleich noch eine Tasse –«

»Aber vielleicht wünscht dich Graf Zimburg allein, in Geschäften zu sprechen, da er sich nicht bei mir, sondern nur bei dir hat melden lassen«, fiel Cordula ein.

»I bewahre! Wir haben geschäftlich nichts mehr zu erledigen«, widersprach Reudnitz. »Führen Sie den Herrn Grafen nur hier herein, Johann!«

Damit stand er auf, dem Diener zu folgen, und traf auch noch in der Tür mit seinem Besuch zusammen, den er, wie Theo bemerkte, zwar liebenswürdig und freundlich, aber weder herablassend noch servil begrüßte, – kurz, wie eben ein Mann von guter Erziehung und von Takt es tut, und das machte ihr den alten Herrn noch lieber, als es ohnedem der Fall war.

Der frühere Schloßherr von Amönenhof war ein junger Mann, der die Dreißig noch nicht lange überschritten haben mochte, und mahnte in seiner Gestalt ein wenig an die Recken der Vorzeit. Er war schlank, ohne hager zu sein, dabei wohlproportioniert und trug sich so gerade und leicht, daß man ihn eine elegante Erscheinung nennen konnte. Sein Kopf mit dem krausen, kurzgeschnittenen, blonden Haar, das einen leichten Stich ins Rötliche hatte, war charakteristisch durch die kühne Hakennase – die Nase des Leopolds auf dem Bilde – das feste Kinn, den schöngeschnittenen Mund, die breite Stirn und die blauen Augen, die offen und klar seinen Zügen einen sehr gewinnenden Ausdruck verliehen.

»Freut mich sehr, Sie endlich kennenzulernen, Herr Graf«, sagte Reudnitz nach der ersten Begrüßung. »Gestatten Sie mir, Sie meinen Damen vorzustellen, und trinken Sie eine Tasse Tee mit uns, falls Sie nicht ein Glas Wein vorziehen.«

»Wenn ich um eine Tasse Tee bitten dürfte, mit Vergnügen; denn ich bin, dem Zuge der Zeit folgend, fast ein Abstinenzler«, versicherte Zimburg, während er dem Tisch zuschritt und dabei einen raschen Blick auf die drei Damen warf, der auf Theo haften blieb. »Aber da muß ich doch meines Anzugs wegen um Entschuldigung bitten. Man hatte mir nämlich gesagt, Sie wären noch allein im Amönenhof, Herr Kommerzienrat, sonst hätte ich nicht gewagt, im Straßenanzug herzukommen.«

»Herr Graf, wir sind auf dem Lande«, sagte Reudnitz. »Es ist ja eine wahre Wohltat, wenn man sich mal ungeschniegelt bewegen darf. Also: Graf Zimburg; meine Schwägerin Fräulein von Ganting, meine Tochter, Fräulein Zöllner, die Freun –«

»Die Gesellschafterin meiner Nichte«, fiel Cordula ein, was den alten Herrn puterrot vor Wut machte. Mußte sie gleich mit ihrem verd– Tick die abhängige Stellung des Mädchens dem ersten, der sie sah, unter die Nase reiben, nachdem er so deutlich erklärt hatte, wie er diese aufgefaßt haben wollte? »Sie sind wohl von Weißenfels herübergefahren, Herr Graf?« fuhr Cordula liebenswürdig fort, indem sie dem Gast eine Tasse Tee reichte und Sabine bedeutete, die Kuchen- und Brötchenteller näherzurücken.

»Doch nicht, gnädiges Fräulein«, erwiderte Zimburg, und langte herzhaft zu. »Ich bin zu Besuch bei meinem alten Freunde Mühling in Steinau und habe mich auf seinem Selbstkutschierer herübergefahren, um mich Ihrem Herrn Schwager vorzustellen und mich bei ihm zu bedanken, daß er die Güte haben will, meine Familienbilder fürs erste noch hier zu behalten. Ich bin Junggeselle und habe gegenwärtig gar keinen festen Wohnsitz. Ich weiß also beim besten Willen nicht, wohin mit den gemalten alten Herrschaften. Wenn also die Bilder Ihre eigenen Anordnungen nicht allzusehr stören, Herr Kommerzienrat, würde ich Ihnen wirklich sehr dankbar sein, wenn ich sie vorerst noch bei Ihnen lassen darf.«

»Von Stören ist gar keine Rede«, versicherte Reudnitz, der noch an seinem Ärger würgte. »Im Gegenteil! Diese Bilder geben dem Haus erst den richtigen Ton. Ich werde sie später mal sehr vermissen.«

»Das ist wirklich sehr freundlich, Herr Kommerzienrat«, murmelte Zimburg, und mit einem Blick durch den Saal setzte er hinzu: »Ich höre, Sie haben manche notwendigen Verbesserungen im Amönenhof vorgenommen. Der Saal hier scheint davon aber nicht betroffen worden zu sein; denn außer, daß der Fußboden frisch gewichst worden ist, sehe ich keine Veränderungen.«

»Ich werde mich hüten, einen solchen Raum ›verbessern‹ zu wollen«, rief Reudnitz mit zurückkehrender guter Laune. »Außer, daß in die schönen Kristallwandleuchter elektrisches Licht eingeführt worden ist, soll keine Hand hier etwas verändern, dafür stehe ich ein. Ich bin nicht einmal Barbar genug gewesen, den alten, silberbroschierten Brokat der Möbelbezüge zu erneuern, trotzdem meine Schwägerin mich deswegen für knietschig erklärt hat – bitte, Cordula! Den Ausdruck hast du ja natürlich nicht gebraucht, aber du hast gesagt, wenn man so viel ausgibt, darf man eines neuen Bezuges wegen nicht knausern. Der Stoff hält uns alle noch aus, und wo er Spuren des Gebrauches zeigt, da spricht er nur für die Vergangenheit. Sollten Sie, Herr Graf, wie ich hoffe, mal durch das Haus gehen wollen, so werden Sie finden, daß meine Verbesserungen den Eindruck, den Sie von Ihrer alten Heimat bewahrt haben, weder stören, noch wesentlich verändern.«

»Das spricht sehr für Ihr Feingefühl, Herr Kommerzienrat, und es soll keine Anmaßung sein, wenn ich sage, daß ich Ihnen dankbar dafür bin«, erwiderte Zimburg, während seine Augen durch den Saal schweiften. Er konnte nichts dafür, daß sich ihm ein Schleier darüber legte, den Theo aber sah, da sie ihm gegenübersaß – sah und verstand. Und von der Wanderung durch ein Stück der Vergangenheit zurückgekehrt in die Gegenwart, begegnete sich sein Blick mit dem ihrigen, und er wußte, daß sie gesehen hatte, was in ihm vorgegangen war. Das verursachte ihm zwar ein merkwürdig warmes Gefühl in der Herzgegend, machte ihn aber auch etwas verlegen, wie es Leuten zu gehen pflegt, die ihre Gefühle nicht gern zur Schau tragen. Hastig trank er seine Tasse Tee aus und wandte sich dann wieder Reudnitz zu.

»Sie haben mich sicher für ein bißchen meschugge gehalten«, sagte er leicht. »Ich meine, wegen der – der Klauseln im Verkaufsvertrage, den Schatz betreffend, welcher der Familienüberlieferung nach hier im Amönenhof versteckt liegen soll. Zu meiner Entschuldigung kann ich aber nur versichern, daß ich an diesen Schatz nicht glaube; doch schon mein Großvater hat die Aufgabe seines Lebens darin gesehen, ihn zu suchen und mein Vater, der ja den Verkauf des alten Familienbesitzes voraussah, machte es mir zur heiligen Pflicht, auf dieser Klausel zu bestehen. Er hat das auch noch in seinem letzten Willen schwarz auf weiß hinterlegt, trotzdem er sich bewußt war, daß sie für den Verkauf ein Hindernis sein konnte.«

»Ich habe die Klausel auf die leichte Achsel genommen«, meinte Reudnitz lachelnd. »Ich glaube nämlich ebensowenig wie Sie an diesen Schatz. Solche Traditionen gehören ja meistens ins Reich der Legende. Wenn ich nicht irre, erzählte mir ihr Rechtsanwalt, daß der Schatz in der Franzosenzeit verschwunden sein soll.«

»Das scheint Tatsache zu sein«, erwiderte Zimburg. »Jedenfalls soll zur Zeit meines Urgroßvaters die Familie noch einen fabelhaften Reichtum an Juwelen und Silberzeug besessen haben, von dem das Verzeichnis leider verlorengegangen ist. Daß Juwelen in ungewöhnlicher Menge vorhanden gewesen sein müssen, beweisen nicht nur jene beiden Bilder dort, sondern erhellt auch aus einem Prozeß mit der jüngeren Linie unseres Hauses, der sich wie ein Riesenregenwurm über viele Generationen durch die Jahrhunderte geschleppt hat. Als die Franzosen im Jahre 1806 Weißenfels und mithin dem Amönenhof bedenklich naherückten, floh meine Urgroßmutter mit ihren Kindern zu ihren Eltern in die Schweiz, während mein Urgroßvater zurückblieb und den französischen General mit seiner Suite hier empfing, weil er der Meinung war, daß die Anwesenheit des Schloßherrn die ungebetenen Gäste zur größeren Schonung des Hauses veranlassen würde. Er hat aber einen Boten an das Quartier des deutschen Heerführers mit einem Schreiben gesandt, in welchem er die Anwesenheit der Franzosen im Amönenhof meldete, wodurch sicher auch ein Überfall deutscher Truppen herbeigeführt worden wäre, hätte man den Boten nicht unglücklicherweise abgefangen. Das Resultat dieser verfehlten patriotischen Tat war kurz und tragisch: Mein Urgroßvater wurde an der Mauer seines eigenen Hauses standrechtlich erschossen. – Ein alter Diener, der nach dem Abzug der Franzosen dann zu meiner Urgroßmutter pilgerte, hat ausgesagt, daß das Urteil an einem Abend gefällt wurde, und daß sein Herr die Nacht vor seinem Tode in seinem Zimmer zugebracht hätte – es war das oben im ersten Stock nach Osten gelegene mit den grünen Vorhängen in der Nische – allein, aber natürlich bei bewachten Türen. Dort sah der Diener ihn gegen Mitternacht an einem Tisch sitzen und ruhig seine gewohnte Patience legen. – – Als dann der Morgen anbrach, sei dem Diener erlaubt worden, ihm beim Umkleiden zu helfen. Bei dieser Gelegenheit habe er ihn umarmt und zum Abschied geküßt und ihm dabei zugeflüstert: ›Das Papier im Futter des Schlafrockes meiner Frau bringen!‹ Der treue alte Mensch hat diesen Auftrag auch ausgeführt, und meine Urgroßmutter hat das ihr überbrachte Papier in Verwahrung genommen, ohne jedoch ihren Kindern seinen Inhalt mitzuteilen. Noch ehe sie wieder in den Amönenhof zurückkehren konnte, wurde sie von einer schweren Lungenentzündung mit tödlichem Ausgang befallen und war vor ihrem Ende nur noch imstande, das ihr überbrachte Papier ihrem Sohne, meinem Großvater, der damals noch ein Knabe war, zu übergeben und ihm mit versagender Stimme einzuschärfen, das Papier gut zu verwahren. ›Familiengeheimnis!‹ war das einzige, was sie zur Erklärung noch hervorbringen konnte. Um eine lange Geschichte kurz zu schließen: das Papier, aus welchem weder mein Großvater, noch mein Vater, noch ich selbst etwas zu machen wußten, ist noch in meinem Besitz. Das es mit dem verschwundenen Schatz in irgendwelchem Zusammenhange stehen könnte, ist ja eigentlich eine ganz unbegründete Annahme; denn vermutlich hat der französische General ihn ›konfisziert‹ und mitgenommen.«

»Das scheint mir sehr wahrscheinlich«, gab Reudnitz zu. »Ist das bewußte Papier in Chiffern geschrieben?«

»Daß der Inhalt ein Kryptogramm sein könnte, ist angenommen worden«, erwiderte Zimburg. »Aber um ein solches lesen zu können, muß man den Schlüssel dazu haben. Falls meine Urgroßmutter in seinem Besitz war, was ja anzunehmen ist, so hat sie entweder vergessen, ihn ihrem Sohne mitzuteilen, oder ihr nahes Ende hat sie daran verhindert. Wenn Sie mir nun einwenden wollen, daß es Sachverständige gibt, die sich für Geld und gute Worte damit befassen, Geheimschriften zu entziffern, so habe ich die Beruhigung, einen ganzen Konvolut solcher Gutachten im Nachlasse meines Vaters gefunden zu haben, die einstimmig nur den Bescheid geben, daß ein Schlüssel weder gefunden werden konnte, noch, daß es die Herren auch nur für möglich hielten, ihn zu finden, und die unterstrichenen Worte, deren es eine ganze Menge in dem Elaborat gibt, einer Berechnung keinerlei Anhalt bieten.«

»Enthält das Papier eine direkte Mitteilung an Ihre Urgroßmutter – ich meine, ist es in Briefform abgefaßt?« fragte Reudnitz.

»Es enthält ausgerechnet ein – Gedicht«, antwortete Zimburg. »Und«, setzte er lachend hinzu, »ohne meinem Urgroßvater zu nahe treten zu wollen, falls er der Verfasser sein sollte, ein herzlich schlechtes Gedicht, das obendrein auch noch scherzhaft ist.«

»Ist es möglich?« rief Cordula erstaunt. »Es ist doch nicht anzunehmen, daß ein Mann in der Nacht vor seiner Hinrichtung ein Scherzgedicht verfaßt haben sollte!«

»Warum nicht, wenn er darin eine wichtige Mitteilung verstecken wollte?« meinte Reudnitz. »Daß der alte Herr in dieser Nacht ruhig eine Patience legen konnte, spricht für seine Kaltblütigkeit. Die böse Erfahrung hatte ihn dazu belehrt, daß Botengänger in dieser unsicheren Zeit immer der Abfassung gewärtig sein mußten; ein Gedicht aber, und noch dazu ein scherzhaftes, bei seinem alten Diener gefunden, hatte die größte Wahrscheinlichkeit, unbeanstandet zu bleiben. Ich halte das für sehr klug berechnet und auch über jedem Zweifel stehend, daß die Art der Geheimschrift schon vorweg mit der Empfängerin verabredet war. Ob aber das Familiengeheimnis gerade den Schatz betrifft, muß natürlich dahingestellt bleiben. Ich für mein Teil würde mir über ein Familiengeheimnis, das nun über hundert Jahre alt sein muß, kein graues Haar mehr wachsen lassen. Der alte Grundsatz, daß man schlafende Hunde nicht wecken soll, weil sie dann beißen, ist nicht ohne Berechtigung. Unsere Vorväter hatten in den unsicheren Tagen der sogenannten guten alten Zeit ihre Geheimnisse gut zu hüten, besser wie wir heutzutage. Es hat meines Erachtens gar keinen Zweck, solche alte Skelette aus dem Schrank zu ziehen und sie feinsäuberlich abzustäuben.«

»Das ist ganz meine Ansicht«, rief Zimburg, indem er sich erhob. »Verzeihen Sie, daß ich Sie mit diesen ›ollen Kamellen‹ gelangweilt habe; sie sollten mit zur Erklärung der alten Klauseln in dem Kaufvertrage dienen. Man will in diesen aufgeklärten Zeiten doch nicht für ›spinnet‹ gehalten werden.«

»Aber nein, die Geschichte ist doch so interessant«, behauptete Cordula liebenswürdig. »Ja, wir alten Familien könnten so manchen Beitrag zur Chronik vergangener Tage liefern. Wir Gantings – ich bin nämlich Gan-Erbin von Burg Ganting – besitzen ein Familienarchiv –«

»Verzeih, wenn ich unterbreche«, fiel Reudnitz hastig ein; denn wenn seine Schwägerin von den Gantings anfing, hörte sie sobald nicht mehr auf. »Ich habe mir – eh' ich's vergesse – heute vormittag erlaubt, Herrn von Mühling meinen Besuch zu machen, fand ihn aber nicht daheim, da er mit seinen Gästen ausgefahren war. Natürlich ahnte ich nicht, daß Sie, Herr Graf, sich unter diesen befinden.«

»Wir sind gegenwärtig nur zu zweit dort. Mühling muß immer jemand bei sich haben, sonst hält's dieses gesellige Tierchen von einem eingefleischten Junggesellen nicht aus. Ja, Mühling hat sehr bedauert, Ihren Besuch verfehlt zu haben, und wird sich demnächst die Ehre geben, ihn zu erwidern, natürlich mit der obligaten Jagdeinladung in der Tasche. Es lag mir aber daran, vor ihm hiergewesen zu sein, um mich nachträglich vorzustellen, da ich während der Kaufverhandlungen auf Reisen war.«

»Gedenken Sie längere Zeit in Steinau zu bleiben?« fragte Cordula schlecht gelaunt, weil sie durch die Unterbrechung ihres Vortrages über die Gantings von Burg Ganting in ihren heiligsten Gefühlen verletzt worden war.

»Oh, ein paar Wochen werde ich schon dort bleiben«, erwiderte Zimburg vage. »Mühling wollte mich zwar für den ganzen Sommer festnageln, weil ich ja jetzt mein eigener Herr sei; aber als Gast gibt man selbst bei einem Junggesellen den größten Teil seiner persönlichen Freiheit auf, und da ich ein starkes Unabhängigkeitsbedürfnis besitze, so werde ich wohl wesentlich früher wieder verschwinden, was ja auch das beste Rezept ist, um sich einen neuen Willkomm zu sichern.«

»Na, dann hoffe ich, daß wir Sie wieder hier sehen werden«, sagte Reudnitz herzlich. »Falls es Ihnen nämlich nicht allzusehr gegen den Strich geht, als Gast einzukehren, wo Sie früher der Herr waren.«

Zimburg sah unwillkürlich zu Theo hinüber, die während der ganzen Zeit schweigend dabeisaß. Sie hatte die Augen gesenkt und den lieblichen Mund fest geschlossen, aber eine Art von Telepathie sagte ihm, daß sie auf seine Antwort wartete.

»Das ist eine Frage, die ganz von dem neuen Herrn abhängt«, erwiderte er, dem Kommerzienrat die Hand reichend. »Es ist ja auch eigentlich immer nur der erste Schritt, der einem einige Überwindung kostet, und den hat Ihre Güte mir leicht gemacht«, setzte er hinzu und sah Theo dabei an, die nun zu ihm aufblickte und deren klare, sprechende Augen ihm sagten, daß sie es ganz gut begriff, was ihm die Sache leichter gemacht hatte, ohne daß er es aussprach.

Als Graf Zimburg sich dann, begleitet von dem alten Herrn, zum Gehen wandte, fiel sein Blick auf die beiden Porträts rechts und links von der Tür.

»Diese aufdringlich großen Bilder mögen Ihnen hier recht im Wege sein«, meinte er, wogegen Reudnitz aber versicherte, daß sie, einmal fortgenommen, eine große Leere hinterlassen würden, die er jedenfalls nicht die Absicht habe durch ein Konterfei seiner eigenen Schönheit auszufüllen.

»Ich würde in diesen Saal – gemalt wenigstens – hereinpassen, wie die Faust aufs Auge. Und da meine Vorfahren als ehrsame Handwerksleute nicht in der Lage waren, sich malen zu lassen, so kann ich diese prächtig gemalten Bilder auch nicht durch Porträts eigener Ahnen ersetzen. Übrigens hat meine Tochter vorhin erst eine wirklich merkwürdige Ähnlichkeit der Gräfin Amöne mit Fräulein Zöllner entdeckt. «

»Fräulein Reudnitz hat recht, – die Ähnlichkeit ist zweifellos vorhanden«, meinte Graf Zimburg. »Darum also kam Fräulein Zöllner mir beim ersten Blick so bekannt vor! Ist's nicht sonderbar, wie sich die Physiognomien von Zeit zu Zeit wiederholen? Wodurch eigentlich doch die Theorie der Vererbung der Gesichtszüge in ein und derselben Familie recht hinfällig wird!«

Nachdem Reudnitz seinen Besuch bis an den Wagen begleitet und dem Davonfahrenden wohlgefällig nachgesehen hatte, kehrte er in den Saal zurück und fand dort seine Schwägerin allein vor. Auf seine Frage nach den jungen Damen zeigte sie nach dem See, auf dem in einem leichten, von Theo geruderten Nachen beide Mädchen dahinglitten.

»Ich habe gegen diesen Mordversuch Verwahrung eingelegt«, sagte Cordula schneidend, »aber das superkluge Fräulein Zöllner versicherte in seiner süffisanten Art, wie ein gelernter Schiffer rudern zu können, und Sabine hat das natürlich aufs Wort geglaubt.«

»Daran hat sie recht getan«, meinte Reudnitz hinausblickend. »Jeder, der vom Rudersport auch nur eine blasse Ahnung hat, muß sehen, daß Fräulein Zöllner ihre Sache gründlich versteht. Du hättest mitfahren sollen – es ist jetzt sehr schön auf dem Wasser.«

»Ich danke! Damit mich diese Person umwirft, nicht wahr? Eine Leiche wäre gerade genug«, erwiderte sie böse.

Reudnitz mußte wider Willen lachen. »In dem furchtbaren Falle, den du als sicher anzunehmen scheinst, würden es sogar zwei sein«, sagte er gleichgültig.

»Mach' keine schlechten Witze!« rief sie übellaunig. »Dein Protegé kann natürlich schwimmen – was behauptet sie auch nicht zu können? Bei deiner Gleichgültigkeit für das Leben und die Gesundheit deiner einzigen Tochter wird dir natürlich auch ihr sonstiges Schicksal gleichgültig sein.«

»Das versteht sich von selbst«, gab Reudnitz ruhig zurück. »Darf man fragen, worauf du mit dem ›sonstigen Schicksal‹ anspielen willst?«

»Nun zunächst auf diese unpassende Intimität mit dieser hergelaufenen Person, von der kein Mensch etwas weiß, und die Sabine sofort in einer Weise in Anspruch genommen hat –«

»Dazu ist sie hier, das ist ihr Amt«, fiel Reudnitz ein. »Oder meinst du, daß sie nur dazu hergekommen ist, um an unseren Mahlzeiten teilzunehmen? Ich freue mich, daß sie Sabine so sympathisch ist. Was dein anderes Bedenken betrifft, so ist es durchaus ungerechtfertigt. Als ich gestern das Telegramm des Sanitätsrats Müller erhielt, sagte ich, daß ich Fräulein Zöllner in Empfang nehmen würde, um mich ihrer Referenzen zu versichern. Diese haben mich vollauf befriedigt. Ich übernehme daher die Verantwortung für ihre Anwesenheit und kann nur sagen, daß mir die Stellvertretung eigentlich noch besser gefällt als Fräulein von Ried. Sie ist noch frischer, noch energischer, und das kann auf Sabine nur vom besten Einfluß sein.«

»Aha! Die Stellvertreterin ist also hübscher, wie die andere? Das hat wohl den Ausschlag gegeben? Die gerühmte Energie würde ich – Unverschämtheit nennen«, rief Cordula bissig.

»Ich überlasse jedem das Recht seiner Meinung«, sagte Reudnitz gelassen, aber scharf. »Hast du sonst noch Schmerzen über Sabinens Schicksal?«

»Du etwa nicht?« fragte sie spitz. »Nein, die Harmlosigkeit; oder besser gesagt, die Blindheit der Väter ist wirklich nicht umsonst sprichwörtlich. Als Graf Zimburg dir, nicht uns, vorhin angemeldet wurde, gab ich dir doch einen recht deutlichen Wink, ihn allein zu empfangen; denn es liegt auf der Hand, daß dieser völlig unnötige Besuch, nachdem die Kaufgeschäfte erledigt waren, nur den Zweck hat, sich einzuschlängeln, um sich Sabine zu nähern. Er tat ja allerdings, als hätte er von unserer Anwesenheit nichts gewußt, aber man kennt ja die Kniffe der Goldfischjäger. Natürlich hast du den wohlgemeinten Wink nicht verstanden, sondern den leichtsinnigen Menschen, der das Haus seiner Ahnen verkaufen mußte, um seine Schulden zu bezahlen, auch noch zur öfteren Wiederkehr eingeladen, was er sich wohl nicht zweimal sagen lassen wird, trotzdem ich deine Einladung mit keiner Silbe unterstützt habe.«

»Na, da schlag’ doch einer den Deibel tot!« brummte Reudnitz statt jeder Erwiderung.

»Die Art und Weise, wie Graf Zimburg Sabine angesehen hat, gibt mir recht«, fuhr Cordula triumphierend fort. »Habe ich das Kind darum behütet und bewacht, damit es dem ersten besten Glücksritter zum Opfer fällt?«

Der alte Herr erwiderte mit großer Selbstbeherrschung: »Gerade dieses System ist das beste Mittel, einen plötzlich losgelassenen Vogel blindlings in ein Netz zu treiben, weil er nicht gelernt hat, es von einem freien Ast zu unterscheiden. Da ist es doppelt gut, daß ich die Fürsorge und Leitung meiner Tochter endlich in die Hand genommen habe, ehe es zu spät ist. Wir werden über den Sommer hierbleiben, den Nachbarverkehr soviel wie möglich pflegen, und im Herbst werde ich mit Sabine auf Reisen gehen, damit sich zunächst ihr Horizont etwas erweitert.«

»Aber doch nicht allein, nicht ohne mich, ohne eine Gardedame!« rief Cordula heftig erschrocken.

»Ein Vater ist die beste Ehrenwache für eine Tochter«, erklärte Reudnitz bestimmt. »Weil nämlich ein väterliches Gängelband unsichtbar ist und dem Kinde die Selbständigkeit aufnötigt, die für ein reiches Mädchen unumgänglich notwendig ist. So, nun kennst du meine Ansicht, und je eher du dich mit ihr abfindest, um so besser wird es für dich und für uns sein.«

Ohne ein Wort abzuwarten, verließ Reudnitz den Saal; denn, so dachte er in weiser Erkenntnis, schwere Kost muß allein verdaut werden. Hin- und Herreden heißt da nur leeres Stroh dreschen und den Funken zur Flamme anblasen.

Cordula kannte wohl nicht die alte dumme Kartoffelkomödie von ›Jaromir und Kasimir‹, sonst wäre ihr vielleicht das Zitat daraus eingefallen:

»Ich seh’ den teueren Greis erkalten.
Ach, hätt’ ich doch das Maul gehalten!«

*

Daß sie den Leu in der Brust ihres Schwagers erweckt hatte, konnte sie sich nicht verhehlen; und doch hatte sie sich so fest vorgenommen, ihre Angriffe auf Theo Zöllner einzustellen, ihren passiven Widerstand aufzugeben und dafür lieber zur Maulwurfsarbeit überzugehen. Und nun war ihr doch die Zunge durchgegangen, und sie mußte sich sagen, daß ihr eigentlich gar nichts anderes übrig blieb, als ihr Bündel zu schnüren, das seit ihrem Einzug in das Haus ihres Schwagers beträchtlich an Umfang zugenommen hatte und in dem Zimmerchen ihrer Gan-Herrschaft schlecht unterzubringen war. Es war ein harter Kampf, den sie in der Stille ihres splendiden Amönenhofer ›Kämmerchens‹ mit ihrem Stolz und ihren Interessen durchzufechten hatte, während sie dem Kahn zusah, der sich mit den beiden Mädchen unter ihrem Fenster auf dem Wasser schaukelte, und sie konnte das lustige Lachen bis herauf zu sich hören. Denn auch ihre stille verschüchterte Nichte lachte, wie Cordula es gar nicht für möglich gehalten hätte.

Statt das »heilige Lachen« als einen Beweis ihres Irrtums anzusehen, verhärtete sie ihr Herz und ihre bessere Einsicht gegen die Urheberin, haßte sie »diese Person«, auf die sie bisher nur mit überlegener Verachtung herabgeblickt hatte.

In dem Kampf zwischen Stolz und Interessen siegten schließlich die letzteren. Sie packte den Stolz feinsäuberlich zum ferneren Gebrauch in die Mottenkiste; denn das bescheidene Stübchen auf Burg Ganting kam ihr mit jeder Viertelstunde reizloser vor, und übrigens war ja noch nicht aller Tage Abend. War diese verwünschte Gesellschafterin erst aus dem Haus, im guten oder im bösen – das letztere war der besseren Nachwirkung wegen vorzuziehen –, dann konnte man sich schon wieder auf den alten Platz schwingen. Möglich, daß Jakob Reudnitz inzwischen auch sein »Aufmucken« bereute und einzulenken versuchte; jedenfalls mußte man ihm die Gelegenheit dazu nahelegen, mit welcher Selbstbeschönigung und Entschuldigung für den eingepackten Stolz Cordula von Ganting ernstlich daran ging, die Grube für Theo zu graben.

Als sie später zum Abendessen mit den anderen wieder zusammenkam, tat sie, als wäre nichts vorgefallen, war liebenswürdig und aufmerksam gegen ihren Schwager, voll Huld und Gnade für Theo und zeigte die größte Bereitwilligkeit, am folgenden Tage die beabsichtigten Besuche zu machen. Reudnitz, der sein »Aufmucken« keineswegs bereute, wurde durch die Gnadensonne aber nicht geblendet, sondern fragte sich nur, »was wohl der Zweck der Übung sein möchte«, ob allein des Grundsatzes »J'y suis et j'y reste«, oder die Einsicht, daß Widerstand unnütz sei, oder – ja, was sonst? Deutlich genug war er ja eigentlich geworden, aber wie viel deutlicher mußte man zum Kuckuck denn noch werden, um sich seines Meergreises zu entledigen, der entschieden nicht zu weichen gewillt schien? Das kleine Stückchen Zucker, das er Cordula als Anerkennung ihrer »besten Absichten« zu der bitteren Pille gereicht, war demnach viel zu groß gewesen. –

Als Theo an diesem Abend in ihrem Zimmer »endlich allein« war, reckte sie sich erst und ließ sich dann auf den nächsten Stuhl fallen.

»Ach du lieber Augustin! Die Sache ist doch härter, wie ich mir's vorgestellt«, dachte sie halb entgeistert, halb lachend. »Den ganzen, geschlagenen Tag in den Sielen – daran muß sich der Mensch doch erst gewöhnen! Sehr! Na, vielleicht hat's auch das Gute, daß man den Wert der persönlichen Freiheit wieder besser schätzen lernt. Und ich undankbares Wurm habe mich schon wegen des halben Tags, den ich der Pate widmen mußte, manchmal als Märtyrerin gefühlt! Es ist ja rührend, daß das kleine, liebe Ding, die Sabine, sich wie eine Klette an mich hängt, denn man sieht daraus, was diese arme Millionenerbin bisher entbehren mußte, aber man muß doch alles, was möglicherweise in ihr sitzt, erst mühsam aus ihr herausholen. Aber gerade darum: Keine Schwachheit vorgeschützt! Nur immer an das gute Werk denken, was man wirklich damit tut, und morgen wird's schon besser gehen; denn schließlich ist ja alles doch bloß Gewohnheit. Und nun fix in die Klappe, um den beginnenden Blödsinn auszuschlafen, denn morgen geht's schon früh ins Geschirr – halt! Ich weiß etwas: Ich werde morgen eine Stunde früher aufstehen, damit ich etwas von dem schönen Morgen für mich allein habe. M. w.!«

Entschlossen sprang sie auf, um sich auszukleiden, und als sie dabei einige Gegenstände auf den Tisch vor dem Sofa legte, lenkte dieser ihre Gedanken auf die Erzählung des Grafen Zimburg.

»Ob's dieser Tisch war, auf dem der Urgroßvater in der Nacht vor seinem Tode eine Patience gelegt hat?« überlegte sie. »Gott, der arme Mensch hat mir in der Seele leid getan – heißt das, ich meine nicht den Urgroßvater; der ja natürlich auch mein Mitgefühl hat, sondern den Urenkel. Wie er sich in dem Saal umsah – mit solchen trüb gewordenen, sehnsüchtigen, hungrigen Augen! Ist doch auch hart, Fremde da als Herren schalten und walten zu sehen, wo man geboren wurde, seine Heimat hatte. Der alte Drache sagte, er sei schuld daran, er habe den Amönenhof verspielt oder sonstwie verschwendet; um so härter muß es ihm angekommen sein, herzukommen. Wenn's nämlich wahr ist! Ich weiß nicht, diese süße Tante Cordula hat es uns mit solcher hämischer Absichtlichkeit erzählt, kaum daß er hinter der Tür verschwunden war. Greuliches, altes, verschminktes Reff, diese Tante!«

Als Theo dann im Bett war, löschte sie ihre Lampe aber noch nicht aus, sondern holte die Spielkarten aus ihrem Versteck und legte sie in vier Reihen auf der Bettdecke aus. Nachdem sie eine Weile versucht hatte, durch allerlei Verschiebungen Sinn in die daraufgeschriebenen Buchstaben zu bringen und Worte daraus zu bilden, ohne auch nur ein einziges zuwege zu bringen, kam ihr wieder ein Gedanke.

»Waren es am Ende diese Karten, die der Urgroßvater in jener Nacht auf dem Tisch vor sich ausgebreitet hatte, als der Diener meinte, ihn eine Patience legen zu sehen?« fragte sie sich. »Ich möchte darauf wetten, daß sie es waren. Aber das sind keine Patiencekarten, zu denen ein volles Spiel gehört, sondern Pikettkarten. Und wenn es diese sind, dann war's auch keine Patience, die der Urgroßvater gelegt hatte, sondern, – aber natürlich, das ist doch klar wie Quellwasser: Diese Buchstaben enthalten das verlorene Familiengeheimnis, das er darauf eingezeichnet hat, und er hat's nochmals nachgeprüft, ehe er die Karten in die Tasche im Vorhang steckte! Na, nur ruhig Blut! – – Das ist und bleibt doch nur eine Vermutung, meiner unleugbaren Vorliebe für solch geheimnisvolle Sachen entsprungen. Spinnen muß ich nun einmal; denn das Rätsel dieser Karten reizt mich. Reizt mich kolossal! Ob ich die Karten nicht eigentlich doch dem Leo Zimburg ausliefern müßte? Ja, das wäre zu überlegen. Wer weiß, ob er dadurch nicht mit Hilfe des schlechten, spaßigen Gedichtes, das der Urgroßvater seiner Frau sandte, hinter das Familiengeheimnis käme – – – aber der Kommerzienrat hat vielleicht ganz recht, wenn er sagt, es sei besser, einen schlafenden Hund nicht zu wecken. – Wenn ich aber nun wirklich genau wüßte, daß die Karten eine Botschaft enthalten, was ich fest glaube, und es wäre eine gute Botschaft – ja, dann müßte ich sie ihm sicher geben! Aber wie dahinterkommen? Was die vielen Sachverständigen aus dem Gedicht nicht heraustüfteln konnten, wäre vielleicht aus diesen Karten zusammenzureimen. Aber woher solch einen Fachmann nehmen und nicht stehlen? – Halt! Natürlich weiß ich einen: Unsern guten, alten Professor Findelkind in Dingsda! Dessen Lebensaufgabe ist es ja, Geheimschriften zu entziffern und der eine Autorität auf diesem Gebiete ist. Er hatte mich immer sehr gern, der liebe, alte Herr, er würde mir's sicher zuliebe tun, das Rätsel zu lösen. Ich werde ihm also die Karten schicken, und es müßte wirklich gerade nur eine Spielerei mit diesen Buchstaben gewesen sein, wenn er nichts daraus machen könnte. Wie gut, daß Leo Zimburg die Versuche mit den Sachverständigen erwähnte, sonst wäre ich nun und nimmermehr auf den guten Professor gekommen. Ob das alles hat so kommen müssen? Da spinne ich aber schon wieder, gerad', als ob es eine ausgemachte Sache wäre, daß – darum Schluß für heute!«

Getreu ihrem Vorsatz, stand Theo am nächsten Morgen eine Stunde vor ihrer gewohnten Zeit oder sogar noch etwas früher auf, zog ihr hübsches, blaues Leinenkleid vom Tage vorher wieder an und eilte die Treppe hinab in die große Vorhalle, wo zu ihrer Freude das Portal schon offen stand und ein Diener emsig mit Fegen beschäftigt war. Denn wenn Tante Cordula auch selbst den halben Morgen im Bett zubrachte, so hielt sie doch streng darauf, daß die Dienerschaft zeitig bei der Arbeit war, und ihr Polizist Adelheid hatte darüber zu wachen und Bericht zu erstatten, und wehe dann dem Faulpelz der etwa verschlief. Daß Adelheid sich deswegen einer besonderen Beliebtheit bei der Dienerschaft erfreute, konnte nicht behauptet werden; aber sie zog das Gefürchtetsein schon deshalb vor, weil ihre eigene Haut dabei der Einsatz war. Dabei hatte sich aber auch die Überzeugung von ihrer eigenen Unentbehrlichkeit sehr stark ausgebildet; das gnädige Fräulein hätte sobald nicht wieder eine so eifrige Zuträgerin gefunden, noch dazu eine, die nicht mit den anderen Leuten Front gegen die Herrschaft machte, das heißt, dieser nur berichtete, – was sie für gut fand.

Adelheid, die ja am Ende auch lieber länger geschlafen hätte, es aber für vorteilhafter fand, diesem Verlangen zu entsagen, war darum auch schon auf dem Posten und sah Theo von ihrem

Fenster neben der Schlafstube ihrer Herrin den Weg einschlagen, auf dem sie mit Reudnitz vom Bahnhof in Weißenfels nach dem Amönenhof gegangen war. Diese Frühaufsteherei kam Adelheid höchst verdächtig vor. Vielleicht lohnte es sich der Mühe, nachzusehen, was wohl der Zweck dieses Morgenspazierganges war; andererseits aber bot die sichere Abwesenheit der Gesellschafterin auch eine gute Gelegenheit, dort mal gründlich Umschau zu halten. Junge Leute sind nachlässig beim Abschließen ihrer Sachen und lassen gern die Schlüssel stecken – das war ein Trost; denn die Schlösser des Schreibtisches und der Kommode im Zimmer des Fräulein Zöllner waren leider von der guten Art, die man meist bei den sorgsam gearbeiteten alten Möbeln findet, und darum war mit Nachschlüsseln leider nichts auszurichten. Man hätte eben vorher doppelte Schlüssel machen lassen müssen; aber wer kann auch an alles denken?

Adelheid hätte als Marathonläuferin keine Aussicht auf den Sieg gehabt; denn erstens war sie zu faul dazu, und zweitens war ihr Pedal mit den Jahren etwas steif geworden. Sie betrachtete daher das Nachlaufen hinter Theo, die rasch und elastisch dahinschritt, als eine aussichtslose und unangenehme Bewegung; aber was tut man nicht für eine gute Sache, namentlich wenn einem das einen neuen dicken Stein im Brett einträgt. Ausgemacht war es ja freilich nicht, daß dabei etwas herauskam; denn der Morgenspaziergang ganz ohne Hut und Handschuhe konnte bei dem Fräulein einfach Passion oder ›Hyäne‹ sein, wie Adelheid mit Konsequenz die Hygiene nannte – aber er konnte auch ebensogut einen anderen Zweck haben. Adelheid beschloß daher, auch der »Hyäne« zu huldigen; zuvor konnte man immer noch rasch nachsehen, ob das Fräulein in ihrem Zimmer auch alles verschlossen hatte. Da sich diese Perle von einer Zofe aber noch im tiefsten Negligé befand, als sie von ihrem Fenster aus die Davoneilende bemerkte, so verging, bis sie in ihre Gewänder geschlüpft, ihre dürftigen Haarschwänzlein zur »Frisur« geordnet, sich Gummizugstiefeln angezogen und »drüben« nachgeschaut hatte, immerhin noch einige Zeit, ehe auch sie das Haus verlassen konnte, um im Dienst der »guten Sache« hinter Theo dreinzupintschern.

Die war indes rüstig in den herrlichen, frischen Maimorgen hineingeschritten und freute sich immer mehr über ihre gute Idee, zeitiger als sonst aufgestanden zu sein. Trug in der Stadt die Morgenstunde durch die staubfreiere, bessere Luft den Lohn in sich – hier auf dem Lande, an der Frische atmenden Fläche des Sees, unter dem blauen, blauen Himmel, über den rosig gefärbte Wölkchen zogen, unter den hohen, grünen Bäumen wurde sie zu einem unbeschreiblichen Genuß.

Wie reizend war doch allein schon dieser blaugrüne See von der Farbe eines dunklen Aquamarins mit dem Amönenhof am Nordufer, mit dem dichten Laubwald, der ihn im Süden begrenzte, mit den waldigen Hügeln, die sich darüber erhoben und schon im hellen Sonnenlichte lagen, während unten noch die weichenden Schatten der Nacht ihren letzten, ungleichen Kampf mit dem siegreichen Morgen kämpften. Dort, auf dem zerklüfteten Berge, lagen die Ruinen der Zimburg mit dem noch wohlerhalten daraus hervorragenden viereckigen, gezinnten Wachtturm, neben dem die leeren, gotischen Fenster des ehemaligen Palais den Winden freien Eintritt gewährten, von schwarzen Krähen umflattert. Man meinte in dieser traumhaften Stille ihr heiseres »Krah! Krah!« zu hören, mit dem sie vielleicht ihre Alleinherrschaft der einst so stolzen Zwingburg besangen.

Und rechts davon, auch von rosigem Morgensonnengold beleuchtet, das mächtige Viereck von Schloß Weißenfels, von seinen Türmen wehten grüngelb gestreifte, wappengeschmückte Flaggen in der leichten Brise und gaben dem Bilde Leben und Farbe. – – – Theo wurde sich's erst nach minutenlangem Hinüberschauen bewußt, daß diese Flaggen gestern abend noch gefehlt und was sie demnach zu bedeuten hatten, und grüßte die wohlbekannten Farben durch ein Schwenken der Hand.

»Also, ihr seid schon da, – wahrscheinlich gestern abend angekommen«, dachte sie weitergehend. »Regiert nur hübsch dort oben wie sich's gehört – diesmal haben wir miteinander nichts zu schaffen. Die Stellvertreterin im Amönenhof ist vom Weißenfels weiter entfernt wie der Eiffelturm von den Pyramiden; aber das muß ich schon sagen: daß ich so rein gar nichts von diesem plötzlichen Entschlusse, den Weißenfels heimzusuchen, erfahren habe, wundert mich doch ein wenig. Kann mich wenigstens nicht erinnern, daß er auf dem Sommerprogramm stand. Na, es tut nichts zur Sache, und mein erster Schreck über diese Nähe war eine überflüssige Anstrengung. Halt, hier kreuzen sich die Wege! – Ja, welcher war's nur, auf dem wir ankamen?«

Einen Moment stand Theo ratlos am Kreuzweg, dann schlug sie den mittleren ein, denn es kam ja darauf nicht an; man ging eben auf dem schönen, schattigen Wege weiter und machte denselben Weg wieder zurück; denn selbst, wenn sie etwa fremdes Gebiet betrat, so wäre das Vergehen noch nicht allzu groß gewesen. Außerdem war die Gefahr, jemand zu dieser frühen Stunde zu begegnen, bei dem man sich hätte entschuldigen müssen, sehr gering.

Aber der schöne Weg nahm eher ein Ende, als sie angenommen hatte, setzte sich jedoch anscheinend jenseits eines Gestrüpps von Brombeersträuchern und Unterholz fort. Daß dies kleine Hindernis eine Grenze vorstellen konnte, kam ihr nicht in den Sinn, und da ein Blick auf ihre Uhr sie darüber beruhigte, daß sie ruhig noch ein Stück weitergehen konnte, so bahnte sie sich einen Durchschlupf durch das Gestrüpp und ging auf dem schmalen Wege jenseits desselben weiter. Und stand plötzlich wie angewurzelt still, denn es kam ihr jemand entgegen – jemand, den sie auf den ersten Blick erkannte, und zwar ein Mann, dem der elegante, weiße Anzug, den er trug, auffallend gut stand. Seinen feinen, weißen Strohhut trug er in der Hand, den Kopf mit dem tadellos gescheitelten dunklen Haar gesenkt, wie in tiefe Gedanken verloren, – es war ein interessanter, kluger, ja sogar schöner Kopf, aber die marmorartig kalte Ruhe der regelmäßigen, feingemeißelten Züge, die kein Bart verdeckte, gab ihnen etwas Maskenähnliches. Der feingeschnittene Mund war um etwas zu schmal und zu fest geschlossen, und selbst die großen, braunen Augen verrieten nichts von dem, was hinter der hohen, zurücktretenden Stirn vorging, während das feste, breite Kinn schon eher auf Energie, zielbewußte, rücksichtslose Energie, hindeutete.

Theo, die beim Anblick dieses Mannes ganz blaß geworden war, fühlte sich im ersten Augenblick versucht, rasch wieder im Unterholz zu verschwinden, aber das hätte ihre Anwesenheit erst recht durch unvermeidliches Rascheln und Knacken verraten; zudem wäre ihr Kopf mit dem leuchtenden Haar und ihre weiße Bluse ein sehr deutlicher Zielpunkt für nachfolgende Blicke gewesen. Und während sie das blitzschnell erwog, durchzuckte sie ein anderer Gedanke, der die Röte wieder in ihre Wangen zurückbrachte und sie ruhig dem anderen Frühaufsteher entgegengehen ließ.

Schon bei ihrem ersten Schritt, bei dem sie einen dürren Zweig zertrat, sah er auf, stutzte und ging ihr dann rasch mit aufleuchtenden Augen entgegen.

»Sie, Theo?« rief er aus, »Ist es denn möglich? Und gerade in dem Augenblick, wo ich so lebhaft an Sie gedacht habe –«

»Guten Morgen, Baron Bergfried«, fiel Theo ruhig ein, den Namen stark betonend. »Sie schwärmen also auch für Morgenluft? Ich fürchte fast, daß ich mich einer Grenzüberschreitung schuldig gemacht habe – oder ist das bei Ihnen der Fall?«

»Eine – oh, ich weiß wirklich nicht. Wir befinden uns hier auf Grund und Boden meines derzeitigen Gastfreundes Mühling auf Steinau«, erwiderte der junge Diplomat, dem jedermann eine glänzende Laufbahn prophezeite. »Theo – Verzeihung, aber Ihr lieber Name drängt sich mir vom Herzen immer auf die Lippen – warum haben Sie meinen letzten Brief immer noch nicht beantwortet?«

»Wir waren doch dahin übereingekommen, daß Sie mir Zeit lassen wollten, nicht?« erwiderte Theo. »Also drängen Sie mich nicht, bitte!«

»Aber wie lange soll ich denn nun noch warten?« fragte er fast heftig. »Dieses ›Hangen und Bangen in schwebender Pein‹ ist wirklich mehr, als ich manchmal glaube ertragen zu können! Das müssen Sie doch verstehen! Freilich läßt die langgezogene Frist mir ja wohl einen Hoffnungsstrahl –«

»Sie sollen Ihre Antwort in acht Tagen haben«, fiel Theo gelassen ein. »So lange bleiben Sie doch wohl in Steinau?«

»Mühling hat mich für meine ganze Urlaubszeit eingeladen, und ich bin erst seit ein paar Tagen dort, zusammen mit Graf Leo Zimburg. «

»Ich weiß; er war gestern im Amönenhof«, nickte Theo.

»Im Amönenhof?« wiederholte Bergfried erstaunt. »Das heißt, ich weiß natürlich, daß er dort war, um dem neuen Besitzer, Kommerzienrat Reudnitz, einen Besuch zu machen. Ich verstehe nur nicht, wie Sie das wissen können –«

»Auf sehr einfache Weise; denn ich bin auch im Amönenhof – seit ganz kurzer Zeit.«

»Wahrhaftig? Ich wußte nicht, daß Sie den Kommerzienrat kennen –«

»Ich kenne ihn auch erst seit dieser Zeit. Er ist ein sehr netter, alter Herr. Ich bin bei seiner Tochter Gesellschafterin.«

Bergfried fuhr trotz seiner diplomatischen Ruhe zurück wie gestochen.

»Was sind Sie?« rief er fassungslos.

»Gesellschafterin bei Fräulein Reudnitz«, wiederholte Theo, als erzählte sie die natürlichste Sache von der Welt, »Es ist eine angenehme Stellung, und sehr gut bezahlt bei freier Station mit Familienanschluß. Sie werden sich auch freuen, daß ich es für den Anfang so gut getroffen habe.«

Bergfried aber freute sich anscheinend gar nicht. Er begriff einfach nicht.

»Das – das ist doch wohl ein schlechter – wollte sagen, ein gnädiger Scherz?« fragte er mit eingezogenem Atem.

»Ein dummer Scherz wäre es wenigstens«, meinte Theo trocken. »Aber es ist mein heiliger Ernst – buchstäblich so wie ich es gesagt habe.«

»Nein, das ist doch aber ganz unmöglich!« rief Bergfried außer sich. »Was hat Sie denn dazu bewogen? Wie ist es denn dazu gekommen?«

»Ja nun, man muß die Feste feiern, wie sie fallen«, erwiderte Theo vage. »Es kommen Zeiten im Leben, wo eine bezahlte Abhängigkeit einer – einer anderen Lage vorzuziehen ist. Das habe ich denn erkannt, ohne mich lange zu besinnen. Eigentlich bin ich nur in Stellvertretung im Amönenhof; aber es ist immerhin eine gute Vorübung. Falls es gut – vielmehr, falls es schlecht geht mit der Gesundheit des jungen Mädchens, das ich vorläufig vertrete, wäre ich mit dem Posten schon auf einige Zeit versorgt. Und sehen Sie, Baron Bergfried, ich habe dabei doch immerhin das sehr schöne Bewußtsein, daß die Menschen, die mir um meiner selbstwillen zugetan sind und auf deren gute Meinung über mich ich etwas gebe, meinen Entschluß sicher billigen werden. Sagen Sie selbst, ob es nicht besser ist, daß ich meinen Lebensunterhalt verdiene, als daß ich meinen Freunden auf der Tasche liege?«

»Sie werden damit in der Achtung jedes vernünftigen Menschen steigen«, versetzte Bergfried, auf dessen Gesicht in jähem Wechsel nach seiner ersten Erregung die undurchdringliche Diplomatenmaske erschienen war. »Aber ich muß gestehn, daß ich noch ganz – ganz verdonnert bin. Sie, Sie in einer abhängigen Stellung! Und daß Zimburg gestern, als er vom Amönenhof zurückkam, Sie auch nicht mit einer Silbe erwähnte. Oder war es ihm peinlich, unter diesem Titel von einer ––«

»Ah, Graf Zimburg hat keine Ahnung, wer ich bin«, fiel Theo ein. »Ich bin nämlich nicht unter meinem eigenen Namen und – Titel im Amönenhof. Das hätte doch sein Peinliches für beide Teile gehabt, worauf mich ein alter Freund aufmerksam machte, ehe ich die Stellung annahm. Nicht wahr? Und da habe ich den zweiten einfach fallen lassen und nur den ursprünglichen Namen beibehalten. Theodora Zöllner ist vollständig ausreichend und vereinfacht den gegenseitigen Verkehr wesentlich.«

»Ich verstehe«, murmelte der Diplomat. »Aber ist das nicht – verzeihen Sie dem Juristen den Einwand – ist das nicht eine Art von – von Täuschung, was man Vorspiegelung falscher Tatsachen nennt?«

»Durchaus nicht, denn ich heiße ja wirklich Zöllner, es ist kein angenommener Name«, entgegnete Theo liebenswürdig. »Übrigens habe ich das mit meinem – Brotherrn geregelt. Und das bringt mich darauf, eine Bitte an Sie zu richten – die Bitte, keinem Menschen, wer es auch sei, zu verraten, daß ich noch einen anderen Namen habe. Ich möchte mein Inkognito vollständig wahren, was Sie jedenfalls begreifen werden.«

»Ich finde es sehr begreiflich«, beeilte sich Bergfried zu versichern. »Ihr Wunsch ist mir natürlich Befehl.«

»Ich danke Ihnen herzlich dafür; denn, wie es so geht – eine einzige geflüsterte Andeutung wird bekanntlich vom Schneeball zur Lawine. Die Sache spricht sich herum, und das würde mir meine Stellung sehr erschweren, wenn nicht überhaupt unhaltbar machen. Sie werden auch in Steinau keine solche Andeutung fallen lassen, nicht wahr?«

»Ich werde schweigen, wie das Grab.«

»Und ich habe ihr Wort dafür?«

» Ich gebe Ihnen mein Wort darauf.«

»So ist's recht«, nickte Theo. »Und nun muß ich machen, heimzukommen – zum Dienst! Guten Morgen, Baron Bergfried! In acht Tagen sollen Sie also Ihre Antwort haben!«

Sie reichte ihm ihre Hand, ihre wunderschöne, schlanke und doch kräftige Hand, die er ehrerbietig an die Lippen führte, und mit einem leisen, eigenen Lächeln wandte sie sich auf ihren Rückweg. Nach wenigen Schritten aber blieb sie wieder stehen und sah über die Schulter zurück Bergfried noch auf derselben Stelle wie angewurzelt ihr nachblicken.

»Es fällt mir eben noch etwas ein, was ich gern fragen möchte«, sagte sie, sich halb umwendend. »Nicht wahr, Sie haben doch bei meiner Pate den Professor Findelkind kennengelernt?«

»Ich habe ihn bei Frau von Thalheim nicht kennengelernt, aber öfter getroffen«, berichtete er mit seiner unfehlbaren Korrektheit, indem er sich sichtlich Gewalt antun mußte, seine Gedanken auf ein anderes Thema zu konzentrieren.

»Ach ja. Ich habe ihm eine Mitteilung zu machen und wollte Sie nur fragen, ob er in Berlin noch unter seiner alten Adresse zu finden ist.«

»Gewiß – das heißt, ich glaube es wenigstens. Unter allen Umständen erreichen ihn Briefe immer, die an seine Adresse im Auswärtigen Amt gerichtet sind, dem er ja als Experte angehört.«

»Ja, ich erinnere mich, daß mein Pate mir sagte, er sei Fachgelehrter für Chiffreschriften.«

»Das ist sein Beruf; er ist darin eine Autorität. Man darf behaupten, daß es kein Kryptogramm gibt, für das Findelkind nicht den Schlüssel findet.«

»Wirklich? Wie interessant! Also, vielen Dank, und nochmals guten Morgen!«

Theo suchte und fand die Stelle in dem grenzbildenden Unterholz, durch das sie unversehens in das Nachbargebiet eingedrungen war, und ging dann eilig den Weg zurück nach dem Amönenhof. Diesmal aber sah sie nichts von dem schattigen Waldweg, der reizenden Landschaft am See. Sie eilte ganz mechanisch vorwärts, tief in ihre Gedanken versunken.

»Erst der Schreck, als ich ihn plötzlich vor mir erblickte, und dann – wie gut war's, daß ich ihn traf, allein traf!« wiederholte sie sich immer wieder. »Wie gut, wie gut! Denn das hätte eine hübsche Bescherung geben können! Und wie gut auch, daß ich gleich darauf kam, ihn auf die Probe zu stellen, nachdem ich mir vergeblich den Kopf zerbrochen habe. Also gibt es heute noch andere Proben, als Ritte um Burgmauern und Kämpfe mit feuerspeienden Drachen! Ich glaube nicht, daß er noch besondere Erkundigungen einziehen wird. Mein Inkognito hat ihn wohl zu Genüge überzeugt. Ein Blinder mußte es sehen, ohne daß er's sagte, wie – verdonnert er war. Und wenn auch, was tut's? Hat er auf die achttägige Frist bestanden? Nicht mit einer Silbe. Oh, ich kann ruhig eine Million gegen einen faulen Apfel wetten, daß ich vor Ablauf der acht Tage einen Brief von ihm bekommen werde, einen Brief, der ihm eine böse Stunde machen dürfte – –! Warum habe ich heute nicht das Faszinierende seiner unmittelbaren Nähe empfunden, wie sonst? Diese unleugbare Anziehungskraft, die er immer auf mich ausübte, wenn er mir Aug' in Aug' gegenüberstand, die sich in Zweifel und Widerstand auflöste, wenn ich ihn nicht sah? Hätte ich das empfunden, so wär's mir wohl kaum möglich gewesen, mit kaltem Blut die Sache konsequent durchzuführen. Was ist denn nur geschehen, daß der Zauber seiner Nähe heute so ganz, ganz versagt hat? Daß ich mir's so ganz bewußt war: das ist nicht der Rechte?! Und war doch keine Stunde vorher noch im Zweifel – – ah, da bin ich ja schon am Amönenhof! Wie schnell das gegangen ist! Also, frischauf ins Geschirr; 's macht mir eigentlich heute mehr Spaß wie gestern.« –

Es war eine erhitzte, hundemüde Adelheid, die sich eine Viertelstunde nach Theos Rückkehr in den Amönenhof am Bett ihrer Herrin einfand und ruhig die scharfen Verweise über die Rücksichtslosigkeit entgegennahm, mit der sie sich ungefragt, entfernt und sie, Cordula von Ganting, Gan-Erbin auf Burg Ganting gezwungen hatte, sich von einem der Hausmädchen das Frühstück bringen zu lassen! Adelheid ließ sich ruhig ausschelten und mit Entlassung drohen, ehe sie ihren Trumpf ausspielte: Sie war dem Fräulein Zöllner auf ihrem verdächtig frühen Ausgang gefolgt und Zeugin davon gewesen, wie sie im Walde eine Zusammenkunft mit einem fremden Herrn hatte! Na, war das etwa nichts? Das hatte sie doch nicht etwa aus »persönlicher« Neugier getan, sondern nur für das gnädige Fräulein, für das sie die Pflicht doch niemals nicht versäumt habe!

»Ich konnte mich leider nur nicht« nahe genug heranpirschen, um zu hören, was sie redeten«, schloß sie bedauernd. »Außerdem waren sie schon fertig mit ihrem Gespräch, bis ich nachkommen konnte; denn ich mußte mich doch erst ein bissel anziehen. Soviel habe ich aber doch noch gehört, daß der Herr was von einem Findelkind einer Krippe und von einem Schlüssel sagte.«

Cordula horchte jetzt mit beiden Ohren auf.

»In welchem Zusammenhange geschah das?« fragte sie lebhaft.

»Ja, darüber habe ich mir auch schon den Kopf zerbrochen, kann's aber nicht zusammenbringen«, gestand Adelheid. »Ich war zu weit von den beiden, unter das Strauchzeug geduckt, und wagte mich nicht weiter, weil's so raschelte. Nur die paar Worte habe ich deutlich verstanden, und von ›acht Tagen‹ rief ihm das Fräulein was zu und von einem Briefe. Ich hab' das aber auch nicht verstehen können, weil gerade eine Masse von Vögeln einen Lärm über mir machte, als ging's ums liebe Brot. Vielleicht treffen sich morgen die beiden wieder, und da werde ich vor ihnen da sein! Damit es das gnädige Fräulein nur weiß, wenn das Frühstück nicht gleich kommt.«

»Hörtest du, daß sie sich morgen wieder treffen wollen?«

»Es war mir so, aber ganz gewiß kann ich's nicht sagen.«

»Nun, du kannst mich morgen wecken; ich werde mit dir hinausgehen«, verkündete Cordula mit heldenhafter Selbstüberwindung. »Ich habe bessere Ohren wie du. Jawohl, es ist so! Du weißt ganz genau, daß dein Gehör, besonders auf dem rechten Ohr, stark nachgelassen hat.«

»Dafür sehe ich aber besser und brauche keinen goldenen Kneifer, um mir ein Bild an der Wand anzusehen«, brummte Adelheid beleidigt, was Cordula jedoch überhörte.

»Wie sah denn der Herr aus? War er alt oder jung? Anständig angezogen?« forschte sie.

»Natürlich war er jung«, erwiderte Adelheid grob; denn sie konnte es nicht recht vertragen, wenn man von ihrem Gehör sprach. »Mit einem alten wird die doch kein Stelldichein haben! Jung und soweit ein ganz hübscher Mensch mit ratzebus rasiertem Gesicht, wie'n Schauspieler. Angezogen war er ganz in Weiß – halt so'n Anzug, wie die Herrschaften in der Stadt ihn tragen, wenn sie auf dem Spielplatz im Stadtgarten wie toll herumspringen und mit einem in eine hölzerne Schlinge gespannten Netz kleine weiße Bälle in die Büsche werfen, wo sie ein Junge wieder zusammensuchen muß.«

»Also einen Tennisanzug trug er«, belehrte Cordula ihr Faktotum. »Nun, das hast du ja soweit ganz geschickt gemacht. Aber reinen Mund halten! Keiner Seele etwas davon erzählen, verstanden?«

»Wo werde ich denn!« verwahrte sich Adelheid entrüstet. »Finden gnädiges Fräulein nicht auch, daß das mit dem Schlüssel sehr verdächtig ist?«

Cordula fand es wirklich sehr verdächtig. War damit etwa gar der Schlüssel zu dem eisernen Schrank in Jakob Reudnitz' Schlafzimmer gemeint? Wußte diese Zöllner bereits, daß er sich dort befand? Nicht minder verdächtig war auch das Findelkind. Was hatte es damit für eine Bewandtnis? Hm? Man konnte das Wort mal im Laufe der Unterhaltung aussprechen und die Zöllner dabei scharf beobachten – – Das letztere gebot sich von selbst für alle Fälle.

Der Nachmittag dieses so ereignisvoll begonnenen Tages wurde den beabsichtigten Besuchen in der Stadt und auf dem Lande gewidmet: mit einem Auto konnte man bequem, wie er sich ausdrückte, die ganze Muschpoche in ein paar Stunden erledigen.

Man fand sie alle »zu Hause«. Erst die alte, verhunzelte kleine Exzellenz Oberhofmeisterin a. D. mit dem runzeligen Gesicht, der Habichtsnase und den scharfen, funkelnden, schwarzen

Augen, die sich so frisch und frank mit den beiden jungen Mädchen unterhielt, ganz besonders aber Theo auszeichnete, trotzdem Cordula bei ihrer Vorstellung zum Ärger des Kommerzienrats nicht verfehlt hatte, wieder »die Gesellschafterin meiner Nichte« hinzuzufügen, und diese Erläuterung auch weder beim Präsidenten noch beim Amtsgerichtsrat vergaß, wo es seltsamerweise mehr Effekt zu machen schien, als bei der alten Exzellenz; auch für die gewissenhaft hervorgehobene Gan-Erbschaft von Burg Ganting hatte die Oberhofmeisterin nur ein kühles »So?« Der Kommerzienrat wollte aber seinen Zylinder und den schwarzen Gehrock nicht gern noch einmal lüften, und so ließ er mit beschleunigter Geschwindigkeit doch noch nach Neudorf fahren, um auch den Landnachbarn, Doktor Liebenberg, auf seiner Klitsche »umzustoßen«.

In dem sogenannten Salon des kleinen, etwas verwahrlosten Neudorfer Wohnhauses, das mitten im Gutshof lag, in welchem sich schnatternde Enten und Gänse, gackernde Hühner, ja sogar quiekende Ferkel in ungebundener Freiheit bewegten, konnte Cordula ihre zwei Sprüchlein: »Die Gesellschafterin meiner Nichte« und »Ich bin nämlich Gan-Erbin auf Barg Ganting« wiederholen.

Zunächst aber durften sie sich, von einem schlampigen Dienstmädchen mit nassen Händen empfangen und geführt, in dem gräßlich ungemütlichen Salon gründlich umsehen, bis zuerst Frau Liebenberg erschien, die jedenfalls schleunigst einen reinen Spitzenkragen in der Eile schief auf ihre, vielleicht ehemals elegant gewesene grauseidene Bluse gesteckt und sich die ungepflegten grauen Haare notdürftig geglättet hatte. Sie machte aber ein erfreutes Gesicht und nötigte ihren Besuch zum Platznehmen auf der alten, ziemlich schäbigen »Plüschgarnitur«, anscheinend völlig ahnungslos, daß es in dem hermetisch geschlossenen Raume aufdringlich nach Sauerkraut, Erbsen, Staub und Moder roch.

„Entschuldigen die Herrschaften, daß ich Sie warten ließ«, sagte sie mit dem unleugbaren Tonfall der gebildeten Frau, »mein Mann wird wohl gleich erscheinen.«

Bald kam der Herr des Hauses nach, der, wenn auch schäbig, so doch sauber aussah. Er schien sich aufrichtig zu freuen, die Bekanntschaft des neuen Schloßherrn von Amönenhof zu machen, über dessen Bedeutung als Großindustrieller er ein paar verständnisvolle und hübsche Worte zu sagen wußte, was Reudnitz mit einer Erkundigung über die wissenschaftliche Arbeit, die Doktor Liebenberg gerade unter der Feder hatte, erwiderte.

»Meine Arbeit bewegt sich auf einem Felde, dessen Kreis immerhin begrenzt ist, trotzdem aber ausgedehnte Studien und Vorarbeiten und einen zähen Sammlerfleiß erfordert«, erklärte der durch diese Frage sichtlich geschmeichelte Gelehrte. »Ich arbeite an einem etymologisch-kritischen Lexikon der deutschen Schimpfwörter.«

»Waaas?« machte Reudnitz, zurückprallend. Dann räusperte er sich und setzte mit wiedergewonnener Fassung hinzu: »Das ist ja höchst interessant. Dieses Lexikon werde ich mir nach seinem Erscheinen sofort zulegen und es allen denen warm empfehlen, deren Kenntnis in dieser Beziehung noch Lücken aufweist. Der – hm – zoologische Teil Ihres Werkes dürfte wohl die wenigsten Schwierigkeiten für etymologische Erklärungen bieten.«

»Ganz im Gegenteil«, versicherte Doktor Liebenberg eifrigst. »Gerade ganz im Gegenteil! Eben die der Zoologie entlehnten Schimpfwörter bedürfen einer sehr eingehenden kritischen Untersuchung, da sie meist auf vollständig falschen Voraussetzungen beruhen. Nehmen Sie bloß mal den so sehr beliebten Esel, der meist dazu herhalten muß, um Dummheit zu kennzeichnen. Nun ist der Esel aber zweifellos eines der klügsten Tiere. Er ist eigensinnig im Bewußtsein, daß er im Recht ist, aber dumm ist er nicht. Ganz bestimmt nicht! Ich schmeichle mir, mit Erfolg nachgewiesen zu haben, daß ›Esel‹ mithin keine Injurie, sondern eine glatte Schmeichelei ist.«

»Werde ich mir merken«, rief Reudnitz mit verdächtig zuckenden Gesichtsmuskeln. »Wie aber, wenn diesem Schmeichelnamen irgendein Adjektiv, zum Beispiel dumm oder alt, oder Patent hinzugefügt wird? Ich fürchte, daß dann der Richter für Verbalinjurien, selbst nach der Belehrung durch ihr geistiges Werk, nicht ganz Ihrer Meinung sein dürfte, denn dummer Esel, alter Esel und Patent- oder Quadratesel hören doch eigentlich schon auf, ausgesprochene Schmeichelnamen zu sein.«

»Darin sind Sie im Irrtum«, erwiderte Doktor Liebenberg. »Es verhält sich damit, wie mit allen zusammengezogenen Schimpfwörtern, von denen, logisch gedacht, eines das andere wieder aufhebt.«

»Haben Sie unter den zusammengezogenen schon das Rindskaninchen, das Schafskamel und den Sauesel aufgenommen, Herr Doktor?« warf Theo mit ernstem Gesicht und lachenden Augen ein. »Und dann hat auch noch der Bayer die zwar dunkle, aber schöne Bezeichnung g'selchter Aff.«

»N–ein!« gestand Liebenberg senior ein. »Diese Wörter waren mir tatsächlich noch fremd. Sehr interessant – werde mir's sofort notieren. Darf ich fragen, woher Ihre Kenntnis dieser höchst – hm – merkwürdigen Zusammenstellungen stammt?«

»Von meinem Vater und von einer Pate, bei der ich nach seinem Tode gelebt habe«, erwiderte Theo mit etwas schwankender Stimme, die ihr mühsam verbissenes Lachen aber nur dem Kommerzienrat verriet. »Namentlich meine Pate war einfach großartig darin. Ich habe mir sogar zum Spaß eine Liste davon entworfen, und falls ich den Zettel noch habe, steht er Ihnen gern zur Verfügung.«

»Sehr gütig – ich nehme das mit Vergnügen und mit Dank an«, rief Doktor Liebenberg sen. händereibend vor freudiger Erwartung dieser ungeahnten Bereicherung, welche die Störung in seiner Arbeit gewiß reichlich aufwog. Ehe er jedoch etwas hinzusetzen konnte, wurde er von Cordula unterbrochen, die an Theo laut die sehr taktvolle Frage richtete:

»Ihre Pate war demnach wohl eine Kuhmagd, Fräulein Zöllner?«

Die anderen sahen erschrocken auf die Angeredete; aber Theo hatte schon bewiesen, daß allzu grob aufgetragene Angriffe nicht beleidigend auf sie wirkten, und darum erwiderte sie auch lachend mit der größten Liebenswürdigkeit:

»Da meine Pate einmal ein großes Mustergut besaß, so möchte ich fast glauben, daß sie die Ausdrücke von ihren Kuhmägden gehört hat.«

»Kaum; denn dazu klingen sie zu gebildet«, behauptete Doktor Liebenberg sen. im vollsten Ernst zum größten Entsetzen Cordulas. »Nehmen Sie mal bloß das ›Rindskaninchen‹! Darauf kommt nur ein gebildeter Mensch, der die Charakteristik beider Spezies miteinander verquickt. Diese drei Schimpfwörter haben mir einen ganz neuen Ausblick für mein Lexikon eröffnet, mir den Stoff für eine separate Abteilung, ›Charakterisierende Kombinationen‹ gegeben, für den ich Ihnen sehr dankbar bin, verehrtes Fräulein.«

Reudnitz machte seiner Schwägerin ein Zeichen zum Aufbruch, und unter ohrenzerreißendem Gegacker, Geschnatter und Gegrunze des sich im Hofe seines Daseins erfreuenden Getiers setzte sich das Amönenhofer Auto wieder in Bewegung den heimatlichen Gestaden entgegen.

Der Weg nach dem Amönenhof wurde rasch genug zurückgelegt, und beim Aussteigen aus dem Auto geschah es, daß Cordula, ohne es zu merken, ihr Handtäschchen fallen ließ. Theo als letzte sah das, hob das Täschchen auf und gab es seiner Besitzerin zurück, welche, die gute Gelegenheit benützend, mit einem huldvollen Lächeln und gespanntem Blick »Danke vielmals für den – ›Findling‹« sagte.

Während Theo versicherte, daß es gern geschehen sei, wurde Cordula aber gewahr, daß sie sich versprochen hatte, und ärgerte sich darüber. »Findelkind« hatte Adelheid doch heute früh sagen gehört, und wenn »Findling« ja auch im Grunde dieselbe Bedeutung hat, so schien er doch nicht den gewünschten Eindruck zu machen.

Inzwischen war dem Kommerzienrat der während seiner Abwesenheit erfolgte Gegenbesuch des Herrn von Mühling auf Steinau gemeldet worden, der sehr bedauert hatte, die Herrschaften nicht angetroffen zu haben, und eine Einladung zur Jagd für Reudnitz hinterlassen hatte, worüber dieser eine unverhohlene Befriedigung äußerte und einen Boten mit seiner Zusage nach Steinau schickte.

Im Laufe des Abends versuchte es Cordula wiederholt, durch mehr oder minder geschickt in das Gespräch eingestreute Anspielungen auf das Wort »Findelkind« irgendeinen schuldbewußten Blick oder eine Bewegung Theos herbeizuführen, was ihr zwar nicht gelang, dieser aber schließlich auffiel und bewirkte, daß sie sich verwundert fragte: »Was will sie denn nur, daß sie ewig auf Findelkindern herumreitet? – Das bringt mich aber darauf, daß ich heute doch an den Professor Findelkind schreiben will, da ich seine Adresse ja nun weiß. Sollte diese liebe Tante am Ende wissen – Unsinn! Woher denn? Gedanken wird sie ja wohl kaum lesen können, und wenn sie nicht im Busch versteckt war, während ich mit Bergfried sprach – – was übrigens ein Gedanke zum Wälzen wäre, trotz seiner Unwahrscheinlichkeit.«

Theo schrieb ihren Brief noch am selben Abend, legte ihm das Spiel Karten bei und steckte ihn am nächsten Morgen in die Posttasche, die auf dem Tisch in der Halle lag und zu welcher nur der Kommerzienrat, sowie das Postamt in Weißenfels die Schlüssel hatten. Die Antwort unter Rücksendung der Karten hatte sie sich unter der Adresse »T, Z.« postlagernd nach Weißenfels erbeten; denn sie wollte durch den Empfang des ziemlich umfangreichen Briefes nicht erst die Neugierde – gewisser Leute wachrufen.

Für ihren Morgenspaziergang wählte sie darnach aus naheliegenden Gründen eine andere, dem Steinauer Gebiet entgegengesetzte Richtung; hätte sie aber ahnen können, daß Cordula mit ihrem Adjutanten Adelheid tatsächlich in dem bewußten Busch versteckt auf der Lauer lag, so hätte sie sich gewiß nicht das Vergnügen versagt, sie dort aufzuspüren und das Fritz Reutersche »Rendezvous im Watergraben« mit Variationen zu wiederholen. Aber wenn ihre Ahnungslosigkeit sie leider auch dieses »Spaßes zum Wälzen« beraubte, so genoß sie doch wenigstens noch das Nachspiel davon; denn als sie, eben heimkehrend, die Treppe in der Halle hinaufsteigen wollte, kam Cordula gerade von ihrer Expedition zurück, bebend vor Entrüstung, in schlechtester Laune und das allerdings alte Kleid mit sonderbaren Spuren feuchten Bodens, Rissen und Blättern verziert.

Theo betrachtete erstaunt die beiden Gestalten, die ihre Blicke mit unverkennbarer Mißbilligung, um nicht zu sagen Feindseligkeit, erwiderten, ihren Gruß dagegen unbeachtet ließen. Da ihre jungen Augen aber auf der noch ungeschminkten Wange Cordulas eine lange, augenscheinlich frische Schramme bemerkten, hielt sie es für höflich, ihre Teilnahme an dem kleinen, aber unangenehmen Unfall auszudrücken.

»Oh, Fräulein von Ganting, Sie haben sich verletzt?« rief sie nähertretend. »Sind Sie gefallen? Kann ich Ihnen mit etwas Englischpflaster dienen?«

»In der Tat – ich bin ausgeglitten und eine Brombeerranke hat mich gekratzt«, erklärte Cordula etwas atemlos. »Sieht man es? Adelheid sagte doch, es wäre nichts. Englischpflaster? Nein danke, ich habe selbst welches. Sie sehen, ich habe mich durch ihr Beispiel für Morgenspaziergänge verleiten lassen, ein Gleiches zu tun«, setzte sie mit sauersüßem Lächeln hinzu. »Ich habe aber den Reiz dafür noch nicht entdecken können. Vielleicht bin ich zu früh oder – zu spät aufgestanden, um den wahren Anziehungspunkt für solche Exkursionen zu finden.

*

» Theo hätte diese Erklärung wahrscheinlich für ganz wörtlich genommen, wenn sie nicht zufällig dabei gesehen hätte, daß Adelheid ihrer Herrin entschieden warnende Zeichen durch Gesichterschneiden machte, was zwar, genau besehen, einer bodenlosen Unverschämtheit gleichkam, Theo aber auch ein plötzliches, sehr grelles Licht anzündete, welches ihr die Ganze, bisher recht spaßhaft vorkommende Situation erleuchtete: Fräulein von Ganting war ihr nachgelaufen! Vielleicht sogar gestern schon. Das hätte Theo freilich weniger spaßhaft gefunden, da sie der Meinung war, daß ihre Privatangelegenheiten die Tante nichts angingen, und sie es auch nicht eben vornehm fand, sich durch Nachschleichen davon in Kenntnis zu setzen. Sie wartete daher ruhig ab, ob noch eine weitere Spitze folgen würde. Die telegraphischen Warnungszeichen Adelheids schienen indes gewirkt zu haben, und mit kurzem Gruß stieg Fräulein von Ganting die Treppe zu ihrer Wohnung hinauf, während Theo sich nach der anderen Seite wandte und dabei eine Anwandlung der reinsten Freude, so man Schadenfreude nennt, nicht ganz unterdrücken konnte, weil der einzige Erfolg der »süßen Tante« an diesem schönen Morgen nur eine tüchtige Schramme war. Bei näherer Überlegung kam sie dann zu der Überzeugung, daß Cordula gestern kaum Zeugin der Unterredung mit Bergfried gewesen sein konnte; daß Adelheid sie fortgehen sah und ihr nachgeschlichen war, konnte schon eher möglich sein. Es war aber kaum anzunehmen, daß sie gehört haben konnte, was gesprochen wurde; sonst hätte Cordula damit wohl kaum hinterm Berge gehalten. Und wenn auch, so kam es darauf eigentlich auch nicht an.

Der Kommerzienrat kehrte gegen Abend sehr befriedigt von Steinau zurück. Er hatte einen Bock geschossen, ein vorzügliches Jägerfrühstück verzehrt und sich dabei ausgezeichnet unterhalten. »Wir waren nur zu fünft, was die Sache besonders gemütlich machte«, erzählte er beim Abendessen. »Mühling, seine beiden Hausgäste, Graf Zimburg und ein sehr jugendlicher Legationsrat von Bergfried, dann der Kammerherr des Herzogs von Weißenfels, Herr von Willig – übrigens ein sehr netter, jovialer Mann – und meine Wenigkeit. Habe mich lange schon nicht mehr so gut unterhalten – 's war wirklich riesig nett und mal etwas anderes für mich, der meist unter Kollegen fachsimpeln muß. Ja, um Himmels willen, Cordula«, unterbrach er sich. »Was hast du denn angestellt? Warst du auf Mensur? Du hast ja eine regelrechte steile Quart auf deinem Gesichte!«

»Es ist nichts – nur eine kleine Verletzung«, sagte Cordula hastig, indem sie unwillkürlich mit dem Finger über den Streifen von rosa Englischpflaster fuhr, der ihre linke Backe zierte. »Nun, es ist ja sehr erfreulich, daß du dich so gut unterhalten hast.«

»Habe ich auch und fühle mich wirklich ganz aufgekratzt davon!« erklärte Reudnitz behaglich. »Tja, und was ich sagen wollte: weil Mühling so liebenswürdig war, so rasch auf meinen Besuch zu zeichnen, so wollte ich mich nicht lumpen lassen und habe ihn mit seinen Gästen auf morgen abend zum Essen eingeladen, was er sehr gern annahm. Um sechs Uhr präzis, wonach ich bitten möchte dich zu richten. Kein Knallprotzendiner – einfach, aber Ia!«

»Das hätte keine Schwierigkeiten, da man in Weißenfels recht gut einkaufen kann«, meinte Fräulein von Ganting nach kurzem Zögern. »Aber ich meine, du wirst die Einladung verschieben müssen; denn ich kann mich doch mit dieser – dieser Wunde im Gesicht kaum sehen lassen.«

»Verschoben wird nicht! Wenn du wirklich so eitel bist, deine steile Quart nicht zeigen zu wollen, na, dann muß ich dich eben entschuldigen.«

»Da es doch sowieso ein Herrendiner sein soll –«

»Durchaus nicht; ich habe gar keinen Grund, meine Damen zu verstecken. Wenn du meinst, dich nicht sehen lassen zu können, dann muß Sabinchen Hausfrau spielen, was ihr nur förderlich sein kann.«

»Nein, das geht nicht! Ein junges Mädchen allein mit drei Junggesellen! Jakob, ich muß mich über dich wundern!« rief Cordula entrüstet aus.

»Na, ich bin doch auch noch da!« meinte Reudnitz gemütlich.

»Wenn auch! Also, ich werde mich opfern und meinen Platz einnehmen«, entschied sie. »Wieviel Personen sind wir dann? Sechs, dächte ich?«

»Acht; denn der Kammerherr von Willig kommt nämlich auch. Als ich Mühling und seine Gäste einlud, sagte er nämlich – vielleicht infolge eines sehr niedlichen, kleinen Haarbeutels, den er sich so sachtchen angepfiffen hatte –, ich sollte nett sein und ihn auch einladen; Besuch wollte er sowieso bei uns machen, und auf dem Schlosse verspreche es sträflich langweilig zu werden, weil die herzoglichen Herrschaften ihre Sommerfrische dazu benutzen wollten, meist unter vier Augen zu speisen. Allein mit der neuen Hofdame an der Marschalltafel sei es nicht gerade zum Totlachen. Und sonst sei vom Hofstaat niemand mitgenommen worden. Natürlich sagte ich ihm darauf, daß ich mich sehr freuen würde, wenn er auch kommen wollte, und fand's eigentlich sehr nett, daß er mir's so ohne Komplimente und Etikette gesagt hat.«

Als Theo an diesem Abend wieder allein in ihrer Stube war, sank sie abermals entgeistert auf den nächsten besten Stuhl hin; heute aber nicht vor Müdigkeit, sondern aus anderen Gründen.

»Ooch dat noch, as Mamsell Westphalen segt«, stöhnte sie. »Wenn ich mir überlegt hätte, daß der Amönenhof ja keine wüste Insel im fernen Ozean sein konnte, daß er Nachbarschaft haben muß und daß der Teufel einem mit tödlicher Sicherheit immer die Leute in den Weg führt, denen man gerade mal nicht begegnen möchte! Wenn der Bergfried morgen wirklich mitkommt, was ich aber noch gar nicht für ausgemacht halte, weil ich's ihm zutraue, daß er irgendeinen Vorwand finden wird, um mir nicht zu begegnen – na, denn man tau! Er wird sein Versprechen halten und mich verleugnen. Aber wenn der dicke, brave Willig mich sieht, wird er wie eine Kegelkugel auf mich zurollen und unterwegs schon meinen Namen der staunenden Runde verkünden und mir umgehend einen Heiratsantrag machen. Das wäre dann der siebente. Meinetwegen könnte es auch der achte sein, wenn er nur den Schnabel halten wollte. Aber er wird's nicht! Diese Selbsteinladung sieht ihm ganz ähnlich. Ergo wird mir weiter nichts übrigbleiben, als mich krank zu stellen. Damit muß man natürlich schon am Morgen anfangen, damit's nicht zu sehr auffällt. Dem alten Drachen tu' ich damit jedenfalls den größten Gefallen, aber mit Sabine wird's einen kleinen Kampf setzen.«

Diese Voraussicht traf denn auch redlich ein. Sabine hatte am Vorabend schon von ihrer Tante eine solche Wagenladung von Verhaltungsmaßregeln über ihr Benehmen in Herrengesellschaft erhalten, daß sie aus Angst vor Verstößen kaum hatte schlafen können und ihren einzigen Trost in die Nähe Theos setzte, von der mehr ein dunkles Ahnen ihr sagte, daß sie vom »guten Ton in allen Lebenslagen« eine neuere Auflage besaß, als ihre altmodische Tante. Als Theo ihr darum schon am frühen Morgen verkündigte, daß sie sich heute gar nicht wohl fühle und ein »blödsinniges Kopfweh« hätte, was nach alter Erfahrung immer vierundzwanzig Stunden anzuhalten pflege, bekam die arme Sabine es mit der Angst für den Abend und schleppte für ihre Gefährtin eine ganze Apotheke zusammen und redete ihr zu, die paar Dutzend Mittel womöglich alle auf einmal einzunehmen. Dazu sollte Theo ins Bett gepackt werden, auf Kopf und Magen Kataplasmen bekommen und auf die Fußsohlen Senfpflaster und obendrein noch höchst verdächtig riechende Tees trinken. Als dann auch noch Reudnitz am Frühstückstische sein Universalmittel, das mit Recht so beliebte Rizinusöl, empfahl, da streckte Theo die Waffen und erklärte, Tränen lachend, daß eine Stunde Ruhe nebst einem gewissen Pulver aus eigenem Besitz noch am sichersten den gewünschten Erfolg erreichen würde.

Die Stunde Ruhe wurde ihr sofort bewilligt, wobei sie das bewußte Pulver überhaupt nicht einnahm, und erschien bei dem heute etwas verfrühten Mittagstisch frisch und blühend wie immer – wie sie früh es auch gewesen war. Reudnitz stellte das auch umgehend fest und flüsterte ihr vor Tisch etwas von »faulen Fischen« und »erkannt sein« mit listig blinzelnden Augen zu.

»Ich begreife zwar noch nicht, warum Sie sich haben drücken wollen; aber das ist ja schließlich Ihre Sache«, schloß er schmunzelnd. »Jedenfalls hat die bloße Drohung mit meinem Universalmittel schon Wunder gewirkt, wie ich mir einbilde.«

Theo schüttelte sich lachend.

»Das ist keine Einbildung, sondern Tatsache«, erklärte sie offen. »Ich habe nämlich die Idee, als ob meine Abwesenheit Fräulein von Ganting nicht ungelegen sein würde.«

»Sie haben immer richtige und zutreffende Ideen«, gab Reudnitz zu. »Aber darauf kommt es nicht an; denn ich habe nicht im Sinne, meiner Schwägerin in diesem Punkte nachzugeben.«

»Herr, dunkel ist der Rede Sinn –«

»Na, meine Schwägerin hat mir heute schon einen eindringlichen Vortrag gehalten; ich erkenne selbst an, daß Sabine neben Ihnen die Rolle des ›häßlichen jungen Entleins‹ spielt –«

Theo hob beschwörend ihre Hände in die Höhe.

»Hab' ich Ihre Erlaubnis, Sabine heute abend zum ›schönen jungen Schwan‹ zu verwandeln?« rief sie rasch. »Ich weiß nämlich, wie's zu machen ist.«

»Wissen Sie das auch? Na, wenn sie solch ein Tausendsassa sind, dann müßte ich doch ein sehr wenig eitler Vater sein, um zu solch einem Anerbieten nein sagen zu können«, meinte Reudnitz etwas unsicher. »Wie wollen Sie denn das machen?«, erkundigte er sich nicht ohne Mißtrauen.

»Ist mein Geheimnis! Eine Idee, die mir kam, als ich Sabine zum ersten Male sah und ich gleich wußte, woran es bei ihr fehlt«, erwiderte Theo vergnügt. »Wir Weibsleute wissen davon wirklich mehr wie die Männer, die wohl einen Mangel sehen können, aber nicht wissen, womit er zu beheben ist. Natürlich rechne ich Fräulein von Ganting nicht unter die Weibsleute; sie steht apart auf einem Sockel als Reliquie einer vergangenen Zeit.«

»Gnade Ihnen Gott, wenn sie das gehört hätte!« kicherte Reudnitz vor sich hin. »Reliquie ist gut. Na, es gibt ja auch verschiedene Sorten: solche, so man in Gold faßt, und solche, so man in die Rumpelkammer tut –«

»Gnade Ihnen Gott, wenn sie das gehört hätte«, murmelte Theo.

Als ein »schöner junger Schwan« ging Sabine zwar aus Theos Händen nicht gerade hervor, aber immerhin doch als eine ganz niedliche, junge Dame, die im Begriff stand, sich zu »mausern«, und für die Zukunft das Beste versprach. Theo hatte ihr die straff vom Gesicht weggebürsteten Haare gelöst und dabei entdeckt, daß sie sich, frei von dem Zwange festgetrommelter Zöpfe, natürlich wellten und eine ungeahnte Fülle entwickelten; diese bisher mit großer Kunst verborgene Naturgabe verschönte Sabinchens unbedeutendes, schmales Gesichtchen ganz wesentlich, und nachdem Theo auch noch durch ein paar kleine Kniffe das weiße Spitzenkleid, das Sabine angelegt hatte, weniger hausbacken und »vermurkst« erscheinen ließ, steckte sie ihr eine rote Rose in den Gürtel und brachte es durch diese einfachen Mittel tatsächlich zuwege, daß sich die dürftige kleine Person Vater und Tante als eine ganz ansehnliche junge Dame vorstellen konnte. Theo, sehr einfach in einem weißwollenen Rock mit Spitzenbluse gekleidet, sah mit ihrem herrlichen goldenen Haar, ihrer königlichen Haltung und ihrem schönen Gesicht aus wie eine Lilie neben einem Tausendschönchen. Der alte Reudnitz war ganz selig über die »Verwandlung« seines Töchterleins, dem überdies ein feines Rot natürlicher Erregung die blassen Wangen färbte, und konnte sich mit seiner Anerkennung gar nicht genug tun.

»Daß wir beide auch nie gesehen haben, woran's dem Mädel fehlte!« sagte er vergnügt zu seiner Schwägerin. »Natürlich, die Frisur macht's! Na ja, ich als Mann konnte darauf nicht kommen, aber du, als Frau, die du selbst eine so – so reiche Frisur trägst, hättest das doch wissen müssen.«

Cordula erwiderte würdevoll: »Aber da Sabine durchaus jetzt schon erwachsen sein soll, so will ich gern anerkennen, daß diese Haartracht ihr sehr gut steht. War es die Idee deiner Zofe, liebes Kind, oder deine eigene?«

»Ei bewahre, wie wäre ich denn daraufgekommen! Und gar erst die Marie, die mir die Haare immer so fest zusammenwurstelt, daß mir die Haut davon weh tut. Nein, Theo hat mich frisiert«, bekannte Sabine, immer noch ganz benommen von dieser kühnen Tat, während ein verstohlener Blick in den Spiegel ihr so etwas wie ein gewisses Selbstbewußtsein verlieh.

»Oh, Fräulein Zöllners Idee war es also«, machte Cordula gedehnt und konnte sich's nicht versagen, spitz hinzuzufügen: »Alle Achtung! Man sollte wirklich meinen, daß Sie eine gelernte Kammerjungfer sind, liebes Fräulein!«

»Ich war jedenfalls immer meine eigene«, erwiderte Theo lachend. »Darum ist mir wohl auch der erste Versuch an einem fremden Kopfe so ziemlich gelungen.«

Cordula biß sich auf die Lippen. Es war wirklich sehr fatal, immer den kürzeren zu ziehen! Während sie noch überlegte, ob sie doch nicht vielleicht noch einen wirksameren Pfeil abschießen könnte, fuhr draußen vor dem Portal ein Wagen vor, und Reudnitz benutzte den Augenblick der Erwartung, seiner Schwägerin zuzutuscheln: »Überzeugst du dich nun, daß es Fräulein Zöllner gar nicht einfällt, Sabine ausstechen zu wollen? Gerad' im Gegenteil – in den Vordergrund will sie sie schieben!«

Der Eintritt des Kammerherrn von Willig überhob Cordula einer Antwort, und mit ihrem huldvollsten Lächeln trat sie dem Gast entgegen, der für ihr Empfinden einen Hauch von Hofluft mitbrachte. Ein Fremder hätte ihn freilich eher für einen in der Wolle sitzenden Gutsbesitzer gehalten, der zur Abwechslung mal seine Rundlichkeit in einen tadellosen, schwarzen Überrock gehüllt hatte. Obschon der Kammerherr noch in den sogenannten »besseren Jahren« war, so hatte sein runder Denkerschädel doch schon viel von seinem überflüssigen Haarwuchs abgeworfen, und nur über der Stirn war davon noch ein krauses Büschel stehengeblieben, das – wie Reudnitz später treffend bemerkte – aussah, als sei dem Herrn von Willig der Spitzbart auf die Stirn gerutscht. Aus seinem runden, jovialen Gesicht schauten vergnügte Äuglein. Im übrigen war er eine gute, ehrliche Haut, was schon die Form seiner Nase verkündete, wenn man dem Nachdichter des Mirza Schaffy trauen darf, der in seiner Charakteristik der Riechorgane behauptet hat: »Auf ehrliches Wollen deutet der Knollen.«

»So, jetzt kommt's«, dachte Theo ergeben, während Reudnitz den Gast wie einen alten Bekannten begrüßte und ihn der Reihe nach seiner Schwägerin, Sabine und ihr selbst vorstellte. Und dabei geschah denn das Unerwartete: Der rundliche Hofmann küßte Cordula die Hand, verbeugte sich verbindlich vor Sabine und dann vor ihr, ohne auch nur durch eine Miene zu verraten, daß er sie jemals im Leben gesehen und ihr sechs Heiratsanträge gemacht hatte.

»Herr Kommerzienrat«, wandte er sich dann gleich an den Hausherrn, »ich komme heute nicht nur als Gast und noch dazu als selbsteingeladener – du liebe Zeit, welchen Begriff müssen Sie von mir bekommen haben! Meine einzige Entschuldigung ist nur die, daß mir nach der vielen frischen Luft im Walde Mühlings alter Rauenthaler ein bißchen warm gemacht hatte, um es zart auszudrücken. Ja also, ich komme heute nicht nur als Gast, sondern auch als Kammerherr vom Dienst im Höchsten Auftrag. Ihre Hoheit, die Frau Herzogin, haben nämlich den Wunsch, den Amönenhof wieder zu sehen, den sie in ihren Kindertagen öfter besucht hat – ein Wunsch, dem sich seine Hoheit der Herzog anschließt, da auch er gern den schönen Besitz kennenlernen möchte. Ihre freundliche Einwilligung vorausgesetzt, habe ich den ehrenvollen Auftrag, die Herrschaften für morgen, um die Teestunde, bei Ihnen anzumelden, und erlaube mir privatim den Wink hinzuzufügen, daß Hochdieselben dann sehr gern auch eine Tasse Tee annehmen würden.«

Reudnitz verbeugte sich sichtlich erfreut; doch ehe er noch seine Versicherung halbwegs gestammelt hatte, daß er diese hohe Ehre für sein Haus zu schätzen wisse, wurden auch schon die Steinauer Gäste in den Saal geführt und die Vorstellungsparade, mit Ausnahme des Grafen Zimburg, wieder begonnen.

Theos heimlicher Wunsch, daß Bergfried sich entschuldigen lassen würde, erfüllte sich nicht; aber gleich dem Kammerherrn ließ er sich ihr wie ein völlig Fremder vorstellen und begann dann sofort ein Gespräch mit Sabine, die vor Verlegenheit halb tot war, wobei es Theo nicht entging, daß er Willig und sie selbst mit prüfenden Blicken musterte. Denn es war ihm inzwischen eingefallen, daß der Kammerherr sie kennen mußte. Hatte er sie also schon als Bekannte begrüßt? Theo sah ihm genau an, daß diese Frage ihm Kopfzerbrechen machte, und belustigte sich heimlich darüber. War er nur gekommen, um das festzustellen? Oder hatte er für sein Erscheinen noch eine andere Absicht? Daß er sich einfach hatte »mitschleppen« lassen, glaubte sie nicht; denn daß er nichts ohne Berechnung tat, wußte sie. Aber der Abend hatte ja erst begonnen, und bis er zu Ende ging, würde sie ja wahrscheinlich klüger sein!

Da es gleich zur Tafel ging, so wurde der bekannte Zustand des »Herumstehens« wesentlich abgekürzt. Cordula nahm den Vortritt zum anstoßenden Speisesaal, wo die Tafel von Kristall und Silberzeug funkelte und im Schmuck frischer Rosen in dem hellen Licht, das durch die offene Tür zur Terrasse hereinfiel, ebenso gediegen wie einladend aussah; ihr folgten Sabine und Theo, denen sich die fünf Herren anschlossen, wobei Bergfried die Gelegenheit ergriff, dem neben ihm gehenden Kammerherrn zuzuraunen:

»Welche Schönheit, diese – Gesellschafterin!«

»Großartig!« tuschelte Willig schmunzelnd zurück. »Zur Schnabelweide gehört die Augenweide – das ist eine alte Weisheit.«

»Kannten Sie sie schon?« – »Die Weisheit? Na, und ob!«

Der kurze Weg war zurückgelegt, ehe Bergfried sich noch darüber einig war, ob Willig ihn absichtlich falsch verstanden hatte. Indes traute er dem jovialen Hofmann eines Duodezstaates nicht soviel diplomatische Gewandtheit zu, während es andrerseits ja ganz ausgeschlossen schien, daß er Theo nicht kennen sollte, die ein so häufiger Gast am Weißenfelser Hofe war. Er mußte entweder also eingeweiht sein, oder er ignorierte die Bekanntschaft absichtlich, weil Theo durch ihre abhängige Stellung ihre Hoffähigkeit eingebüßt, zum mindesten ihr aber entsagt hatte. War sie dieses Schrittes wegen in Ungnade gefallen? Willig mußte darüber doch Bescheid geben können!

Weitere Überlegungen des Diplomaten wurden fürs erste unterbrochen, da man sich an der runden Tafel niederließ. Cordula nahm zwischen Mühling und Willig Platz, während Sabine auf dessen anderen Seite saß und Bergfried neben sich hatte. Theo wurde der Platz zwischen Mühling und Zimburg angewiesen, so daß der Hausherr seiner Schwägerin gegenüber zwischen dem früheren Schloßherrn von Amönenhof und dem Diplomaten saß.

Da das Gespräch in dieser kleinen Tafelrunde naturgemäß ein ganz allgemeines war, so war eine intimere Aussprache von Nachbar zu Nachbar so gut wie ausgeschlossen. Daß keine sogenannte Kunstpause in der Unterhaltung eintreten konnte, dafür sorgte der Kammerherr ausgiebig, trotzdem er den Schüsseln alle Ehre antat und dem Wein als Kenner zusprach.

Theo, die sich nur wenig und sehr zurückhaltend an der Unterhaltung beteiligte, lachte aber harmlos vergnügt über die Schnurren, die Willig unter beständigem Essen und Trinken zum besten gab.

Der im Tafeln sehr mäßige Kommerzienrat konnte ein langes Herumsitzen bei Tisch nicht leiden, dafür aber liebte er ein sehr ausgiebiges Plauderstündchen bei einer guten Zigarre und einem noch besseren Tropfen. Als daher der Nachtisch verspeist war, machte er seiner Schwägerin ein Zeichen, die Tafel aufzuheben, und die Gesellschaft begab sich unter ihrem Vortritt auf die Terrasse hinaus, wo schon der Tisch, mit bequemen Korbsesseln umstellt, zum gemütlichen Zusammensitzen unter freiem Himmel hergerichtet war.

Ehe man sich jedoch daran niederließ, äußerte Willig den Wunsch, den prächtigen Saal gründlicher in Augenschein nehmen zu dürfen, solange das Licht dazu noch günstig sei, und die anderen folgten ihm. Die Türen nach den anstoßenden Gesellschaftsräumen waren auch geöffnet, woraus sich dann wie von selbst eine Besichtigungstour ergab, während welcher es schon eher möglich wurde, sich zu besonderen Gesprächen zusammenzufinden. Dabei wußte es der Kammerherr geschickt einzurichten, daß er mit Theo in der Bewunderung des Porträts einer reizenden, koketten Rokokodame zurückblieb.

»War doch eigentlich eine reizende, kleidsame Tracht, dieses gepuderte Haar, nicht?« sagte er laut zum Benefiz derer, die noch in Hörweite standen, und rasch setzte er sotto voce hinzu: »Die Herzogin hat mich natürlich eingeweiht, sonst wäre ich wohl bei Ihrem Anblick und Ihrem – Pseudonym regelrecht auf den Rücken gefallen. Denken Sie sich bloß mal das Bild! Daß dich das Mäuslein beißt – was machen Sie nicht für Streiche!«

»Ist aber gar kein Streich! Es ist mir voller Ernst damit«, versicherte Theo lachend. »Weiß schon! Weiß schon!« quiekte der Kammerherr vergnügt. »Aber hören Sie, Verehrteste, Teuerste, Angebetete – können Sie sich damit nicht am Ende doch in eine nette Patsche setzen?«

»Ich werde Sie rufen, damit Sie mich wieder herausfischen!« spottete Theo übermütig.

»Das war mal endlich ein vernünftiges Wort!« lobte er. »Also, Sie rufen, und ich komme, ergreife Ihre Hand – hopplala! – und lasse sie nicht mehr los – fürs Leben!«

»Numero sieben!« stellte Theo trocken fest. »Steter Tropfen höhlt den Stein«, versicherte Willig lachend. »Ich habe auch gezählt. Es ist wirklich das siebente Mal, daß ich Ihnen Herz und Hand zu Füßen lege. Ehe das zweite Dutzend aber nicht voll ist, gebe ich die Hoffnung nicht auf. Aber Spaß beiseite! Meinen Sie wirklich, daß Sie's hier durchführen werden, bis Ihre Freundin wieder gesund ist? Daß die Leutchen hier den Braten nicht riechen werden? Für 'ne Gesellschafterin sind Sie nämlich wirklich ein bißchen auffallend –«

»Herr von Willig, unser liebenswürdiger Wirt hat nebenan die elektrische Beleuchtung zur Bewunderung des Deckengemäldes angezündet«, rief Bergfried von der Tür herüber.

»Was? Deckengemälde? Komme sofort«, rief der Kammerherr, scheinbar Feuer und Flamme. »Deckengemälde sind meine Passion, vorausgesetzt, daß ich mich auf den Rücken legen darf, um mir durch die Besichtigung nicht das Genick verrenken zu müssen. Also, Fräulein Zöllner, ich werde mir später erlauben, Ihnen die Vorzüge der Rokokotracht kunsthistorisch weiter auseinanderzusetzen.«

Damit eilte er in den Nebenraum, und Theo folgte ihm, so daß sie an Bergfried, der in der Tür stehengeblieben war, vorbei mußte.

»Ich habe einen Brief für Sie in die Falten dieser Portiere gesteckt«, sagte er, den Vorhang für sie zurückhaltend. »Ich glaubte, es sei besser, als wenn ich einen Boten damit von Steinau herüberschickte.«

»Man hat allerdings auch noch die Post, wenn man jemand schreiben will«, meinte Theo mit einer Heiterkeit, die sie sich selbst nicht hätte erklären können. »Nehmen Sie Ihren Brief nur ruhig wieder mit, Baron, damit er nicht am Ende gar von einem der Diener gefunden wird, ehe ich dazu gelangen könnte. Ich kann mir nämlich lebhaft vorstellen, was in dem Briefe steht, und darf mir also die Mühe sparen, Ihnen den versprochenen zu schreiben. Hab' ich nicht recht?«

Bergfried antwortete nicht, aber in sein blasses Gesicht stieg eine dunkle Röte, und seine Hand fuhr in die Falten des Vorhangs und ballte sich dort zusammen. Theo hörte es knistern wie von Papier und lächelte.

»Schade um die schöne Zeit, die Sie zu der Abfassung dieser Epistel geopfert haben«, sagte sie leicht. »Ich habe den Inhalt in seinem Kernpunkt nämlich schon vorgestern früh in – Ihren Augen gelesen.«

»Theo!« murmelte er, indem ein Ausdruck wie von Pein in seine kalten Augen kam. Sie hatten ziemlich entfernt von der übrigen Gesellschaft gestanden; gehört konnte also niemand haben, was sie sprachen, aber daß sie bemerkt worden, bewies, daß Cordula sich von der Gruppe am anderen Ende des Salons absonderte und auf sie zutrat.

»Baron Bergfried, ich hoffe, daß Fräulein Zöllner Sie nicht von der Betrachtung dieses schönen Plafonds zurückgehalten hat«, sagte sie scharf.

»Durchaus nicht, gnädiges Fräulein«, erwiderte dieser verbindlich aber kühl an Theos Stelle. »Ich war es im Gegenteil, der Fräulein Zöllner mit einem Vortrag über – den Stoff dieser Portiere langweilte. Lyoner Fabrikat aus dem achtzehnten Jahrhundert. wenn ich nicht irre.«

»Ich glaube, ja«, machte Cordula zerstreut, indem sie Theo ansah, die etwas blaß, aber mit ganz heiterer Miene dastand und dabei so bildschön aussah, daß es die Gan-Erbin von Burg Ganting mit einem ganz unvernünftigen Zorn gegen »diese Person« erfüllte. »Das interessante Thema scheint Fräulein Zöllner jedenfalls nicht gelangweilt zu haben, wie ich bemerkte«, setzte sie bissig hinzu.

In Bergfrieds Gesicht stieg wieder die dunkle Röte, und sein Blick suchte den Theos, als ob er sagen wollte: »Das mußt du dir nun gefallen lassen! » Aber es war ein ganz anderer, stahlharter Blick, mit dem er sich an Cordula wandte:

»Was Fräulein Zöllner zu dem Thema sagte, war sehr – treffend und scharfsinnig, gnädiges Fräulein. Man hört ja doch immer gern die Ansicht gebildeter Menschen.«

»Aber gewiß«, beeilte sich Cordula mit süßem Lächeln zu erwidern. »Ich wage natürlich nicht zu entscheiden, ob Fräulein Zöllner auch auf textilem Gebiete eine Autorität ist, da ich sie noch zu wenig kenne. Sie ist erst seit ein paar Tagen in unserem Haus, in das sie ganz wie das klassische Mädchen aus der Fremde eintrat: ›Man wußte nicht, woher sie kam –‹! Offen gestanden – ich weiß es heute noch nicht!«

Theo lachte, als hätte Cordula einen guten Witz gemacht, und öffnete schon den Mund, um durch irgendein Scherzwort zu verhindern, daß Bergfried etwas sagte; denn sie sah ihm an, daß er im Begriff stand, ihre Partei zu nehmen, was sie entschieden wieder für ihn einnahm, als in diesem Augenblick der Kommerzienrat seine Gäste aufforderte, den schönen Abend lieber im Freien zuzubringen.

Daraufhin gingen alle bereitwillig auf die Terrasse zurück, wo Cordula als erste an dem Tische Platz nahm. Kaum hatte sie sich gesetzt, als Adelheid, die schon in der Tür zum Speisesaale gewartet haben mußte, rasch auf ihre Herrin zutrat und ihr eine leichte Hülle überreichte.

»Gnädiges Fräulein sollten sich besser gegen die Abendluft verwahren«, sagte sie halblaut, aber ganz verständlich, und indem sie sich über die Sitzende herabbeugte, um an ihrem Spitzentuch etwas zurechtzuzupfen, tuschelte sie ihr ins Ohr: »Der Glattrasierte neben unserem Fräulein war's!« Worauf sie wieder durch den Speisesaal verschwand.

Für den Augenblick wußte Cordula nicht, was Adelheid eigentlich gemeint hatte; dann aber ging ihr ein Licht auf. Sie war denn auch für den Rest des Abends in strahlender Laune, die auch dadurch, daß Willig und Bergfried sich sichtlich bemühten, Sabine zu unterhalten, nicht ernstlich beunruhigt wurde. Nicht einmal, daß ihre Nichte sichtlich auftaute und sich im Gefühl, hübsch auszusehen, wirklich »erwachsen« vorkam, störte Cordula heute; denn alles konnte wieder ins richtige Gleis gebracht werden, wenn – –

Ja, Adelheid war wirklich eine Perle, über deren minderwertige Fassung man eben ein Auge zudrücken mußte.

Theo war beim Verlassen des Salons mit dem bewunderten Deckengemälde absichtlich etwas zurückgeblieben, um unauffällig den bewußten Flügel des Türvorhanges zurechtzuschieben und dabei in seiner Falte zu fühlen, ob der Brief, von dem Bergfried gesprochen, auch wirklich nicht mehr da sei. Und sie hatte richtig vermutet: Der Brief war nicht mehr da. Bergfried mußte ihn in der Faust zusammengeballt und wieder zu sich gesteckt haben, als sie ihm auf den Kopf zusagte, daß sie den Inhalt kenne, ohne ihn gelesen zu haben.

Die kleine Bitterkeit, die in ihr aufsteigen wollte, daß ihre Probe aufs Exempel so todsichere Wirkung gehabt hatte, war sicherlich ein ganz natürliches Gefühl; aber die Heiterkeit und Erleichterung hielt ihr wirkungsvoll die Waage. Es ist gewiß nicht angenehm, jemand zu leicht zu befinden, dem man halb und halb geneigt war, sein Lebensglück anzuvertrauen; aber immer noch besser, man wird beizeiten davon überzeugt, als wenn's zu spät dazu ist. War sie denn unehrlich gewesen, hatte sie eine einzige Unwahrheit gesagt? Er war Zeuge gewesen, wie sie von der stellvertretenden Hausfrau gedemütigt worden war. Daß ihm dies für Theo nahegegangen war, hatte sie ihm angesehen und sie in etwas versöhnt; denn es entsprang doch wohl dem Mitleid mit ihr, und war auch ein Beweis, daß ihm die Abfassung und das Zurücknehmen jenes Briefes schwer geworden und nahegegangen war. Und warum auch nicht? Auch Egoisten haben in ihrem Herzen irgendwo eine Stelle, die schmerzen kann, und Theo war ja nicht nur ein schönes, reiches, vielseitig gebildetes Mädchen, sondern zweifellos auch ein sehr liebenswertes.

»Haben Sie etwas verloren, Fräulein Zöllner? Soll ich suchen helfen?« fragte Leo Zimburgs Stimme in ihre Betrachtungen hinein; denn er war auch etwas zurückgeblieben und auch nicht ganz ohne Absicht.

„Ja«, erwiderte Theo, angenehm berührt von der sympathischen Stimme. »Ich habe einen Gedanken verloren – wenn Sie mir den wiederfinden könnten, wäre ich Ihnen wirklich dankbar,«

„Das schlägt leider nicht in mein Fach; dazu müßten Sie einen anderen anstellen«, versetzte er lachend. »Meine eigenen Gedanken fahren leider nur zu oft in unerreichbaren Gegenden herum; aber ich weiß, daß Sie einen davon ertappt haben und möchte Ihnen nachträglich gern dafür danken. Neulich, als ich meinen Besuch hier machte, da flogen meine Gedanken beim Anblick des lieben alten Saales zurück in die Zeiten, da er noch mir gehörte, und da sah ich denn, daß Sie ihnen gefolgt waren, und wußte, daß Sie fühlten und daran teilnahmen, was in mir vorging. Oder habe ich mich getäuscht? Aber nein, das glaube ich nicht; denn Leute in meiner Lage sind sehr empfindlich und – empfänglich für den kleinsten Brocken Sympathie.«

»Gewiß haben Sie sich nicht getäuscht, Graf Zimburg«, sagte Theo freundlich. »Erstens war's ja wohl nicht schwer, zu erraten, was in Ihnen vorgehen mußte, weil doch jedes Menschen Herz mehr oder weniger an seiner Scholle hängt; und dann, wer selbst ein Herz hat, kann und muß ja auch mit anderen fühlen können. Heute als Gast an derselben Tafel, an welcher Sie vordem als Herr gesessen sind – das wird Ihnen sicher Überwindung gekostet haben!«

»Weniger, wie man voraussetzen sollte«, meinte er warm. »Aber das Warum muß ich für mich behalten; Sie würden mich sonst auslachen.«

»Ist stellenweise auch ganz heilsam«, erwiderte sie harmlos. »Oft lache ich mich sogar selbst aus, und das wirkt immer wie Medizin. Denken Sie nur«, fuhr sie lebhaft fort, »daß mich Ihre Erzählung von Ihrem Urgroßvater ordentlich verfolgt hat! Ich bewohne nämlich sein Zimmer oben – das nach Osten gelegene mit den grünen Vorhängen. Ob es der Tisch war, der noch darin steht, auf dem er in der Nacht vor seinem Tode die Patience gelegt hat? In dem Bett hat er ja sicher nicht geschlafen, denn es ist funkelnagelneu. Aber in der Nische stand sicher früher sein eigenes Bett. – Ich wundere mich nur, daß mir in diesem Zimmer der Geist des alten Herrn noch nicht erschienen ist!«

»Der Sage nach soll er tatsächlich im Amönenhof ›umgehen‹, aber ich kann mich nicht rühmen, daß er mir jemals erschienen wäre«, versicherte Zimburg. »Leider nicht!« setzte er mit einem Seufzer hinzu. »Dann hätte er mir schon Rede stehen müssen.«

»Wegen dem Schatz?«

»Ja, natürlich! Mindestens aber doch, was er mit dem dummen Gedicht gemeint hat, wegen dem soviel unnützes Geld an diese Onkels von Experten hinausgeworfen worden ist.«

»Sie besitzen dieses Gedicht wirklich noch?«

»Wenn sich's nicht irgendwohin verkrümelt hat, muß es in dem Konvolut von Papieren sein, die ich törichterweise mit mir herumschleppte, aber nächstens mal verbrennen werde.«

»Das sollten Sie nicht tun – wenigstens nicht, ohne das Gedicht herausgesucht zu haben. Es muß doch irgendeine versteckte Botschaft enthalten.«

»Ich möchte daran zweifeln. Es ist solch altfränkisches Machwerk, das scherzhaft sein soll mit einer Moralpauke am Schluß, ohne die es damals die Dichter nicht taten.«

»Ich wollte, ich könnte es mal lesen«, rief Theo. »Solche Sachen interessieren mich nämlich mächtig, weil ich einen starken Stich ins Romantische besitze und neugierig wie eine Nachtigall auf solch alte, vergilbte und vermoderte Familienbesitztümer bin.«

»Nun, da kann Ihnen geholfen werden«, sagte Zimburg lachend. »Wenn ich das Ding noch habe, will ich es mit Vergnügen vertrauensvoll in Ihre Hände legen. Wer weiß –« er brach kurz ab und zuckte mit den Achseln.

»Ja, wer weiß!« wiederholte Theo. »Und da ich den Vorteil vor Ihren Experten habe, honorarfrei einzugestehen, wenn mir der Verstand vor der Botschaft Ihres Urgroßvaters stillsteht, so dürfen Sie's schon getrost wagen.«

Sie waren über diesem Geplauder wieder in dem großen Saal angelangt, wo durch irgendeine Lichtspiegelung die beiden Köpfe der Ahnenbilder aus den sich sammelnden Schatten des Abends heraustraten.

»Es ist wirklich merkwürdig, wie sehr Sie meiner Ahne Amöne ähnlich sehen«, bemerkte Graf Zimburg mit einem vergleichenden Blick. »Finden Sie es nicht selbst?«

»Ach, wer weiß es denn, wie er selbst aussieht?« meinte Theo ausweichend. »Denken Sie bloß mal an die Leute, die sich schminken und Perücken tragen. Alle bilden sich ein, daß kein Mensch ihre Anleihen erkennt, sondern sie für echt hält. Vielleicht, wenn mir der königliche Juwelenschmuck der Gräfin Amöne zur Verfügung stünde – – was mag wohl aus diesem Schmuck geworden sein?«

»Er soll der Tradition zufolge ja eben den berühmten Zimburgischen Schatz oder doch ein Teil davon bilden. Wenigstens trägt meine Urgroßmutter auf einem Miniaturbildnis, das in meinem Besitz ist, denselben Schmuck von Smaragden, Diamanten und Tropfenperlen, wie auf dem Bild hier die Gräfin Amöne. ›Corsage‹ nannte man, glaube ich, damals diese die ganze Brust des Leibchens bedeckende Verzierung. Dieser ganze Juwelenreichtum, den meine Ahne auf ihrer werten Person herumzuschleppen liebte, ist aber ein böser Zankapfel geworden, der meine väterliche Linie mit der ihrigen nicht nur seit nahezu dreihundert Jahren entzweit hat, sondern sogar bis heutigentags durch eine wahre Riesenschlange von einem Prozeß lebendig erhalten worden ist. ›Bis heute‹ ist natürlich nur figürlich und prinzipiell gemeint, denn wo nichts ist, da hat sogar der Kaiser das Recht verloren. Heute stehe ich als einziger Vertreter meiner Linie zwar immer noch auf dem Aktenfaszikel ›Contra‹ und die einzige Vertreterin der anderen, älteren Linie auf dem Aktenfaszikel ›Pro‹; aber damit hat's auch sein Bewenden! Der Wurm ist oder scheint schlafen gegangen zu sein. Natürlich ist das Recht auf unserer Seite; aber das hat der andere Teil nie einsehen wollen und die Berufungen und Neuklagen immer hübsch warm gehalten.«

»Wirklich? Und –« sagte Theo, mit sichtlichem Interesse zur Fortsetzung einladend. »Ja nun, wenn das so fortgeht, so wird man halt nächstens ein eigenes Archiv für die Akten dieses herrlichen Prozesses bauen müssen«, meinte Zimburg lachend.

»Ich meine, wieso ist Ihre Familie ›natürlich‹ im Recht?« fragte Theo lebhaft. »Die andere muß doch auch etwas anführen, worauf sie ihr Recht stützt!«

»Ach, das ist ja nur die reine Einbildung«, erklärte er gleichmütig. »Die Sache kam so: Die Gräfin Amöne, die vor ihrer Verheiratung mit ihrem Vetter auf Hohen-Zimburg als Waise bei ihrem Bruder lebte, erhielt von diesem die Juwelen als Brautschmuck zum Geschenk und nahm sie natürlich in die neue Heimat mit. Als der Bruder sich später selbst verheiratete, reute ihn das, und der forderte die ganze Geschichte unter dem Vorwand zurück, daß die Juwelen nur zur

Hochzeitstoilette hergeliehen worden seien. Die Gräfin Amöne lehnte dieses Ansinnen natürlich ab, da die Juwelen ihr ohnehin durch ihre Mutter gehörten. Daraus ist dann der berühmte Zimburgsche Prozeß entstanden –«

»Nein, so war die Geschichte eben nicht«, fiel Theo mit großer Lebhaftigkeit ein. »Die Juwelen sind der Gräfin Amöne von ihrem Bruder vor Zeugen ausdrücklich nur für ihren Hochzeitstag geliehen worden. Sie hatte gar kein Anrecht auf den Schmuck ihrer Mutter, da dieser im Heiratsvertrag dem Allod einverleibt worden war. Die Zeugen dafür, ihre eigenen beiden Kammerfrauen, wurden aber beseitigt, und die schöne Amöne beharrte auf ihrer lügenhaften Aussage, woraus dann –«

Sie brach ab und wurde feuerrot, als sie den erstaunten Blick bemerkte, mit dem Graf Zimburg sie ansah.

»Ja, um alles in der Welt – woher wissen Sie denn das?« fragte er mit großen Augen. »Nun, natürlich von der anderen Linie«, erklärte sie schnell gefaßt.

»Na ja, dann –«, meinte er lächelnd. »Da war's ja ganz gut, daß Sie auch mal die Auffassung der meinigen hörten. Meiner Ansicht nach liegt die Wahrheit, wie bei allen solchen Streitfragen, in der Mitte, über welche die Herren Advokaten absichtlich oder unabsichtlich nicht hinüberkommen. Also, Sie kennen demnach die ›andere Linie‹, das heißt, meine unbekannte Namensbase, die zu sehen mir nie gelungen ist.«

»Wir – wir waren auf der gleichen Schule zusammen«, sagte Theo nach einer kurzen Pause.

»Wahrhaftig?« fragte er interessiert. »Ist sie nett?« »Ja, das müssen Sie mich nicht fragen: denn ich bin nicht unparteiisch«, erklärte Theo lachend mit vor Vergnügen strahlenden Augen. »Wir zwei sind nämlich ein Herz und eine Seele, haben dieselben Vornamen – kurz, es ist eine sogenannte dicke Freundschaft! Aber obwohl ich mich dadurch natürlich jener Auffassung des Zimburgschen Familienstreites angeschlossen habe, so stimme ich Ihnen doch darin bei, daß die Wahrheit in der Tat in der Mitte liegen dürfte, daß die ganze Sache vielleicht überhaupt nur auf einem Mißverständnis beruht, welches die ältere Linie leider arm gemacht hat.«

»Nun, also gesetzt den Fall, daß meine Ahne tatsächlich so verlogen war und, wie die andere Partei behauptet, die Zeugen, ihre beiden Kammerfrauen, wirklich um die Ecke gebracht hat, dann wäre der ›Fluch der bösen Tat‹ ja nun glänzend an ihren Nachkommen gerächt worden«, meinte Zimburg mit einem Seufzer. »Vielleicht hat diese Tatsache Ihrer Freundin einige Befriedigung gewährt.«

»Theodora Zimburg ist kein so niedrig denkendes Wesen. Es hat ihr im Gegenteil sehr, sehr leid getan, daß der Amönenhof in andere Hände kommen mußte«, versicherte Theo rasch und eindringlich.

»So? Nun, das ist wirklich nett von ihr. Aber sie kann sich diese Großmut ja auch leisten, denn wie ich höre, hat sie selbst eine reiche Verwandte beerbt.«

»Diese Bemerkung war nicht nett von Ihnen, Herr Graf, denn wie ich Theodora Zimburg kenne, sind ihre Gefühle ganz unabhängig von ihrem Geldbeutel«, erwiderte Theo nachdrücklich.

»Sie hat jedenfalls das Glück, eine echte Freundin zu besitzen, was sehr zu ihren Gunsten spricht«, erklärte er warm und mit unverhehlter Bewunderung. »Sie hätte den Amönenhof kaufen sollen – damit er nicht in andere Hände fiel«, setzte er nachdenklich hinzu. »Meine Idee ist das aber nicht, sondern die meines Rechtsanwalts, dem ich freilich verboten habe, damit an diese Tür zu klopfen – betteln zu gehen! Man hat wirklich manchmal ganz dumme Anwandlungen von Stolz und ich noch dazu den berüchtigten Zimburgschen Dickkopf.«

»Wie schade!« rief Theo bedauernd. »Wer weiß, wenn – wenn meine Freundin eine Ahnung gehabt hätte, daß der Amönenhof verkauft werden sollte – aber freilich, wer kann's sagen, denn – Theodora Zimburg hat auch ihr reichliches Erbteil dieses Dickkopfes erhalten«, setzte sie lachend hinzu.

Dieses Zwiegespräch hatte natürlich viel weniger Zeit beansprucht, als es niedergeschrieben werden konnte; denn es wurde von beiden Seiten mit großer Lebhaftigkeit geführt. Dennoch wurde seine Länge immerhin von Cordula mißbilligend bemerkt, die es sehr unpassend fand, daß eine »bloße Gesellschafterin« einen Gast des Hauses, dessen Brot sie aß, ungebührlich in Anspruch nahm, obwohl sie eben noch für den weit weniger auffallenden Fall mit Baron Bergfried gerügt worden war, ein neuer Strich auf dem Kerbholz »dieser Person«; aber schließlich war's doch besser, daß dieser »verkrachte Graf« sich der Gesellschafterin widmete, statt seine Angeln nach der Tochter des Hauses auszuwerfen. Es gelang ihr aber, besagten »verkrachten Grafen«, der immerhin doch einer war, der sich mit »dieser Person« in der Tür des Saales so vortrefflich zu unterhalten schien, an ihre grüne Seite heranzuwinken, um ihn über seine Beziehungen zur »anderen Linie« auszuhorchen. Nachdem er vorausgeschickt hatte, daß ihm die »andere Linie« total unbekannt sei, war er in seiner Harmlosigkeit eben im Begriffe, die Fragerin an Fräulein Zöllner zu verweisen, als Theo plötzlich emporsprang und ausrief:

»Ist das nicht ein Elmsfeuer dort auf dem See –? Da, am anderen Ufer, wo es schon ganz dunkel ist!« Das Naturphänomen, das indes nichts anderes war, als die Laterne einer Barke, die drüben am Ufer entlang fuhr, brachte für einen Augenblick die Gruppe um den Tisch in Bewegung. Auch Zimburg, froh, auf so gute Manier von der ihm sehr unsympatischen Gan-Erbin loszukommen, sprang auf und trat an Theos Seite, die, an das Geländer der Terrasse gelehnt, das allerdings geisterhaft genug aussehende Licht beobachtete und ihm rasch zuraunte:

»Bitte, sagen Sie niemand, daß ich Gräfin Zimburg kenne. Ich habe meine Gründe dafür, die ich Ihnen gelegentlich mal mitteilen will.«

Und ohne seine Zustimmung abzuwarten, trat sie wieder zurück an den Tisch.

Leo Zimburg folgte ihr etwas verwundert, aber ohne besonders über die erhaltene Weisung nachzugrübeln; denn er war der harmloseste Mensch der Welt, und wenn ihm die Sympathie, die solche Naturen selten zu trügen pflegt, zu jemand hinzog, dann blieb er ihr auch treu durch dick und dünn. Nun konnte er sich zwar gar nicht denken, warum Theo ihre Bekanntschaft mit seiner unbekannten Namensbase in diesem Hause zu verleugnen wünschte; aber er zweifelte nicht, daß ihre Gründe hierfür durchaus lautere und vollwichtige seien, und diese Überzeugung wurzelte bei ihm einzig in der Teilnahme, die er in ihren Augen las, als er den Amönenhof zum ersten Male als Fremder betrat. Dieser Blick des Verstehens und der Sympathie war ihm unvergeßlich und hatte ihn mit einer Dankbarkeit erfüllt, die ihn für manche bittere Stunde der Vergangenheit tröstete, ihn mächtig zu ihr hinzog, und seine momentane Verwunderung schwand wie Schnee in der Sonne vor dem Blick ihrer Augen, die ihn mit so freundlichem Verstehen angeschaut.

Seinen Platz neben Cordula fand er zu seiner Erleichterung durch Bergfried besetzt, den sie inzwischen an ihre Seite gewinkt hatte, um ihn über seine Tätigkeit auszufragen. »Ihr Beruf hat nämlich für mich etwas geradezu Faszinierendes, Herr Baron«, versicherte sie ihm. »Nicht nur, weil er doch eigentlich das Monopol für die Aristokratie ist –«

»Verzeihung, wenn ich unterbreche«, fiel Bergfried ein. »Halten gnädiges Fräulein die Monopolisierung der Diplomatie durch die Aristokratie für einen staatlichen Vorteil? Ich meine, würden Sie also einem unfähigen Aristokraten unter allen Umständen vor einem fähigen Bürgerlichen in diesem Berufe den Vorzug geben?«

»Nein«, erwiderte Cordula hörbar für jedermann, »ich hoffe für alle Fälle, daß das bürgerliche Element sich nicht auch in diesen bisher exklusiven Beruf hineindrängen wird. Die zuständigen Stellen werden über fähig oder unfähig wohl zu unterscheiden wissen, jedenfalls aber die ersten Plätze der diplomatischen Laufbahn auch den ersten Familien reservieren, was wohl ganz gewiß auch Ihre Meinung ist.«

»Gnädiges Fräulein wollen gnädigst verzeihen – aber das ist ganz und gar nicht meine Meinung«, versicherte Bergfried mit eisiger Höflichkeit. »Der Staat ist ja doch kein Ballsaal, in welchem die flottesten Beine den Vorzug vor den klügsten Köpfen haben, die nicht tanzen können. Ich bin der Ansicht, daß die Diplomatie sich nicht aus Rang und Stand, sondern aus Fähigkeit und Verstand rekrutieren muß, wenn nicht in entscheidender Stunde einmal ein völliges Versagen eintreten soll.«

»Das sind jedenfalls sehr liberale Ansichten, die mich bei Ihnen, als einem Vertreter der Aristokratie, ein wenig überraschen«, versetzte Cordula.

»Sie tun mir zuviel Ehre an, meine Gnädigste«, erwiderte Bergfried mit einem frostigen Lächeln. »Als Vertreter der Aristokratie habe ich mich in meiner angeborenen Bescheidenheit nämlich noch nicht zu fühlen gewagt, da mein Adelstitel erst ein paar Jahre alt ist. Mein Vater, der Regierungsbeamter ist, wurde gelegentlich eines Provinzialjubiläums in den Adelsstand erhoben, und wenn man die Güte hat, mich ›Herr Baron‹ zu titulieren, so ist das nichts als ein Höflichkeitstitel, auf den ich nicht den geringsten Anspruch erheben kann. Ob das einfache ›von‹ als Anhängsel an meinen alten, gutbürgerlichen Namen allein mich in den Ring des aristokratischen Monopols hineingeschmuggelt hat, wage ich nicht zu entscheiden.«

»Aber die Bergfrieds von Hohenfriedberg gehören doch zum Uradel!« widersprach Cordula, etwas aus der Reihe gebracht.

»Daran zweifle ich nicht«, erwiderte der Diplomat gelassen. »Ich weiß aber wirklich ganz sicher, daß ich nicht zu dieser Familie gehöre, habe indes nichts gegen die Namensvetterschaft und will nur hoffen, daß es auf der anderen Seite ebenso ist. Aber auch für den Fall, daß die uradeligen Bergfrieds gegen die neugebackenen Stellung genommen haben sollten, muß man sich eben zu trösten wissen.«

Cordula wußte nicht recht, was sie dazu sagen sollte und schloß natürlich in dem Bestreben, den ersten Bock wieder lebendig zu machen, einen zweiten. »Nun, auf alle Fälle hat das adelige ›Anhängsel‹, wie Sie das nennen, Ihnen die Pforten zu einem Beruf eröffnet, der, wie gesagt, für mich etwas Faszinierendes hat –«

»Mein Kopf bedankt sich tiefgerührt für das Kompliment«, flocht Bergfried nun ehrlich belustigt ein.

»Faszinierendes hat«, wiederholte Cordula hartnäckig, denn sie fühlte, daß es besser sei, sich nicht zu entschuldigen oder irgendwelche Erklärungen zu stammeln. Außerdem verfolgte sie ein bestimmtes Ziel, das sie nicht im Sinn hatte sich entschlüpfen zu lassen. »Wäre ich als Mann geboren«, fuhr sie schwärmerisch fort, »so wäre ich sicher Diplomat geworden, oder hätte ich mich entschließen können, zu heiraten, dann hätte mein Gemahl der Diplomatie angehören müssen. Ich denke es mir so ungemein fesselnd, beim Knüpfen dieser vielfach verschlungenen Fäden helfen zu können, sie zu lösen, in ihre Geheimnisse einzudringen – eingeweiht zu werden mit einem Wort! Da sind zum Beispiel die geheimen Agenten, die mich höchlich interessieren. Was halten Sie davon, Herr Baron?«

»Lieber Gott – ich halte sie einfach für ein notwendiges Übel.«

»Oh, wirklich? Wohl hauptsächlich darum, weil ja leider auch Frauen in ihren Reihen stehen sollen – tatsächlich stehen, wie die fatale Geschichte von dem Gesandten in Berlin bewiesen hat, bei welchem eine solche Person in der Maske der Erzieherin eingedrungen war. Sie erinnern sich der Sache doch?«

»Sie ist wenigstens in allen Zeitungen zum angenehmen Gruseln des lieben Publikums sattsam breitgetreten worden.«

»Ja, ist sie also wahr? Halten Sie so etwas für möglich?«

»In dieser Welt ist alles möglich, gnädiges Fräulein.«

»Das ist eine recht – diplomatische Antwort, lieber Herr von Bergfried! Ich kann mich nicht mehr erinnern, ob man diese Person damals dingfest gemacht hat; aber ihre Auftraggeber, also ihre Regierung wird sie ja wohl geschützt haben, nicht wahr?«

»Schwerlich. Der Geheimagent übernimmt sein Amt unter der Voraussetzung der eigenen Verantwortlichkeit. Läßt er sich erwischen, dann wird er von seinem Auftraggeber fallen gelassen.«

»Ah, das ist sehr interessant; denn es läßt dem Geschädigten wenigstens die Tür zur Vergeltung offen. Diese geheimen Agenten und – Agentinnen haben für mich etwas Unheimliches; denn man kann ja nie wissen, ob nicht einer – oder eine am eigenen Tisch mit einem sitzt. Mein Schwager hat ja auch seine Geschäftsgeheimnisse, denen nachzuspüren sich lohnt, nicht wahr?«

»Darüber habe ich wirklich kein Urteil, gnädiges Fräulein«, wich Bergfried aus, aber Cordula ließ nicht locker.

»Wirklich nicht?« fragte sie mit ungläubigem Lächeln. »Ich habe mir aber sagen lassen, daß irgendeine Regierung immer ein Interesse daran hat, ob eine andere Bestellungen an Geschützen und Munition bei diesem oder jenem Werke gemacht hat … Sie sehen, ich bin gar nicht so ununterrichtet, wie man es bei Damen gewöhnlich annimmt! Und darum sind fremde Elemente in unserem Hause immer verdächtig. Je eher sie daraus wieder entfernt werden, um so besser ist es. Mein Schwager ist in dieser Richtung so sorglos, so leichtsinnig, möchte ich sagen, da ist es wirklich ein Glück für ihn, daß ich da bin und die Augen für ihn offen halte.«

»Ihr Herr Schwager wird das jedenfalls im vollsten Umfang und dankbaren Gemütes zu schätzen wissen«, sagte Bergfried salbungsvoll mit einer Ironie, die ihr aber gänzlich entging; denn sie dachte befriedigt: »So, nun hat er seine Warnung und kann sich darnach richten! Die nächste Zeit wird es ja zeigen, daß und wie meine Worte gewirkt haben.«

Kammerherr von Willig war der erste, der zur Heimfahrt nach sehr herzlicher Verabschiedung von seinen Wirten aufbrach, und bald nach ihm fuhren auch die Herren aus Steinau ab.

»Wirklich kolossal netter alter Knabe, dieser Reudnitz«, meinte Mühling unterwegs. »Wenn schon ein anderer den Amönenhof haben mußte, dann ist er jetzt wenigstens in guten Händen, was für dich, Leo, mein Junge, freilich ein schlechter Trost ist, aber immerhin doch wenigstens einer. Hat mich riesig gefreut, daß Reudnitz das alte Haus nicht modernisiert und im Knallprotzengeschmack verschandelt hat. Überhaupt war von Protzerei nichts zu merken; die ganze Geschichte war im besten Stil gehalten. Die Kleine ist ja so'n bißchen ein Kümmerling, kann sich aber noch 'rausmausern. Anfangs war der Mund dem kleinen Dinge einfach zugefroren; Willig hat sie zuletzt aber faktisch aufzutauen verstanden. Ist Willigs Spezialität! Die Tante aber – Herrschaft! Das Blaue vom Himmel hat sie mir über ihre poplige Gan-Erbschaft vorgequasselt! Greuliches altes Reff, diese Tante!«

»Amen!« sagte Bergfried inbrünstig.

Mühling schlug ein Gelächter auf, daß die Pferde anfingen zu galoppieren. »Scheint Sie auch mit der Gan-Erbschaft beglückt zu haben, was?«

»Nee; mit mir hat sie fachgesimpelt«, erwiderte Bergfried trocken. »Wo sie aber damit hinaus wollte, ist mir total schleierhaft geblieben.«

»Übrigens, um niemand zu kurz kommen zu lassen«, fuhr Mühling fort, »da ist doch diese Gesellschafterin. Donnerwetter, ist das ein Weib! Otto Bellmann! Und blitzgescheit. Mich wundert's bloß, daß sie die neben ihrem Kümmerling von Tochter aufbauen! Neben der verblaßt ja sogar die olle Tante samt ihrem Puder, ihren geschminkten Lippen und ihrer kastanienbraunen Perücke! Warum ist diese Farbe übrigens so beliebt für ›falsche Behauptungen‹? Ich weiß nicht, dieses Rotbraun schreit doch geradezu das Wort ›Anleihe‹ heraus und macht die Gesichtszüge so hart. Warum also, frage ich?«

Da der Gutsherr von Steinau von seinen beiden Gästen keine Antwort erhielt, so machte er die Augen zu und schlief sofort ein. – –

# 5. Kapitel

Als Theo sich an jenem Abend bereit machte, ihre Lagerstätte aufzusuchen, klopfte es an ihre Türe, und Sabine huschte im Gewande der Nacht in ihr Zimmer.

»Ich – ich wollte nur fragen, ob ich mich morgen wieder so frisieren lassen soll, wie heute abend«, begann sie zaghaft mit der ganzen Unselbständigkeit ihrer unterdrückten Natur; sie sah aber in ihrem weißen Nachtkleide dabei so ungewöhnlich niedlich aus, daß Theo ihr einen tüchtigen Kuß gab und sie wie ein Quirl um ihre eigene Achse drehte, indem sie versicherte, daß die neue Haartracht von heute ab unter allen Umständen beibehalten werden müßte.

»Ach, bist du vielleicht so gut, dabei zu sein, wenn Marie mich frisiert«, bat Sabine lachend und atemlos. »Sie wurstelt mir die Haare doch sonst wieder so fest zusammen, weißt du. Ja? – Oh, das ist lieb von dir! Du bist überhaupt so lieb, das reine Geschenk vom Himmel für mich. Ja, und noch eins: Wie haben dir eigentlich unsere Gäste gefallen? Sie waren alle so nett, nicht? Und welcher von ihnen hat dir eigentlich am besten gefallen?«

»Hm –« machte Theo scheinbar nachdenklich. »Ich werde mir's mal überlegen. Welcher der Herren hat dir am besten gefallen?« »Ach, das ist schwer zu sagen«, murmelte Sabine und wurde dabei sehr rot. »Der Herr von Mühling ist solch netter, freundlicher Herr, den ich am liebsten gleich ›Onkel‹ genannt hätte. Es ist mir wirklich fast mal herausgeschlüpft. Denk' mal bloß! Der Herr von Bergfried ist ja wohl ein sehr schöner Mann, aber so kalt und so – wie soll ich sagen? – so undurchdringlich, daß ich mich eigentlich ein bißchen vor ihm fürchte. Graf Zimburg ist ja das genaue Gegenteil von ihm – nicht etwa, daß ich ihn garstig finde, o nein – ich finde ihn sogar sehr hübsch. Ich wollte, er wäre mein Bruder. Ich habe mir immer einen gewünscht, wie er ist: groß und freundlich und gemütlich. Ich könnte wirklich Vertrauen zu ihm fassen.«

»Na, ein besseres Kompliment kann man seinen Gästen ja gar nicht machen, als daß man sie sich zu Verwandten wünscht«, meinte Theo belustigt. »Ich wollte, man könnte sich seine Verwandten so aussuchen; aber leider ist das ein frommer Wunsch. Na, und Herr von Willig? Hat er auch einen Wunsch in dir wachgerufen?«

»Oh, Herr von Willig!« rief Sabine mit leuchtenden Augen und wurde so feuerrot dabei, wie dieser Superlativ des Errötens bei ihrer Veranlagung überhaupt möglich war. »Herr von Willig hat mir am aller – allerbesten gefallen. Ich weiß nicht, ob ich ihn gerade als Bruder haben möchte – als Onkel erst recht nicht; denn das sind doch Menschen, mit denen man so – wie soll ich sagen – so anders steht. Ich meine – ach! Ich weiß selbst nicht, wie ich es meine, – Herr von Willig kommt mir halt vor, wie – ja, wie ein höheres Wesen!«

Damit huschte sie verwirrt und mit solch verklärtem Gesichtchen in ihr Zimmer zurück, daß Theo ihr erst eine Weile ganz verdutzt nachsah und sich dann vor Lachen, lautlosem, innerem Lachen bog.

»Man soll doch wirklich nie sagen, was eine Sache ist!« stöhnte sie, sich die Augen wischend. »Der gute, brave Kammerherr, der mir heute noch dreizehn Heiratsanträge in Aussicht gestellt hat – der vergnügte, ältliche ›Schmalzengel‹ des Weißenfelser Hofes: ein höheres Wesen! Das ist ja zum Schießen! Aber eigentlich doch auch wieder rührend und ein neuer Beweis für den alten Spruch, daß ›jeder Pott sin Deckel findet‹.«

*

Der feierlich angekündigte fürstliche Besuch fand am folgenden Tage programmäßig im Amönenhof statt. Der Herzog und die Herzogin von Weißenfels trafen, gefolgt von dem Kammerherrn und der Hofdame vom Dienst, in zwei Automobilen zur bestimmten Stunde ein und wurden unter dem Portal von dem Kommerzienrat im schwarzen Gehrock, den Zylinder in der Hand, empfangen. Er hatte auf den dringenden Rat seiner Schwägerin zwar schon den Frack bereitlegen lassen, in Anbetracht der Stunde und des Umstandes, daß der hohe Besuch ja eigentlich doch nicht ihm, sondern dem Hause galt, sich aber dann doch mit seinem instinktiven Takt für den Gehrock entschieden und den »ollen Schniepel«, den er überhaupt haßte, wieder in den Kleiderschrank verbannt, während Cordula von Ganting in voller Abendtoilette von rauschendem lila Moiré-Antique, mit wippendem Federaufsatz auf dem Kopfe, hinter ihm auf der

Schwelle stand und in tiefsten Courverbeugungen zusammenknickte. Neben ihr hielt Sabine sich vor Befangenheit und Angst, etwas Falsches zu tun, kaum aufrecht und faßte erst wieder etwas Mut, als sie des Kammerherrn lächelnden Gruß hinter den Herrschaften auffing. Sie besaß zum Glück keinen Anzug, den Cordula mit dem pompösen Namen einer Abendtoilette belegen konnte, auch hatte Theo sie noch kleidsamer wie gestern frisiert. So sah sie in ihrem einfachen, weißen Kleid wirklich ganz niedlich, fast hübsch aus, besonders da sie darin nicht eleganter angetan war, wie die Herzogin, die ein schmuckloses weißes Leinenkleid trug, bei dessen Anblick Cordula ein vages Gefühl des eigenen Überputztseins beschlich.

Während sie und Reudnitz das herzogliche Paar, das sich für den »Überfall« aufs liebenswürdigste entschuldigte, in den Saal geleiteten, wo der Teetisch bereitgestellt war, machte Willig Sabine mit seiner »Kollegin vom Dienst«, der netten jungen Hofdame, bekannt, die er dann den Herrschaften nachfolgen ließ; er benutzte den Augenblick, um schnell zu fragen, wo Fräulein Zöllner eigentlich stecke.

»In ihrem Zimmer«, tuschelte Sabine mit dem kindlichen Zutrauen, das der Kammerherr nun einmal in ihr erweckt. »Tante hat es befohlen, im letzten Augenblick noch. Vater weiß sicher nichts davon; denn er hat noch bei Tisch zu Theo gesagt: Heute also können Sie im Amönenhof Hofluft schnappen.«

Zu weiteren vertraulichen Mitteilungen kam es nicht mehr; denn Sabine wurde von ihrer Tante gleich herbeigewinkt, um der Herzogin, die inzwischen schon Platz genommen hatte, auf silbernem Tablettchen eine Tasse Tee zu überreichen, die das arme Mädchen in seiner Aufregung fast auf die hohe Dame selbst geworfen hätte, wenn diese, die das Unheil kommen sah, es nicht noch beizeiten hätte verhüten können. Sie zog das ganz aus der Fassung gebrachte Sabinchen auf den leeren Stuhl an ihrer Seite, den Cordula für sich bestimmt hatte, nahm eine ihrer kalten Hände in die ihrige und sah ihr mit liebem, freundlichem Lächeln ermunternd in die Augen.

»Wie reizend, daß die Jugend mit Ihnen wieder im Amönenhof eingekehrt ist, Fräulein Reudnitz«, sagte sie so herzlich, daß Sabine mit einem Male ihre Scheu verlor und das Lächeln unwillkürlich erwiderte. »Denken Sie nur, daß ich als kleines Mädchen oft hier gewesen bin und mit Graf Leo Zimburg gespielt habe! Ich war damals eine schrecklich wilde Hummel und sprang mit ihm wie ein Junge über die schönen Tulpenbeete im holländischen Garten – Hand in Hand hopsten wir wie toll, aber weil er doch schon größer war und längere Beine hatte, riß er mich mal zu heftig nach, und ich plumpste mitten in die herrlichen Tulpen hinein und brüllte wie am Spieße.«

Sabine lachte wie ein rechtes Kind, das sie ja auch noch war, hell heraus zum Entsetzen Cordulas und sagte mit einem kleinen Seufzer des Neides:

»Ach, das muß lustig gewesen sein! Ich habe nie über Tulpenbeete springen dürfen.«

»Na, das können Sie ja jetzt noch nachholen«. tröstete die Herzogin, indem sie Sabinens Hand drückte. »Besser spät, wie niemals! Wissen Sie was? Wir zwei gehen nachher mal allein in den holländischen Garten und probieren's. Ich glaube, ich kann's noch, und das wäre auch ganz gut, damit ich meinem Jungen zeigen kann, wie's gemacht wird.«

Cordula wußte nicht, wie ihr geschah.

»Hoheit – Hoheit werden doch nicht höchstselbst –« stammelte sie in ehrlichem Entsetzen über diese Art fürstlicher Belustigung, die noch in aller Harmlosigkeit laut verkündigt wurde.

»Natürlich werde ich! Gelt, Fräulein Reudnitz?« lachte die Herzogin, angespornt durch das Entsetzen der ›komischen Alten‹, die im hellen Tageslicht in ihrer Abendtracht alle Geister ihres gutmütigen Spottes herausforderte. »Glauben Sie mir, Fräulein von – von – oh, Ganting, es macht viel mehr Spaß, selbst etwas zu tun, als sich's von anderen vormachen zu lassen. Wenn ich zum Beispiel unseren lieben Kammerherrn von Willig für mich über Tulpenbeete hopsen ließe, hätte ich – außer dem unleugbaren Vergnügen, ihm nachzuschauen – persönlich blutwenig davon. So, und nun sagen Sie mir, Fräulein Reudnitz, was sie hier treiben. Haben Sie jemand, mit dem Sie lustig sein können? Natürlich haben sie Ihren Vater und Ihre Tante, aber die zählen nicht mit. Nicht wahr, Herr Kommerzienrat? Der selige Herzog, mein Vater, war auch ein sehr lieber, nachsichtiger Papa; aber herumgetollt ist er darum doch nicht mit mir. Ich meine, haben Sie eine Freundin Ihres Alters hier im Hause oder in der Nachbarschaft?«

»Ich habe eine – eine hier.«

»Meine Nichte hat eine Gesellschafterin, Hoheit«, sagte Cordula betont.

»Ja? Nun, hoffentlich eine junge!« rief die Herzogin mit dem unschuldigsten Gesicht von der Welt.

»Ja – sie ist jung und wunderschön«, hauchte Sabine, damit es die Tante nicht hören sollte.

»Wahrhaftig? Desto besser! Und ist sie nett?«

»Sie ist sehr, sehr lieb und lustig, und ich habe sie schrecklich gern.«

»Das ist die Hauptsache. Aber diese liebe, junge, wunderschöne und lustige Dame möchte ich doch auch gern kennenlernen. Ist sie denn nicht hier?« Und die Herzogin sah sich suchend um, was auf Willigs rundes Gesicht, unbeschadet der schuldigen Devotion für seine hohe Herrin, ein unleugbares Schmunzeln brachte. Und – um der Wahrheit die Ehre zu geben – die Herzogin tat dasselbe, das heißt, sie lächelte natürlich, was ein Unterschied ist.

Der Kommerzienrat sah sich nun auch um. »Wo ist Fräulein Zöllner?« fragte er, da er die Gesuchte nicht sah.

Cordula kniff die Lippen zusammen und besann sich, was sie sagen sollte, aber ehe sie noch das rechte Wort fand, übernahm die schüchterne Sabine die Rolle des »enfant terrible«, das sie nie gewesen, und sagte laut und vernehmlich:

»Theo – ich meine Fräulein Zöllner, ist in ihrem Zimmer, Tantchen hat es befohlen.«

Tantchen warf ihrem Nichtchen einen wütenden Blick zu; denn sie war gerade im Begriff gewesen, Theos Abwesenheit ihr selbst zur Last zu legen. Da das nun leider nicht mehr gut anging, so setzte sie ihre vornehmste Miene auf und sagte:

»Ich glaubte korrekt zu handeln, den höchsten Herrschaften nicht einen Empfang in Gemeinschaft mit Dienersch – ich meine, mit den Angestellten des Hauses zuzumuten.«

»Ja, ist denn dieses Fräulein Zöllner – keine Dame?« fragte die Herzogin mit vortrefflich gemimtem Erstaunen.

»Selbstverständlich ist sie eine Dame, da ich sie meiner Tochter zur Gefährtin gegeben habe«, antwortete Reudnitz und schickte einen Diener mit dem Auftrag fort, »er ließe Fräulein Zöllner bitten, herabzukommen«, und es war ihm unschwer anzusehen, daß er auf das Kerbholz seiner Schwägerin eben einen dicken Schnitt gemacht. Theo aber war weder in ihrem Zimmer noch sonstwo zu finden. Sie hatte ihre Verbannung durchaus nicht tragisch genommen; es kam ihr im Gegenteil wie gerufen, daß sie drunten keine Komödie zu spielen brauchte, deren sie sich vor dem Kommerzienrat ein wenig schämte, trotzdem er es ja nicht anders gewollt hatte. Sie hoffte sogar, daß ihre Abwesenheit unbeachtet bleiben würde, aber sie hatte ohne den Mutwillen der Herzogin gerechnet, die eine wunderbare Virtuosität darin besaß, genau das aus den Leuten herauszubekommen, auf was sie es abgesehen hatte. Und da sie dazu über ein Arsenal von Liebenswürdigkeit und Leutseligkeit verfügte und es sofort herausfühlte, welchen Ton sie dazu anschlagen mußte, so erreichte sie auch in den meisten Fällen das Gewollte.

Theo aber war, nachdem sie den hohen Besuch glücklich im Saal beim Tee wußte, herausgeschlüpft und hatte sich im holländischen Garten in einer in die dichte und dicke Taxushecke eingeschnittenen Nische ein behagliches, verborgenes Plätzchen gesucht und sich auf der darin stehenden Bank mit einem Buche häuslich niedergelassen. Daß die Herzogin den reizenden Garten aufsuchen würde, war vorauszusehen, aber es war nicht anzunehmen, daß sie den schmalen Gang betreten würde, der zwischen den hohen Hecken hindurchführte. Die Nische aber, in welcher Theo saß, hatte ein Gegenstück an der anderen, dem Blumengarten zugekehrten Seite dieser Hecke und war von ihr nur durch eine dünne, aber dichte Scheidewand getrennt – eine gärtnerische Spielerei, die gewiß schon öfter zu der fatalen Tatsache geführt hatte, daß auf der einen Seite zwei saßen und von einem Dritten auf der anderen Seite belauscht worden waren.

Nachdem Theo in dieser inneren Nische, die einem Versteck so gut wie gleichkam, eine Weile gesessen hatte, hörte sie sich nahende Stimmen und als sie vorsichtig ein paar Zweige der Taxushecke auseinanderbog, konnte sie sehen, daß die Herrschaften den holländischen Garten

betreten hatten. Sie mußte lächeln, aber es freute sie, daß die Herzogin Sabine wie ein Kind
an der Hand führte, und daß diese strahlend und ganz zutraulich mit ihr plauderte. Die beiden
jungen weißen Gestalten paßten vortrefflich in die zierlichen altmodischen Anlagen hinein;
als Theo jedoch Tante Cordula in ihrer lila Moirépracht mit den wippenden Federn auf der
schönfrisierten Perücke an der Seite des Herzogs daherkommen sah, hätte sie fast laut gelacht.
Aber schließlich hatte ja auch der schillernde Pfau ein Recht auf den Garten, nur daß dieser
hier seine lange Schleppe sorgfältig vor der Berührung mit Kies und Erde aufgerafft trug und
seinen »Gesang« zu einem holden Flötenton gedämpft hatte.

Nachdem die Herrschaften den Blumengarten durchschritten hatten, verschob sich das Bild.
Der Herzog schritt mit dem Kommerzienrat in ein Gespräch vertieft die Ulmenallee entlang
zum See hin, die Herzogin hatte die Hand von Sabine losgelassen, und während diese mit der
Hofdame und dem Kammerherrn etwas zurückblieb, wandte sie sich mit Cordula der Taxushecke zu und blieb ausgerechnet vor der Nische stehen, hinter der Theo in der ihren saß. »Wie
schön die Rosen schon bei Ihnen blühen«, hörte sie die Herzogin sagen. »Diese Marschall-Niel
dort ist ja geradezu ein Prachtexemplar.«

»Darf ich mir erlauben, Hoheit ein paar davon zu brechen?« flötete Cordula.

»Sehr gütig! Wenn ich Sie nicht allzusehr bemühe, nehme ich das mit Vergnügen an«, erwiderte die Herzogin. »Ich setze mich inzwischen in diese nette Taxuslaube.« Und tat, wie sie
gesagt.

Cordula nahm ihr Prachtgewand etwas höher auf, mußte aber um ein großes Teppichbeet
herumgehen, um zu dem Marschall-Niel-Rosenstock zu gelangen; kaum, daß sie außer Hörweite war, fühlte die Herzogin sich hinten angetupft.

»Dreh dich nicht um, Elisabeth – ich bin's, Theo!« flüsterte es von rückwärts. »Wenn der
Drache nämlich ahnt, daß ich hier bin, speit er Feuer und frißt mich lebendig auf.«

»So?! Na, da scheinst du ja deinen Herrn und Meister gefunden zu haben«, tuschelte die
Herzogin, der Situation rasch gewachsen, mit hörbarer Schadenfreude. »Deine Beharrlichkeit
ist ja höchst lobenswert; aber Friedel rauft sich die Haare schon alle einzeln aus, weil er seine
Wette verloren hat und für sein Holbein-Miniatur zittert.«

»Laß ihn nur zittern – geschieht ihm schon recht; warum wettet er auch um seinen teuersten
Schatz!« kicherte Theo seelenvergnügt. »Das ist eine Lehre für die Großen dieser Erde, daß sie
ihre demütigen Untertanen nicht unterschätzen sollen!«

»Ich werd's ihm ausrichten. Ja, aber um alles in der Welt – wie lange willst du denn diese
Komödie hier weiterspielen, unverantwortliches Geschöpf, das du bist?«

»Aber ich schrieb es dir doch: so lange die arme Anna krank ist –«

»Das war also kein frivoler Vorwand?«

»Na, hör mal! Ich geb' dir mein heiliges Wort, daß das arme Wurm bei meinem Entschluß
ausschlaggebend war! Der Gedanke, deinem Herrn Gemahl seine Wette abzugewinnen, kam mir
erst, als alles schon im Gange war. Offen gesagt: so schrecklich einfach ist die Geschichte hier
immerhin nicht; man muß sich an verschiedenes doch erst sehr gewöhnen. Siehe den Drachen,
der Himmel und Erde in Bewegung setzt, mich aus dem Tempel hinauszugraulen, weil er in mir
eine Konkurrentin im selben Artikel fürchtet. Vater Reudnitz und Sabinchen sind aber tadellos.
Pscht! Das lila Ungeheuer kommt mit deinen Rosen, und gestochen hat sie sich beim Pflücken
Gott sei Dank auch, denn sie leckt sich den Finger.«

»Theo, du bist ein Scheusal! Nur rasch noch eins: Falls doch mal die Sehnsucht nach schleu-
niger Flucht dich erfassen sollte, dann rette dich zur alten Oberhofmeisterin nach Weißenfels.
Sie ist eingeweiht –«

»Aber Elisabeth! Darum also hat sie mich bei unserer Visite so verschmitzt angeschaut!«

»Das sieht ihr ähnlich! Sie ist nämlich trotz ihres Alters und ihrer Würde zu jedem Ulk
aufgelegt – oh, Fräulein von Ganting, nun haben sie sich aber wirklich der schönsten Rosen für
mich beraubt!« unterbrach sich die Herzogin, indem sie aufstand und Cordula entgegenging.
»Tausend Dank für Ihre Mühe und die herrliche Gabe!«

Es war ein halbes Stündchen später, als Theo sich aus ihrem Versteck herauswagte und ins Haus zurückkehrte. Der hohe Besuch war noch nicht fort; denn die beiden Hofautos standen noch wartend da. Die Halle aber war leer, und durch die offene Tür zum großen Saal drang kein Laut menschlicher Stimmen – also war die Gesellschaft noch im Garten, und Theo konnte ungesehen die Treppe hinauf in ihr Zimmer gelangen. Sie war aber noch nicht am Fuß der Stiege angelangt, als der Kammerherr von Willig aus dem Saal trat, ein Täschchen von Goldmaschen am Finger schwingend, das sie als das der Herzogin erkannte.

»Na, Gott sei Dank, da kriegt man Sie doch wenigstens noch zu sehen, angebetete Grä –«

»Pscht! Wer wird denn so leichtsinnig sein, Namen auszuposaunen!« fiel Theo ihm rasch ins Wort. »Was treiben Sie denn da drinnen ganz allein?«

»Ich holte, wie es meines Amtes ist, der Allergnädigsten ihre Tasche, die natürlich liegengeblieben war«, erwiderte er, mit dem fraglichen Objekt einen Reif schlagend. »Langer Besuch das, was? Aber der Herzog hat sich mit Reudnitz in ein technisches Gespräch vertieft, und da gibt es sobald noch kein Ende. Und Sie haben Stubenarrest gekriegt? Na, das finde ich denn doch einfach scheußlich! Das können Sie auf die Dauer wahrhaftig nicht aushalten! Wenn Sie Ihren untertänigsten Knecht eher erhört hätten, dann wären Sie nie in eine so unwürdige Lage geraten, in die Ihre Sucht für das Abenteuerliche Sie ja recht nett eingestippt hat. Sagen Sie ›Ja‹, und ich entführe Sie sofort in Auto Numero zwei, und die Hofdame kann sich von den Herrschaften mitnehmen lassen. Nichts einfacher als das!«

»Antrag Numero acht«, stellte Theo lachend fest. »Wissen Sie was, verehrter Freund und Kupferstecher? Schenken Sie sich die restlichen Anträge von den angedrohten zwei Dutzenden und setzen Sie Ihre Kräfte an der richtigen Stelle ein! Macht dieser Mensch eine Eroberung, kaum daß er sich hier im Hause in seiner ganzen Schönheit sehen läßt, und stolpert darüber hinweg, um einen Schmetterling zu fangen, für den ihm bei seiner unleugbaren Rundlichkeit doch der Pust ausgehen muß!«

»Eroberung?« wiederholte Willig verdutzt. »Ich hätte – ja, du liebe Zeit, wen kann man denn hier im Hause erobern, wenn ich fragen darf?«

»Natürlich dürfen Sie fragen, weil's doch hier von schönen Damen nur so wimmelt«, neckte Theo übermütig.

»Von schönen – na, da hört sich doch verschiedenes auf!« protestierte Willig. »Wenn Sie etwa die lila Moiré-Tante mit ihrer Gan-Erbschaft meinen, so erkläre ich das für eine persönliche Beleidigung!«

»Wär's auch –wenn ich sie gemeint hätte«, gab Theo unumwunden zu. »Aber so sind die Männer! Die voll erblühte Rose in ihrer Moirépracht fesselt allein Ihre Sinne, und das holde Veilchen sehen Sie nicht, das schmachtend zu Ihnen aufblickt. Herr von Willig, Sie sind ein furchtbar netter Mensch und, wie ich mir einbilde, mein guter, treuer Freund, aber das hindert mich nicht, Sie ins Gesicht hinein ein – blindes Huhn zu schimpfen.«

»Die voll erblühte Rose sei Ihnen des Gleichnisses wegen verziehen«, erwiderte Willig mit einem beleidigten Gesicht, das aber überwältigend komisch wirkte. »Hingegen das mit dem Veilchen – hm – das ist ein niederträchtig schlechter Witz.«

»Es ist überhaupt kein Witz, sondern eine Tatsache«, erklärte Theo ernsthaft. »Das Veilchen hat Sie gestern abend noch vor diesen meinen beiden Ohren ein – höheres Wesen genannt. Der Himmel verzeihe mir diese Indiskretion, aber was tut man nicht für seine Freunde? Man verleugnet seine ganze Natur, um Sie mit Ihrer Himmelfahrtsnase auf den Punkt zu stoßen, den Sie in Ihrer heiligen Einfalt nicht sehen.«

»Himmelfahrtsnase!!« Und das meinem griechischen Gesichtserker!« stöhnte der Kammerherr und befühlte sein allerdings stark nach oben strebendes Riechorgan; aber in seine vergnügten Äuglein war ein merkwürdig helles Leuchten gekommen. »Das ist ja einfach, um – um – ja, was denn! Ist das nun alles pure Neckerei oder –«

»Wenn's schon wahr sein soll, daß sich neckt, was sich liebt: in gewissen Dingen hört sich das ganz von selbst auf!« behauptete Theo würdevoll. »Übrigens höre ich die Autos schuckern und schnaufen, also eilen Sie zu Ihrer Pflicht, und verlieren Sie den Kopf nicht ganz beim Anblick der – lila Rose!«

Damit eilte sie die Treppe hinauf und sah noch, oben übers Geländer schauend, den Kammerherrn auf derselben Stelle stehen. »Wie verdonnert und verhagelt«, lachte sie in sich hinein. »Mag ihn der Floh im Ohr krabbeln! Das Dümmste wär's noch lange nicht: denn er ist wirklich ein seelensguter, anständiger Kerl, der Schmalzengel, dem ich ein richtiges, faustdickes Glück von Herzen gönnen würde. Nur mich nicht gerade! Aber schließlich hat er's mit mir ja auch nur höchstens zu einem Viertel im Ernst gemeint.«

Als Theo die Tür zu ihrem Zimmer etwas heftig aufstieß, rannte sie unerwartet mit Adelheid zusammen, die dadurch einen Schlag gegen die Stirn erhielt, daß ihr das Wasser aus den Augen schoß. Mit einem Schmerzenslaut fuhr sie sich mit der Linken an die hart getroffene Stelle, während sie die Rechte unter der Schürze verborgen hielt und sie auch nicht hervorzog, als sie sich an Theo vorüberdrückte.

»Was machen Sie denn hier?« erkundigte sich diese nicht ohne Mißtrauen. »Es tut mir leid, wenn ich Sie mit der Tür gestoßen habe; aber ich kann doch nicht wissen, daß Sie hier bei mir im Zimmer sind.«

»Ich habe bloß die geputzten Schuhe hereingestellt«, wimmerte Adelheid, machte aber rasch kehrt und verschwand.

»Die geputzten Schuhe hat das Hausmädchen heute früh schon hereingestellt«, dachte Theo, nicht sehr erbaut von der Begegnung. »Oder sollte ich mich irren? Na, auf alle Fälle verrichtet Adelheid Hausmädchenarbeit bei mir nicht ohne eine besondere Absicht. Herumlochern wollte sie, nichts weiter! Und was hatte sie denn unter der Schürze versteckt? Schade, daß mir das jetzt erst auffällt. Sie hat etwas unter der Schürze gehabt, was ich nicht sehen sollte. Was kann's nur gewesen sein?«

Sie ließ ihre Blicke im Zimmer umherwandern. Da sie aber nichts vermißte, die Kommode und der Schreibtisch verschlossen waren, so vergaß sie bald auf den Zwischenfall. Bald darauf kam auch Sabine zu ihr, voll von den Ereignissen des Nachmittags und besonders von der Güte der Herzogin, und konnte gar nicht genug erzählen, wie lieb und freundlich die hohe Dame zu ihr gewesen sei und sie, als Tochter des Hauses, immer auf den ersten Platz gestellt habe – und nicht Tantchen.

»Hoffentlich wird Tantchen mir das nicht übelnehmen«, schloß sie etwas zaghaft. Trotzdem war es gar nicht zu verkennen, daß die kleine Person sich »zu fühlen« begann und eine deutliche Ahnung von der Wichtigkeit ihrer Stellung im Hause bekommen hatte.

»Übelnehmen!« wiederholte Theo lachend. »Wenn sie's übelgenommen hat, kann sie doch nur die Herzogin dafür verantwortlich machen, die aber ganz genau gewußt hat, was richtig ist. Nach deinem Vater hast du doch nun einmal den ersten Platz hier im Hause, besonders, da du ja erwachsen bist, du liebes, kleines Mädelchen! Und wie war's denn mit Herrn von Willig? Hat er dir heute noch ebensogut gefallen, wie gestern?«

»Viel, viel besser noch!« versicherte Sabine mit vollster Harmlosigkeit, wurde aber dabei wieder sehr rot. »Er kommt mir vor wie – wie –«

»Wie ein höheres Wesen eben«, half Theo ernsthaft ein.

»Ja, und wie der historische Fels von Erz, auf den man Häuser bauen kann«, rief Sabine so begeistert, daß ihr die Augen leuchteten. »Wie froh bin ich, daß du, liebste Theo, mich heute noch hübscher frisiert hast. Wenn ich so scheußlich ausgesehen hätte, wie früher, dann hätte er – ich meine, hätte mich keiner für erwachsen gehalten. Daß Tantchen es auch gar nicht bemerkt hat, wie vermurkst ich ausgesehen haben muß! Herr von Willig hat gleich gesehen, daß ich anders wie gestern frisiert war, und fand's viel hübscher. Er hat mir's selbst gesagt – jetzt beim Abschied. Glaubst du, daß ich wirklich einem Mann, wie ihm, gefallen kann?« schloß sie naiv.

»Das glaube ich ganz sicher! Herr von Willig hat einen sehr guten Geschmack und ist kein Schmeichler, trotzdem er ein Hofmann ist. Überhaupt ist er ein wirklich vornehmer und durchaus zuverlässiger Mensch.«

»Oh, es freut mich, daß du es sagst! Aber – du kennst ihn doch auch nicht länger wie ich – oder doch? Weil du so sicher über ihn sprichst!«

»Na ja – ich bin eben mehr unter die Menschen gekommen, Sabinchen, und da bekommt man einen sicheren Blick für so was«, meinte Theo ernsthaft und machte damit die Tatsache, daß sie sich im Eifer »vergaloppiert« hatte, wieder wett.

»Ja, so mag es wohl sein«, gab Sabine nachdenklich zu, »Und«, fuhr sie mit neu erwachender Begeisterung fort, »er ist so lustig! Man kommt aus dem Lachen bei ihm gar nicht heraus. Ob er immer so sein mag?«

Theo war im Begriff zu versichern, daß sie ihn immer nur von der heiteren Seite gekannt hatte, besann sich aber und sagte:

»Er kommt mir vor, wie der lachende Philosoph, der allen Dingen, auch den widerwärtigen, eine heitere Seite abzugewinnen weiß. Dabei braucht man nicht immer gerade zu lachen; denn Goethe hat sehr richtig gesagt: ›Wer niemals lachen kann, der ist ein armer Mann, und nur noch ärmer ist, wer nichts als lachen kann.‹ Mir wäre ein Optimist, wie Herr von Willig einer ist – zu sein scheint –, jedenfalls lieber wie ein Pessimist, der alles durch eine schwarze Brille sieht. Das kommt natürlich aber ganz darauf an, was man selbst ist.«

»Ja, wahrscheinlich! Ach, es ist doch wunderwunderschön, daß Vater den Amönenhof gekauft hat und daß du, liebste, beste Theo, für deine arme Freundin hergekommen bist! Mir ist, als hätte ich seitdem erst angefangen zu leben!«

## 6. Kapitel

Cordula war von dem fürstlichen Besuch nicht sehr erbaut, was sie auch nicht verfehlte beim Abendtisch zu verkündigen.

»Den Herzog möchte man eher für einen kleinen Beamten halten als für einen Souverän«, dozierte sie. »Und die Herzogin paßt nun schon ganz und gar nicht für ihre hohe Stellung. Schon ihre ganze Ausdrucksweise ist direkt unpassend. Und erst ihre Toilette! Eine regierende Fürstin läuft doch nicht in einem weißen Leinenkleide Besuche machen wie ein Schulmädchen! Nun, sie hat ja dafür freilich immer noch die Entschuldigung ihrer Jugend; aber gerade diese beanstande ich! Es sollte gesetzlich verboten sein, daß solch ein unreifes Geschöpf eine Stellung einnimmt, die reife Menschen dazu zwingt, Devotionen zu erweisen, die ihnen gebührten. Sie weiß sich ja gar nicht zu benehmen!«

»Ist mir nicht aufgefallen«, schaltete Reudnitz ein, als Cordula Atem schöpfte. »Ich fand das Benehmen der Herzogin ganz reizend. Mir gegenüber war es jedenfalls alles, was man nur wünschen kann, und auch dir hat sie doch alle die Ehren erwiesen, die einem älteren Gaste des Hauses gebühren.«

»So? Nun, ich fand es direkt unpassend, daß sie Sabine den ersten Platz neben sich einräumte«, behauptete Cordula mit erhöhter Stimme.

»Ich muß dir leider widersprechen«, erklärte Reudnitz ruhig. »Sabine steht als erwachsene Tochter unzweifelhaft an der Stelle ihrer leider fehlenden Mutter.«

Cordula wollte auffahren, besann sich aber eines Bessern.

»Nun, lassen wir das«, sagte sie abwehrend. »Wenn du deiner Tochter Raupen in den Kopf setzen willst, so ist das deine Sache, und ich wasche meine Hände. Übrigens scheint die Herzogin bei aller ihrer großen Unzulänglichkeit noch große Sonderbarkeiten zu haben, die fast auf eine erbliche Belastung schließen lassen. Ich pflückte im holländischen Garten für sie den Strauß Rosen, den sie beim Abschied in der Hand hatte. Während ich damit beschäftigt war, nahm sie in der Taxusnische Platz, und dort sah und hörte ich sie die ganze Zeit über mit geradeaus gerichtetem Blick immerzu vor sich hinpappeln. Was sie redete, konnte ich natürlich nicht verstehen. Sie hörte damit erst auf, als ich wieder zu ihr zurückkehrte. Solche laute Selbstgespräche deuten bei einer so jungen Person denn doch schon auf eine Art von Blödsinn – warum lachen Sie, Fräulein Zöllner? Was kommt Ihnen bei einem solchen traurigen Zustand komisch vor?«

Theo hätte nicht um die Welt umhin gekonnt, zu lachen, besonders, da sie sich im Geiste schon darauf freute, der Herzogin die in der Taxusnische gezeigte geistige Minderwertigkeit vorzuhalten.

»Ja«, gestand sie unumwunden ein. »Ich muß darüber lachen, daß die hohe Dame – gepappelt hat. Pappelnde Menschen sind mir immer sehr komisch vorgekommen.«

»Das zeugt allerdings für ihr eigenes – unqualifizierbares Gemüt«, versetzte Cordula verächtlich, fuhr aber wie gestochen auf, als auch der Kommerzienrat und Sabine sich vor Lachen schüttelten.

»Nun, ich sehe, daß ich im Begriff bin, in diesem Kreise fremd zu werden«, sagte sie pikiert, indem sie die Serviette zusammenfaltete. »Ich werde mich jetzt lieber zurückziehen. Der Tag war anstrengend, und sein Schluß ist – degoutant!«

»Versteht sich, liebe Schwägerin«, meinte Reudnitz gemütlich. »An solche Scherze muß man sich erst sachtchen wieder gewöhnen. Besonders angreifend sind sie, wenn man sich dazu in ungewohnte Gala wirft, wie du es für nötig befunden hast. Mich hat mein guter Stern gottlob noch vor dem Frack gerettet; sonst wäre ich jetzt auch so gut wie erschossen, und die Herrschaften hätten sich auch noch über den ehemaligen Schlossergesellen mokiert, der den Schniepel für den Höhepunkt höfischen Schliffes hält. So aber hat der herzogliche Besuch mich sehr erfrischt, und meine lange Unterhaltung mit dem Herzog war für mich durch die Intelligenz, mit der er das technische Thema behandelte, ein wahrer Genuß.«

»Nun, dann war es ja gut, daß du ihn ausgenutzt hast; denn er wird wohl nicht mehr wiederkehren«, bemerkte Cordula giftig.

»Im Gegenteil – der Herzog verhieß mir eine Fortsetzung bei sich«, berichtete Reudnitz behaglich. »Und auch die Herzogin sagte zu Sabine ›Auf Wiedersehen bei uns auf dem Weißenfels!‹«

»Redensarten!« brummte Cordula deutlich genug. »Freilich«, setzte sie achselzuckend hinzu, »die Herzogin betonte ja wiederholt, daß sie auf den Weißenfels ein paar Wochen gewissermaßen inkognito, frei vom Hofzwang, zu verleben wünschen, und darum ist ja auch nicht ausgeschlossen, daß im Punkt der Hoffähigkeit einmal ein Auge zugedrückt werden könnte, was in der Residenz natürlich ganz ausgeschlossen wäre.« –

Am nächsten Morgen beim Frühstück, an welchem Cordula trotz ihrer Drohung immer noch verschmähte teilzunehmen, erklärte Reudnitz, nach der Stadt fahren zu müssen, da er auf dem dortigen Bankhause Geschäfte zu erledigen habe.

»Darf ich mitfahren?« fragte Theo lebhaft. »Ich muß nämlich mal auf der Post nachsehen, ob Briefe für mich da sind; denn da ich nicht genau wußte, ob meine Stellvertretung auch wirklich angenommen werden würde, habe ich mir Nachrichten über meine Freundin und auch andere Korrespondenzen postlagernd nach Weißenfels bestellt. Ich sehne mich danach, zu hören, wie es der armen Anna geht.«

»Natürlich, kommen Sie nur mit – soll mir sogar sehr angenehm sein«, sagte Reudnitz sofort. »Und du auch, Sabine. Ob du darfst? Na, wenn ich dir's sage –! Wozu solltest du dich hier auch alleine mopsen?«

Und so fuhren die drei bald nach dem Frühstück ab, und ein ganz vergnügtes Trio war's, das in dem fast lautlos dahingleitenden Auto durch den herrlichen warmen Morgen der Stadt zueilte. Während Reudnitz seine Geschäfte im Bankhaus erledigte, begaben sich die jungen Damen auf das Postamt, wo Theo zwei Postkarten des Sanitätsrats und ein dicker Brief aus Berlin ausgehändigt wurden. Daß dieser das zurückgesandte Kartenspiel enthielt, daran zweifelte Theo nicht, und sie steckte den Brief mit einem leisen Gefühl der Enttäuschung zu sich; denn eine so rasche Erledigung konnte wohl nur einen Fehlschlag bedeuten. Hingegen erfüllten die Nachrichten über ihre Freundin sie mit großer Freude; denn nach einigen sehr kritischen Tagen war ihr Zustand besser geworden, ohne freilich eine baldige Genesung zu verheißen.

Theo schrieb auf der Post rasch eine Antwort und wiederholte darin ihre Bitte, alles Erforderliche zum Behagen der Kranken zu tun und sie selbst für die Kosten verantwortlich zu machen.

Wieder im Amönenhof in ihrem Zimmer angelangt, erbrach Theo mit großer Spannung den Brief des Professors Findelkind, der zwar sehr eingehend war, aber auch, wie erwartet, eine Enttäuschung brachte.

*

*» Es handelt sich«, schrieb er , »bei den beifolgend zurückgehenden Karten um eine im achtzehnten Jahrhundert in Italien entstandene und beliebte Geheimschrift, die aber ohne den dazu absolut notwendigen Schlüssel, der auch wieder Vorbedingungen erfordert, jeder Bemühung zu ihrer Entzifferung spottet, und wenn man hundert Jahre darüber raten und grübeln wollte. Die Sache ist folgende: Zunächst muß die Person, für welche die Mitteilung auf den Karten bestimmt ist, eingeweiht sein, daß heißt, sie muß wissen, daß die Karten in einer bestimmten Reihenfolge auszulegen sind; auch wie die daraufgeschriebenen Buchstaben gelesen, beziehungsweise aneinandergereiht werden müssen, damit Worte entstehen. Das ist die erwähnte Vorbedingung. Der Schlüssel, welcher dem Empfänger das ›Wie‹ sagt, ist natürlich dann in einem Kryptogramm eingekapselt, das man allein nach vorheriger Verabredung entziffern kann; die Anweisung, wie, in welcher Reihenfolge nach Farbe, beziehungsweise Zeichen (Coeur, Careau, Pique, Treff) und dem aufgedruckten Werte nach die Karten ausgelegt werden müssen, ist in irgendeiner offenen, scheinbar ganz harmlosen Mitteilung enthalten, die durchaus nicht in Chiffren geschrieben zu sein braucht, sondern einfach in der Landessprache abgefaßt sein kann. Der getroffenen Abrede zufolge weiß dann der Empfänger, mit welchem der in senkrechten Reihen geordneten Buchstaben er beginnen muß. Ob aber dabei Reihen übersprungen werden müssen, ob von oben oder unten begonnen wird, ob nur Buchstaben ausgezählt werden sollen – das würde selbst der Schlüssel, wenn er noch vorhanden sein sollte, nicht verraten; denn das ist eben Sache der Verabredung. Das Coeur-As weist, abgesondert, einen Buchstaben mehr als die methodisch auf den anderen Karten verteilten auf. Es kann*

*den Anfang anzeigen, kann aber ebensogut den Schluß bedeuten infolge eines überzähligen Buchstabens, der sich in der Gleichzahl der in den Reihen enthaltenen nicht mehr unterbringen ließ. Der Namenszug auf der Rückseite dieser Karte braucht nicht unbedingt als Unterschrift unter den Schluß gedeutet zu werden. Er ist möglicherweise unabhängig von der Sache selbst einmal auf die Karte geschrieben worden; gewissermaßen als ein ›Exlibris‹, da viele Leute, zu denen ich selbst gehöre, es lieben, durch ihren Namen, wo er sich anbringen läßt, ordnungsgemäß ihr Eigentumsrecht kundzutun. Wäre ich im Besitz des Schlüssels, so könnte ich vielleicht durch hartnäckig verfolgte Proben die Schrift schließlich entziffern; aber die Frage wäre nur die: Lohnte es die Mühe und die aufgewendete Zeit? Namentlich bei dem augenfälligen Alter der Schrift?! Sie machen in Ihrem Briefe Andeutungen über einen verlorenen oder verborgenen Schatz, über dessen Verbleib das Kartenrätsel möglicherweise Aufschluß geben könnte. Meiner unmaßgeblichen Meinung nach sind solche Schätze aber nicht wie Chimären, die nur in den Köpfen der Menschen spuken, die einen solchen Schatz brauchen könnten, und sich in Romanen schön und spannend verwerten lassen, sonst aber schon längst zum ausgedroschenen Stroh gehören. Stammen die Karten, wie es die Unterschrift ja beglaubigt, aus schwerbewegter Zeit und ist die Schrift darauf auch aus jenen Tagen – was ich annehmen möchte, da die benutzte Tinte mich als Kenner darauf hinführt – so glaube ich eher, daß sie irgendwelche politische Mitteilung enthalten könnten; aber auch ein ›Familiengeheimnis‹ braucht darum nicht ausgeschlossen zu sein. In beiden Fällen wäre der Nutzen einer Entzifferung heut nicht mehr einzusehen, es müßte denn sein, daß die erstere Annahme von historischem Wert für die Zeitgeschichte wäre.«*

*

Mit einem kleinen Seufzer der Enttäuschung versteckte Theo die Karten zunächst wieder an ihrem alten Platz, überlas den Brief des Professors noch einmal und zog die Stirn in krause Falten.

»Hätte man nur wenigstens den Schlüssel«, dachte sie zum soundsovielten Male. »Ist das dumme Gedicht dieser Schlüssel? Was sollte es sonst sein, wenn's die Urgroßmutter als heiliges Vermächtnis dem Sohn auf dem Sterbebette übergab? Aber, wenn der Professor recht hat, was nützte es ohne die Vorbedingungen! Ob Leo Zimburg nicht darauf vergessen wird, es mir zu leihen? Nein, sicher nicht! Ich weiß zwar nicht, woher ich diese Zuversicht habe, aber ich habe sie eben. Und ich brenne darauf, den Schatz zu finden – Feuer und Flamme bin ich! Eigentlich ist das dumm; denn wenn er wirklich der Bruder Leichtfuß ist, als welcher er gemalt wird, dann würde er es schnell genug wieder verjuxen. Aber ich weiß nicht – ich kann ihn nicht dafür halten; denn wenn er mir auch nicht gerade wie ein ›höheres Wesen‹ vorkommt, wie der gute Willig dem kleinen Schäfchen Sabine, so ist's doch gerade seine ganze Menschlichkeit, die mich zu ihm hinzieht, die treuen, klaren, reinen Augen, mit denen er einen anschaut. Ja, reine Augen sind es, bei deren Blick man an Leichtsinn oder gar Laster nicht glauben möchte; Augen, die – – – Herrschaft, der Tisch-Tamtam dröhnt! Erst wird der Brief aber verschlossen, ehe dieser Liebling der Götter, die holde Adelheid, wieder die geputzten Schuhe bringt, die ich eben anhabe.« –

Adelheid hatte die Schuhe gestern zwar wirklich nicht gebracht, dafür aber etwas mitgenommen, was sie natürlich wieder zurückbringen beabsichtigte, also gewissermaßen nur als Zwangsanleihe betrachtete, die sie gerade noch unter die Schürze stecken konnte, als Theo ihr die Tür gegen den Kopf schlug. Eigentlich war es nichts von Bedeutung, was sie nur für ihre Herrin »zum Zeigen« ohne Erlaubnis mitgenommen hatte; nur eine Photographie Theos, die sie heim Durchsuchen der Sachen in dem offenen, äußeren Seitenfach der Reisetasche »entdeckt«, dieser Reisetasche aus Krokodilleder, deren Wert auch nicht zu der Stellung einer bezahlten Gesellschafterin stimmen wollte! Besagte Photographie war auf einen Karton aufgezogen, dessen Rückseite den Namen eines bekannten Berliner Hofphotographen trug, was Adelheid allerdings nichts sagte: aber vielleicht interessierte sich das gnädige Fräulein – oder wie Adelheid sie zu ihrem Privatgebrauch abkürzend nannte – »die Alte« für das Bild, und man stieg damit wieder um eine Stufe höher in ihrer Gunst. Also nahm sie es mit, um es gelegentlich wieder an seine alte Stelle zurückzutragen.

Cordula interessierte sich wirklich sehr für dieses Bild, das sie ohne Mühe als eine unretuschierte Liebhaberphotographie erkannte, wozu aber der Karton nicht recht stimmen wollte – indes konnte das Bild in Ermangelung eines anderen Kartons darauf aufgezogen worden sein. Ja, das Bild war wirklich recht interessant. Auf dem Hintergrund eines prächtigen Parks, der den Blick auf einen Teil eines schloßartigen Gebäudes frei ließ, stand »diese Zöllner«, angetan mit einer »Toilette«, die vor lauter Einfachheit ordentlich die Adresse einer erstklassigen Schneiderwerkstatt herausschrie, eine »Toilette«, die einen hübschen Groschen Geld gekostet haben mußte. Und das spielte hier Gesellschafterin? Nun, diese Photographie war ganz wertvoll als Stein für das Mosaik, das sich immer mehr zum Bilde zusammenfügte. Noch ein, zwei Steinchen mehr, und dann – –

Cordula mußte sich dieses Bild immer und immer wieder betrachten und machte dabei eine neue Entdeckung: Die Amateurphotographie war über eine andere geklebt, die jedenfalls wohl ursprünglich zu dem Karton gehört; man konnte das ganz deutlich an den Rändern erkennen, die zwei Schichten zeigten. Da Cordula ohnedies nicht die Absicht hatte, das Bild seiner Besitzerin zurückzustellen, so zögerte sie auch nicht, es sofort in ein Wasserbad zu legen, das die Ablösung der oberen Photographie schnell genug bewirkte, während die darunter geklebte noch fest auf dem Karton haftete. Und diese letztere enthüllte abermals ein Bild »dieser Zöllner«, und zwar eines, das noch mehr überraschte. Warum es unter der anderen verborgen wurde, war nicht schwer zu erraten. Das Original hatte seinen Namen darunter schreiben wollen, aber beim »T« hatte die Feder gespritzt und einen tüchtigen Tintenklecks gemacht, wodurch das Bild zum Verschenken nicht mehr geeignet erschien. Und es zeigte sie in »großer Toilette«, in ausgeschnittenem Kleide von weißem, silberbesticktem Chiffon, und an den Schultern war eine Courschleppe befestigt von schwerer, weißer Seide, mit – mit, wahrhaftig, mit echten Spitzen besetzt und mit Tuffs von Maiglöckchen verziert. Vom Hinterkopf fiel, gehalten durch einen diademartigen Kamm, der ganz nach Brillanten aussah, zurückgehalten durch Maiglöckchenzweige, ein duftiger Schleier herab, und um den schlanken Hals war ein sogenanntes »Hundehalsband« von Perlen mit Brillantschließen gelegt, während eine lange Schnur großer Perlen von der Büste bis über das Leibchen lang herabfiel!

»Courtoilette!« sagte Cordula, ganz starr vor Staunen. »Theaterschmuck wohl eher! Nun, das wäre ja ganz interessant, wenn diese Pracht nichts als Theaterflitter wäre; und was sollte es wohl anders sein? Natürlich stellt es sie in irgendeiner Rolle dar, in der sie sich hat photographieren lassen, wie es so üblich bei den Theaterpinzessinnen ist. Dahinter muß man also kommen! Und ich werde dahinterkommen, so wahr ich Cordula von Ganting heiße und Gan-Erbin von Burg Ganting bin!« –

Am nächsten Tag hatte Theo »frei«. Cordula hatte gefunden, daß Sabine denn doch einer Ergänzung ihrer Garderobe für etwaige Einladungen bedürfe, da sie nun einmal doch »schon erwachsen« sein sollte, und war zu diesem Zweck mit ihr nach Weißenfels gefahren: die Begleitung Theos lehnte sie ab, da sie auf deren Geschmack eifersüchtig war und eigensinnig darauf bestand, ihn »theatralisch« zu nennen. Dazu kam noch, daß Theo sich erlaubt hatte, einige leise Zweifel in die Fähigkeiten einer Schneiderin in einem kleinen Nest zu setzen, und die Adresse einer großen Werkstatt in Berlin genannt hatte, der man auf Grund eines Maßkleides eine Bestellung auch aus der Ferne mit Ruhe anvertrauen dürfe. Cordula hatte sich die Adresse wohl gemerkt, aber dagegen eingewendet, daß nach ihren Angaben eine kleinstädtische Schneiderin befriedigend arbeiten würde.

So war Theo denn allein zurückgeblieben, hatte ein paar Briefe geschrieben, und nachdem sie dieselben durch den briefkastenartigen Schlitz in die verschlossene Posttasche in der Halle gesteckt, schlenderte sie mit einem Buche hinaus in den Park und durch die Ulmenallee am See entlang einer Bank zu, auf der sie lesen und träumen konnte, bis der »Dienst« sie wieder ins Haus zurückrufen würde.

Nach Erreichung der Bank aber spürte sie Lust, noch ein wenig weiter zu wandeln. Es war so traumhaft ruhig und still hier, und ein schmaler, schattiger Pfad, der aus der Allee um das

Ostende des Sees zu führen schien, war so verlockend zum Dahinwandeln, weil er immer wieder köstliche Durchblicke auf den tiefgrünen, glitzernden See gewährte, über dem schillernde Libellen gaukelten.

Aber Theo, die diesen Pfad zum erstenmal betrat, bemerkte bald zwischen den Bäumen ein Drahtnetz, das jedenfalls wohl eine Grenze zu bedeuten hatte oder zum Schutz gegen das Wild gezogen war. Ob der Park jenseits dieses Drahtnetzes noch zum Amönenhof gehörte, wußte sie nicht. Wenn sie den Pfad trotzdem noch weiter verfolgte, so geschah es nur, um zu sehen, ob er nicht doch noch um den See führte; denn sie wußte, daß ein schmaler Streifen des Waldes am anderen Ufer noch zu dem Besitz gehörte.

Aber eine jähe Biegung nach links brachte sie vor eine verschlossene Lattenpforte, an deren anderer Seite, eine kurze Pfeife rauchend, Graf Leo Zimburg lehnte.

»Ich war neugierig, zu sehen, wem das weiße Kleid gehört, das ich durch die Bäume leuchten sah«, rief er grüßend herüber. »Offen gesagt, ich hatte einen Ahnimus, daß Sie es sein könnten, Fräulein Zöllner, und wartete darum, ehe ich vor diesem Hindernis auf meinem Spaziergang wieder kehrtmachte.«

»Und ich hoffe an dem Drahtzaun vorbei ans andere Ufer gelangen zu können«, erwiderte sie, ihm durch die Latten die Hand reichend. »Ich vermute, daß dies die Steinauer Grenze ist.«

»Ja, sie ist eine Errungenschaft der letzten Zeit, denn früher war hier nichts von einem Drahtgitter zu sehen«, erklärte Zimburg. »Die Grenze lag vor ein paar Jahren noch weiter zurück, aber nachdem mein Vater an Mühling diese Parzelle verkauft hatte, wurde das Gitter um so viel vorgeschoben. Womit denn auch das bißchen jagdbarer Wald, der früher zum Amönenhof gehörte, zum Gewesenen zu rechnen ist, wie für mich jetzt der ganze Besitz. Das Gewesene scheint überhaupt ein Hauptfaktor im Kreislauf des Lebens zu sein«, schloß er mit einem Seufzer.

»Wenn man bedenkt, daß die vorige Stunde schon zum Gewesenen gehört, so ist dagegen nichts einzuwenden«, versetzte Theo nachdenklich. »Aber ich meine, was man richtig benutzt hat, bleibt trotzdem das unsere. Das ist ja freilich schön und leicht in der Theorie gesagt, aber in der Praxis sieht's doch anders aus. Du lieber Himmel, wieviele Stunden bleiben ungenutzt hinter uns liegen und keine Macht der Erde bringt sie wieder zurück.«

»Ich möchte sie auch gar nicht wiederhaben mit all dem Stroh, das darin gedroschen wurde, mit all ihren Irrtümern und Bitternissen«, sagte Zimburg grimmig. »Es soll ja wahr sein, daß man auch daraus Weisheit und Erfahrung gewinnen kann, aber ich finde, daß der Gewinn recht teuer bezahlt ist.«

»Je höher der Preis, um so wertvoller der Gewinn – sagt man«, nickte Theo. »Ich habe auch mal irgendwo gelesen, daß dieser Gewinn ein Kapital ist, das erst später im Leben Zinsen trägt. Das hat mir eingeleuchtet.«

»Wer's erlebt, kann sich ja darauf freuen«, meinte er achselzuckend. »Aber das Warten darauf scheint mir denn doch eine verflixt langwierige Geschichte zu sein. Ich bilde mir ein, daß ein Mensch, der allein die Schuld daran trägt, wenn's abwärts mit ihm geht, durch diese Erkenntnis neue Tatkraft in sich spüren müßte, weil doch jeder anständige Mensch das Bestreben hat, oder es haben sollte, sich und andern den Beweis zu liefern, daß er imstande ist, begangene Irrtümer wieder wettzumachen. Aber wenn nun ein Mensch positiv nichts dafür kann, daß er vor die Hunde gegangen ist, dann geht das Gewesene doch heftig an die Nieren, und es ist wirklich verteufelt hart, für anderer Schuld büßen zu müssen.«

»Das mag wohl sein, aber –«

»Aber ich glaub's nicht, daß es so ist, wollen Sie sagen!« fiel Zimburg ein. »Vielleicht haben Sie recht, wenn Sie meinen, daß jeder immer einen Teil der Schuld des anderen mitträgt, sei's durch sorgloses In-den-Tag-Hineinleben, sei's durch dumme, sträfliche, jedenfalls falsche Rücksichtnahme. – Fräulein Zöllner, Sie haben sehr beredte Augen, in denen ich einmal viel Verständnis für mich und meine Gefühle las und in denen ich jetzt eben den Gedanken lese: Was will er mit dem ganzen Gerede? Will er sich weiß waschen von der Tatsache, daß er Haus und Hof durch seine Schuld verloren und nun mit dem Rest seiner Habe ein Bummlerleben führt und seinen Freunden auf der Tasche liegt?«

Theo trat einen Schritt zurück, besann sich aber und trat wieder näher.

»Das ist ja schrecklich, daß meine Augen Worte reden, die mein Kopf nicht denkt!« sagte sie freundlich, aber ernst. »Erstens habe ich gar kein Recht, Anklagen zu denken, für die mir jeder Beweis fehlt, und dann –«

»Ach, ich weiß es ja nur zu genau, was die Leute über mich reden«, unterbrach er sie. »Wenn Sie's gehört haben, wär's ja gar nicht anders möglich, als daß Sie's glaubten.«

»Das ist's ja gerade eben! Ich glaub's nicht«, versicherte sie eigentlich ganz gegen ihren eigenen Willen, aber getrieben durch eine innere Überzeugung, auszusprechen, wofür sie keine Beweise hatte.

»Warum glauben Sie es nicht?« fragte er nach einer Pause.

»Ja, warum nicht?« wiederholte sie. »Ich kann das wirklich nicht sagen. Es ist nur ein Gefühl, das mich zwingt, an Sie zu glauben – ein Instinkt meinetwegen! Dagegen kann man nichts tun.«

»Gott segne Sie für dieses gute Wort!« rief er herzlich, indem er ihr seine braune Sportfaust durch das Gatter entgegenstreckte und ihre Hand so fest drückte, daß es sie fast schmerzte. »Sie glauben gar nicht, wie wohl es tut, wenn einem jemand sagt, daß er an einen glaubt, trotzdem dem Anschein nach alle Beweise gegen ihn sind. Darf ich Ihnen ungeschminkt und unverblümt sagen, wie es gekommen ist, daß ich das Erbe meiner Väter verkaufen mußte – oder langweilt es Sie?«

„Sicher nicht«, erklärte Theo freundlich. »Wenn es Sie erleichtert, mir, einer Fremden gegenüber, darüber zu sprechen –«

„Nachdem Sie mir gesagt haben, daß Sie das Gerede über mich instinktiv nicht glauben, sind Sie keine Fremde mehr für mich«, fiel er fast fröhlich ein. »Die Geschichte ist übrigens kurz genug: Wir Zimburgs von Amönenhof waren früher sehr reich; aber dieser Begriff hat schon durch die schwere Not der Kriege im ersten Viertel des vorigen Jahrhunderts eine wesentliche Einschränkung erfahren. Dennoch aber blieb uns noch genug, um als sehr wohlhabend zu gelten; doch allerlei Verluste, besonders ein schwerer durch einen Bankkrach, haben unter meinem Großvater auch das recht beschnitten, wie ich jetzt erst weiß; denn mein Vater, der wohl geglaubt hatte, das Verlorene wieder ersetzen zu können, ließ mich in dem Glauben, daß unsere finanzielle Lage eine sehr gute sei. Viele Väter haben das so an sich, ihre Söhne nur um Gottes willen keinen Einblick in ihre Verhältnisse tun zu lassen, gerade so wie es traditionell ist, daß Monarchen ihre Thronerben möglichst fernab von ihren Regierungsgeschäften halten. Na, mein Vater huldigte eben auch diesem Grundsatz! Er war einer von den vielen Vätern, die immer nur den schuldigen Respekt von ihren Söhnen verlangen, ihnen aber kein Vertrauen einflößen und auch keins gewähren. Mein Großvater hatte es auch so gehalten, folglich mußte es das Richtige sein! Was mich betrifft, so habe ich keineswegs, etwa durch die Unkenntnis der Lage verführt, Mißbrauch mit der Annahme getrieben, daß wir als reiche Leute uns nichts abgehen zu lassen brauchten. Ich bin kein Spieler und kein Trinker, habe mich auch nie dazu verleiten lassen, mein Geld für Ballettmädel wegzuwerfen, was mir immer als der Höhepunkt der Dummheit vorgekommen ist. Ich hatte keine sogenannten ›noblen Passionen‹, aber, in einem teuern Regiment stehend, das mein Vater selbst für mich ausgesucht, habe ich für den Rennsport viel verbraucht – immer in dem schönen Wahne, daß wir's ja dazu hätten. Das aber hätte immer noch zu keiner Katastrophe geführt; denn wenn mein Rennstall auch einen hübschen Groschen kostete, so habe ich doch meist Glück mit meinen Pferden gehabt, und meine persönlichen Schulden waren nicht der Rede wert – Läpperschulden ist dafür der Kunstausdruck. Aber was ich nicht wußte, sondern erst nach dem Tode meines Vaters erfuhr: Er hatte für einen Freund gutgesagt, und dieser edle Zeitgenosse wußte genau, daß er nicht zahlen konnte, sondern meinen Vater mit einer Summe hineinritt, die ihm nahezu sein ganzes Kapital kostete. Wenn ich also von der ›Schuld anderer‹ sprach, so meinte ich in der Hauptsache diesen falschen Freund, kann meinen seligen Alten aber auch nicht ganz freisprechen; denn er hätte wissen müssen, was eine Bürgschaft bedeutet, sich erkundigen sollen, wie es um die Sicherheit stand, und mir reinen Wein einschenken müssen, als die Sache zum Klappen kam. Nichts von allem geschah. Ich lebte in glänzender Unwissenheit der Lage weiter, mein Vater grämte sich zu Tode und schämte sich vielleicht auch, mir seine Leichtgläubigkeit einzugestehen – kurz und gut, als er starb, fand ich außer dem Luxusbesitz, der der Amönenhof doch nun einmal ist, nicht nur nichts, sondern auch noch die Schulden, die mein Vater machen mußte, um so weiterleben zu können wie vor der Katastrophe mit der Bürgschaft. Was blieb mir übrig, als den Amönenhof zu verkaufen? Ich kann ja noch von Glück sagen, daß ich so schnell einen Käufer vom Kaliber des Kommerzienrats Reudnitz fand, der die Kaufsumme bar auszahlte! Damit habe ich dann meines Vaters und meine eigenen paar Schulden bezahlt, habe die liebe, alte Uniform ausgezogen und –«

»Theo! Theo!« zirpte ein dünnes Stimmchen aus der Ferne; aber wenig sonor, wie's klang, hörten's in der Ruhe der Natur die beiden am Grenzzaun doch, und Zimburg brach kurz ab.

»Die Pflicht ruft!« sagte Theo mit Bedauern. »Also genug denn für heute, Graf Zimburg! Ich danke Ihnen herzlich für das, was Sie mir erzählten. Es hat meine instinktive Auffassung Ihres Falles ja nur bestätigt und – wenn ich es aussprechen darf, meine Sympathie vertieft. Auf Wiedersehen!«

Wortlos zog er den Hut; aber diesmal waren es seine Augen, die so dankbar auf sie herabsahen und noch manch anderes dazu sagten, daß sie sich schnell abwendete, um ihren Rückweg anzutreten. Sie war aber erst ein paar Schritte weit gegangen, als er ihr halblaut nachrief:

»Fräulein Zöllner, bitte, noch ein Wort! Es betrifft das Gedicht meines Urgroßvaters, das Sie gern sehen wollten. Ich hab's nämlich gefunden und zu mir gesteckt. Darf ich's Ihnen geben?«

»O ja, bitte«, sagte sie zurückkehrend und nahm ein vielfach gefaltetes, mürbes und vergilbtes Blatt von dem groben, rauhen Papier jener Tage in Empfang, das er ihr über den Zaun reichte.

»Danke vielmals! Ich werde es gut verwahren und Ihnen ehrlich zurückerstatten.

»Daran zweifle ich nicht. Aber ich möchte die Bitte aussprechen, das Ding nicht für die Allgemeinheit zu verwerten. Ich meine –«

»Ich soll's für mich behalten. Gewiß, Sie haben darüber zu bestimmen. Ich werde es niemand zeigen und verstehe ganz gut Ihre Beweggründe.«

»Sie verstehen mich überhaupt! Wenn ich Ihnen nur sagen könnte, wie wohl das tut –«

»Theo! Theo!« klang es bedeutend näher von der Allee her. Theo schob rasch das Papier in die Hülle ihres Buches wie in eine Tasche, nickte nochmals freundlich zurück, und hinter der Biegung des Weges verschwindend, rief sie laut: »Sabine! Hier bin ich!«

Als das weiße Kleid nicht mehr durch die Bäume leuchtete, rührte sich Leo Zimburg erst von der Stelle, aber ehe auch er ging, streichelte er leise die Stelle der Latte, auf welcher Theos Hand geruht.

„Dummer Kerl!« redete er sich selbst dabei an. »Aber was nutzt's, daß ich mir Ehrentitel gebe? Gar nichts nutzt's! Wie heißt's im ›Trompeter‹? ›Den Mann hat's.‹ Heute weiß ich's ganz gewiß, daß es mich ›hat‹. Vorher war's nur so ein Ahnen, so ein dumpfes Gefühl. Aber jetzt, wo ich's so todsicher weiß, muß ich doch sehr genau mit mir ins Gebet gehen; denn was hab' ich ihr denn zu bieten, als mein ehrliches Herz und meinen Titel, für den kein Jude mir mehr einen Pfennig gibt, auf den ›drüben‹ die Leute bloß pfeifen. Vielleicht pfeift sie auch drauf, und das wäre noch das beste. Aber da ich ihr leider kein Bett von Rosen bieten kann, sondern im besten Falle höchstens eine Seegrasmatratze, so muß ich mich doch sehr prüfen, ob das auch recht von mir wäre – – Mühlings Wink mit dem Zaunpfahl, der ja auch der Grund seiner Einladung an mich war, von wegen des kleinen Goldfischleins drüben im Amönenhof, war ja gut gemeint, aber – hol's der Deixel – verkaufen kann ich mich nicht. Ich bring's nicht über mich! Hab's ja oft bei anderen gesehen und – was dabei herauskommt. Ich schäme mich schon, daß ich mich zu dem höchst überflüssigen Besuch da drüben habe pressen lassen. Ja, und dabei freut's mich doch, daß ich so schwach war; denn sonst hätte ich ja die – die andere nicht kennengelernt. Vielleicht wär's ja besser gewesen, ich hätte sie nie gesehen, und doch, und doch – im schlimmsten Falle bleibt's eine schöne Erinnerung fürs ganze Leben. Wie heißt's in dem Liede, das mir immer so albern vorkam? ›Die Engel nennen es Himmelsfreud', die Teufel nennen es Höllenleid, die Menschen nennen es Liebe!‹ Nein, albern ist das denn doch nicht. Vorläufig halte ich's noch mit der Auffassung der Engel.«

Und an seiner Pfeife ziehend, ohne es zu merken, daß sie längst kein Feuer mehr hatte, ging er waldein. –

Theo konnte kaum abwarten, bis sie am Abend endlich allein in ihrem Zimmer war, und da hatte sie auch noch einen Besuch Sabinens und einen minutiösen Bericht auszuhalten über den Besuch bei der Schneiderin in Weißenfels. Dies erledigt, war Theo sich endlich selbst überlassen; aber als sie sich Rechenschaft ablegen wollte über die Ursache ihrer Sympathie für Leo Zimburg, gelang es ihr nicht.

»Was braucht man erst lange nach Gründen für seine Sympathien und Antipathien zu suchen?« überlegte sie mit dem schönen Optimismus, der ihr angeboren war. »Die ganze Weisheit ist die: Antipathien sollen einen nicht zu Ungerechtigkeiten verleiten und Sympathien nicht zur Unüberlegtheit. Wenn's nämlich geht – das ist der Kasus!«

Damit holte sie das alte, vergilbte Blatt hervor, das Zimburg ihr gegeben, faltete es vorsichtig auseinander und las, nicht ohne Kopfschütteln, die verblichene, altväterische Schrift, wie folgt:

»Es war einmal (Tatsache ist's, darum habt Acht!)
Ein Bube, der hat sich zum Sprichwort gemacht.
Zu den Damen hat es ihn mächtig getrieben,
Er hatte der Bräute nicht wen'ger wie

Sieben!


Man behauptet sogar (doch ich hab's nicht gelesen),
Es wären Neun oder Zehn gar gewesen.
Doch der Krug geht solange zum Brunn, bis er bricht,
Und so kam für den Trefflichen auch das Gericht.
Er hat sich, verschmäht, verfolgt und verlacht,
Noch zur knappen Not aus dem Staube gemacht.
Da so Viele auf ihn ihre Pique verhängt,
Ward' ihm der Name ›Freyer- König‹ geschenkt.
Nun sitzt er allein, denn er lebt noch zur Stund',
Hat niemand als seinen Karo, den Hund.
Die Moral ist sehr einfach: Wenn Trumpf ist Herz-As,
dann macht's einen Stich und nicht mehr, merk' dir das!
Dies ist der Schlüssel zum Rätsel des Lebens,
Steck' ihn in die Tasche, sonst suchst du vergebens.«

Zwei-, dreimal las Theo das »dumme und schlechte Gedicht« aufmerksam durch, und je öfter sie's las, um so heller wollte ihr der Schimmer vorkommen, den sie zu sehen meinte. »Natürlich«, überlegte sie glühend vor Eifer, »natürlich, wenn man von den Karten nichts weiß und sie nicht hat, dann muß einem dieses Gedicht ja schrecklich dumm und albern vorkommen. Ich wundere mich nur, daß von den Herren Sachverständigen keiner daraufgekommen ist, den Bezug auf ein Kartenspiel herauszutüfteln! Freilich, hätte ich selbst sie nicht gefunden und dem guten Professor nicht geschickt, dann stünde ich wohl ebenso ratlos vor diesem verkapselten Familiengeheimnis wie die drei Generationen der Zimburger vom Amönenhof selbst! Mehr noch: Ohne des Professors Erklärung stünde ich vor den Karten ebenso ratlos da, wie zuvor. Aber nur langsam! Daß der Urgroßvater seinem Diener das Blatt nicht mit den Karten übergeben hat, dafür liegt der Grund nahe genug; denn bei ihm gefunden, hätten die gezeichneten Blätter begründeten Verdacht erregen müssen, während das spaßige Gedicht dem Besitzer höchsten Spott eintragen konnte. Also versteckte der Urgroßvater die Karten an einem Ort, den er am Schlusse seines Poems unverständlich für einen dritten, aber deutlich genug für seine Frau gekennzeichnet hatte, in die Tasche dort hinter der Falte des Vorhangs. Hätte ich sie nicht zufällig gefunden, oder vorbestimmt, wie man's auffassen will, so würde mir die Schlußzeile ebensowenig sagen, wie den Zimburgern und ihren teuern Experten. Infolge meiner leicht errungenen Weisheit meine ich auch in den doppelt unterstrichenen Worten ›Trefflichen‹, ›Pique‹,

›Karo‹ und ›Herz‹ die Reihenfolge zu sehen, in welcher die Farben der Karten ausgelegt werden sollen. Die Geschichte, die darum herumgesponnen worden ist, dient ja nur dazu, diese vier Worte – Treff, Pique, Careau, Coeur – zu umkleiden und für Unberufene unverständlich zu machen. Also machen wir mal eine Probe. Genau betrachtet, habe ich wohl eigentlich kein Recht, hinter ein Familiengeheimnis von Leuten zu dringen, die mich so gut wie nichts angehen; uneigentlich aber will ich mir selbst dieses Recht verleihen! Nicht aus nackter und schnöder Neugier, die freilich in mir rumort, sondern um zu wissen, ob sich's lohnt, Leo Zimburg, dem amen Kerl, die Geschichte kundzutun. Mach ich die Probe nicht und gebe ich ihm das Gedicht mitsamt den Karten zurück, dann werden in ihm am Ende nur falsche Hoffnungen geweckt, und die Enttäuschung ist um so größer, wenn's nichts damit ist, sondern am Ende gar etwas Unangenehmes. Das würde ich viel leichter ertragen können als er, selbst wenn's schon über hundert Jahre alt ist. Also – die Probe!«

Theo holte die Karten aus ihrem Versteck heraus und legte sie auf dem Tisch in der Reihenfolge aus, wie das »Gedicht« sie angab; zu oberst die Treffreihe, darunter die Piques, unter diese die Careaux, und zuletzt die Coeurs, und zwar in der Folge, wie sie bei allen Spielen üblich ist: As, König, Dame, Bube, Zehn, Neun, Acht, Sieben. Dann probierte sie alle nur möglichen Lesearten, um aus den Buchstaben Worte zu bilden; von oben nach unten, von unten nach oben, durch überspringen von Zeichen und Reihen, durch Beginn mit dem überzähligen T auf dem Coeur-As, auf das ja das Gedicht noch besonders hinwies. Aber alles war umsonst. Trotz aller Geduld verstrichen Stunden, nach deren Verlauf sie so klug war wie zuvor. Ganz erhitzt von der geistigen Anstrengung, gab sie für heute die Hoffnung auf die Lösung des Rätsels auf.

»Der Professor wird schon recht haben! Ohne die Verabredung zu wissen, könnte man hundert Jahre darüber sitzen, ohne zu einem Resultat zu kommen«, dachte sie noch im Einschlafen. »Und doch und doch – ich gebe die Sache noch nicht auf, sie hat mich gepackt. Warum, weiß ich freilich nicht; denn was geht mich denn in aller Welt die ganze Geschichte an?« –

# 7. Kapitel

Während Leo Zimburg sich mit Theo am Grenzzaun unterhielt, war Herr von Mühling, der Grundherr auf Steinau, zu einem großen Entschlusse gekommen: Er wollte eine Gesellschaft geben. Er tat das sonst, neben seinen Jagdfrühstücken, nur immer einmal im Herbst, um die ganze Nachbarschaft auf dem Lande und in der Stadt »warm zu halten«. Die alte Oberhofmeisterin, Exzellenz von Wiesenthal, übernahm dann bei ihm die Rolle der Hausfrau, die Nachbarn erschienen vollzählig, und man unterhielt sich in seinem behaglichen Junggesellenheim allemal ausgezeichnet. Daß er heuer schon beim Beginn des Sommers mit seinen »Katzenschießen«, wie er diese Gesellschaften nannte, losschoß, hatte seine besonderen Gründe, die er aber für sich behielt, da es seiner Ansicht nach keinen Menschen etwas anging, warum er sich außerhalb der Zeit die »Spendierbuchsen« anzog. Da Langsamkeit im Entschlusse nicht gerade zu Mühlings Mängeln – oder Tugenden, je nach Temperament und Auffassung  gehörte, so war der ganze Plan in einer halben Stunde fix und fertig. Er setzte sich an seinen Schreibtisch, schrieb seiner alten Freundin, der Oberhofmeisterin, einen Brief und ein halbes Dutzend Einladungen auf vorgedruckte Karten, schickte alle diese Elaborate sofort zur Postnebenstelle, deren Steinau sich rühmen durfte, ließ seine Wirtschafterin rufen und machte mit ihr den Speisezettel.

Diese Arbeit getan, steckte er sich eine Belohnungszigarre an und versank in tiefes Nachdenken.

Schon der folgende Tag brachte die Annahmen der »gütigen Einladung« aller Beteiligten, und Mühling stieg höchstselbst in seinen wohlbestellten Keller hinab, um den feierlichen Akt der Auswahl der Weine persönlich vorzunehmen.

Am Nachmittag, der dem großen Abend vorausging, saß Graf Zimburg in seinem Zimmer mit dem Ordnen eines Pakets alter Briefschaften beschäftigt, als sein Gastfreund bei ihm eintrat, einen großen Bogen Papier in der Hand und einen Riesenbleistift hinter dem Ohr, das Gesicht erhitzt und mit allen Zeichen schwerer seelischer Erregung in den Zügen.

»Ich bringe die Geschichte nicht fertig. Du mußt mir helfen, Leo!« rief er noch in der Tür. »Diese verflixte Tischordnung bringt mich nachgerade ganz aus dem Häuschen! Ich mag es drehen, wie ich will: Immer wieder kommt ein Ehepaar zusammen, was doch nicht der Zweck der Übung ist und einem bloß als Tölpelei ausgelegt werden würde. Hol's der Schinder – ich bring's nicht zuwege!«

Damit warf er den Bogen Papier, auf dem allerlei seltsame Runen standen, auf den Tisch, zog sich die Joppe aus und fuhr sich mit beiden Händen durch die schon stark gelichteten Haare, wodurch der Bleistift heruntergerissen wurde und in weitem Bogen unter das Bett flog.

Mit einem kräftigen Schimpfwort riß Mühling sich auch noch die Weste vom Leib und kroch dann auf allen vieren unter das Bett, fischte den Stift und eine Handvoll Staub hervor – »Hol' der Kuckuck diesen Dreckfinken von einer faulen Stubenmarjell, die sich mit'n Besen nicht bis hier herunterfinden kann!« – und stieß sich auf dem Rückweg ins Freie noch tüchtig an den Kopf.

»Oooch das noch!« schimpfte er weiter, die schmerzhafte Stelle befühlend, während Zimburg sich vor Lachen schüttelte. »Das gibt sicher 'ne faustgroße Beule zu meiner sonstigen Schönheit! Na, warum lachste denn wie ungescheut!« schnob er seinen Gast an.

»Wenn du dich bloß in der Stellung hättest sehen können!« prustete Zimburg. »Wie eine Ente, wenn sie im Dorftümpel taucht!«

»Wenn du dem ollen Stift nachgesprungen wärst, hättest du auch so ausgesehen, und ich hätte den Spaß dabei gehabt » brummte Mühling, indem er sich am Waschtisch seines Gastes die Hände säuberte.

»Sehr richtig. Es wäre wohl auch an mir gewesen, den Stift aufzuheben. Aber erstens warst du ja wie der Blitz hinter ihm her, und zweitens hat mich mein Beharrungsvermögen, vulgo Faulheit, an diesen sehr bequemen Stuhl gefesselt. Übrigens gönne ich dir den Staub unter dem Bette neidlos.«

„Du bist eben ein guter Kerl und ein Gemütsmensch«, stellte Mühling, nun selbst lachend, fest. »Und nun können wir viribus unitis, mit diesem schwierigen Problem loslegen. Sag mal: Sieht man die Beule auf meiner Glatze schon sehr?«

»Na, so fix geht das doch nicht! Die entwickelt sich erst peu-a-peu. Wenn du die allerdings stark gerötete Stelle aber fleißig kühlst, dann dürftest du sie heute abend deinen Gästen als springenden Punkt in allen Farben des Regenbogens darbringen.«

»Mach keine schlechten Witze, Leo! Kühlen? Meinst du, daß man den Fleck kühlen muß?«

»Ja, ich denke mit Bleiwasser. Wenn du etwa heute abend Eroberungen machen willst –«

Mühling brummte etwas vor sich hin, trat vor den Spiegel und betrachtete sich kritisch.

»'s ist nicht so arg«, stellte er fest. »Nach dem Puff zu schließen, hätte ich mindestens gedacht, das Ding müßte schon so groß wie'n Gänseei sein. Na, nun aber ernstlich an die Arbeit! Siehste, hier habe ich die Tafelei aufgezeichnet; die runden Kringel darauf bedeuten die Teller, gleichbedeutend mit der Kopfzahl der Festgenossen. Das Kringel mit dem Kreuz drin bin ich, das heißt, der Platz, den ich an der Tafel einnehme. Zu meiner Rechten – die Damenplätze sind schraffiert, damit man sich besser auskennt – sitzt natürlich die alte Exzellenz auf dem Ehrenplatz. Zu meiner Linken habe ich unter schweren Kämpfen diejenige der alten Damen gesetzt, die als Fremde zum erstenmal meine niedrige Hütte mit ihrer Gegenwart ziert: die Gan-Erbin von Ganting –«

»Was?« unterbrach ihn Leo Zimburg erstaunt. »Ja, hast du denn die von drüben im Amönenhof auch eingeladen?«

»Auch?« wiederholte Mühling. »Leo, mein Söhnchen, du hast wohl geschlafen? Wegen der Leute im Amönenhof lasse ich doch den ganzen Zauber los!«

»Aber den Kommerzienrat hast du doch schon zur Jagd eingeladen, und das Abendbrot bei ihm war die Quittung dafür.«

»Richtig. Und nun revanchiere ich mich dafür bei den Damen«, versetzte Mühling mit listigem Augenblinzeln. »Man darf bei dem Verkehr keine Kunstpausen eintreten lassen, verstehste?«

»Nein! Aber darauf kommt es ja nicht an –« sagte Zimburg hart.

»Jetzt tut dieser Jüngling ganz unschuldig! Na, dann zurück zur Tagesordnung. Du führst natürlich Fräulein Reudnitz zu Tisch –«

»Bitte, nein!« erklärte Zimburg sehr deutlich und ernst. »Wenn du deswegen den Zauber losgelassen haben solltest, dann hast du dich umsonst in Unkosten gestürzt. Setze mich meinetwegen an den Katzentisch – nur nicht neben Fräulein Reudnitz!«

Mühling sah seinen Freund starr vor Erstaunen an. »Aber wir hatten doch ausgemacht –«, begann er, doch Zimburg fiel ihm ins Wort.

»Ich habe mich allerdings von dir beschwatzen lassen mit – mit dem Goldfisch und die unverzeihliche Schwäche gehabt, den Besuch in Amönenhof zu machen, für den ich ja schließlich auch einen Vorwand hatte – zur Erklärung der Kaufvertragsklausel. Aber ich schäme mich deshalb heute wie ein Pudel. Da hast du's in einer Nußschale.«

»Lieber Himmel, wenn sich jeder schämen wollte, der eine reiche Frau braucht und mit der Nase auf den Fleck gestoßen wird, wo eine zu finden ist –«

»Wenn diese Menschen sich nicht schämen, eine Frau ihres Geldes wegen zu heiraten, dann ist das ihre Sache. Ich bring's nicht fertig.«

»Na, eigentlich ist ja das auch mein Standpunkt, Leo, aber ich dachte, dir einen guten Dienst zu erweisen. Schließlich – nu, ja, ja! Das Mädel ist ja keine Schönheit; außerdem ist sie wirklich ein gutes, kleines Tierchen.«

Zimburg mußte unwillkürlich lachen.

»Gib dir keine Mühe, alte Seele«, sagte er heiter, »Fräulein Reudnitz ist sicherlich ein liebes, kleines Mädchen, und wenn ich nur die allergeringste warme Regung für sie fühlte, würde ich's als ehrlicher, anständiger Mensch wagen, mich ihr zu nähen. Aber das ist ganz ausgeschlossen, und damit es auch nicht den Schimmer eines Verdachtes erregen könnte, als hätte ich diese

Absicht, so bitte ich mir heute eine andere Tischnachbarin aus. Die Gan-Erbin überlasse ich dir großmütig, damit man nicht etwa gar das Sprichwort vom Sack und vom Esel zitieren kann.«

»Nee, denn der Esel bist du « rief Mühling mehr aufrichtig als höflich.

»Besser ein Esel als ein Schuft!« gab Zimburg heiter zurück.

Mühling hielt dem Freund statt aller Antwort die Hand hin, in die jener herzhaft einschlug.

»Na ja, na ja, aber damit kann ich mit meiner Tischordnung von vorn anfangen!« jammerte der Gutsherr von Steinau. »Wer soll denn nun das Mädel zu Tisch führen? Nett soll und muß sie gesetzt werden, aber woher nehmen, ohne zu stehlen? Wen haben wir denn noch an Junggesellen? Den Assessor aus Weißenfels? Der langweilt sich mit dem armen Dinge unterm Tisch.«

»Bergfried ist ja auch noch da«, half Zimburg ein. »Er hat uns ja selbst anvertraut, daß er nur eine reiche Frau brauchen könnte.«

»Jawohl, wenn sie einen Titel und mindestens eine Ahnentafel von sechzehn Quartieren hat, was er für seinen Botschafterposten in spe unumgänglich notwendig braucht oder zu brauchen glaubt«, versetzte Mühling trocken, »Der Kerl ist ein zielbewußter Streber, Leo, wozu er ja auch den Kopf hat. Millionen decken ja vieles zu, auch eine sehr bescheidene Herkunft, aber für seine Zwecke und Ziele braucht er einen Namen von Klang an den seinen gehängt.«

»Er hat aber neulich im Amönenhof betont, und ich hab's ihm hoch angerechnet, daß sein eigener Adel ganz neu ist –«

»Gewiß. Ich habe nämlich neulich, als ich in Berlin war, so etwas läuten gehört, als sei er so gut wie verlobt mit deiner Namensbase, Gräfin Theodora Zimburg.«

»Wahrhaftig? Ja, dann freilich – – aber auch ohne Nebengedanken könnte er doch Fräulein Reudnitz zu Tisch führen. Halt! Sagtest du nicht, daß Willig auch zugesagt hat?«

»Willig! Den alten Knaben brauchte ich eigentlich für eine von den verheirateten Damen. Aber so übel ist die Idee nicht, um so mehr, als er ja auch wie andere Menschen zwei Seiten hat und ganz und gar imstande ist, zwei Damen zu unterhalten, ohne mit'm Essen zu kurz zu kommen. Hm! Ich fange an, Licht in dem Dunkel zu sehen, muß dir aber sagen, damit du vorbereitet bist, daß dir dann eine der älteren Damen zufallen wird. Aber auch du hast zwei Seiten, mein Söhnchen, und ich will eine derselben der Jugend widmen. Da ist die verteufelt hübsche Gesellschafterin aus dem Amönenhof – falls die Gan-Erbin nicht etwa noch ein Veto einlegt und sie daheimbleiben muß. Willig hat mir erzählt, daß sie beim Besuch der herzoglichen Herrschaften Stubenarrest hatte. Die alte Tante scheint 'n Haken auf das Mädel zu haben. Siehste, Leo, mein Junge, für die könnte ich meine Junggesellenherrlichkeit gleich noch aufgeben! Meinst du, daß sie mich nehmen würde?«

» Du kannst sie ja fragen«, meinte Zimburg mit etwas erzwungenem Lachen.

»Natürlich kann ich das. Aber in meinem Alter holt man sich nicht gern einen Korb. Donnerwetter, ist das ein schönes Weib! Kein Wunder, wenn die Gan-Erbin mit der im Haus noch 'ne Dummheit für ihren Schwager fürchtet, wie ich mir einbilde. Weißt du was, Leo? Du könntest mir eigentlich einen Riesengefallen tun, einen rechten Freundschaftsdienst, wenn du mal so'n bißchen bei Fräulein Zöllner für mich sondieren wolltest. Ich meine, ihr mal so'n bißchen hintenrum auf den Zahn fühlen – na, du wirst schon wissen, wie man das anfängt.«

»Nein, das weiß ich nicht, habe auch gar kein Talent für diplomatische Aufträge«, erwiderte Zimburg ablehnend. »Dazu mußt du dir schon einen andern aussuchen – Bergfried zum Beispiel.«

»Wen denn sonst noch zum Beispiel?« rief Mühling. »Herrgott, mach' doch nicht gleich so'n Flunsch! Das ist doch nichts Unehrenhaftes! Gerade im Gegenteil! Würde ich gleich für dich auch tun, obwohl ich auch nichts weniger wie'n Diplomat bin. Hör mal, du wirst doch nicht am Ende selbst verschossen sein? Na, in diesem Falle würde ich ja freilich den Bock zum Gärtner machen. Schlag dir das aus dem Kopf, alter Junge! Ich sag's nicht etwa aus Eigennutz, sondern als Freund. Sie hat nischt, sonst wäre sie nicht Gesellschafterin bei fremden Leuten – du hast ooch nischt, und das langt nicht zum Leben. Besser, man reißt sich einen Zahn beizeiten aus; denn später bricht er unter der Zange ab, die Wurzel bleibt und tut damisch weh. Ich kann mir ja 'ne arme Frau leisten, und wer sie mir über die Achsel ansieht, weil sie früher fremdes Brot essen mußte, der kriegt's mit mir zu tun. Ja, aber, Herzenssohn, über dem Gekolke wird meine neue Tischordnung nicht fertig. Du scheinst in dieser Kunst ziemlich unerfahren zu sein, also werde ich mich plus der errungenen Weisheit wieder trollen und in der Stille meines Kämmerleins dieses harte Ei allein ausbrüten. Und mir am Ende doch noch Umschläge machen, denn der Dippel ist tatsächlich schon sehr fühlbar. Na, adjüs denn, mein Junge!«

Mühling hatte unterdessen Weste und Joppe wieder angezogen, nickte Zimburg zu und ließ ihn mit recht gemischten Gefühlen zurück; denn er war wütend auf sich selbst, daß er sich verraten hatte, wütend auf Mühlings Taktlosigkeit, und endlich, weil er fand, daß sein Freund mit seiner Warnung ganz recht hatte, dreimal recht, und Zimburg beschloß denn auch, sich das recht dick hinter beide Ohren zu schreiben. Mit diesem ganz fest und ehrlich gemeinten Vorsatz fand er sich rechtzeitig in dem großen, etwas leeren Raum ein, den Mühling seinen »Salon« nannte und der diese anspruchsvolle Bezeichnung früher wohl auch verdient hatte; aber da er in diesem Sinne nur sehr selten benutzt wurde, so hatte er auch ganz die ungemütliche Atmosphäre der mit Recht berüchtigten ›kalten Pracht‹. Die steifen, schwerfälligen Mahagonimöbel der vierziger und fünfziger Jahre des vorigen Jahrhunderts mit ihren unverwüstlichen grünen Mohairplüschbezügen stammten noch von Mühlings Eltern her, deren lebensgroße Paradebilder, mäßig gemalt, in schweren Goldrahmen über den garstigen Sofas hingen. Übrigens waren noch mehrere gute alte Kupferstiche in Mahagonirahmen an den Wänden verteilt, welche mit einer schauerlichen Goldtapete beklebt waren. Wirklichen Wert in diesem gediegenen, aber häßlichen Raum hatte nur der Inhalt einer sogenannten Glasservante, der aus einer Sammlung alter, kostbarer Porzellantassen bestand, die jedem Museum zur Zierde gedient hätten.

Die erste Überraschung dieses Abends war Mühlings Mitteilung, daß Bergfried sich wegen Unwohlseins entschuldigt habe.

»Schmeißt dieser Kerl mir im letzten Augenblick wieder meine ganze Tischordnung um!« jammerte der Gutsherr von Steinau, dessen »Dippel« sich inzwischen zu einer ganz ansehnlichen Beule ausgebildet hatte. »Und warum? Weil er ›Migräne‹ hat! Migräne! Wie'n hysterisches Frauenzimmer! Ich hatte ihn als ungefährlichen Karmauzler neben Fräulein Zöllner gesetzt, und wie ich ihm sein Glück verkünden und ihn als höhere Instanz für die Tischordnung anrufen will, sagte er kühl wie 'ne Hundeschnauze, er hätte Migräne! Ich dachte, der Affe frisiert mich und war so wütend, daß ich ihn anschnauzte, das heißt, ihm ›gute Besserung‹ zubrüllte und –«

»Auf wen waren Sie denn so wütend?« fragte die Stimme der Oberhofmeisterin von der Tür her, durch die sie gerade eintrat. Mühling ließ sie zu seinen Festen immer mit seinem Wagen abholen, und sie war auch stets als erste zur Stelle, um die Gäste empfangen zu helfen.

Mühling küßte seiner alten Freundin herzlich die immer noch feine und schöne, mit alten funkelnden Brillantringen geschmückte Hand und führte sie zu ihrem gewohnten Sofaplatz, nachdem er ihr Zimburg vorgestellt hatte, und erklärte ihr dann den Grund seines gerechten Zornes.

Frau von Wiesenthal lächelte fein und ganz eigen zu dieser Mitteilung, zog ein goldenes, juwelenbesetztes Döschen aus der umfangreichen Tasche ihres altmodischen schwarzen Seidenkleides, auf dem sie ein weißes, echtes Spitzentuch á la Marie Antoinette trug, das sie zu ihren krausen grauen Löckchen sehr hübsch kleidete, und nahm mit Bedacht eine Prise.

»Die Migräne, lieber Freund, hat zwar den weiblichen Artikel, ist in der Praxis aber geschlechtslos«, erklärte sie nach der gewohnten Stärkung ihrer geistigen Kräfte, die indes auch ohne diese Hilfe unbestritten ihr zu eigen waren. »Zeigen Sie mal Ihre Tischordnung her, die ich aus Ihrer Brusttasche gucken sehe. Wir wollen die Sache gleich in Ordnung bringen.«

»Und wenn die Leute aus dem Amönenhof die Gesellschafterin nicht mitbringen, sitze ich wieder auf dem Pfropfen!« jammerte Mühling.

»Solche Absagen im letzten Augenblick sind leider üblich, aber immer rücksichtslos«, sagte die Oberhofmeisterin. »Warum sollten die Leute im Amönenhof die junge Dame nicht mitbringen, wenn sie für sie zugesagt haben? Ist sie krank geworden?«

»Das wird wohl als Grund herhalten müssen«, brummte Mühling. »Natürlich haben sie für sie zugesagt; aber ob sie deswegen auch mitkommt, steht auf einem anderen Blatt. Ich bilde mir ein, der alte Drache – ich meine die Gan-Erbin – wollte sagen, Fräulein von Ganting ist eifersüchtig auf diese Schönheit.«

»Hm – ja. Fräulein Reudnitz sieht neben ihr etwas dürftig aus – einfach wie ein gerupfter Spatz neben einem Schwan.«

»In der Tat! Der Vergleich mit dem Entlein und dem Schwan liegt nahe!«

»Aber Mühling-Karl! Sie können ja ganz poetisch werden!« lachte die alte Dame.

»Na, man hat doch ein Paar Augen im Kopf«, entschuldigte er seinen poetischen Schwung, bei dem Zimburg eine Bewegung gemacht hatte, die den scharfen schwarzen Augen zu beiden Seiten der Hakennase Ihrer Exzellenz nicht entging. »Wahrscheinlich hat der alte Reudnitz auch oo'n paar helle Lichter, die hübsch von häßlich unterscheiden können, was der alten Tante jedenfalls nicht paßt! Na, nehmen wir also mal an, daß Fräulein Zöllner trotzdem erscheint – –«

Sie kam tatsächlich mit den »neuen Leuten vom Amönenhof«. Seine Befürchtungen waren übrigens gar nicht so grundlos gewesen; denn Cordula hatte sich wirklich gegen Theos Begleitung gewehrt, war aber durch das Veto des Kommerzienrats überstimmt worden; auch Theo selbst hatte daheimbleiben wollen, weil es ihr unangenehm war, mit Bergfried zusammenzutreffen, wozu der mit Recht so beliebte »Kopfschmerz« als Ausrede dienen mußte. Reudnitz ging darauf aber nicht ein, weil er als wahren Grund eine falsche Bescheidenheit vermutete, und erklärte ihr, es gebe gegen Kopfschmerzen kein besseres Mittel als ein ordentliches Abendessen in netter Gesellschaft. Und so war sie denn wirklich mitgekommen, strahlend schön in ihrem einfachen weißen Kleide, nur im Schmuck ihrer goldenen Haarpracht, aber auch Sabinchen sah wirklich sehr niedlich in dem neuen Kleide von rosa Chiffon aus.

Die anderen Gäste folgten denen vom Amönenhof rasch hintereinander.

Die alte Exzellenz hatte mit ihrer geselligen Überlegenheit die Tischordnung des guten Mühling durch ein paar geschickte Verschiebungen schnell und gewandt in die Reihe gebracht. Die scheinbar absichtslos zusammengesetzten Gäste unterhielten sich lebhaft und gut, die Speisen waren vortrefflich, die Weine über alles Lob erhaben, und als man sich von der Tafel erhob, war die allgemeine Stimmung so ausgezeichnet, wie sie ein Wirt sich nur wünschen kann.

Herr Liebenberg hatte bei Tisch Gelegenheit, einige Eintragungen in sein Notizbuch für sein Lebenswerk, das Schimpfwörterlexikon, zu machen, als er seinen Wirt von einem bekannten Herrenreiter sagen hörte, »daß der letztere eigentlich wie eine gesengte Sau ritte« und einen anderen werten Abwesenden für ein »grünes Heupferd« erklärte.

»Man lernt nie aus!« sagte der Gelehrte befriedigt. »Namentlich verspricht die Etymologie der ›gesengten Sau‹ hochinteressant zu werden; denn erstens reiten Säue meiner Erfahrung nach überhaupt nicht, am allerwenigsten aber, wenn man sie nach erfolgter Abschlachtung gesengt hat. Auch für Heupferde, worunter die Orthoptera saltatoria zu verstehen sein dürfte, ist die Bezeichnung ›grün‹ jedenfalls von besonderer ornamentaler Bedeutung, falls nicht eine Verwechslung mit der Locusta viridinima vorliegt, deren Name ja schon ihre grüne Farbe andeutete, die vulgär aber ›Grashüpfer‹ heißt.«

Kurz, es kam jeder der Gäste auf seine Rechnung.

Am alleraufmerksamsten aber lauschte Sabine Reudnitz dem Honigseim, der von ihres Tischherrn, des Kammerherrn von Willig, Lippen in ihre Ohren träufelte, und es amüsierte Theo, die dem Paare gegenübersaß, ganz außerordentlich, zu beobachten, mit welch seligem Gesichtchen Sabine zu dem Kammerherrn aufblickte und mit welch sichtlichem Wohlgefallen er sie betrachtete. Die Macht der Suggestion schien hier wirklich wieder einmal einen großen Triumph zu feiern.

Theos Nachbar zur Rechten war bei Tisch Leo Zimburg, doch da er die nette, lebhafte Frau des Amtsgerichtsrats führte, so konnte sie während der Mahlzeit nur wenige Worte mit ihm wechseln.

»Ich habe das Gedicht Ihres Urgroßvaters mitgebracht«, sagte sie dabei halblaut. »Vielleicht habe ich nachher Gelegenheit, es Ihnen zurückzugeben; denn wenn ich's hier tue, setzt's ein hochnotpeinliches Verhör von Fräulein von Ganting, die wie ein Haftelmacher auf mich aufpaßt. Warum, weiß der Himmel. Als wir nämlich nach Steinau aufbrachen, habe ich von ihr einige schätzenswerte Winke über das Betragen in Gesellschaft erhalten mit dem Zusatz, daß ich mich in acht nehmen sollte, ›sie sehe alles‹.«

»Was hat sie denn damit gemeint?« fragte Zimburg erstaunt.

»Wenn ich das wüßte?« erwiderte Theo lachend. »Ich muß ihr doch einen sehr unerzogenen Eindruck machen.«

Zimburg mußte darandenken, was Mühling über Cordulas Eifersucht auf Theo gesagt, und dabei stieg es selbst wie Eifersucht auf seinen Gastfreund und wie ein herbes Weh zugleich in ihm auf. Wie es manchen Menschen gibt, der ein grausames Vergnügen darin findet, das Messer in seine eigenen Wunden immer tiefer hineinzustoßen, so folgte auch er unbewußt diesem Beispiel, und ehe er's eigentlich gewollt, richtete er an Theo die Frage, wie Mühling ihr gefalle.

»Ich finde ihn sehr nett«, erwiderte Theo harmlos. »Er erinnert mich in seiner drastischen Ausdrucksweise lebhaft an eine verstorbene Pate. Sie hätten Fräulein von Gantings Gesicht sehen sollen, als er die ›gesengte Sau‹ steigen ließ.«

»Hm – ja! Halten Sie Mühling eigentlich für über die Heiratsjahre hinaus?« verfolgte Zimburg sein Thema mit wachsender Selbstquälerei.

»Eigentlich ja«, meinte Theo mit einem kritischen Blick auf den Gutsherrn von Steinau, der angeregt von der Unterhaltung und seinem eigenen guten Wein rötlich und wie im Gefilde der Seligen zu leuchten begann.

»Aber so etwas kann man nie mit Bestimmtheit sagen: denn Alter schützt vor Torheit nicht, und ein alter Span brennt leichter denn ein grüner an. Fräulein von Ganting ist ja ihrer ganzen Aufmachung nach auch noch in den besten Jahren.«

Zimburg mußte über dieses kleine Mißverständnis so lachen, daß er darüber seine Wunde vergaß.

»Lieber Himmel, wenn Mühling das gehört hätte! Ich habe das meinige getan; mehr kann mein bester und ältester Freund nicht von mir verlangen«, dachte er, während er einer Erzählung seiner rechtmäßigen Tischnachbarin zu lauschen vorgab und dazu lachte, trotzdem aber keine Ahnung hatte; wovon sie eigentlich gesprochen, denn er besaß leider nicht die Fähigkeit eines Napoleon, mit zwei Ohren zwei verschiedene Vorträge gleichzeitig zu hören, zu fassen und dabei an etwas Drittes zu denken. Nun aber hatte die lebhafte junge Frau des Amtsgerichtsrats etwas erzählt, was die Heiterkeit keineswegs herausforderte, und sah sich ob dieser unerwarteten Wirkung ihren Tischherrn etwas erstaunt an. Dann aber erkannte sie rasch, daß sie ihn augenscheinlich mit ihrer Erzählung von einem Gespräch mit seiner anderen Nachbarin abgezogen hatte, Sie bog sich also ein wenig vor, um zu sehen, wer das eigentlich sei, und über ihr nicht gerade hübsches, aber intelligentes Gesicht flog ein Lächeln des Verstehens, wodurch Zimburg einer kleinen scherzhaften Zurechtweisung über seine Zerstreutheit entging, ohne es zu ahnen.

Nachdem die Tafel aufgehoben war, begab sich die Gesellschaft unter dem Vortritt Mühlings mit der alten Exzellenz auf die davorliegende Veranda, um sich dort zum gemütlichen Plauderstündchen niederzulassen. Dort aber erwartete sie Bergfried, tadellos angetan wie immer und scheinbar ganz erholt von seiner Migräne.

»Na, da schlag' dieser und jener drein!« begrüßte Mühling in seiner ersten Verblüffung den Gast. »Das war ja 'ne schnelle Genesung!«

»Lieber Mühling, Sie rannten davon wie verbrannt, ehe ich Ihnen noch sagen konnte, daß ich mich nach dem Souper unten einfinden würde«, erklärte Bergfried mit der überlegenen Liebenswürdigkeit, die seinem Gastfreund manchmal auf die Nerven ging. »Ich sagte nur, daß die Tafel mit ihren Freunden heut eine Unmöglichkeit für mich sein würde.«

»So, so! Sagten Sie das?« murrte Mühling unüberzeugt, »Na, das ist ja schön, daß Sie uns Ihre Gegenwart doch nicht ganz entziehen wollen. Vielleicht führen Sie die Frau Oberhofmeisterin hinaus auf die Veranda – falls es Sie nicht zu sehr anstrengt.« Bergfried willfahrte diesem Wunsch natürlich mit der größten Bereitwilligkeit, und während er die alte Dame hinausführte, kreuzte ein Verdacht den Kopf des Hausherrn. »Er hat nicht neben der schönen Zöllner sitzen wollen. Warum? Ist sie ihm nicht vornehm genug? Affe! Duckmäuser!« Und diesen letzteren

Liebesnamen stieß er halblaut heraus, der von dem gerade hinter ihm stehenden Doktor Liebenberg aufgeschnappt wurde.

»Duckmäuser ist ein Schimpfwort, dessen Etymologie eine sehr einfache ist«, begann er strahlend. »Die Maus ist nämlich ein Tier, welches –«

»I, bewahre – ich habe mich bloß versprochen«, fiel Mühling rasch ein, um dem drohenden Vortrage zu entgehen. »Rattenschwanz habe ich gemeint!« Und entfloh schleunigst.

Von der Veranda des Steinauer Herrenhauses, das auf den stolzen Namen eines Schlosses keinen Anspruch machte, trotzdem es geräumig genug dazu gewesen wäre, führte eine doppelt ausladende Freitreppe in den großen und schattigen altväterischen Garten hinab, in welchem ganz unmodern gewordene Blumen wie Malven, Rittersporn, Blutende Herzen, Balsaminen, Reseda und Türkenbund in nicht allzu gepflegten Beeten nach Herzenslust blühten; – hohe, alte Linden, Goldregen und Fliederbäume standen gerade in Blüte, und hübsche, im Grün versteckte Bänke und lauschige Geißblattlauben luden zum Plaudern ein.

Die vergnügte Frau des Amtsgerichtsrats erklärte einen solchen Garten für ihre besondere Liebhaberei und stieg die Treppe hinab, um unten etwas von dem schönen warmen Abend zu genießen. Andere folgten ihr nur zu gern, und bald saßen die alte Exzellenz, Cordula und der Präsident oben in der Veranda allein, um schließlich auch noch hinabzugehen. Unter dem Dunkel der hohen Bäume geschah es dann, daß Zimburg sich wie von ungefähr an Theos Seite einfand, und da sie gleichzeitig auch wie von ungefähr in einen sich ganz im Dunkel verlierenden Seitenweg einbogen, zog sie aus dem Täschchen, das sie ums linke Armgelenk gehängt trug, das alte vergilbte Blatt mit dem Gedicht des Urgroßvaters hervor. Das Täschchen aber war ein sehr hübscher, ja auffallender Aufbewahrungsort für das Schriftstück, denn es war ganz aus goldenen Drahtmaschen geflochten und mit einem breiten, kunstreich gearbeiteten Bügel versehen, der von eingelegten Steinen blitzte, während auf einer Kartusche ein Monogramm funkelte, das wie von Brillanten gebildet aussah.

»Nun, was haben Sie zu diesem sogenannten Gedicht gesagt?« fragte Zimburg, das Blatt in Empfang nehmend und zu sich steckend.

»Blühender Unsinn, nicht wahr? Aus dem man beim besten Willen weder Kopf noch Schwanz machen kann!«

»Das möchte ich nicht ohne weiteres behaupten«, meinte Theo. »Ich bilde mir sogar ein, einen Zipfel des Schwanzes gesehen zu haben. Mehr möchte ich darüber jedoch noch nicht sagen; ich habe mir aber, Ihre Erlaubnis voraussetzend, das Gedicht abgeschrieben; denn ich habe die fixe Idee, daß ich von dem Rätsel doch noch mehr erraten könnte.«

»Wahrhaftig? Jetzt haben Sie mich aber furchtbar neugierig gemacht –«

»Bezähmen Sie diese Neugierde, bitte, damit mein wahrscheinliches Eingeständnis, daß ich mich doch geirrt habe, nicht allzu enttäuschend wirkt.«

»Na, das ließe sich noch ertragen; denn ich hoffe und erwarte nichts von des Rätsels Lösung«, sagte Zimburg ruhig. »Überhaupt ist es mit der Hoffnung so eine Sache. Am besten wär's, man striche dieses Wort ganz aus dem Wörterbuch des Lebens aus.«

»Das werden Sie nicht tun«, rief Theo lebhaft. »Erstens, weil kein Mensch das kann, und dann ist die Hoffnung so gut wie das tägliche Brot – Lebensbedürfnis und Lebensbedingung Wer nicht hofft wird auch nichts erreichen, nichts erleben, innerlich wie äußerlich. Ich habe wirklich nicht gedacht, daß Sie ein solcher Pessimist sind!«

»Eigentlich bin ich's für gewöhnlich auch nicht«, gestand er ein. »Im Gegenteil, ich habe fortwährend mit meinem unverbesserlichen Optimismus zu kämpfen, der mir allerlei Bilder vorgaukelt, die sich dann in Wohlgefallen auflösen. Und darum meine ich nur so, daß es besser wäre, dieses zudringliche Gefühl ganz zu beseitigen. So oft man es aber hinauswirft, so oft kommt es wieder. Gerad' wie so eine Brummfliege, nach der man schlägt und die sich einem im nächsten Augenblick doch wieder auf die Nase setzt.«

»Poetisch ist der Vergleich nicht«, lachte Theo. »Von meinem Standpunkt aus finde ich es aber sehr lieb von der Hoffnung, daß sie sich nicht vertreiben läßt. Ihre beiden Schwestern sind darin viel empfindlicher; denn der verlorene Glaube kehrt nicht so leicht wieder zurück, und die Liebe – weint sich zu Tode«, schloß sie leise.

»Du lieber Gott – ja!« nickte Zimburg.

Schweigend gingen sie einige Schritte weiter, und dann begann er mit einem frischeren Ton, der allmählich sicherer wurde:

»Denken Sie, daß ich neulich, nachdem Sie dem Ruf der Pflicht, wie Sie es nannten, gefolgt waren – ich meine, als wir uns zufällig am Grenzgitter trafen – ganz geneigt war, Fräulein Reudnitz den Hals umzudrehen. Ich war nämlich mit meiner Erzählung noch nicht fertig, und als der Egoist, der man einmal ist, ging mir's arg gegen den Strich, unterbrochen zu werden, während ich im besten Zuge war, mir mal die ganze Last von der Seele herunterzuschwatzen. Darf ich's jetzt vollenden?«

»Gewiß dürfen Sie das«, erwiderte Theo freundlich und setzte heiter hinzu: »Sie müssen aber im Telegrammstil reden; denn es würde auffallen, wenn wir uns lange absondern, und mir wahrscheinlich eine sehr gesalzene Suppe eintragen.«

»Daran möchte ich nicht gern schuld sein. Was ich noch zu sagen hatte, war nur das: Nachdem ich von dem Erlös für den Amönenhof die Schulden abgetragen hatte, in die mein Vater durch seine Gutmütigkeit und seinen Glauben an die Ehrlichkeit seines sogenannten Freundes hineingeraten war, ist mir noch eine kleine Summe geblieben, deren Zinsen mir nicht erlaubten, die Uniform weiter zu tragen. Nachdem ich diese Hoffnung zu Grabe getragen hatte, sah ich nirgends eine andere Laufbahn für mich offen. Mein Abitur würde mir ja heut noch die Universität öffnen, und ich würde auch keinen Augenblick zögern, mich mit meinen dreißig Jahren heute noch auf die Schulbank zu setzen, aber bis ich in Amt und Brot wäre, ist der Weg vielleicht doch zu weit. So habe ich mich denn entschlossen, auszuwandern. Ein Freund von mir hat in Australien eine Farm, in die ich als Teilhaber am Geschäft meine paar Kröten stecken will und bei dem ich mich einarbeiten kann, bis es mir gelingt, mich auf eigene Füße zu stellen. So, das wäre nun alles; aber es knüpft sich noch eine Frage daran, eine Bitte um Rat, die ich Ihnen, Fräulein Zöllner, vorlegen möchte, wenn ich darf –«

»Selbstverständlich«, sagte Theo ermunternd, als er stockte. »Nur sehe ich nicht ein, was mein Rat Ihnen nützen könnte.«

»Ah – es ist eine Frage, die mir nur eine Frau beantworten kann«, erwiderte er mit zunehmender Bewegung, die ihr nicht entging. »Und zwar eine Frau wie Sie – ich meine, jemand, der, wie Sie, auch den Kampf ums Dasein führt. Verzeihen Sie, wenn ich Sie daran erinnere, aber es gehört zur Sache. Nun wohl, glauben Sie – vielmehr, würden Sie mir raten, nachdem Sie meine Lage so ungefähr übersehen können, daß ich es wagen dürfte, ein – ein armes Mädchen zu bitten, mir als meine Frau ins unbekannte Land zu folgen, mögliche Enttäuschungen, Verluste, Mühsal und Arbeit mit mir zu teilen? Antworten Sie mir ehrlich, Fräulein Zöllner, ganz ehrlich!«

Theo antwortete nicht gleich. Sie war stehengeblieben und sah hinauf in die grünen Wipfel der Bäume, durch die, wie leise kosend, der Nachtwind strich und die goldene Sichel des wachsenden Mondes nur einen matten Schein fallen ließ, in welchem ihre weiße Gestalt sich in unsicheren Umrissen abhob.

»Warum sollen Sie das nicht wagen?« sagte sie endlich leise. »Wenn Sie das arme Mädchen lieben und das Mädchen Sie, dann wäre das Wagnis von beiden Seiten nicht nur gerechtfertigt, sondern sogar Pflicht. Oder meinen Sie, daß Sie so leichten Herzens die Heimat allein verlassen könnten, wenn Sie wissen, daß ein anderes Herz sich fern von Ihnen – zu Tode weint?«

»Von mir weiß ich's gewiß, daß ich recht schweren Herzens allein in die Fremde wandern würde«, erwiderte er rasch. »Aber ich weiß ganz und gar nicht, ob das – das andere Herz mir gehört. Das ist's ja gerade, was ich wissen wollte, ob Sie mir raten würden, die entscheidende Frage zu wagen!«

»Wer wagt, gewinnt«, sagte Theo freundlich. »Aber das soll kein Rat sein«, setzte sie rasch hinzu. »Um einen solchen geben zu können, muß man die fragliche Person kennen, muß man wissen, ob ihr zuzutrauen ist, daß sie alles das auf sich nimmt, wovon Sie sprachen; ob sie stark und in sich gefestigt genug ist, aus solch einer Probe siegreich hervorzugehen.«

»Ich würde Ihnen diesen Rat auch nie zugemutet haben, wenn Sie das Mädchen nicht kennten – sicher nicht. Theo!« setzte er bittend hinzu, »Sie müssen doch wissen, wen ich meine, warum ich die ganze Geschichte erzählt habe, die man doch nicht aus purer Schwatzsucht, oder um sich bedauern zu lassen, zum besten gibt –«

Ein leises Murmeln wie von sich nähernden Stimmen veranlaßte Zimburg, plötzlich einzuhalten; und in der Tat kamen auch eben zwei Gestalten, eine helle und eine dunkle, des Wegs von der anderen Seite daher, deren Gespräch beim Zusammentreffen mit ihnen beiden ebenso jäh verstummte.

»Schon wieder!« stöhnte Zimburg, das rosa Kleid erkennend, und rasch setzte er fast unhörbar hinzu: »Wo in aller Welt kann ich Sie sprechen?«

Theo kämpfte ein paar Sekunden hart mit sich selbst; Erziehung, Überlieferung und eigene Würde sträubten sich in ihr gegen eine geheime Zusammenkunft, besonders, da die letzten Worte Zimburgs einen Zweifel nicht mehr zulassen konnten, wen er mit dem »armen Mädchen« gemeint hatte. Da er aber nach dem Amönenhof nicht kommen konnte, sie selbst noch weniger nach Steinau, eine schriftliche Aussprache auch nicht ratsam schien, so blieb ihr nichts anderes übrig, als nach allem den einzigen Ausweg zu wählen, der offen blieb.

»Morgen früh um halb sechs Uhr am Grenzzaun, Wenn ich nicht kommen kann, dann übermorgen«, flüsterte sie ihm zu, und schon nach den nächsten drei Schritten stießen sie mit dem entgegenkommenden Paare zusammen, das sie längst als Sabine mit dem Kammerherrn erkannt hatten.

»So treffen sich die schönsten Leute im Mondenschein«, rief sie, schnell gefaßt; und zum Glück waren die beiden anscheinend auch noch so im Geiste mit ihrer eigenen unterbrochenen Unterhaltung beschäftigt, daß sie das leichte Beben in Theos sonst so klarer Stimme gar nicht bemerkten. Zimburg aber hörte es wohl heraus; denn wenn die Liebe nach der allgemeinen Ansicht auch blind macht, so hat sie dafür ein um so schärferes Gehör; und sein Herz machte darob einen Freudensprung.

»Ach ja – der wunderschöne Mondschein! Richtig, da ist er ja«, sagte Sabine ganz überrascht, indem sie auf die goldene Sichel zeigte, die sie anscheinend eben erst bemerkte; der gute alte Mond schien also nicht gerade das Thema Ihrer Unterhaltung mit dem Kammerherrn gebildet zu haben, der übrigens merkwürdig verlegen aussah, sich aber geschickt zwischen Theo und Sabine schob, als diese sich in den Arm ihrer Gefährtin hängen wollte.

»Das ist ja reizend, daß wir uns hier auf diesem lauschigen Pfade treffen«, log er flott drauflos. »Fräulein Reudnitz und ich sind ganz zufällig hierhergeraten und wollten eben sehen, ob wir hier wieder zu der Gesellschaft stoßen könnten, die sich wahrscheinlich schon mit Stangen und Netzen ausrüstet, um uns alle aus dem kleinen Weiher dort hinten zu fischen. Also laßt uns wandeln.«

Da der Weg zu schmal war, um zu viert nebeneinander zu gehen, so nahm Willig mit Sabine den Vortritt, und das andere Paar folgte. Der Kammerherr, der seine kleine Verlegenheit überwunden zu haben schien, schwatzte mit gewohnter Verve drauflos, wobei er nicht verfehlte, durch ständige Kehrtwendungen die hinter ihm Einherschreitenden mit ins Gespräch zu ziehen, und so vermied er glücklich das Aufkommen einer gewissen, unvermeidlich scheinenden Beklemmung. Als dann die vier sich dem offenen Garten und damit der Veranda näherten, auf welcher die anderen Herrschaften Platz genommen, fragte Theo, warum Bergfried eigentlich nicht zur Tafel erschienen sei.

»Er hat Migräne vorgeschützt. Ob er wirklich welche hatte, kann ich nicht sagen: denn ich weiß nicht, ob dieses Leiden so rasch vorübergeht«, erwiderte Zimburg trocken. »Wobei mir einfällt: Ist es wahr, daß er mit ihrer Freundin, der Gräfin Zimburg, verlobt ist oder sich verloben wird?«

Theo blieb unwillkürlich stehen. »Hat er Ihnen das gesagt?« fragte sie scharf.

»Gewiß nicht!« antwortete Zimburg. »Wenn Bergfried auch Eigenschaften hat, die mir weniger sympatisch sind, so halte ich ihn doch für einen Ehrenmann, der mit seinen Eroberungen nicht prahlen, bestimmt aber nicht das Ei verkaufen würde, ehe es gelegt ist. Meine Quelle ist Mühling, der das Gerücht in Berlin gehört hat. Ich selbst würde es gewiß nicht weitererzählen und erwähnte es nur Ihnen gegenüber, weil die Gräfin Ihre Freundin ist und Sie doch sicher wissen müssen, ob etwas daran ist.«

»Womit Sie auch ganz an die rechte Quelle gekommen sind. Daß Herr von Bergfried sich um – um die Gräfin beworben hat, glaube ich verraten zu dürfen, da ich Ihrer Verschwiegenheit sicher bin; eine Verlobung hat aber nicht stattgefunden und wird es auch nicht, wie ich glaube versichern zu dürfen«, schloß Theo mit der Einschränkung, die sich ihr nach ihrer raschen Versicherung aufdrängte.

»Desto schlimmer für Bergfried«, meinte Zimburg mit einem leisen Lächeln. »Aber wer kann eine solche Frage selbst für seine beste Freundin beantworten? In diesem Punkte dürfte selbst die innigste Freundschaft ihre Grenzen haben.«

»Ich möchte nur wissen, welche alte Klatschbase da wieder tätig gewesen ist!« rief Theo nicht ohne eine ganz berechtigte Erregung laut genug, daß es der Kammerherr vor ihr hören könnte.

»Ich war's nicht!« beteuerte er lachend, trotzdem er kaum gehört haben konnte, um was es sich gehandelt hatte.

»Natürlich waren Sie's nicht! Eine Klatschbase sind Sie nicht!« rief Theo unbedacht aus.

»Woher wollen Sie das wissen, Fräulein Zöllner?« fragte Willig schmunzelnd, wodurch ihr klar wurde, daß sie sich »vergaloppiert« hatte.

»Das sieht man den Leuten schon an«, meinte sie schnell gefaßt.

»Da sehen Sie, gnädiges Fräulein, welch vertrauenerweckenden Eindruck man macht!« warf sich Willig, zu Sabine gewendet, in die Brust. »Ach, das tut wohl!«

Sabine nahm den Scherz aber durchaus ernst. »Ich wundere mich nicht darüber«, sagte sie mit so naiver Bewunderung, daß Theo fast laut gelacht hätte, trotzdem ihr eigentlich gar nicht danach zumute war.

»Ah – da sind ja die beiden verlorenen Küchlein!« schrie Mühling jetzt von der Veranda herüber. »Und noch dazu unter so kräftigem männlichen Schutz! Fräulein von Ganting war schon in tausend Ängsten um Sie, meine Damen. Sie sehen, meine Gnädigste«, wandte er sich an Cordula, »Fräulein Zöllner hat pflichtgetreu über Ihre Nichte gewacht. Die Sorge war also unnütz, daß etwa ein – Duett gesungen worden ist. Quartette gewährleisten immer eine größere Solidität und Sicherheit.«

Cordula drohte ihrem Wirt sauersüß lächelnd mit dem Finger. »Wer wird denn so etwas laut hinausrufen, lieber Herr von Mühling!«

»Ich habe nur das Kind mit dem rechten Namen genannt«, entschuldigte er sich lachend. »Aber ich stelle auch gern fest, daß Ihr mütterliches Herz mehr besorgt um Fräulein Zöllner als um Ihre leibliche Nichte war.«

»Gewiß, weil ich meiner Nichte sicher bin, denn ich habe ihre Erziehung geleitet«, erklärte Cordula hochmütig. »Fräulein Zöllner aber kenne ich noch zu wenig, und wir wissen rein gar nichts über ihre Herkunft.«

Da sie ziemlich laut sprach, war es unmöglich für jedermann, ihre Worte zu überhören, und eine unbehagliche Unterhaltungspause war die notwendige Folge dieses unnötigen Angriffs, während aller Augen sich unwillkürlich auf Theo hefteten, die gar nicht wußte, wie ihr geschah.

»Fräulein Zöllner, kommen Sie doch ein bißchen zu mir!« rief die alte Exzellenz aus ihrer Ecke herüber. »Ich habe heute noch gar keine Gelegenheit gehabt, mit Ihnen zu plaudern!«

Reudnitz, der neben der alten Dame gesessen hatte, sagte leise zu ihr, während er für Theo Platz machte: »Meinen ergebensten Dank, Exzellenz, im Namen der Gefährtin meiner Tochter!« wofür die alte Dame mit einem feinen Lächeln antwortete. Dann nahm sie zierlich eine Prise aus ihrer juwelenfunkelnden Dose, ergriff Theos Hand und zog sie neben sich auf den leeren Stuhl.

»So, mein Töchterchen«, sagte sie laut, daß es der ganze Kreis hören konnte, »nun widmen Sie sich mal auf ein paar Minuten einer alten Frau und erzählen Sie mir was Schönes und Lustiges; denn das höre ich sehr gern.«

Theo war's zwar im Augenblick gar nicht lustig zumute, weniger des öffentlichen Angriffes wegen, der ja freilich nicht angenehm war, sie aber schließlich wenig berührte, als – aus anderen Ursachen. Aber gerade diese taktlosen Worte Cordulas und die Parteinahme der alten Exzellenz für sie berührten sie unwillkürlich von der komischen Seite, zudem fing sie einen listig zwinkernden Blick Willigs auf, sah das finstere Gesicht Bergfrieds, dem sie dafür viel verzieh – und mußte wider Willen über die Suppe lachen, die sie sich eingebrockt.

»Wenn man all das Lustige erzählen wollte, das man erlebt, dann wüßte man wirklich nicht, wo man anfangen sollte«, erwiderte sie der alten Dame, über deren Gesicht es auch verdächtig zu zucken begann.

»Na, wenn Sie's so auffassen, dann muß die Sache ja ein herrlicher Ulk für Sie sein«, murmelte sie unter einer neuen Prise. »Ist die alte Tante da immer so nett zu Ihnen?«

»Ich danke, Exzellenz! Einige seltsame Gnadenfälle ausgenommen, befleißigt sie sich in meiner Behandlung einer anerkennenswerten Konsequenz«, gab Theo halblaut zurück. »Da jedoch der alte Herr und seine Tochter ganz reizend zu mir sind, so betrachte ich die Tante als erquickendes Gegengewicht zur Herstellung der angenehmen Abwechselung. Variatio delectat, sagt der Lateiner.«

»Ja, weil Sie sich das als Stellvertreterin leisten können«, versetzte die Oberhofmeisterin trocken. »Ihre Freundin, für die Sie so unbedacht – jawohl, unbedacht eingesprungen sind, hätte sich wahrscheinlich schon beide Augen über diese ›erquickende Abwechslung‹ ausgeheult.«

»Um so besser ist's, daß ich so – unbedacht war«, gab Theo heiter zurück. »Ich diene ihr als Walze für den steinigen Pfad, den sie im Begriff war zu betreten. Sie wird ihn dann hoffentlich als glatte Landstraße vorfinden.«

Die alte Dame kicherte vergnügt in sich hinein.

»Sie haben einen beneidenswerten Optimismus«, meinte sie. »Haben Sie wirklich vor durchzuhalten, bis Ihre Freundin wieder gesund ist?« »Aber gewiß! Ich gehöre nicht zu den ›weiblichen Frauenzimmern‹, die vor dem ersten Hindernis kehrtmachen«, versicherte Theo ernsthaft und setzte dann leise lachend hinzu: »Wissen Exzellenz vielleicht ein gutes, erprobtes, sicheres Rezept zum endgültigen Hinausgraulen überschüssiger und überflüssiger Tanten?«

Jetzt lachte die alte Dame laut und ungeniert heraus.

»Läuft der Hase so?« fragte sie höchlich belustigt. »Ein Rezept gegen Schwiegermütter ist mir aus dem spanischen Lustspiel bekannt, das aber den Witwenstand voraussetzt. Indes ließe es sich aber auch ganz gut auf ledige Tanten anwenden: M a n v e r h e i r a t e t s i e.«

»Ein schöner Gedanke, eine Notkutsche, deren Pferde die bekannten Namen ›Wenn‹ und ›Aber‹ führen«, wandte Theo lachend ein. »Mit anderen Worten: Wenn Exzellenz zu dem Rezept gleich den nötigen Kandidaten liefern können, wäre die Sache einfach genug. Aber – wird er denn auch wollen?«

»Ja, du liebe Zeit – ohne sanfte Gewalt geht's in dem spanischen Lustspiel auch nicht«, versetzte Frau von Wiesenthal, »Was einen Kandidaten betrifft: Warum hat der Kommerzienrat nicht seine Schwägerin geheiratet?«

»Ja, warum?« wiederholte Theo. »Ich denke mir, weil er ein so bescheidener Mann ist und es ihm widerstrebte, die g a n z e Gan-Erbschaft seinen Reichtümern beizufügen.«

Die Oberhofmeisterin quietschte tatsächlich vor Vergnügen.

»Sie sind einfach köstlich!« versicherte sie mit einem geradezu zärtlichen Blick auf Theo. »Schön«, fuhr sie dann mit dem Übermut einer Jungen fort, »ich werde mich mal nach einem Kandidaten umsehen, falls die Gefühle der Humanität mich nicht in letzter Stunde davon zurückhalten. Der arme Mensch kann einem ja schon jetzt leid tun, ohne daß man ihn kennt, Wie wär's übrigens mit einer – Kandidatin? Ich meine, wenn Sie zum Beispiel den Alten heirateten, so wäre das ein ganz vorzügliches Rezept –«

»Herrschaft!« rief Theo entsetzt aus. Dann aber lachte sie hellauf, weil ein ganz toller Gedanke ihr durch den Kopf schoß, der wahrscheinlich telepathische Eigenschaften besaß; denn die alte Tante neigte sich bis dicht an ihr Ohr und flüsterte mit funkelnden Augen:

»Sie brauchen ja nur so zu tun, als ob –! Wie ich aus dem Gesicht von Papa Reudnitz schloß, als die Tante Sie vorhin so geschmackvoll attackierte, käme ihm selbst ein wirksames Rezept gegen seine liebe Schwägerin sicher nicht ungelegen; es fragt sich nur, wie's ihm am besten beizubringen wäre und ob der gute Mann Talent hat, eine kleine Komödie zu spielen. Natürlich müßte ihm das gestochen werden. Ich bin sehr geeignet dazu, den Leuten etwas zu stechen. Ja, und eh' ich's vergesse: Für den Fall, daß Ihnen der Boden in Amönenhof doch am Ende einmal etwas zu heiß werden sollte, so vergessen Sie nicht, daß Mutter Wiesenthal ein sehr nettes Gaststübchen hat. So, liebes Kind«, fuhr sie laut fort, »jetzt gehen Sie nur hübsch wieder zur Jugend zurück, der ich Sie lange genug entzogen habe. Karl Mühling, wie wär's, wenn Sie für mich das Anspannen bestellten? Schön, wie dieser Abend in so angenehmer Gesellschaft ist, wird's doch so Zeit für mich, ins Bett zu kriechen. Vorher aber will ich mir noch ein wenig im Garten die Beine vertreten bei dem schönen Mondschein. Ich schwärme für Mondschein in reiner Landluft. Sie auch, Herr Kommerzienrat? Na, dann geben Sie mir Ihren Arm und führen Sie mich altes Fossil spazieren, bis der Wagen kommt. Ich bitte die Herrschaften, meinen Aufbruch nicht etwa als Signal zu betrachten, wenn Sie den guten Mühling nicht unglücklich machen wollen. Und Sie«, tuschelte sie dem Hausherrn im Vorübergehen zu, »Sie können dem Kutscher sagen, daß er sich nicht zu beeilen braucht. Ich möchte den Reudnitz mal eben noch wegen – hm – wegen einer alten Aktie ausfragen.«

Mühling war schon im Begriffe, damit herauszuplatzen, daß Reudnitz doch kein Finanzmann sei, aber die Exzellenz schritt schon an seinem Arm die Treppe hinab, und schließlich war's ja auch nicht ausgeschlossen, daß der Kommerzienrat auch in solchen Sachen Bescheid wußte. Ein bißchen wunderte sich der Gutsherr von Steinau aber doch; denn seine alte Freundin gehörte nicht zu der Sorte, die jeden Geschäftsmann gleich in ihren eigenen Angelegenheiten anzapft, um einen Vorteil für sich herauszuschinden, und was für eine alte Aktie sie meinen konnte, war ihm erst recht schleierhaft, da er seit Jahren ihr Ratgeber in Vermögensangelegenheiten war und sowohl ihre Vorliebe für solide Pfandbriefe wie ihre Abneigung gegen Aktien kannte, von denen sie seines Wissens auch gar keine besaß.

Der Spaziergang im Mondenschein mit Reudnitz zog sich wirklich etwas in die Länge, weil der Wagen unbegreiflich mit dem Vorfahren zögerte, und als die Oberhofmeisterin dann glücklich abgefahren war, machte Reudnitz, zur Gesellschaft zurückgekehrt, nach Mühlings Beobachtung »so'n komisches Gesicht«, als ob das Gespräch über die alte Aktie ihm zu denken gegeben hätte.

Theo ihrerseits fing einen Blick des alten Herrn auf, mit dem er sie, nicht unfreundlich, aber doch so merkwürdig ansah, daß es ihr siedend heiß wurde; der Gedanke: »Sie wird ihm den dummen Spaß doch nicht gar gestochen haben?«, flößte ihr erhebliches Unbehagen ein. »Aber nein«, überlegte sie fast gleichzeitig, »das war ja ausgeschlossen, daß eine alte würdige Oberhofmeisterin a.D., Exzellenz, sich zu solch einem Backfischstreiche hergeben konnte.« Das hatte Frau von Wiesenthal selbstverständlich umgangen; denn sie war eine sehr kluge Dame, die es meisterlich verstand, mit Worten zu spielen und anderen ihre eigenen Gedanken einzureden, ohne daß sie es merkten.

Theo war neben Mühling gestanden, als die alte Exzellenz ihm im Vorübergehen jene Worte zuflüsterte, die ihm so unverständlich waren, und konnte gar nicht umhin, sie auch zu hören, um so mehr, als die alte Dame sie dabei angeschaut und ein Auge dabei zugekniffen hatte. Sie hatte also gleich verstanden, was; oder vielmehr, wer mit der »alten Aktie« gemeint war. Dann hatte sie jedoch in dem allgemeinen Gespräch, in das sie geflissentlich von allen Gästen hineingezogen wurde, darauf vergessen, bis der sonderbare Blick des Kommerzienrats ihr die Sache wieder ins Gedächtnis gebracht hatte. Doch der Augenblick des Unbehagens verging in der kurzen Erwägung über die Unmöglichkeit dieses tollen Gedankens.

Es war reichlich spät geworden, als der allgemeine Aufbruch stattfand, da Mühling einer jener Gastgeber war, die ihre Gäste nicht so rasch wieder ziehen lassen. Der Weg im Auto von Steinau nach Amönenhof war kurz genug; während dieser Zeit hatte Reudnitz sehr angeregt von dem netten Abend geschwärmt, Sabine hatte begeistert zu allem Ja gesagt, Cordula nur einige abfällige Kritiken über Verpflegung und Gäste eingestreut, und ehe es auffallen konnte, daß Theo sich sehr schweigsam verhielt, war man schon daheim angelangt.

Droben im Vestibül sagte man sich »Gute Nacht«, das heißt, Cordula verteilte diesen Wunsch im Stil einer Privatcour, und als an Theo die Reihe war, bekam sie ihr Teil in besonders gnädiger Weise mit dem Zusatz:

»Welch reizendes Täschchen Sie da haben, liebes Fräulein! Ich habe eine Schwäche für diese Sachen, und es fiel mir gleich auf, als Sie's bei Tisch neben Ihren Teller legten. Darf ich es einmal näher anschauen?«

Theo, die schon längst bereut hatte, das Täschchen in der Zerstreuung mitgenommen zu haben, denn es war wirklich ein sehr auffallender Gegenstand, zögerte einen Augenblick, konnte aber nicht gut anders, als es Cordula hinzureichen, die es von allen Seiten eingehend betrachtete.

»Ist es echt?« fragte sie, honigsüß lächelnd. »Man möchte fast darauf schwören, daß die Maschen von purem Golde, die Steine wirkliche Edelsteine sind!«

»Ich kann es wirklich nicht sagen. Die Tasche ist ein Geschenk, und – einem geschenkten Gaul darf man bekanntlich nicht ins Maul sehen«, erwiderte Theo lachend, indem sie die Tasche wieder Empfang nahm.

»Oh, ein Geschenk!« machte Cordula gedehnt. »Da ist es wohl die Chiffre des Gebers, dieses mit einer Fürstenkrone gekrönte ›E‹ auf dem Bügel, wie?«

»Ist das eine Fürstenkrone?« fragte Theo mit gut gespieltem Erstaunen. »Sie ist jedenfalls sehr hübsch, nicht wahr?«

»Sehr!« bestätigte Cordula trocken. »Danach scheinen Sie auch zu den Leuten zu gehören, welche die Bedeutung der Kronen und ihre Formen nicht kennen. Eine Dame meiner Bekanntschaft ließ sich ihr Monogramm mit einer Grafenkrone in ihre Taschentücher sticken, und darüber befragt, warum sie sich dieses Attributes bediene, das ihr doch gar nicht zuständе, meinte sie ganz naiv: ›Oh, weil es doch so hübsch aussieht und so hübsch putzt.‹ Vielleicht war der Spender – oder war es eine Spenderin? – Ihrer Tasche auch dieser Meinung?!«

»Das kann schon sein. Die Krone sieht auch wirklich sehr hübsch und reich aus«, erwiderte Theo, das Täschchen mit schiefem Kopfe betrachtend.

»Na, Kinder, wollen wir ewig hier stehen?« rief Reudnitz ungeduldig aus. »Es ist schon recht spät, und zu heraldischen Belehrungen ist morgen auch noch ein Tag!«

Man hatte sich aber kaum getrennt, und Theo war kaum mit einem innerlichen: »Gott sei Dank, das wäre auch überstanden!« in ihr Zimmer getreten, als auch schon Sabine zu ihr hereinhuschte.

»Ach, Liebste, du bist gewiß sehr müde, und ich eigentlich auch; aber ich muß dir wirklich noch etwas sagen«, rief sie mit so flehenden Augen, daß Theo nur freundlich versichern konnte: »Na, wenn du schon mußt, denn man tau!«

»Ach, mir ist das Herz so voll, daß ich doch nicht hätte schlafen können, ehe ich nicht deine Ansicht gehört habe«, sagte Sabine so vertrauensvoll, daß es Theo wirklich rührte. »Denk dir nur, Herr von Willig, der mich heute nach dem Essen im Garten ganz unversehens auf den hübschen, stillen Weg führte, auf dem wir uns dann trafen, hat solch sonderbare Fragen an mich gestellt. Nämlich ob ich glaubte, daß er zu alt zum Heiraten sei – so eine Idee, nicht? – und ob ich es für sehr unbescheiden halten würde, wenn er einem jungen Mädchen Herz und Hand zu Füßen legen würde, zum Beispiel einem Mädchen meines Alters – daß der Johannistrieb bei einem Manne eigentlich das Wahre sei und wie ich darüber dächte – – ach, Theo, mir fing das Herz dabei an, so schrecklich zu schlagen, daß ich kaum antworten konnte!«

»Aber du hast es dann doch gekonnt, gelt?« fragte Theo freundlich.

»J–a. Ich sagte natürlich, daß es komisch wäre, ihn von seinem Alter reden zu hören, daß jedes junge Mädchen sich von seiner Werbung sehr beglückt und geehrt fühlen würde und daß ich speziell den Johannistrieb für etwas ganz Wunderschönes betrachtete – – ja, was ist denn das eigentlich, ›der Johannistrieb beim Manne‹, liebste Theo? Ich weiß schon, wenn die Bäume um Johanni noch einmal ausschlagen, dann nennt man das wohl so, und so hab' ich's auch gemeint, weil ich's wirklich wunderschön finde, wenn die hellgrünen, jungen Triebe zwischen den dunkelgrünen Blättern stehen –«

»Herr von Willig hat sich einer Allegorie bedient«, fiel Theo belustigt ein. »Siehst du, Sabinchen, in den Herzen mancher Menschen bleibt aber noch oft ein Stückchen von dem Frühling der Jugend zurück, und wenn die rechte Sonne darauf scheint, dann fängt's noch einmal an zu sprießen und frisches Grün zu treiben – gerad' wie um Johanni viele Bäume. Und das nennt man dann beim Menschen den Johannistrieb.«

»So also war's gemeint!« rief Sabine begeistert. »Ich wagte nicht, Herrn von Willig zu fragen, und antwortete ihm dem buchstäblichen Sinne nach – – nun, ich hätte auch nicht anders antworten können, wenn ich gewußt hätte, daß er eine Allegorie meinte. Ach, Theo, liebe Theo, glaubst du, daß er mich mit dem jungen Mädchen meines Alters gemeint hat?«

»Na, schwer ist das nicht zu erraten, du liebes, kleines Schäfchen«, erwiderte Theo lachend. »Sollte es Herr von Willig nicht noch etwas deutlicher ausgedrückt haben?«

»Ich – ich weiß es nicht«, stotterte Sabine mit solch glückseligem Gesichtchen, daß sie wirklich bildhübsch aussah. »Er – mir war's, als ob er mich um die Taille gefaßt hätte – fassen wollte – – oder war's nur so ein Gefühl von mir – – wir bogen gerad um die Ecke und sahen dich vor uns stehen, dich und noch jemand – mir ist's, als sei's Graf Zimburg gewesen,«

»Ich glaube, ja«, sagte Theo zerstreut, denn es fiel ihr ein, daß diese fatale Ecke zwischen die Schicksalsstunde von vier Menschen getreten war. Sabine mußte aber, trotz ihres vollen Herzens, über diese Antwort lachen.

»Ich glaube, ja!« wiederholte sie, »Eindruck scheint Graf Zimburg danach nicht auf dich gemacht zu haben. Ich, an deiner Stelle, hätte es sicher ganz genau gewußt, ob Herr von Willig neben mir gestanden hätte oder ein anderer.«

Nun mußte auch Theo über das kurzsichtige kleine Wesen lachen, indem sie hoffte, daß auch der Kammerherr seine Augen anderswo gehabt, als er um die bewußte Ecke bog.

»Nun mach aber, daß du ins Bett kommst«, rief sie, Sabine nach der Tür schiebend. »Süße Träume brauche ich dir ja nicht erst zu wünschen, wie?«

»Nein, wirklich nicht«, gestand Sabine naiv. »Ich meine überhaupt schon zu träumen. Ist es nicht wunderbar, daß ein Mann wie Herr von Willig so ein dummes Mädel, wie ich es bin, überhaupt beachtet? Er, der so reif, in allem so abgerundet ist –«

»Ja, ja – abgerundet ist er wirklich! Darüber ist gar kein Zweifel!« bestätigte Theo mit schlecht verbissenem Lachen, gab Sabine, um es zu verbergen, einen Kuß und machte rasch die Tür hinter ihr zu. Und dann lag sie noch lange wach in ihrem Bette; aber als der Schlaf sie endlich heimsuchte, brachte er ihr keine »süßen Träume« um bei der strikten Wahrheit zu bleiben; aber dafür kam er zu einem Herzen, das durch den Sturm einer nachsichtslosen Selbstprüfung in den Hafen der Ruhe eingelaufen war.

## 8. Kapitel

Die Glocke auf dem Türmchen, das den mittelsten Giebel des Amönenhofs überragte, hatte am folgenden Morgen noch nicht halb sechs geschlagen, da stand Leo Zimburg schon an der Lattenpforte des Grenzgitters am See und beobachtete unverwandt den Pfad, der von der Ulmenallee dorthin führte. Da es ein ganz anständiger Marsch vom Steinauer Herrenhause durch den Wald bis zu dieser Stelle war, mußte er schon rechtzeitig aufgestanden sein, aber seine Augen verrieten nach der kurzen Nachtruhe keine Ermüdung. Sie waren im Gegenteil so munter, so voll Erwartung, als läge eine prachtvoll durchschlafene Nacht hinter ihm. Die guten Vorsätze, die er gestern nach Mühlings freundschaftlichem, wenn vielleicht auch nicht ganz uninteressiertem Rat gefaßt hatte, waren wie Rauch aus dem Schornstein davongeflogen. Denn des Lebens Weisheit, beziehungsweise die kühle Überlegung hatte seiner Natur noch nicht die gemäßigte Temperatur zu verleihen vermocht, die bei anderen seines Alters – ob zu ihrem Glück, sei dahingestellt – oft genug die entscheidende Rolle spielt. Er war vom Leben tüchtig durchgerüttelt worden, hatte das Gefühl pflichtgemäß gebucht und die Kladde dann endgültig zugeklappt, als die Sonne wieder in seiner unmittelbaren Nähe aufging und ihn dermaßen mit ihren siegenden Strahlen durchwärmte, daß das süße Wort »Vielleicht« ihm fast wie Gewißheit schien. Das bißchen Reue, das ihm wohl von fern kam, weil er sich von seinem Herzen hatte hinreißen lassen, war kaum der Rede wert und wurde überdies von dem Jubel in seiner Seele vollständig überstimmt; denn daß Theo ihm überhaupt Zeit und Ort angegeben hatte, wo sie ihm ihre Antwort geben wollte, dünkte ihn als ein Zeichen, daß seine Sache keine aussichtslose sei. Daß er den Kammerherrn mitsamt dem »kleinen Reudnitz-Mädel«, die ausgerechnet im entscheidenden Augenblick »angelatscht« kommen mußten »zum Kuckuck und seiner ganzen buckligen Verwandtschaft« gewünscht hatte, darüber machte er sich keine Vorwürfe; trotzdem hatte er natürlich keine Ahnung, daß der Kammerherr ihn und Theo auch viel lieber in Jericho gesehen hätte. Womit beide Teile quitt waren. –

Endlich schlug es vom Amönenhof halb sechs, und bald darauf sah Zimburgs geschärftes Auge ein blaues Leinenkleid und eine goldene Haarkrone durch die Büsche leuchten. Theo war rasch gegangen, aber wohl nicht allein die schnelle Bewegung hatte das Rot ihrer Wangen so vertieft, als sie jetzt vor das Gatter trat, die Hände auf dem Rücken, in den Augen ein Licht, das er sich im ersten Augenblick nicht zu deuten wußte.

»Herr Graf«, begann sie ohne Gruß, ohne Umschweife, »ich bin tief beschämt, daß ich gestern abend so unüberlegt war, Ihnen einen neutralen Ort zu einer Zusammenkunft zu nennen; noch dazu zu einer Stunde, die doch reichlich ungewöhnlich ist. Ich wählte sie einzig nur darum, um vor einem Dazwischentreten anderer sicher zu sein; denn im Grunde lag ja doch eine direkte Veranlassung dazu nicht vor. Aber die Reue kam leider zu spät –. Ich hätte es gern rückgängig gemacht, als ich mir klar darüber wurde, was ich getan hatte.«

»Gott sei Dank!« fiel er inbrünstig ein. »Fräulein Zöllner, Ihre Selbstanklage macht Sie mir nur noch achtbarer und – ja – liebenswerter, um so mehr, als mir selbst nicht der leiseste Gedanke an das gekommen ist, was Sie sich glauben vorwerfen zu müssen. Die direkte Veranlassung aber, Sie unter vier Augen zu sprechen, ist nicht nur vorhanden – sie ist Lebensfrage für mich. Fräulein Zöllner – Theo, Sie sind doch nicht etwa nur gekommen, um mir zu sagen, daß Sie eigentlich nicht hätten kommen sollen – daß Sie bereut haben, mir die Möglichkeit zu geben, das noch zu sagen, was gestern abend unausgesprochen bleiben mußte? Sie werden doch nicht zurücknehmen oder einschränken wollen, was Sie mir auf meine Bitte um Rat antworteten? Sie wissen schon: des Mädchens wegen, das ich so sehr liebe, so gern als meine Gattin, Gefährtin und treue Kameradin in die neue Heimat mitnehmen möchte?«

»Nein, ich will nichts zurücknehmen, nichts einschränken. Wie könnte ich das wohl, da ich doch aus vollster Überzeugung gesprochen habe. Ich bin ja keine Wetterfahne«, sagte Theo, ohne ihre Stellung zu verändern.

»Und Sie werden es auch nicht tun, nachdem Sie nun wissen, daß Sie selbst dieses Mädchen sind?«

»Gewiß nicht! Seine Überzeugung kann man als ehrlicher Mensch nicht zurücknehmen!« erwiderte Theo tapfer.

»Hurra!« schrie Zimburg mit seiner kräftigen Stimme in den schönen Morgen hinein, trat ein paar Schritte zurück und sprang dann leicht und sicher über die Lattenpforte hinüber, ehe Theo noch einen Protest einlegen konnte. Ihr »Aber, Graf Zimburg!« kam wesentlich zu spät; denn schon stand er vor ihr und streckte beide Hände aus.

»Ja, wenn das dumme Ding auch zugeschlossen ist!« entschuldigte er seinen schönen Turnersprung. »Ich kann doch nicht wie ein hungriger Löwe hinter dem Gatter dort stehenbleiben, wenn Sie mir sagen –«

»Nichts habe ich gesagt, als daß ich bei meiner Überzeugung bleibe«, fiel sie streng ein. »Daraus folgt doch noch nicht, daß ich – daß Sie – – mit einem Worte, es gehören zwei dazu, damit es klappt.«

»Eben deswegen bin ich ja herübergesprungen«, behauptete er. »Wie soll denn solch eine Sache klappen, wenn ein Gattertor zwischen den Zweien liegt? Also bin ich der eine – ich fange mit mir an, weil ich's weiß. Sogenannte Vernunftgründe nützen nichts dagegen. Es ist so, und damit basta! Das stand schon bombenfest, als ich Sie zum erstenmal da drüben in meiner ehemaligen Bude gesehen hatte. Ich glaubte nicht, daß Sie und ich damals ein Wort gewechselt haben; aber was Sie nicht aussprachen, das habe ich in Ihren Augen gelesen, dieses wunderbar wohltuende Verstehen. Nachdem ich Sie zum zweitenmal gesehen und mit Ihnen gesprochen hatte, da wußte ich's: Sie waren mir zu heilig, um Ihren Namen vor Mühling und Bergfried auch nur zu nennen, und als ich Sie zum drittenmal hier auf dieser Stelle sah, da wußte ich auch, warum Sie mir so heilig waren. Und meine ganze Unglücksgeschichte habe ich Ihnen nur darum erzählt, damit Sie wußten, was für'n Kerl ich bin. Und wie ich im schönsten Zuge bin, muß dieser Unglücksspatz ›Theo, Theo‹ dazwischen piepsen! Na, vielleicht war's ganz gut; denn ich bin dann in mich gegangen und habe mich gefragt, ob ich auch das Recht hätte, Ihnen mit meinem ganzen, vollen, von großer, großer Liebe übervollen Herzen solch eine unsichere Zukunft in einem fremden Land mit ganz unbekannten Verhältnissen zu bieten. Da, gestern, als ich Sie zum viertenmal sah, kam mir der Gedanke, die Beantwortung dieser Frage in Ihre eigenen Hände zu legen, und heut noch bin ich mächtig stolz auf diesen Ausweg aus meinem Dilemma. Und natürlich: gerade wie ich es aussprechen will, daß Sie das Mädchen sind, von dem ich Ihnen erzählt, kommt der Unglücksspatz wieder angehupft! Aber das weiß ich: Kommt sie noch ein drittes Mal, ehe ich meine Antwort habe, dann drehe ich ihr den Jammerhals um und werfe sie in den See, oder es geschieht sonst was Gräßliches! Wenn Sie das also verhüten wollen –«

»Nein, dieser Mensch wird noch so lange reden und den Teufel an die Wand malen, bis er wirklich da ist!« unterbrach ihn Theo lachend, während ein paar schwere Tränen großer Rührung unbewußt, ungeachtet über ihre rot und blaß werdenden Wangen rollten. »Können Sie den Spatz nicht endlich vergessen und bei der Sache bleiben? Und mich endlich auch mal reden lassen? Denn was nutzt es denn, daß ich schweige, wenn ich nun doch einmal sagen muß, daß ich – daß ich steif und fest geglaubt habe, Sie meinten eine andere als mich, und es mir dabei so schrecklich, schrecklich weh ums Herz wurde und so finster um mich her. Mir ist's ja gerad' so gegangen wie Ihnen. Gewiß hab ich's erst gestern abend gewußt, als Sie mich wegen des Mädchens befragten, und wie Sie mir dann sagten, daß ich's sei, da wußte ich mit einem Male, daß ich nicht nur in der Theorie, nein, wirklich und wahrhaftig nicht nur nach Australien gehen könnte, sondern sogar bis –«

Die nähere geographische Angabe dieses »bis« hielt Leo Zimburg offenbar für überflüssig, und ein Schmaltier, das jenseits des Drahtzaunes aus dem Walde trat, äugte neugierig herüber und legte sich wohl verwundert die berühmte Frage des epischen Charakterkaters Hiddigeigei vor: »Warum küssen sich die Menschen?« Da es aber anscheinend keine Zeit hatte, den Schluß dieses sonderbaren Verfahrens abzuwarten, so wechselte es über die Waldblöße hinüber durch das Unterholz gen Osten, und das Rascheln in den Büschen schreckte die zwei seligen Menschen aus ihrem Selbstvergessen auf.

Und die Uhr im Amönenhof schlug dreiviertel auf sechs.

»Gott bewahre – wie die Zeit vergeht!« stellte Theo fest. »Und in dieser elenden kleinen Viertelstunde haben wir uns verlobt! Verlobt! Ach, was ist die Welt doch so schön. Aber, Leo, wir müssen es noch geheimhalten, so lange, bis ich hier nicht mehr gebunden bin. Verstehst du?«

»Mangelhaft«, behauptete er. »Heirat löst jeden Vertrag, sollte ich meinen, auch wenn du dich für eine bestimmte Zeit hier verpflichtet hättest.«

»Ich bin hier überhaupt nur in Stellvertretung für eine erkrankte Freundin eingesprungen. Aber für mich ist's Ehrensache, verstehst du, an ihrer Stelle hier auszuhalten, bis sie selbst so weit ist, sie zu übernehmen. Die Stellung ist nämlich einfach eine Lebensfrage für sie. Also –«

»Das ist ja alles ganz gut und schön, und ich wäre der letzte, dich solch einer Liebes- und Freundschaftspflicht abwendig zu machen; aber – ja, wie lange soll denn diese Stellvertretung noch dauern?«

»Ich fürchte, es kann sich noch ein paar Monate hinziehen.«

»Und ich dachte im Herbst, spätestens im Oktober nach Australien abzureisen. Bis dahin will Mühling mich durchaus in Steinau festhalten, dem zuzustimmen mir jetzt natürlich nicht mehr schwer werden dürfte, wie du dir denken kannst. Ich fürchte nur, daß sich bei der Nähe unsere Verlobung nicht wird geheimhalten lassen, und sehe auch eigentlich die Notwendigkeit dafür nicht recht ein.«

»Aber Leo! Das ist doch klar! Die Leute im Amönenhof werden sich für eine Gesellschafterin bedanken, deren offiziell Verlobter jeden Tag angeschwänzelt kommt und sie von ihren Pflichten abzieht! Wenigstens würden sie das annehmen, und vielleicht nicht einmal mit Unrecht! Das Ende vom Liede würde sein, daß man mir erklärte, so ginge die Geschichte denn doch nicht weiter. Ich müßte dann den Wink verstehen, meine Koffer packen und damit meiner armen Freundin die Stelle verscherzen. Das will ich aber nicht. Selbst wenn der gute Kommerzienrat ein Auge zudrückte, so würde die Tante diese Gelegenheit mit Wonne benützen, um mich regelrecht vor die Tür zu setzen. Begreifst du's nun?«

»Ich muß wohl. Ja, eigentlich hast du recht«, gab Zimburg zögernd zu. »Aber, zum Kuckuck, was wird denn aus mir? Soll ich in Steinau sitzen und wie eine Spinne auf die seltene Gelegenheit lauern, daß Mühling mich gelegentlich eines Besuches im Amönenhof mitnimmt, nur damit ich dich mal zu sehen bekomme? So hübsch von weitem? Das kann kein Mensch von mir verlangen!«

»So? Bin ich etwa nicht auch in derselben Lage?« fragte Theo beleidigt, was aber nur zur Folge hatte, daß diesmal sich die Vögel die Frage des Katers Hiddigeigei vorlegen konnten.

»Ich gehe jeden Morgen so früh wie heute spazieren«, bemerkte Theo.

»Und wenn's regnet?« erkundigte er sich. »Seit vierzehn Tagen haben wir jetzt dies herrliche Wetter; seit gestern fällt das Barometer, und Mühling prophezeit eine ausgiebige Regenperiode. Und da würde doch diese unsere frühe Spazierwut sehr auffallen.«

»Darin hast du recht«, erwiderte Theo kleinlaut. »Ich fürchte sogar, du hast auch darin recht, daß die Sache mit ihrer Heimlichkeit auf die Dauer unhaltbar ist –«

»Hurra! Ich habe eine Braut, die etwas einsieht –!«

»Na, warte nur, du wirst schon noch andere Tugenden bei mir entdecken! Aber Scherz beiseite – habe nur ein paar Tage, eine Woche noch Geduld, bis ich mit der diplomatischen Begabung, deren ich mich rühme, das Gelände ausgekundschaftet habe.«

»Es muß wohl recht sein, da du dich durch deine Stellvertretung gebunden fühlst. Davor muß mein jüngeres Recht gewiß zurücktreten; das erkenne ich an und freue mich, daß dir die Pflicht über alles geht. Verzeih', daß mein Egoismus mich verleiten wollte, dich davon abgängig zu machen – wär mir's gelungen, so hätte ich bei näherer Erwägung einen kleinen Fehler in deinem für mich so strahlenden Bilde finden müssen. So aber verheißt dein unbestechliches Pflichtgefühl mir eine um so schönere und reichere Zukunft.«

»Leo, du mußt mich nicht so sehr loben! Ich bin auch nur ein Mensch mit vielen, vielen Fehlern«, murmelte Theo ganz rot vor Freude und Beschämung. »Wer weiß, ob du nicht noch einmal von deiner guten Meinung über mich wirst zurücknehmen müssen. Sieh, du hast mich ja ganz auf Treu' und Glauben mit deiner Liebe beglückt und weißt doch gar nichts über mein Leben, meine Herkunft – genau, wie Fräulein von Ganting es gestern abend aller Welt zu wissen tat!«

»Lieber Himmel, was brauche ich denn davon auch groß zu wissen?« fiel er herzlich, ja heiter ein. »Dein Leben lese ich in deinen Augen, Lieb! Wer so reine, treue, klare Augen hat wie du, dessen Leben trübt kein Makel. Irrtümer zu begehen, ist Menschenlos – davon ist keiner frei.«

»Nein, leider nicht!« sagte sie seufzend. »Ich war nahe daran einen großen Irrtum zu begehen, einem Manne meine Hand zu reichen, der mir mal sehr imponiert hat. Aber ich hatte Gelegenheit, ihn über die Ehrlichkeit seiner Gefühle auf die Probe zu stellen, und fand, daß er ein kalter Egoist war, und sah zu meiner Erleichterung ein, daß es nicht Liebe war, die mich zu ihm hingezogen hatte. Die Liebe hast du mich erst kennen gelehrt. Das ist alles, was ich dir über mein Leben zu beichten habe.«

»Lieber Gott – wenn's weiter nichts ist!« versetzte Zimburg lachend und gerührt zugleich. »Ich war in meinem Leben mehr als einmal, was man ›verschossen‹ nennt; aber mein Herz ist kein Bummelzug, der vor der Station jedes hübschen Gesichtes anhält. Es hat den Pferden immer mehr gehört als dem schönen Geschlecht; sonst aber habe ich's sauber und rein gehalten, wie hätte ich anders wohl auch gewagt, es dir anzubieten. Womit wohl unsere gegenseitige Beichte erledigt wäre! Nun, und deine Familie – ja, die brauche ich ja gottlob nicht mit zu heiraten. Gesetzt auch, deine Familie bestünde aus lauter schwarzen Schafen – mir genügt das weiße! Und Australien ist ziemlich weit von Europa entfernt. Auch ist es ja nicht schwer zu sehen, daß das Haus, aus dem du stammst, ein gutes, hochgebildetes sein muß, wobei mir übrigens einfällt, daß es ja meine Pflicht ist, bei deinen Angehörigen – Eltern, Bruder oder Vormund – in aller Form anzuhalten.«

»Das bleibt dir erspart«, erwiderte Theo. »Ich bin Waise, bin mündig und habe weder Geschwister noch sonstige Anverwandte. Mein Vater war – war Offizier; meine Mutter habe ich schon als kleines Kind verloren und bin darum schon sehr jung in ein gutes Institut gekommen, das ein Realgymnasium für Mädchen ist. Dort habe ich mein Abitur gemacht, habe aber nicht studiert, weil mein Vater mich daheim brauchte und auch überhaupt dagegen war. Verwandte habe ich, wie gesagt, nicht, nur einen Vetter, aber einen recht weitschichtigen, so daß von einer Verwandtschaft mit ihm eigentlich nicht mehr die Rede sein kann –«

»Macht nichts, wir laden ihn zur Hochzeit ein, nicht wahr?« »Ganz bestimmt wird er zu unserer Hochzeit eingeladen«, lachte Theo. »Ich kenne ihn zwar erst seit sehr kurzer Zeit, aber ich denke, er wird mit Vergnügen dabei sein. Doch nun muß ich machen, daß ich in den Amönenhof zurückkomme, denn um halb sieben ist Frühstückszeit.«

»Na, dann aber rasch noch einen Kuß, sonst schreit der Spatz wieder Theo und ich kriege keinen«, drängte Zimburg. »Und wann sehen wir uns wieder?«

»Morgen früh zur selben Zeit und an derselben Stelle, wenn's schön ist und nicht regnet, denke ich.«

»Du kannst mir auch postlagernd Steinau schreiben, Chiffre L,Z., damit Mühling nicht etwa Lunte riecht – ja, und dabei fällt mir ein: Mühling will dich auch heiraten. Er hat mir's gestern gesagt.«

»Wie nett von ihm!« lachte Theo. »Wenn er dir's nochmals sagt, dann rate ihm nur dringend ab, hörst du?«

»Werde nicht verfehlen. Wurst wider Wurst, denn er hat mir auch abgeraten, weil ich Patentesel mich bei seinem Bekenntnis auch 'n bissel verraten habe.«

»Was? Er hat dir abgeraten? Warum denn?«

»Na, weil er doch selbst Absichten hat. Klar wie Tinte, nicht? Ich hätte nischt, hat er gesagt, du hättest nischt; aber er könnte sich's leisten.«

»Hat er gesagt? Woher will er denn wissen, daß ich ›nischt habe‹? Erstens könnte ich bei meinem brillanten Gehalt Unsummen auf die hohe Kante gelegt haben, und dann – dann könnte ich doch mal eine nette Erbschaft gemacht haben!«

»Ach du Himmel! Wer sich auf Erbschaften verlassen will, kann mir leid tun.«

»Bitte, deine Namensbase, meine Freundin Theodora Zimburg, war auch ein armes Mädchen und hat seine Erbschaft gemacht, wie sie's ganz und gar nicht erwartet hat, was mich auf die Frage bringt, warum du nicht versucht hast, sie kennenzulernen und sie zu – zu heiraten?«

»Ja, zum Kennenlernen war vor ihrer Erbschaft keine Gelegenheit, namentlich, da ihr Vater auf dem Montecchi-Capuletti-Standpunkt des Zimburger Familienhaders festhielt, und nachher, nachdem sie ein reiches Mädchen geworden, bin ich ihr sorgfältig aus dem Wege gegangen, eben damit sie nicht etwa auf den Gedanken kommen könnte, daß ich ihrem Mammon nachlaufen wollte. Denn in diesem Punkt bin ich sehr kitzlig; lieber würde ich Straßenkehrer werden, ehe ich eine Frau nehme, die mehr hat als ich.«

»Wenn du sie aber sehr, sehr lieb hättest –«

»Ach Theo, das verfluchte Geld ist und bleibt doch immer ein Stein des Anstoßes in solchen Ehen – wenn's nämlich auf der falschen Seite ist. Zum Glück aber brauchen wir uns darüber ja nicht zu streiten; so wie's ist, ist mir's schon lieber.«

»Es ist sehr gut von dir, das zu sagen. Aber wenn du nun den bewußten Schatz fändest –«

»Den hab' ich heute, an diesem schönen Morgen gefunden! Auf den anderen pfeife ich – nolens volens, heißt das; denn in natura könnte sein Erscheinen nichts schaden. Dann könnten wir alle beide auf Australien pfeifen – –«

»Theo! Theo!« klang es in dünnen Tönen von der Ulmenallee herüber.

»Guten Morgen! Wenn man vom Wolfe spricht, kommt er gerennt«, sagte Zimburg ergebungsvoll. »Gut, daß ich meinen Kuß schon weg habe! Das heißt, zu einem langte es schon noch –«

»Es langt nicht mehr, denn ich sehe sie schon in den Seepfad einbiegen«, lachte Theo leise, und Zimburg nahm die Pforte wieder mit einem eleganten Sprunge, während sie Sabine entgegenlief, deren erstes Wort war: »Aber Theo! Wie siehst du denn aus? Du bist ja ganz verrauft!«

»Ich – ich bin an einem Busch hängen geblieben«, sagte Theo, an ihrer Frisur bastelnd. »Ist dein Vater schon unten?« fuhr sie rasch fort, Sabine nach sich ziehend. »Ich glaube, ich werde mich vor dem Frühstück noch einmal frisieren müssen –«

»Vater war noch oben, als ich fortging, aber es muß gleich halb sieben schlagen«, erwiderte Sabine atemlos. »Hast du eigentlich mit jemand gesprochen? Mir war's, als hätte ich eine Männerstimme gehört!«

»Natürlich, weil du an den schönen Bariton Herrn von Willigs gedacht hast«, neckte Theo und erreichte damit auch vollständig ihren Zweck, ohne dabei lügen zu müssen. Sabine fing sofort an, von dem gerühmten Organ zu schwärmen, und wie herrlich es erst beim Singen klingen müßte.

„Das käme auf eine Probe an«, ermunterte Theo. »Herr von Willig singt nämlich tatsächlich, wenn er dazu gereizt wird.«

»Woher weißt du denn das?« fragte Sabine verwundert und ein wenig mißtrauisch.

»Ja, er hat mir's gesagt«, war die beruhigende Antwort. – Für Theo war der ganze lange Tag vom Frühstück an eine der härtesten Prüfungen, die sie in ihrem jungen Leben jemals zu bestehen hatte – ja, sie ging sogar soweit, sich vorzureden, daß ihr Abitur eine wahre ›Zuckerlecke‹ dagegen gewesen sei. Es schwirrte und sauste in ihrem Kopfe, – ein wahres Mühlrad, das ein rauschender Bach von Glück und Seligkeit, Sorgen, Bangen, Gewissensbissen, moralischen Katern und jubelnder Siegesgewißheit um und um trieb. Und dazu keine ruhige Stunde, um etwas Ordnung in das Chaos zu bringen! Ach, und wie notwendig, wie dringend notwendig wäre diese Ordnung gewesen, damit die Bombe nicht eher platzte, als sie es für wünschenswert hielt!

Mit der Verlobung heute früh war sie überrumpelt worden, das heißt, sie war natürlich ganz einig mit sich darüber gewesen, keinem anderen als diesem so unerwartet in ihr Leben getretenen Leo Zimburg ihre Hand zu reichen; aber in ihrer glänzenden Unkenntnis in solchen Dingen hatte sie an längere Präliminarien und Kapitulationsbedingungen gedacht und sich deren Verlauf, sehr genau ausgearbeitet, sorglich zurechtgelegt. Der Sprung über die Lattenpforte hatte aber die ganze Geschichte auf ein anderes Gleis gebracht. Warum mußte dieser schreckliche, liebe Mensch auch gleich wie der »Turner Hoppenstedt« über den Zaun setzen, der doch wahrhaftig hoch genug war, um als eine sichere Verschanzung zu gelten! Und wenn er schon durchaus zeigen mußte, wie hoch ein Bräutigam, der es gern werden will, springen kann, um sein Ziel zu erreichen, so war es doch nicht notwendig, daß man selbst sich dadurch überrumpeln ließ.

Nun, das Unglück war zum Glück aber einmal geschehen; und nun hieß es, sich mit Abstand und Verbeugungen gegen jedermann aus der selbst geschaffenen Zwickmühle herauszulavieren. Aber dazu brauchte man Ruhe zum Überlegen, und die fand Theo den ganzen lieben, langen Tag nicht. Sabinens ständige Nähe war ja nicht gerade sehr beunruhigend, aber es war doch nun einmal Theos Pflicht, das kleine Fräulein zu unterhalten; wenn man den Kopf so voll hat, daß man sich fast bei jedem Satz verspricht, und nicht zeigen darf, daß man so schrecklich weit – bis Steinau auf der Landstraße sechs Kilometer – mit seinen Gedanken von dem ganzen Gepapple entfernt ist! Aber Sabine selbst war heute »hupfig« und merkte in ihrem seligen Egoismus nichts von der Unruhe Theos, die den guten Kammerherrn von Willig schon neunhundertneunzig Klafter tief in den Erdboden gewünscht hatte, weil das ewige Loblied auf ihn ihr nun nachgerade auf die Nerven ging. Damit nicht genug, erschien dieses »höhere Wesen« am Nachmittag in Person, um sich nach dem Befinden zu erkundigen und es durchsickern zu lassen, daß demnächst eine Einladung der höchsten Herrschaften erfolgen würde. Kaum war er erschienen, da kam eine gemeinsame »Familienfuhre« in Gestalt eines sogenannten »Kaluders« mit dem Präsidenten und dem Amtsgerichtsrat nebst deren Gattinnen zum Gegenbesuch vorgefahren, dem auch der Assessor sich angeschlossen hatte; und wie auf Verabredung hatte auch die Oberhofmeisterin den schönen Tag gewählt, um in einem kleinen, ganz netten Einspännercoupé, das sie in Miete hatte, ihren Besuch abzustatten.

Und als schließlich auch Mühling noch zu Pferd erschien, um sich zu erkundigen, wie den Herrschaften der gestrige Abend bekommen sei, wurde auch dies als freundnachbarliche Aufmerksamkeit herzlich begrüßt. Auf dem Lande läßt man Besuche, selbst wenn sie nur zu einer »Staatsvisite« kommen, nicht ungespeist und ungetränkt wieder heimfahren; darum wurde auch im Amönenhof der Teetisch mit jedem der neu Angekommenen verlängert, dem sich schließlich, bevor der Heimweg angetreten wurde, der übliche Gang durch den Garten anschloß. Daß der Kammerherr dabei wie von ungefähr an Sabinens Seite geriet und mit ihr in einen der von hohen Taxushecken umsäumten, schmalen Wege des holländischen Gartens verduftete, stellte Theo belustigt fest. Die Oberhofmeisterin hatte sich in ihren Arm gehängt, ohne zu sehen – oder wenigstens tat sie doch so, als sähe sie es nicht – daß Mühling darüber ein wütendes Gesicht machte, worauf er, nachdem er eine Weile tapfer standgehalten, abfiel und sich unter die andere Gesellschaft mischte.

»Der hat mich eben auch zum Kuckuck gewünscht«, kicherte die alte Dame. »Lieb, wie wir uns sonst haben, – na, Sie kennen ja den schönen Leberreim:

> ›Die Leber ist von einem Hecht,
> und nicht von einem Biber –
> die alten Damen schätz ich sehr,
> die jungen sind mir lieber!‹

Mein alter Mühling-Karl ist nicht übel verschossen in Sie; das sieht ein Blinder ohne Brille.«

»Wenn's ihm nur Spaß macht!«

»Na, na, nur nicht mit dem Feuer spielen! Altes Holz brennt leichter als grünes! Aber ich schätze, Sie sind nicht von der Sorte, die mutwillig mit Zündhölzern umgeht – wie ich gehört habe. Von wem werden Sie sich schon denken können. Außerdem habe ich so was läuten gehört, daß Sie sich der hohen Diplomatie zuzuwenden gedächten. Eh?«

»Das war ein falsches Geläut, Exzellenz«, erwiderte Theo ärgerlich. »Die hohe Diplomatie hat ihren ganzen Reiz für mich verloren.«

»So! So!« machte die Oberhofmeisterin stehenbleibend, um eine Prise zu nehmen. »Hat sie das? Damit stiegen allerdings die Steinauer Aktien stark im Wert.«

»Warum nicht gar!« lachte Theo wider Willen. »Da Exzellenz aber so befreundet mit Herrn von Mühling sind, so könnten Sie ihm bei Gelegenheit ja mal klarmachen, daß ich ihn sehr nett finde und daß Steinau mir sehr gut gefallen hat, daß es durchaus nicht ausgeschlossen wäre, wenn ich ihn dort später mal mit – mit meinem Mann zu einem Hausbesuch überfallen würde.«

»Daß dich das Mäuslein beißt!« rief Exzellenz aus. »Läuft der Hase so? Hören Sie mal, Kind«, setzte sie ernstlich besorgt hinzu, »Sie werden sich doch nicht etwa meinen dummen Spaß mit dem alten Kommerzienrat – potztausend! Da ist mir ja eben ein dicker Regentropfen auf meine klassische Nase gefallen! Wo kommt denn der her?«

Er kam natürlich aus einer schwarzen Wolke, die sich unbeachtet hinter den Bäumen von Westen her emporgewälzt hatte und nach diesem ersten Warnungszeichen umgehend eine ergiebige Ladung himmlischen Wassers wie aus einer Gießkanne über den Amönenhof ausschüttete. Lachend und schimpfend stob die ganze Gesellschaft zurück unter das schützende Dach, und da der Regen sobald nicht aufzuhören versprach, so war es Pflicht der Gastfreundschaft, die Wagen zum Ausspannen fortzuschicken und ein Abendbrot für die Besucher zu improvisieren, so daß es mit dem Aufbruch nun gar keine Eile mehr hatte.

Als die Gäste endlich aufbrachen, hatte der Regen zwar längst aufgehört, aber der Himmel war bewölkt und sternenlos, und eine drohende Schwüle lag schwer wie Blei über der in tiefe, dunkle Nacht gehüllten Erde, als die Wagen abfuhren und der lange, unerträgliche lange Tag für Theo ein Ende nahm.

»Bist du sehr müde?« fragte Sabine schüchtern beim Gutenacht vor ihrer Tür. »Ich habe dir nämlich schrecklich viel zu erzählen.«

»Sei lieb und erzähl' mir's morgen«, bat Theo. »Ich habe solche Kopfschmerzen, daß ich kaum mehr sehen und stehen kann. Das macht wohl die Gewitterluft.«

»Du Ärmste! Soll ich dir nicht Aspirin aus Vaters Hausapotheke holen?« fragte Sabine, wirklich herzlich besorgt. »Nein? Ich täte es aber liebend gern – also gute Nacht denn, und gute Besserung, und nur noch in Eile ein großes Geheimnis: Er liebt mich! Er hat mir's gesagt! O Gott, und was wird Vater dazu sagen – und Tantchen erst!«

Theo war aber heute nicht mehr in der Verfassung, Vermutungen darüber anzustellen. Sie umarmte Sabine nur mit einem kurzen herzlichen Glückwunsch und verschwand in ihrem Zimmer, wo sie sich zur größeren Sicherheit gegen jedes weitere Mitteilungsbedürfnis Sabinens sofort zu Bett begab und das Licht auslöschte. Nun wollte und konnte sie ungestört über alles das nachdenken, was sie bewegte und beunruhigte; aber kaum lag sie in den Kissen, als ihre Gedanken kraus durcheinanderliefen, und in weniger als einer Minute war sie fest eingeschlafen.

Und nun hatte sie einen Traum, Sie sah sich selbst mit Leo Zimburg unten im großen Saale auf und ab wandeln; er hatte den rechten Arm um ihre Schulter gelegt und sprach leise mit ihr – was, konnte sie nicht verstehen. Dann hielten sie vor dem Bilde der Gräfin Amöne an, und er deutete mit der linken Hand darauf; aber es war mit einemmal, wie das so im Traum zuzugehen pflegt, nicht seine wohlgeformte, braungebrannte und kräftige Hand, sondern eine lange, schmale, weiße Männerhand mit einem Siegelringe auf dem Zeigefinger. Sie hätte später im Wachen diesen Ring noch malen können: Ein schwerer, goldener, reichornamentierter Ring war's, mit einem Karneolstein, in den ein Wappen eingraviert war, das ihr bekannt vorkam. Und an diese fremde Hand schloß sich ein Arm in einem Ärmel von gelbseidenem, buntgeblümtem Brokat, und als sie verwundert diesen Ärmel betrachtete und sich umsah, fand sie, daß er zu einem weiten, langen Schlafrock gehörte, den jemand trug, der Leo Zimburg zwar ähnlich sah, im übrigen ihr aber älter zu sein schien; zudem war sein Gesicht glatt rasiert, und ziemlich lange Haare, dunkler als die Leo Zimburgs, hingen ihm über die Ohren unter einer gelbseidenen Zipfelmütze hervor, die er fest über den Kopf gezogen hatte. Nein, das waren nicht Leo Zimburgs Mund und Nase; aber es waren seine Augen, die sie, nur mit etwas anderem Ausdruck, aus diesem Gesicht ansahen, und der Mund sagte etwas, das sie nicht verstand. Die fremde Hand mit dem Siegelringe streckte sich weiter aus, und der angedeuteten Richtung mit dem Blicke folgend, sah Theo den Finger abwärts nach rechts auf den Fußboden deuten. Da zuckte es wie ein Blitz über die Wand mit dem Bild, in dessen Schein sie etwas Rundes auf dem Fußboden glänzen sah; doch was es eigentlich war, konnte sie nicht erkennen, denn der Schein erlosch so schnell, wie er erschienen war, und ein Tosen und Rollen, das die Fensterscheiben klirren machte, weckte sie auf, daß sie sich kerzengerade im Bett aufrichtete. Der verhallende Donner, dessen Geräusch sie jetzt mit völlig wachen Sinnen vernahm, belehrte sie, daß während ihres Schlafes ein Gewitter aufgezogen war. Da sie aber zu den wenigen weiblichen Wesen gehörte, die sich vor dem Donner nicht fürchten, und außerdem eine bleierne Müdigkeit sie von neuem überfiel, so legte sie sich ruhig wieder hin, und während draußen ein starker Wind einsetzte und in den Bäumen zu rauschen begann, schlief sie sofort wieder ein – und träumte weiter.

Diesmal sah sie sich mit Sabine die Treppe emporsteigen und hörte, wie sie ihr vor ihrer Tür gute Nacht wünschte, wobei Sabine auch eigentlich ganz anders aussah wie sonst, und vor der Tür ihres eigenen Zimmers stand ein Soldat in altertümlicher Uniform Schildwache. Aber beides wunderte sie nicht weiter. Dann sah sie sich in ihr eigenes Zimmer treten, in dem merkwürdige Veränderungen vorgegangen waren. Zwar stand das Bett wie immer in der Nische, aber es war nicht ihr eigenes, sondern eins aus Holz und mit einer grünen Steppdecke zugedeckt. Auch die Möbel waren zum Teil anders, besonders war der Tisch vor dem Sofa nicht der, den sie sonst hatte, sondern ein mit grünem Tuch bezogener sogenannter Spieltisch, auf dem ein Armleuchter mit fünf Kerzen stand, die zwar hell genug brannten, jedoch tropfte von ihnen, wie von einem Zugwind bewegt, das Wachs in dicken Strähnen herab. Das Sonderbarste aber war doch, daß vor dem Tisch, ganz ungeniert, als sei er hier zu Hause, der Herr in dem gelbseidenen, buntgeblümten Schlafrock saß, der Leo Zimburg glich und ihm doch wieder gar nicht ähnlich sah. Auf dem Tisch aber lag ausgebreitet eine vierfache Reihe von Spielkarten, auf welche er so vertieft niederblickte, daß er Theos Eintritt gar nicht zu bemerken schien. Sie fand es ganz natürlich, daß dieser fremde, und doch auch wieder bekannte Mensch hier saß, und um ihn nicht zu stören, trat sie leise hinter ihn, sah ihm über die Schulter und wunderte sich durchaus nicht, daß es die Karten waren, die sie in der Nische in der Faltentasche des Bettvorhangs gefunden hatte; die in vier Reihen untereinander vor ihm auf dem Tisch lagen, – oben die Treffs, darunter die Piques, dann die Karos und zuletzt die Coeurs, und er betrachtete sie mit solcher Aufmerksamkeit, daß er Theos Gegenwart überhaupt nicht zu bemerken schien. Daß die Karten in dieser Reihenfolge lagen, schien ihr selbst im Traum ganz erklärlich; denn sie hatte sie selbst ja schon so ausgelegt, und die Erinnerung daran beeinflußte jedenfalls auch ihren Traum, wie sie sich selbst darin sagte.

Solche Erklärungen sind im Traumzustand des Schläfers nicht ungewöhnlich; vielleicht darum, weil eine wach gebliebene Zelle des Gehirns Vernunftgründe gegen die ungewöhnlichen Erscheinungen des Schlafenden, beziehungsweise Träumenden anführt und der Schläfer sie als Unterbewußtsein gleichzeitig aufnimmt. Vielleicht! Man sucht ja immer nach Erklärungen für unerklärliche und unerklärbare Vorgänge in der eigenen Psyche; aber solange ein träumendes Gehirn in seiner Tätigkeit nicht beobachtet werden kann, wird es den gelehrtesten aller Gelehrten nicht gelingen, festzustellen, was dabei vorgeht.

Theo also fand es im Traum ganz erklärlich, daß die Karten auf dem Tisch in dieser Reihenfolge lagen, was die Farben, beziehungsweise die Zeichen betraf, als sie aber näher hinsah, bemerkte sie, daß die übliche Reihenfolge: As, König, Dame, Bube, Zehn, Neun, Acht und Sieben nicht eingehalten war, sondern willkürlich durcheinandergemischt war. Das konnte sie nicht unberichtigt lassen; es störte sie geradezu im Traum, und schon bog sie sich vor, um den fremden Bekannten, der sich so ganz selbstverständlich in ihrem Zimmer niedergelassen hatte, auf seinen Irrtum aufmerksam zu machen, als etwas Leben in ihn kam; denn er zog irgendwoher ein zusammengefaltetes Blatt Papier hervor und legte es sorgsam auseinandergefaltet neben die Karten auf den Tisch, jedoch nicht, ohne sich vorher wie lauschend nach der Tür zu Sabinens Zimmer vorgebeugt zu haben. Als er den Kopf wieder dem Tisch zudrehte, sah Theo, daß es das Blatt Papier mit dem Gedicht des Urgroßvaters war, welches Leo Zimburg ihr geliehen, und fand auch das ganz natürlich. Was hätte es auch anders sein sollen? Ihrer Meinung nach gehörten die Karten und das Gedicht ohnedem zusammen. Was sie aber erstaunte und mit brennendem Interesse erfüllte, war, daß der Herr im gelben Schlafrock, während seine rechte

Hand das Papier festhielt, mit seinem linken, langen, weißen Zeigefinger, der den Siegelring trug, Zeile für Zeile der unterstrichenen Worte verfolgte, und dann dasselbe mit den Karten, wie vergleichend, tat. Nachdem er so bis zur letzten Zeile gelangt war, faltete er das Gedicht feinsäuberlich wieder zusammen, hob seinen rechten Schlafrockzipfel auf und schob zwischen Oberstoff und Futter, das aus einfarbiger, grüner Seide bestand, das Papier durch einen Schlitz in der Naht hinein, worauf er sich wieder über den Tisch beugte und mit seinem rechten Zeigefinger an den Karten etwas vornahm, das Theo, die wie gebannt zusah, wie eine Auszählung vorkam, das heißt, er berührte die auf die Karten geschriebenen Buchstaben derart, daß er auf den ersten Buchstaben der linken oberen Karte tippte, dann auf den gleichen Buchstaben der ersten Karte in der zweiten, dritten und vierten Querreihe, worauf er dasselbe Spiel mit dem senkrecht dar unter stehenden zweiten Buchstaben wiederholte und mit dem dritten, vierten und fünften fortsetzte. Dann ging er auf die zweite senkrechte Buchstabenreihe derselben vier Karten über und schließlich auf die dritte.

»Aha! Sie sind ja Professor Findelkind, der das Kryptogramm der Karten enträtselt!« hörte Theo sich selbst laut ausrufen. »Aber wie kommen Sie denn in meine Stube, und warum tragen Sie diesen gelben Schlafrock, der sich für einen Besuch bei einer Dame doch gar nicht schickt?«

Der bekannte Unbekannte kehrte sich jedoch nicht im mindesten an Theos Worte und tippte nur dreimal energisch auf die zweite Karte der obersten Reihe, die ein Bild war, wie um anzudeuten, daß er nicht gestört zu werden wünsche. Theo sah sich dieses Bild genauer an. Es war der Treff-Bube. Dann tippte er auf den genau unter diesem liegenden Buben, dann auf den folgenden und endlich auf den letzten, und als seine Hand wieder zurück auf die oberste Reihe fuhr, da ging die Tür nach Sabinens Zimmer plötzlich auf und schlug im nächsten Augenblick mit einem Krach zu, daß das ganze Haus in seinen Grundmauern erbebte und Theo darüber erwachte und laut herausschrie; denn neben ihrem Bett stand eine weiße Gestalt

»Theo! Theo! Hast du diesen furchtbaren Schlag nicht gehört?« rief die Gestalt mit Sabinens Stimme. »Dieses entsetzliche Gewitter, und du kannst dabei so fest schlafen! Es hat sicher im Hause eingeschlagen!«

»Eingeschlagen?« wiederholte Theo noch ganz benommen. »Der Soldat, der vor der Tür Posten stand, hat sie so zugeworfen – und wo ist denn der Professor hingekommen?«

»Herrgott, sie redet irre! Der Blitz hat sie getroffen!« jammerte Sabine und schaltete mit zitternden Händen die Lampe auf dem Nachttisch ein; bei deren Licht wurde Theo eigentlich erst wach.

»Wen hat der Blitz getroffen?« fragte sie erstaunt. »Ist schon wieder ein Gewitter? Ich habe so fest geschlafen und so schwer geträumt –«

»Sabine! Wo bist du denn?« rief der Kommerzienrat nebenan. »Aha, zu Fräulein Zöllner hast du dich verkrochen! Mädchen, zieht euch an; die Geschichte scheint noch nicht vorüber, und es muß ganz in der Nähe eingeschlagen haben. Also, fix in die Kleider, denn man kann nie wissen –«

Ein neuer, geradezu betäubender Schlag, dessen Wucht das arme Sabinchen einfach über Theos Bett warf, verschlang jedes weitere Wort, und der Nachhall des Donners war kaum verhallt, als sich auch schon die dürftig bekleidete Einwohnerschaft des Amönenhofes im Vestibül zusammenfand.

»Nein, wie Ihnen diese Haube gut steht!« sagte Theo mit ehrlicher Überzeugung zu Cordula, die in einem weißen Unterrock, einem übergeworfenen Schal und einer Dormeuse auf dem Kopf, daraus sich ein paar weiße Löckchen stahlen, geniert und schlechtlaunig dastand. Cordula fand aber, daß sie in der Perücke schöner und jünger aussah, und war wütend, sich so zeigen zu müssen.

»Ich kann Ihnen das Kompliment nicht zurückgeben«, fuhr sie Theo an, deren prachtvolles Haar in zwei dicken Zöpfen auf ihr rasch übergeworfenes, reich mit Spitzen besetztes Frisierjäckchen von weicher lichtblauer Seide herabhing. »Sie sehen aus, wie Fausts Gretchen – im letzten Akt!«

»Cordula!« rief Reudnitz zornig; dann aber lachte er und zog seinen dunkelroten Schlafrock fester um sich. »Fehlt nur noch der Faust selbst, Gretchen wäre da, du, Cordula, machst eine famose Marthe, und ich komme mir in diesem Flammenkleide ganz wie Mephisto vor.«

»Nur ein wenig Phantasie ist dazu nötig«, meinte Theo kritisch, auf den Scherz eingehend, welcher der gewollten Kränkung die Spitze abbrach.

Nachdem festgestellt worden war, daß der Blitz das Haus nicht getroffen, wohl aber eine dicht danebenstehende schöne alte Zeder zersplittert hatte und das Gewitter sich mit diesem Gewaltakt auch ausgetobt zu haben schien, zog man sich männiglich wieder in die respektiven Schlafgemächer zurück; da es eben die erste Stunde des neuen Tages schlug, konnte die unterbrochene Nachtruhe noch um ein gutes Stück wieder fortgesetzt werden. Bei Theo wollte der Schlaf jedoch nicht mehr so rasch wiederkommen als beim Beginn der Nacht. Die drückende Schwüle hatte durch die elektrische Entladung wesentlich nachgelassen, und eine frische, erquickende Luft drang durch die geöffnete Balkontür in ihr Zimmer; der Regen rauschte auf die durstende Erde hernieder, wollte aber Theo doch trotz seiner einschläfernden Gleichmäßigkeit den Schlaf nicht wiederbringen, aus dem sie so jäh gerissen worden war. Nicht, daß Cordulas bösartige Worte ihr die Ruhe gestört hätten – darüber hatte sie sich rasch genug hinweggesetzt; ja, sie hatte sich darüber nicht einmal geärgert, weil der tiefere Sinn ihr gar nicht zum Bewußtsein gekommen war. Es waren ganz andere Sachen, die ihr jetzt durch den Kopf gingen – so die Zwickmühle, in die sie geraten war. Das einfachste wäre ja gewesen, Leo Zimburg und dem Kommerzienrat reinen Wein einzuschenken; aber dagegen hatte sie ihre Gründe, die irrig sein mochten, über welche sie aber nicht hinwegzukommen meinte. Aber mitten in diesem Kopfzerbrechen, wie diese Fäden am besten zu entwirren wären, fiel ihr der doppelte Traum ein, den sie in dieser Nacht geträumt hatte. Über dem Wirrwarr des Gewitters hatte sie total darauf vergessen, und als er ihr nun mit einem Male wieder zurückkam, versuchte sie's, jede Einzelheit dieses sonderbaren Traumes in ihr Gedächtnis zurückzurufen, bis er ihr wieder so lebhaft vor Augen stand, daß sie sich unwillkürlich umsah, ob der Herr in dem gelben Schlafrock und der Zipfelmütze noch an dem Tisch vor dem Sofa sitze. Natürlich war er nicht da. Mit kritischer Genauigkeit suchte sie die Ursachen zusammen, die diesen Traum veranlaßt haben konnten.

Kein Psychiater hätte ihr die natürlichen Folgen aller dieser Einzelheiten besser und einfacher aufzählen können, als sie selbst es tat. Dennoch aber klang aus dem ganzen Traumgesicht ein Unterton heraus, – ein Etwas, das Theo einen leisen Schauer durch die Glieder rieseln machte, während sie sich noch einmal das Tun der Traumgestalt vergegenwärtigte. Da war die Ordnung, in welcher die Karten auf dem Tische ausgebreitet lagen, die Art und Weise, wie der Gelbe die Buchstaben darauf berührt und dabei die unterstrichenen Worte auf dem beschriebenen Blatte verfolgt hatte. War das ein Fingerzeig, den sie im Traum erhalten hatte, wie das Rätsel der Karten zu lösen sei? War er, der ihn in dieser mystischen Weise mitgeteilt hatte, der Urheber dieses Rätsels?

»Träume sind Schäume«, heißt ein Sprichwort, dessen Richtigkeit sich durch tausend Beispiele widerlegen läßt, beglaubigte Beispiele, durch welche zweifellos nachgewiesen ist, wie der Traum als Warner gedient, auf den Fundort verlorener Gegenstände hingewiesen hatte und Ereignisse von Bedeutung in ihm vorgeschaut wurden. Wo wären die Grenzen zu ziehen, die zwischen Visionen, dem zweiten Gesicht und den Träumen liegen? Und endlich: Wenn der Traum wirklich einen tieferen Sinn hatte, wenn er auf die Enthüllung des Familiengeheimnisses hinzuweisen bestimmt war – warum war er dann keinem der Nachkommen des Urgroßvaters auf Amönenhof offenbart worden, warum gerade ihr? War sie dazu auserwählt, die Kenntnisse dieses Geheimnisses zu erlangen, zu welchem die rechtmäßigen Erben den Schlüssel verloren hatten? Mußte darum die arme Anna Ried erkranken, damit sie, Theo, in den Amönenhof kam, den sie sonst nach menschlicher Berechnung nie betreten hätte?

Das waren Fragen, die hart an die Theorie der Schicksalsbestimmung streiften, Fragen, über welche der moderne Mensch sich so erhaben dünkt, weil er in seinem Pygmäendünkel meint, daß er die Welt lenkt, nicht der Weltenlenker ihn.

Es war wirklich ein Akt der Selbstüberwindung, daß Theo nicht gleich daranging, die Karten hervorzuholen, und damit die Probe aufs Exempel zu machen. Was sie davon abhielt, waren einige Gewissensskrupel, ob sie auch ein Recht dazu hatte, da das berühmte Familiengeheimnis doch Leo Zimburgs erbberechtigtes Eigentum war. Oder doch, da sie ja seine Braut war und eins mit ihm werden sollte? Wenn die Karten etwas enthielten, was ihm nur Unruhe und Enttäuschung bringen konnte, dann war es besser, er blieb in Unwissenheit darüber. Über all diesen Grübeleien schlief Theo aber schließlich doch ein, und als sie am Morgen erwachte, rieselte ein ergiebiger Bindfadenregen nieder, der wenig einladend zu einem Spaziergang war.

Trotz der offenen Balkontür brütete aber in dem nicht eben kleinen Raum noch der Rückstand der Gewitterschwüle des vorigen Tages, und Theo hob beim Erwachen einen schwerbenommenen Kopf vom Kissen. Ein Blick auf die Uhr zeigte ihr, daß sie sich erheblich verschlafen hatte, worauf es freilich bei dem Regenwetter nicht ankam, soweit es sich dabei um eine Zusammenkunft mit Leo Zimburg gehandelt hätte. Dennoch aber beschloß sie, lieber aufzustehen, um in der noch wenig angekühlten Luft, die weitere gewitterige Störungen verhieß, den schmerzenden Kopf etwas zu klären, und bald verließ sie das Haus im wasserdichten Regenmantel mit über den Kopf gezogener Kapuze. Die Ulmenallee bot für einen raschen Gang noch den am wenigsten feuchten Ort, weil er durch die dichten Laubkronen der Bäume am besten geschützt war. Bis zum Frühstück war immer noch eine reichliche halbe Stunde Zeit, und nachdem Theo noch mit Bedauern die vom Blitz zerschmetterte Zeder besichtigt hatte, schlug sie den Weg zur Allee ein. Am Ende derselben angelangt, konnte sie der Versuchung nicht widerstehen, trotz der Nässe von oben und unten bis zum Drahtgitter vorzudringen; denn der Platz am Lattenpförtchen war ihr seit gestern früh zu einem Heiligtum geworden, und es trieb sie, dort die schönste Stunde ihres jungen Lebens noch einmal zu erneuern.

Der Regen rieselte mit leisem Prasseln auf die Kapuze ihres Gummimantels herab, als sie mit seligem Lächeln und stillverklärtem Gesicht vor der häßlichen Pforte stand, die ihr schöner vorkam, als wenn sie aus purem Golde gewesen wäre. Mit welcher kühnen, geschmeidigen Gewandtheit war dieser Mensch, den sie vor vierzehn Tagen noch gar nicht gekannt hatte, über diese Pforte gesprungen, um zu seinem Glück zu gelangen – das war eine kleine, für ihr Herz aber so bedeutsame Tat gewesen; so mußte der Mann sein, der sie erobern sollte, der kein Hindernis kannte, der nicht darnach fragte, ob sie wirklich ein armes Mädchen war, sich nicht um Namen und Sippe kümmerte, sondern nur sie selbst, sie allein besitzen wollte. Liebkosend strich Theo mit der Hand über den triefendnassen, rohen Pfosten dieser Glückspforte, aber die Berührung verursachte trotz aller Pietät für das hölzerne Scheusal ein sehr natürliches, physisches Mißbehagen.

»Pfui!« machte sie, ihre nasse Hand betrachtend, und dabei sah sie an dem Pfosten etwas, was ihr bisher entgangen war, nämlich einen dicken roten Strich mit einer nach abwärts gekehrten Pfeilspitze.

Mit dem ganz eigenen Feingefühl junger Menschen, die »es hat«, wußte Theo sofort, daß dieser rote Pfeilstrich eine Botschaft für sie war.

»Das hat Leo gemacht!« war ihr erster Gedanke. »Der arme Kerl ist trotz des Regens hier gewesen und hat mir dies Zeichen hinterlassen.«

Gerührt betrachtete sie diese sonderbare Rune, und dabei kam's ihr in den Sinn, daß der nach unten zeigende Pfeil noch eine andere Bedeutung haben könnte – hatte Leo etwa gar einen Brief oder einen Zettel unter dem Rasen versteckt? Der würde jetzt freilich gut aussehen, aber nachsehen mußte man doch, und ungeachtet der Nässe kniete Theo nieder und untersuchte das hohe Gras um den Torpfosten herum, doch ohne Erfolg. Wenn also nicht jemand vor ihr dagewesen war und die Botschaft gefunden hatte – aber nein, hier unter dem Torpfosten, wo der Boden etwas weggekratzt war, schimmerte es weiß, und im nächsten Augenblick hielt sie das eng gefaltete, nur mäßig feucht gewordene Papier in der Hand, auf das der Pfeil hingewiesen.

Natürlich war's von »Ihm« und enthielt unter dem Datum des vorigen Tages nur die Worte: »Muß heut abend in Geschäften nach Berlin. Komme in zwei bis drei Tagen zurück. L.«

Kein Gruß, kein Liebeswort, aber Theo spürte keine Enttäuschung darüber, weil sie sofort begriff; denn es hätte ja auch ein Unberufener, durch Zufall oder weil er das Verstecken des Zettels gesehen haben konnte, die Botschaft an sich nehmen können. Für diesen wäre selbst der einfachste Gruß zuviel gewesen. Und weil Theo das so gut begriff und auf den rechten Wert einschätzte, so bewies sie damit, daß die echte blaue Blume in ihrem Herzen aufgeblüht war, die nicht gleich die Blätter hängen läßt. Leo war noch hierhergeeilt, um ihr diese Botschaft zu hinterlassen – das war genug, war ein Gruß an sich!

Der regengraue Morgen schlich langsam dahin. Zwar nahm der Kommerzienrat die beiden jungen Mädchen nach dem Frühstück mit hinauf in sein Zimmer und zeigte ihnen dort seine Münzsammlung, die er mit Leidenschaft betrieb; aber Sabinens Interesse daran war nur ein mäßiges, und sie bewunderte bei der Besichtigung eigentlich mehr die historischen Kenntnisse, die Theo dabei an den Tag legte.

»Die Sammlung müssen Sie Herr von Willig zeigen«, flocht diese gelegentlich ein. »Er ist nämlich ein großer Numismatiker vor dem Herrn und hat sogar ein Werk über die Münzen der byzantinischen Kaiser verfaßt.«

»Besitze ich natürlich«, rief Reudnitz aus. »Was, dieser Otto von Willig ist unser Kammerherr? Besitzt ein höchst gediegenes numismatisches Wissen, der Mann! Und das erfahre ich erst heut! Ja, woher wissen Sie denn das, Fräulein Zöllner?«

»Ich? Ja, er hat mir's halt erzählt«, erwiderte Theo, die jetzt erst bemerkte, daß sie sich wieder einmal verschnappt hatte.

»Nein, was Herr von Willig dir nicht schon alles erzählt hat! Und ihr habt doch eigentlich noch fast gar nicht miteinander gesprochen«, sagte Sabine nicht ohne eine kleine, unschuldige Regung von Eifersucht.

Reudnitz horchte auf, sah erst seine Tochter, dann Theo an; aber was ihm auch immer im Ton der beiden aufgefallen sein mochte, das ging sofort wieder in seinem Interesse an der Sache unter.

»Der Mann gefällt mir immer mehr!« erklärte er mit echt väterlicher Ahnungslosigkeit. »Ich habe ihn gleich bei unserer ersten Bekanntschaft gern gemocht, sehr gern sogar. Die Art und Weise, wie er sich selbst bei mir einlud, war wirklich furchtbar nett, so natürlich, so ohne jede Mache. Na ja, er hatte ja etwas in der Krone, aber gerade da zeigt sich der Mensch am besten, wie er wirklich ist. In vino veritas! Gelt, Fräulein Zöllner? Wir Lateiner haben solche Schlagworte immer in petto. Nur so 'nen gediegenen Kenner meines Steckenpferdes hätte ich in dem liebenswürdigen Schwadroneur nicht gesucht. Und der Mensch sitzt an meinem Tische, ohne daß ich's weiß, daß er der Otto von Willig ist, dessen Werk über die byzantinischen Kaisermünzen mich begeistert hat! Ich wollte ihm schon immer mal schreiben, daß ich den seltenen Denar mit dem Bildnis der Kaiserin Eudoxia Athenais, der Dichterin, besitze, von dem er sagt, er sei im Privatbesitz wohl kaum zu finden, die Münze wäre nur in wenigen Exemplaren für die kaiserliche Familie geschlagen worden. Hätte ich's nur geahnt, dann hätte ich den Kammerherrn mit anderen Ehren hier empfangen, statt Kohl mit ihm zu schwatzen und zu fressen. Daraufhin muß ich ihn bald mal extra einladen; denn so schnell wird er ja von selbst nicht wieder kommen.«

»Doch, Väterchen, er – er kommt heut wieder«, hauchte Sabine glutübergossen. »Heut? Er war ja erst gestern hier!« sagte Reudnitz verwundert. »Woher willst du denn wissen, daß er heut wieder kommen wird? Hat er dir's gesagt?«

»Ja! Er – ach, Väterchen –!« Und Sabine sprang auf und warf sich schluchzend an die Brust des Kommerzienrats, der nicht wußte, wie ihm geschah.

»Aber Binchen! Aber Binchen!« rief er hilflos aus. »Ja, warum heult denn das Mädel aus heiler Haut wie'n Kettenhund?«

Theo legte die Münze, die sie gerad in der Hand hatte, wieder in ihr Fach, lächelte dem Kommerzienrat beruhigend zu und verschwand leise aus dem Zimmer.

»Aber neugierig bin ich«, dachte sie draußen, »ob der gute Willig den Kommerzienrat als Schwiegersohn ebenso begeistern wird wie als Numismatiker und ›liebenswürdiger Schwadroneur‹. Der hat bei Sabine dem Faß den Boden ausgestoßen, den konnte sie auf diesem ›höheren Wesen‹ nicht sitzen lassen. Ah – es klärt sich draußen auf, der Wind hat sich gedreht. Vielleicht ist's ein gutes Omen für den braven Otto Willig; ich will's ihm wünschen!«

Das Mittagessen litt an diesem Tage zwar nicht an Güte, dafür aber an Mangel an Beteiligung; denn Fräulein von Ganting war infolge ihrer unterbrochenen Nachtruhe im Bett geblieben und auch Sabinchens Platz blieb leer.

»Sie hat auch Kopfweh und hat sich deshalb etwas hingelegt«, erklärte Reudnitz auf Theos ehrlich besorgte Frage, als seine Tochter nicht erschien. »Wahrscheinlich ist das nächtliche Gewitter ihr auf die Nerven gegangen. Ein Wunder wär's nicht; denn diese fürchterlichen Schläge haben auch mich etwas verdattert. Das ist wohl auch der Grund, weshalb das Mädel so kreuzjämmerlich geweint hat; sonst wüßte ich wirklich nicht– – na, lassen wir das jetzt!« schloß er, weil eben die Speisen aufgetragen wurden; trotz Theos krampfhaften Versuchen zur Aufrechterhaltung des Gesprächs verlief das Mahl ziemlich einsilbig; denn der alte Herr war sichtlich zerstreut und geistesabwesend.

Erst nachdem der Nachtisch aufgetragen war und die Diener sich entfernt hatten, wurde er gesprächiger, und nach ein paar belanglosen Bemerkungen sagte er, Theo scharf ansehend:

»Sie sind vorhin so verdächtig diskret aus meinem Zimmer entwichen, Fräulein Zöllner!«

»Wieso verdächtig?« fragte Theo. »Wenn eine Tochter sich weinend an die Brust ihres Vaters wirft, ist ein Dritter anscheinend recht überflüssig und tut wohl, sich so diskret wie möglich zu verziehen.«

»Hm – na ja«, machte Reudnitz. »Ich kann mich aber des Verdachtes nicht erwehren, als ob – – na, wir wollen nicht weiter auf den Busch schlagen. Ich frage Sie also geradezu: Was wissen Sie von dieser Sache zwischen Sabine und dem Kammerherrn?«

»Nichts anderes, als was Ihre Tochter mir selbst darüber gesagt hat, und das war eben eine – Mädchenschwärmerei.«

»In welcher Sie sie bestärkt haben?«

»Wenn man das so nennen will, daß ich Herrn von Willig als guten, anständigen Mann von vornehmer Gesinnung schildern konnte, so habe ich das allerdings getan. Dasselbe würde ich auch jedem anderen gesagt haben, falls er mich darum gefragt hätte.«

»Fräulein Zöllner, Sie wissen, wie Sabine heut schon bemerkte, wirklich merkwürdig viel über Herrn von Willig«, bemerkte Reudnitz nach einer kleinen Pause.

»Oh, ich weiß noch viel mehr«, erklärte Theo lachend. »Ich weiß, daß der Kammerherr aus sehr gutem Hause ist, daß dem nordischen Uradel angehört; weiß, daß er durchaus nicht mittellos ist, sondern ein ganz behagliches Vermögen besitzt; weiß sogar, daß er sich sehr nach einer Häuslichkeit sehnt und sein gutes, treues Herz ganz der schenken würde, die ihm trotz seiner unleugbaren Rundlichkeit und seiner siebenunddreißig Jahre ihre Liebe schenkt. Und ich bin auch ganz überzeugt, daß er ein trefflicher Ehemann sein würde – falls er den Anschluß nicht schon verpaßt hat.«

Nun lächelte auch der Kommerzienrat.

»Sieh mal einer an!« sagte er. »Hat er selbst Ihnen alles das kund und zu wissen getan?«

»Wo wird er denn! Herr von Willig hat zwar das Selbstbewußtsein, das den gereiften Mann ziert; aber im Grunde ist er eine bescheidene Seele. Nein, das alles weiß ich von Leuten, die ihn schon lange kennen und zu schätzen wissen.«

»Wirklich? Es wäre aber doch von großem Interesse für mich, die Namen dieser wohlanständigen Leute zu wissen, da ich aus naheliegenden Gründen gern an der Quelle schöpfen möchte.«

»Oh, dazu brauchen Sie bloß nach der herzoglichen Haupt- und Residenzstadt zu gehen. Dort kennt den netten Kammerherrn jedes Kind, sintemalen er nie ohne eine Tüte voll Bonbons ausgeht, die er freigiebig an die liebe Jugend zu verteilen pflegt. Er ist nämlich der reine Kindernarr, dieser gute Herr von Willig. Da Kinder indes nicht unparteiisch sind, so wäre der Herzog selbst wohl die erste Instanz, die ja zur Zeit auch in nächster Nähe habhaft wäre.«

»Dunnerlitzchen noch'n mal!« machte Reudnitz schmunzelnd. »Unter ›Quelle‹ scheinen Sie demnach gleich den Ozean zu verstehen. Wenn der Herzog Ihr Gewährsmann ist – das läßt tief blicken.«

»Ich habe mich in der ersten Stunde unserer Bekanntschaft erboten, Sie nicht nur tief, sondern sogar bis auf den Grund blicken zu lassen, Herr Kommerzienrat! Das können Sie doch nicht vergessen haben?«

»Nein. Ich habe es nicht vergessen, und es kann sein, daß ich selbst Sie bald einmal daran erinnern werde. Denn meine Schwägerin geht mit ihrem unvernünftigen Kampfe gegen Sie – das heißt, gegen die Sache, – so methodisch vor, daß aus dem Prinzip nachgerade ein persönlicher Feldzug zu werden droht. Ich erinnere nur an den Abend in Steinau und kann Ihnen nur versichern, daß ihr Ausfall mir im höchsten Grade peinlich war. Zunächst im Hinblick auf Sie selbst; aber es fällt auch ein gutes Teil davon auf mich zurück, das geeignet ist, mindestens doch etwas Verwunderung bei den Bekannten hervorzurufen; die müssen mich für einen alten Esel halten, der sich unbesehen jemand von der Straße aufliest und sich damit ein Kuckucksei ins eigene Nest legt. Indessen möchte ich Ihnen Ihr Inkognito doch lieber noch lassen. Mit meiner Schwägerin aber geht es so nicht länger weiter; das steht fest! Da ich mich aber immer noch scheue, ihr den Stuhl vor die Tür zu setzen, so bin ich wirklich schon halb und halb geneigt, zur List meine Zuflucht zu nehmen. Sollten Sie daher über kurz oder lang mal was hören, worüber Sie sozusagen ›platt‹ sind, dann, bitte, packen Sie nicht gleich Ihren Koffer, sondern erweisen Sie mir den Freundschaftsdienst, kühl bis ans Herz hinan zu bleiben und womöglich scheinbar auf das – Unmögliche einzugehen. Ja, ist's ein Wort?«

»Ich werde mir alle Mühe geben, nicht auf den Rücken zu fallen«, rief Theo lachend. »Aber können Sie mir nicht wenigstens eine kleine Andeutung machen, was Sie unter ›List‹ verstehen, wenn ich schon darin, wie mir scheint, eine Rolle spielen soll?«

»Nein. Was ich Ihnen angedeutet habe, ist schon mehr als genug«, erwiderte Reudnitz fest, »denn ich will Sie unter keinen Bedingungen dem Verdacht aussetzen, mit mir eine Verschwörung angezettelt zu haben. Sie selbst sollen sich später nichts zum Vorwurf machen dürfen.«

»Nun, wie Sie wollen – ich verlasse mich ganz auf Ihre Weisheit«, versetzte Theo heiter. »Was einen späteren Vorwurf anbetrifft, so ist mein Gewissen doch schon in einen begreiflichen Zustand von Verhärtung geraten; denn ich kann mich schließlich nicht ganz über die ehrenvolle Behandlung, mit der Fräulein von Ganting mich auszeichnet, hinwegsetzen. Homo sum, Herr Kommerzienrat!«

»Eben derowegen, sagt Piefke«, gab Reudnitz lakonisch zu. Der kleine, nervöse Niederbruch, den Sabine sich nach der Aussprache mit ihrem Vater geleistet hatte und über dessen unmittelbare Ursache sie sich selbst vor Theo ausschwieg, machte schnell genug wieder einer normalen Stimmung Platz, nachdem die letztere ihr erfolgreich zugeredet hatte, etwas zu sich zu nehmen, und sie darnach wieder ›schön‹ gemacht hatte. Zureden, unterstützt durch ein vorteilhaftes Aussehen, hilft bei den meisten unselbständigen Menschen probat. Bei Sabine war, was an Selbständigkeit überhaupt in ihr lag, durch ihre Tante zielbewußt unterdrückt worden und wagte sich erst durch ihren Verkehr mit Theo schüchtern ans Licht, die es so vortrefflich verstand, selbst festgeklebte Füße loszuleimen und mit sich fortzureißen.

Selbstverständlich berührte Theo mit keiner Silbe das heikle Thema, das Sabine selbst zu vermeiden schien; aber sie riß das kleine Ding tatkräftig mit den einfachsten Mitteln aus ihrer Studie in Grau heraus, und so war es denn ein ganz heiteres, fast rosiges und sehr niedlich gekleidetes Sabinchen, das zur bestimmten Stunde am Teetisch erschien, wohingegen Fräulein von Gantings Laune infolge der gestörten Nachtruhe noch wesentliche Schwankungen zeigte, die eigentlich darauf hinausliefen, Theo für das Gewitter verantwortlich zu machen. Das lehnte diese zwar in aller Bescheidenheit ab, erreichte damit aber nur abfällige Bemerkungen über ihr ›pöbelhaft gesundes Aussehen‹. Ehe sich diese liebliche Unterhaltung noch nach Cordulas Wunsch zuspitzen konnte, wurde der Kammerherr von Willig gemeldet, dessen rosige Laune entschieden erfrischend auf den Kreis der vier an dem ungemütlichen Teetisch wirkte.

»Verehrteste Anwesende, wünschen Sie mich noch ungehört zum Kuckuck, ehe Sie mich seufzend zum täglichen Brot zu rechnen geneigt sind«, rief er noch in der Tür aus. »Daß es mich gedrängt hat anzufragen, wie Ihnen diese letzte Schreckensnacht bekommen ist, die Ihrer Zeder so verhängnisvoll wurde, Herr Kommerzienrat, das ist ja ganz selbstverständlich! Nein, ich komme heute vor allem im höchsten Auftrage Ihrer Hoheit der Frau Herzogin, welche – Ihre gütige Erlaubnis, verehrter Herr Kommerzienrat voraussetzend – Ihr Fräulein Tochter bitten läßt, ihr morgen nachmittag um vier Uhr die Freude zu machen, bei der Unterhaltung der Weißenfelser Schuljugend, für die droben im Schlosse ein Kinderfest stattfindet, tatkräftig zu helfen. Nach welch wohlgesetzter Rede ich mit Wonne die Tasse Tee ergreife, die Sie, gnädiges Fräulein, augenscheinlich für mich einschenken.«

Da Sabine mit ihrer kindlichen Freude über diese »reizende Einladung« durchaus nicht hinterm Berg hielt, weil sie selbst nie hatte ein Kinderfest mitmachen dürfen, so war natürlich keine Frage über Annahme oder Nichtannahme; denn ein langgezogenes: »Ja, aber meine Nichte ist doch viel zu zart für solche Feste, die meist in wilde Spiele ausarten – –! « von Seiten Cordulas, wurde einfach überhört. Reudnitz, der sich im Grunde über diese Aufmerksamkeit der Herzogin für seine Tochter ebenso erfreut wie geschmeichelt fühlte, konnte dennoch dem Überbringer der Einladung gegenüber ein etwas zwiespältiges Gefühl nicht ganz unterdrücken. Das eine war eine gewisse Feindseligkeit, durchaus nicht originell, aber immerhin doch erklärlich gegen einen Menschen, der die unglaubliche Frechheit haben wollte, sein Schwiegersohn zu werden; denn Schwiegereltern in spe, falls sie nicht auf Fang ausgehen, ist diese Auffassung so gemeinsam, daß darin keine Beleidigung für den p.p. Bewerber liegt, was dieser auch meist auf den richtigen Wert einschätzt. Neben dieser instinktiven Feindseligkeit aber breitete Reudnitz, figürlich geredet, beide Arme aus, um den geschätzten Kollegen in der Numismatik an den Busen zu drücken, und nachdem drei Tassen Tee lang der zu beraubende Vater tapfer mit dem Numismatiker gerungen, siegte der letztere auf der ganzen Linie. Steckenpferde sind eben Rosse, die keine Kandare annehmen wollen.

In die erste Bresche, die das Gespräch unter Tee- und Kuchenvertilgung zuließ, stürzte sich denn auch der längst von Ungeduld zappelnde Kommerzienrat sofort hinein und stürmte die Festung, das heißt, er redete den Kammerherren auf die wichtigste Hilfswissenschaft der Geschichte an. Willig biß umgehend auf den Köder an, und bald waren beide Herren so in den gemeinsamen Stoff vertieft, daß die Damen so gut wie ausgeschaltet daneben saßen und der Weisheit lauschen durften, die von beider Lippen träufelte. Das Ende vom Liede war, daß Reudnitz den Gast in sein Zimmer einlud, um ihm den so seltenen Denar der Eudoxia Athenais zu zeigen, und der Kammerherr folgte ihm mit einer Bereitwilligkeit, die auf Sabinens Gesichtchen eine recht sichtbare Enttäuschung malte, während Theo ihr Lachen kaum verbergen konnte, denn ihr schwante es, als ob die Eudoxia Athenais für Willig der willkommenste Vorwand gewesen sei, um den alten Herrn unter vier Augen zu sprechen. Auch für einen Forscher gibt es eben Augenblicke im Leben, in denen er zu dem Sakrilegium herabsteigt, die hehre Wissenschaft zum Vorwande für persönliche Angelegenheiten zu machen, weil der Mensch in ihm doch schließlich auch mal das erste Wort haben will.

Das so schnöde zurückgelassene Damentrio war sich nun selbst überlassen und löste sich auch nicht auf, da Cordula keine Miene machte, sich zu entfernen. Weder sie noch Sabine schienen sehr zur Unterhaltung aufgelegt, und einige allgemeine Bemerkungen, die Theo sich verpflichtet fühlte, in ihrer Eigenschaft als Gesellschafterin zu machen, erfuhren so kurze Abfertigung, daß sie gern auf weitere verzichtete. Nach einer Weile begann Cordula das Kinderfest auf dem Weißenfels unter die kritische Lupe zu nehmen, und kam zu dem Schluß, daß eine vorherige Einladung an die Erwachsenen passender gewesen wäre.

»Es scheint aber niemand da zu sein, der diese junge, unerfahrene Herzogin auf ihre gesellschaftlichen Schnitzer aufmerksam macht«, dozierte sie mit großer Überlegenheit. »Die alte Oberhofmeisterin sollte doch dazu die geeignete Person sein; aber von dieser Frau erwarte ich nichts für die Würde eines Hofes, der ganz in dem modernen Fahrwasser zu schwimmen scheint, das jetzt den Ton angibt. Persönliche Ansichten darf man im engsten Familienkreise aber doch aussprechen, und ich stehe nicht an, es für sehr unpassend zu erklären, daß Sabine ohne meinen Schutz an einen Hof eingeladen, – also befohlen wird, der mir wirklich nicht für eine junge Dame von vornehmer Erziehung der geeignete Ort zu sein scheint.«

»Betonte aber Herr von Willig nicht noch besonders, daß die Herzogin Sabine persönlich unter ihre Fittiche nehmen will?« warf Theo leichtsinnigerweise ein.

»Erstens, Fräulein Zöllner, wünsche ich, daß Sie, wenn Sie von meiner Nichte sprechen, Fräulein Reudnitz sagen«, rief Cordula scharf. »Wenn Sie sich gegenseitig mit dem Vornamen nennen, ja, wie ich mit Mißfallen gehört habe, sogar duzen, so ist das eine Vertraulichkeit, die ich nie gebilligt habe, aber dulden muß, weil mein Schwager sie duldet. Da Sie aber den Takt nicht haben, vor mir von meiner Nichte in gebührender Weise zu sprechen, so müssen Sie sich diese Rüge entweder gefallen lassen oder das Haus verlassen; ich würde das an Ihrer Stelle vorziehen.«

»Und zweitens?« fragte Theo mit gefährlicher Gleichgültigkeit.

»Und zweitens sind Sie doch kaum die Person, die sich in Etikettenfragen ein Urteil erlauben darf, sollte ich meinen«, fuhr Cordula unbeirrt fort. »Wer sind Sie? Was sind Sie? In welchen Kreisen haben Sie sich bewegt? Kaum doch in den meinigen. Wo haben Sie sich Ihr bißchen Schliff angeeignet? Etwa auf der Bühne?«

»Tantchen!« wagte Sabine toderschrocken einzuwenden.

»Schweig! Was weißt du Kiekindiewelt von – Elementen, denen du hoffentlich immer fernbleiben wirst. Du bist in einer Atmosphäre erzogen worden –«

Die nähere Erläuterung dieser Atmosphäre blieb der armen Sabine erspart, die sich wie ein Pudel vor Theo schämte, denn es erschien ein Diener, der ihr meldete, der Kommerzienrat lasse sie zu sich herauf bitten, »wegen einer Münze, die heute morgen wahrscheinlich verlegt worden sei«. Sabine begriff den Vorwand natürlich nicht, durch welchen sie unauffällig zu der Konferenz der beiden Numismatiker zugezogen werden sollte, und behauptete ängstlich, nichts von einer Münze zu wissen. Theo begriff es aber sehr gut, sie nannte irgendeine xbeliebige Münze, die Sabine in der Hand gehabt haben sollte, machte die immer noch Widerstrebende flott und drängte sie zur Tür, durch welche auch sie der herrschenden Atmosphäre zu entrinnen hoffte; aber Cordula rief ihr zu, zu bleiben, da sie mit ihr zu sprechen hätte.

»Na, wenn's jetzt zum Krach kommt, ist's nicht meine Schuld«, dachte Theo ergeben. »Man ist doch auch nur ein Mensch, und geladen bin ich so reichlich, daß ich wirklich nicht weiß, ob ich noch mehr von dem Tobak vertragen kann.«

Die gefürchtete Katastrophe wurde aber durch die Ankunft Mühlings verhindert, der als deus ex machina auf der Bildfläche erschien unter dem Vorwande, er habe gehört, es habe letzte Nacht auf dem Amönenhof eingeschlagen, und da habe es ihn gedrängt, sich zu erkundigen, was eigentlich für Schaden durch den Blitz angerichtet worden sei.

»Gott sei Dank, daß der Blitz nur die Zeder getroffen hat«, fuhr er fort, »aber bei dieser Nähe mag der Krach die Herrschaften hübsch rasch aus den Betten gejagt haben. Zimburg wird die Zeder freilich auch betrauern, wenn er erst hört, daß der alte Riese dahin ist. Er, das heißt Zimburg, ist nämlich in Berlin. Er bekam, während ich gestern hier war, ein Telegramm, worauf er mit dem Nachtzug abgereist ist. Er kommt aber in ein paar Tagen wieder. Es handelt sich um den Verkauf eines seiner Rennpferde, das bisher noch im Stalle eines Herrenreiters gestanden ist, weil der erhoffte Preis noch nicht erzielt werden konnte. Tja! Und den Herrschaften ist, soviel ich sehe, der Schreck der letzten Nacht insoweit gut bekommen?«

Da Mühling bei seiner ganzen Rede, besonders aber bei seinen letzten Worten Theo angesehen hatte, so glaubte Cordula dem einen Riegel vorschieben zu müssen.

»Sie können gehen, Fräulein Zöllner«, sagte sie, und obwohl der »Befehl« in einem Ton gegeben wurde, der nicht nur Theo, sondern auch Mühling das Blut in den Kopf trieb, so war die erstere doch froh, sich entfernen zu können, um ihr inneres Gleichgewicht wieder einigermaßen herzustellen.

Daß Mühling, gleich nachdem er Theo zur Tür begleitet, diese für sie geöffnet und sich ihr mit einer tiefen Verbeugung empfohlen hatte, sofort behauptete, wieder heimreiten zu müssen, und seinem Worte auch unverzüglich die Tat folgen ließ, hätte Cordula darüber belehren können, daß ihr Benehmen nicht die Billigung des Gutsherrn von Steinau gefunden hatte; aber das brachte sie nur noch mehr gegen Theo auf, und den Fehler, den sie begangen, schob sie ihr zu. So blieb sie denn in einsamer Größe allein zurück und wartete auf die Rückkehr der Herren und ihrer Nichte, bis sie dieses vergebliche Geschäft satt bekam, ihre Handarbeit zusammenraffte und in ihre Gemächer zurückkehrte. Sie hörte an der Tür ihres Schwagers vorübergehend dabei seine Stimme und die des Kammerherrn in lebhaftem Gespräch, auch meinte sie Sabines Stimme zu unterscheiden; aber sie besann sich, daß diese »Rücksichtslosigkeit«, mit der man sie allein gelassen hatte, eine Strafe verdiente, und unterließ darum ihre anfängliche Absicht anzuklopfen, um durch ihre Anwesenheit das Konvivium zu verherrlichen. Hätte sie ahnen können, daß ihre Dazwischenkunft von den Beteiligten als Strafe betrachtet worden wäre! Aber zum Glück ahnen solche Leute, die ihre Gegenwart immer für eine besondere Auszeichnung halten, solche Ketzereien niemals!

Theo saß inzwischen in ihrem Zimmer und versuchte durch allerlei Scheingründe die in ihrem Inneren doch etwas aufgerührten Wogen zu glätten und sich selbst zu überreden, daß es ja ganz wurscht sei, was der alte Drache in seiner Giftigkeit daherrede, daß die ganze Geschichte sie überhaupt ja nichts anginge und so weiter. In Wahrheit hätte sie dieses Haus lieber schon heute als morgen verlassen, und ihre Hand langte bereits nach dem Knopf der elektrischen Glocke, um sich ihren Koffer bringen zu lassen; denn was zu viel ist, ist eben halt mal zu viel, und ihr Stolz lehnte sich dagegen auf, sich von dieser süßen Tante wie einen Schuhputzer behandeln zu lassen. Da fiel ihr Blick auf eine Postkarte ›an Fräulein Zöllner‹, die sie heute von dem Sanitätsrat Müller erhalten hatte, auf welcher er ihr mitteilte, daß Fräulein von Ried jetzt zwar bei Bewußtsein, aber noch sehr schwach sei, daß es sie aber wesentlich beruhige, ihre Stellung durch die Güte ihrer Freundin nicht verloren zu haben.

Diese Mahnung machte, daß Theo die Hand von der Klingel wieder zurückzog. Nein, das konnte sie der armen Anna jetzt nicht antun, davonzulaufen, jetzt nicht!

In diesen Betrachtungen wurde sie durch Sabine unterbrochen, die im wahren Sinne des Wortes ins Zimmer stürzte und Theo zu einer Art von Kriegstanz zwang.

»Daß Vater mich wegen einer verlegten Münze rufen ließ, war nichts wie Spiegelfechterei«, lachte Sabine mit dicken Freudentränen in den strahlenden Augen. »Er ließ mich holen, um mich mit Otto zu verloben! Denk dir bloß mal: verloben! Otto! Ist Otto nicht ein wunderschöner Name? Nein, ich dachte, ich müßte bei Vaters feierlichen und doch so lieben Worten direkt in den Himmel fliegen – weiß überhaupt noch gar nicht, wie mir geschehen ist! Aber, Theo, es ist noch ein tiefes Geheimnis, das ich nur dir anvertrauen darf. Die Verlobung soll erst in ein paar Tagen verkündigt werden, und – und besonders Tantchen soll nichts davon wissen. Vater hat das zur Bedingung gemacht, und wenn ich es auch nicht begreifen kann, warum gerade Tantchen nichts davon wissen soll, so muß ich schon sagen, daß sie die kleine Strafe dafür verdient, weil sie vorhin so abscheulich zu dir war. Jawohl, ich hab's Vater und Otto erzählt. Vater sagte nichts dazu, aber Augen hat er dazu gemacht, Augen so groß, und Otto wurde ganz wütend und behauptete, du könntest hier nicht länger bleiben. Vater meinte aber, das wäre seine Sache – – – Otto ist eben wieder nach dem Schloß zurückgefahren – ach! und mir wirbelt der Kopf, daß ich nicht weiß, was ich rede und tue!«

»Wir wollen einen Spaziergang machen, Sabinchen«. schlug Theo vor. »Denn wenn Tantchen dich in dieser Verfassung sieht, dann gäbe es einen schönen Trara und ich – kriegte die Schuld zugeschoben!«

## 9. Kapitel

Der nächste Tag, der wieder strahlend schön heraufzog, brachte mit der Morgenpost für Theo zwei Briefe. Reudnitz, der noch mit ihr beim Frühstückstisch saß, während Sabine hinaufgegangen war, ihren Hut zu holen, öffnete die Posttasche und begann die eingegangenen Briefschaften zu sortieren, welchem Geschäft Theo ohne besonderes Interesse zusah, da sie keine Briefe erwartete. Die für Fräulein von Ganting bestimmten wurden jedoch so auf den Tisch gelegt, daß sie die Adresse lesen konnte. Nur bei einem der Briefe sprang ihr ein lapidarer Firmenaufdruck in die Augen, welcher den Namen ihres eigenen Berliner Schneiders trug. Daß sie Cordula die Adresse genannt hatte, als es sich um Sabinens Garderobe handelte, war Theo entfallen; sie nahm von dem Firmenaufdruck des Briefes auch nur so weit Notiz, als ihr der bekannte Name auffiel.

»So. Fräulein Zöllner, hier sind auch zwei Briefe für Sie«, sagte der Kommerzienrat. »einer mit dem Poststempel Berlin, der andere aus – ja, aus Steinau.«

»Aus Steinau?« wiederholte Theo verwundert, denn da sie auf dem Umschlag des Berliner Briefes Leo Zimburgs Handschrift erkannte. die ihr von dem Zettel unter dem Torpfosten sehr vertraut geworden war, so konnte der aus Steinau nicht auch noch von ihm sein, noch weniger aber von Bergfried, dessen Handschrift ihr ja auch bekannt war. »Ja. du lieber Himmel, wer schreibt mir denn aus Steinau?«

»Sie brauchen den Brief ja nur aufzumachen und nachzusehen«, schlug Reudnitz vor, der selbst ein wenig neugierig war. Lachend folgte Theo dem guten und einzig richtigen Rat, schnitt den Umschlag auf, las und – lehnte sich dann ganz entgeistert zurück; denn der Brief enthielt in aller Form einen Heiratsantrag von dem braven Mühling, der ihr an seiner Seite goldene Berge verhieß und ihr – ihr Jawort als selbstverständlich angenommen – gleichzeitig bis zur Hochzeit eine temporäre Heimat bei seiner alten Freundin, der Oberhofmeisterin in Weißenfels, vorschlug, da die künftige Gutsherrin von Steinau sich unmöglich länger einer solchen Behandlung aussetzen dürfe wie die, deren Zeuge er gestern gewesen war. –

»Ach du lieber Augustin!« war das einzige. was Theo nach genossener Lektüre dieses Briefes hervorbringen konnte. Dann reichte sie dem Kommerzienrat das Schreiben hin.

»Diskretion ist Ehrensache, nicht wahr?« sagte sie dazu.

»Hm!« machte Reudnitz und gab den Brief zurück, nachdem er ihn gelesen hatte. »Ihre Antwort wird, wenn der Schein nicht trügt, dem Schreiber eine trübe Stunde machen. Ich beneide Sie nicht um die Antwort – falls Sie nicht Übung darin haben. Ich kann nur sagen, daß es mich tief beschämt, Sie in meinem Hause einer Behandlung ausgesetzt zu wissen, die einen Fremden zu solchen Maßregeln veranlassen. Wenn Sie Ihre bewundernswerte Geduld aber noch ein wenig weiter üben wollten, wäre ich Ihnen dankbar. Ich habe nämlich vor, die Bombe heute zum Platzen zu bringen.«

»Allheil!« sagte Theo trocken, aber inbrünstig in ihrer vollständigen Ahnungslosigkeit über die Rolle, die sie selbst bei dieser Katastrophe zu spielen ausersehen war. Der Vormittag verlief indes noch in völliger Ruhe, und auch das Mittagessen nahm einen ungetrübten Verlauf, da Cordula nicht an ihrem Platz erschien. Statt ihrer fand der Kommerzienrat neben seinem Teiler ein Billett, in welchem seine Schwägerin ihm mitzuteilen für gut fand daß sie es vorziehe ein einsames Mahl auf ihrem Zimmer einzunehmen: sie könne es nicht mehr über sich bringen, mit einer so anrüchigen Person wie Fräulein Zöllner am selben Tisch zu sitzen. Nähere Angaben behielt sich die Schreiberin vor, bis Sabine nach Schloß Weißenfels abgefahren sein würde, zu welchem Zeitpunkt ihr Schwager sie in seinem Zimmer erwarten dürfe.

Wutentbrannt zerknüllte Reudnitz dieses veilchenduftende Billett und steckte es in die Tasche. Die Eile mit welcher er dann seine Suppe aß, verriet deutlich seine innere Erregung; sie wich jedoch bald der Erkenntnis, daß es sich wahrlich nicht lohne, über solchen ›Quatsch‹ in Aufregung zu geraten, worauf er dann sogar recht aufgeräumt wurde.

Als dann am Nachmittag Sabine, glühend vor Aufregung, allein zu dem Kinderfest im Schloß abgefahren war, ging Theo in ihr Zimmer und benutzte ihre Freizeit zunächst dazu, Mühling zu schreiben. Daß diese Sorte von Briefen ihr nichts Ungewohntes war, darin hatte Reudnitz unbewußt ganz recht gehabt; indes erforderte dieses Schreiben denn doch einen wärmeren Ton und feineres Zuckerzeug für den schon vergoldeten Korb; denn der brave Gutsherr von Steinau hatte ihr Herz und Hand angetragen, trotzdem er sie für ein armes Mädchen unbekannter Herkunft hielt. Das erkannte Theo mit aufrichtig gerührtem Danke an, und darum schrieb sie auch sehr nett und herzlich, indem sie durchblicken ließ, daß ihr Herz nicht frei sei; da es jedoch im Bereich seines Freundeskreises verbliebe, so hoffe sie, daß auch sie in vielleicht nicht zu ferner Zeit Aufnahme darin finden würde. So viel erlaubte sie sich anzudeuten – mochte der gute Mühling daraus seine Schlüsse ziehen.

Den von Zinnburg erhaltenen Brief mußte Theo unbeantwortet lassen, da es unsicher schien, ob er seine Berliner Adresse noch erreichen würde; Wichtiges hatte die Epistel nicht enthalten, soweit äußere Dinge in Betracht kamen. Sie war ›nur‹ der Erguß eines Herzens, das Sehnsucht empfand, sich dem Gegenstande seiner Liebe auszuschütten; das war genug, ihr diesen Brief außerordentlich lieb und wert zu machen.

Nachdem der Brief an Mühling geschrieben war, gedachte Theo die Stunden der Freiheit dazu zu benutzen, um dem Rätsel der Karten ernstlich zu Leibe zu gehen. Sie holte das Piquetspiel sowie die Abschrift des Gedichtes hervor, legte die Karten in der Reihen-, beziehungsweise Zeichenfolge aus, wie sie es schon einmal getan hatte, und las dann das Gedicht nochmals aufmerksam durch, indem sie den unterstrichenen Worten eine größere Aufmerksamkeit widmete. Das zweite dieser Wörter war ›Bube‹ und die zweite Karte in jeder dieser Reihen war, wie sie sie in ihrem Traume gesehen, auch ein Bube – das heißt, entsinnen konnte sie sich nur noch, daß der Treffbube die zweite Karte der obersten Reihe war. Sie nahm also den König fort, und legte den Buben dafür hin.

»Es war einmal (Tatsache ist's, darum geht Acht!)« lautete die erste Zeile, in welcher das Wort »Acht« unterstrichen war. Aber natürlich war die Karten-Acht damit gemeint! Mit diesem Licht, das Theo plötzlich aufging, kam mit einem Mal Sinn in die alberne Geschichte, die ja selbstverständlich nur ersonnen war, um die Worte zu maskieren, welche die Reihenfolge angeben sollten, in der die Karten zu legen waren. Wie hatte sie nur so blind sein können, das nicht gleich zu beachten! Daß es die Herren Sachverständigen auch nicht getan hatten, war eigentlich ganz natürlich, da ihnen zu dem Gedicht ja die Karten fehlten, wennschon die doppelt unterstrichenen Worte: Trefflichen, Pique, Karo und Herz-As sie auf den Gedanken hätten bringen müssen, daß der Sache ein Spiel Karten zugrunde lag. Wozu in aller Welt waren diese Leute denn »Experten«, wenn sie darauf nicht kommen konnten?! Ob wohl Professor Findelkind, falls nur das Gedicht ihm vorgelegen hätte, und ohne von den Karten etwas zu wissen, ebenso begriffsstutzig gewesen wäre? Theo war geneigt, diese Frage rundweg zu verneinen. Nun sie die Entdeckung mit der unterstrichenen Acht gemacht hatte, war es ein Kinderspiel, die Reihen nach den einfach unterstrichenen Karten zu ordnen: Acht, Bube, Dame, Sieben, Neun, Zehn, König, As; wobei richtig das Coeur-As mit dem überzähligen Buchstaben »T« als letzte Karte der letzten Reihe in die unterste rechte Ecke zu liegen kam.

Soweit wäre die Sache anscheinend in Ordnung gewesen; aber wie nun die Buchstaben zu Worten zusammenfügen – das war die Frage! Die Erinnerung an das »Wie« im Traume war nun doch allgemach stark verblaßt, und Professor Findelkind hatte ja auch erklärt, daß man, ohne die verabredete Art des Lesens zu kennen, hundert Jahre über den Karten sitzen könnte, ohne herauszubekommen, welche Mitteilung sie enthielten. Mithin war die gemachte Entdeckung über die richtige Reihenfolge der Zeichen so gut wie wertlos; die Karten blieben stumm für sie, die sich soweit für sehr hell und weise gehalten hatte und da die Lippen, die das Geheimnis hätten verraten können, längst verstummt waren, so ging's Theo wie dem Mann im Märchen, der durch einen Zauber ein massives Tor aufgesprengt hatte und sich danach vor einem zweiten verschlossenen Tore befand, das eine schwarze vermummte Gestalt bewachte, die niemand zu überwältigen vermochte, ohne die Formel zu kennen.

Während Theo noch über den Karten gebeugt saß und sich abmühte, in ihrer Erinnerung zu suchen, in welcher Weise der Traummann im gelben Schlafrock die Karten gelesen hatte, wurde sie von einem Diener unterbrochen, der ihr meldete, »daß der Herr Kommerzienrat das Fräulein bitten lasse, sich zu ihm herüberzubemühen.«

»Sollte die Bombe schon geplatzt sein?« dachte Theo nicht ohne einen Anflug von Schadenfreude, so ja bekanntlich die reinste Freude sein soll, indem sie die Karten zusammenraffte und mit dem Gedicht in ein Fach des Sekretärs verschloß. Gleich darauf klopfte sie bei dem Kommerzienrat an, der ihr beim Eintritt sofort entgegenkam und ihr einen Sessel so an seinen Schreibtisch heranschob, daß sie ihm im vollen Licht daran gegenübersaß.

»Ich habe Sie zu mir herüberbitten lassen, weil wir hier ganz ungestört sprechen können«, sagte er, selbst Platz nehmend, und Theo, die sehr feine Ohren hatte, meinte aus seinem Ton etwas herauszuhören, was ihr gezwungen vorkam; auch war in seinem Wesen etwas, das gegen seine sonstige gemütliche, ja herzliche Weise ihr gegenüber abstach.

»Das klingt ja ganz feierlich!« meinte sie leicht befremdet, aber doch ganz ungezwungen und harmlos.

»Na ja – eigentlich ist es mehr eine fatale, denn eine feierliche Angelegenheit, die ich gezwungen bin mit Ihnen zu besprechen«, erwiderte er nicht ohne eine gewisse Verlegenheit. »Aber ich will mich nicht mit langen Einleitungen aufhalten, sondern gleich zur Sache kommen. Wie ich Ihnen schon gestern sagte, liegt Methode in dem Kampfe meiner Schwägerin. Wobei ich Ihnen, liebes Fräulein, gern das Zeugnis ausstellen möchte, daß Sie dabei stets die denkbar größte Mäßigung bewahrt haben. Dafür werde ich Ihnen immer dankbar sein; denn aus meinem Hause ein wildes Schlachtfeld gemacht zu sehen, dafür hätte ich mich ohne Verzug bedankt. Meine Schwägerin hat sich nun auf die Maulwurfsarbeit verlegt, um Sie durch deren Resultat aus dem Hause zu schaffen. Wir wollen nun einmal prüfen, was sie damit erreicht hat. Sie war vorhin bei mir und hat mir an der Hand emsig von ihr gesammelten Beweismaterials schwere Anklagen gegen Sie vorgelegt, die, wie ich dringend hoffe, – Seifenblasen sind. Meine Schwägerin forderte eine Art von Gerichtssitzung in ihrer Gegenwart, was ich aber glatt abgelehnt habe; denn ich glaube, Sie und ich werden uns unter vier Augen viel besser verständigen können, ohne daß gleich ein großer Trara daraus gemacht wird. Das ist also der Grund, weshalb ich Sie zu mir bitten ließ.«

Theo hatte aufmerksam zugehört; der alte Herr hatte sie während seiner Rede ebenso aufmerksam betrachtet und zu seiner Befriedigung festgestellt, daß sie weder die Farbe wechselte, noch sonst Zeichen von Unruhe oder Unbehagen gab.

»Ja, ich glaube auch, daß die Erörterung über die ›schweren Anklagen‹ zwischen Ihnen und mir ganz einfach sein wird«, sagte sie lächelnd. »Ich hin nämlich auch nur ein Mensch, und wie ich mich kenne, hätte ich vor Fräulein von Ganting bestimmt jede Auskunft verweigert. Man hat vor gewissen Leuten oft solch aufsässige Gefühle, nicht wahr? Nun aber zu den ›schweren Anklagen‹ – ich bin mordsneugierig auf den – mit Ihrer gütigen Erlaubnis – auf den Kohl.«

»Hoffen wir, daß es nichts weiter ist«, erwiderte Reudnitz etwas unsicher. »Ich für meine Person muß vorausschicken, daß mir einige Punkte der Beweisführung denn doch etwas – hm – bedenklich vorkommen. Nun, das wird sich ja alles historisch entwickeln. Also meine Schwägerin hat Sie mir als nichts mehr und nichts weniger denn eine geheime Agentin denunziert, die unter der Maske einer Gesellschafterin in mein Haus Eintritt gesucht und gefunden hat, um sich in den Besitz gewisser Papiere zu setzen, welche Bestellungen einer auswärtigen Großmacht bei meinen Werken betreffen. Ist diese Beschuldigung – Kohl?«

»Grünkohl ist's!« rief Theo laut lachend. »Wie ist denn Fräulein von Ganting auf diese glänzende Idee gekommen?«

Reudnitz hätte sich von dem ungekünstelten frischen Lachen beinahe anstecken lassen, aber ein Blick auf die vor ihm liegenden Papiere erinnerte ihn noch rechtzeitig daran, daß er als Untersuchungsrichter den Ernst zu bewahren verpflichtet war.

»Die Wahrheit zu gestehen: Das habe ich meine Schwägerin auch gefragt«, sagte er. »Sie hat mir geantwortet, daß ihr Anzug, der gar nicht im Einklang mit Ihrer abhängigen Stellung stünde, zuerst ihren Verdacht erregt habe. Mir wäre dabei nichts Besonderes aufgefallen, aber Frauen haben für solche Dinge ja einen schärferen Blick. Meine Schwägerin behauptet Ihre so einfach scheinenden Kleider seien in Wahrheit von einem erstklassigen, sehr teuern Schneider gearbeitet und sämtlich mit der besten Seide gefüttert. Wie sie das wissen will, ist mir zwar schleierhaft –«

»Mir gar nicht«, fiel Theo trocken ein. »Adelheid hat Fräulein von Ganting nämlich meine Kleider zur Begutachtung in ihr Zimmer getragen, wobei ich sie gleich am ersten Morgen ertappt habe. Übrigens hat sie ganz recht: Meine Kleider sind erstklassige Schneiderarbeit, aber pünktlich bezahlt und folglich meine eigene Angelegenheit.«

»Sehr richtig«, nickte Reudnitz, der bei Theos Feststellung mit rotem Kopf zurückgefahren war; denn anständigen Menschen geht nun einmal solch ein Spionagesystem gegen den Strich. »Weiter«, fuhr er fort, »sind Sie am zweiten Morgen Ihres Hierseins gesehen worden, wie Sie sich jenseits der Grenze von Amönenhof mit dem Baron Bergfried ein Stelldichein gegeben haben –«

»Falsch!« unterbrach ihn Theo. »Ich habe den Herrn von Bergfried, dessen Anwesenheit in Steinau mir unbekannt war, zufällig auf einem Morgenspaziergang getroffen – eine Begegnung, die mir recht ungelegen kam. Wenn ihr Gewährsmann, der wohl eine Gewährsfrau ist, dabei ebenso ›zufällig‹ unsere Unterhaltung belauscht haben sollte, dann muß er die Wahrheit dieser Angabe zugeben, falls er nicht absichtlich lügen will!«

»Die Person will nur die letzten Worte gehört haben, die Sie mit Herrn von Bergfried wechselten, ehe Sie sich trennten, und schwört, daß diese von einem Findelkind und einem Schlüssel handelten.«

Theo mußte trotz ihres aufsteigenden Ärgers nun doch wieder lächeln. Sie sah sich um, stand dann auf, holte einen Band des Konversationslexikons von dem Bücherregal und legte ihn vor dem Kommerzienrat hin. »Es sollte mich wundern, wenn Sie dieses Findelkind hierin nicht finden sollten«, sagte sie, ruhig wieder Platz nehmend. Reudnitz sah sie verdutzt an, schlug den Band auf, suchte darin, las etwas und sah Theo wieder an.

»Hier ist der bekannte Archäologe und Spezialist für Kryptogramme unter diesem Namen aufgeführt«, sagte er langsam. »Sehr richtig; von ihm sprach ich mit Herrn von Bergfried. Professor Findelkind ist ein gemeinsamer Bekannter, und Herr von Bergfried erklärte mir seine Tätigkeit im Auswärtigen Amt, wo es seine Aufgabe ist, Schlüssel für Chiffreschriften zu finden. Sonst noch etwas?«

»O ja, noch viel!« rief Reudnitz, und fuhr sich in die Haare. »Herr von Bergfried war Ihnen demnach bekannt, ehe Sie in mein Haus kamen?« »Gewiß, er verkehrte viel im Hause meiner Pate, bei der ich nach dem Tode meines Vaters war. Da er, soviel ich weiß, noch in Steinau ist, so wird er Ihnen das gern bestätigen«, erwiderte Theo gelassen. »Es ist wirklich schade, daß Ihre Gewährsperson nur die paar Worte unserer Unterhaltung aufgeschnappt hat, die sie sich nun nach ihrem Gusto zurechtlegte; sie wäre dann gewiß nicht auf den Gedanken gekommen, Schlüsse zu ziehen, die wirklich etwas kindisch sind. «

»Hm«, machte der Kommerzienrat unsicher. »Ich weiß doch nicht, ob dem wirklich so ist. Bergfried ließ sich Ihnen von mir vorstellen wie ein Fremder –« »Darum hatte ich ihn natürlich gebeten. Sie wissen ja, daß ich noch einen anderen Namen habe, aber Sie haben sich geweigert, ihn zu hören. Vielleicht sind Sie jetzt eher dazu geneigt.«

»Lassen Sie uns erst mal das Beweismaterial meiner Schwägerin durcharbeiten«, rief Reudnitz schnell. »Sie hat mir da eine Photographie von Ihnen gegeben, auf welcher ihr Anzug ihr wiederum höchst unpassend für Ihre Stellung hier im Hause erscheinen wollte –«

Theo warf einen neugierigen Blick auf die unaufgezogene Amateurphotographie, welche der Kommerzienrat ihr hinhielt, und lächelte unwillkürlich.

»Ja, lieber Himmel, ich hatte auch wirklich gar nicht vor, dieses Kleid im Amönenhof anzulegen!« sagte sie heiter. »Das Bild wurde in dem Park des Schlosses von seinem Besitzer aufgenommen; für diesen Aufenthalt ist die Toilette eigens angefertigt worden. Da ich aber nur ein Exemplar dieser Photographie besitze, so muß sie auf dem Zwangswege – sagen wir – entlehnt worden sein. Übrigens hatte ich sie über ein anderes Bild von mir, das verdorben war, aufgeklebt. Es wäre doch ganz interessant zu wissen, was aus dieser Photographie geworden ist.«

»Hier ist sie«, versetzte Reudnitz. »So, so! Meine liebe Schwägerin weigerte sich, mir zu sagen, woher sie diese Bilder hat. Das ist ganz begreiflich, wenn sie nun schon einmal – gestohlen waren. Nun, diese überklebte Photographie, die übrigens ausgezeichnet ist, hat es meiner Schwägerin besonders angetan. Sie hat sich's nicht versagen können, bei dem Schneider, dessen Adresse Sie ihr, glaube ich, gegeben haben, anzufragen, ob und für wen ein Kleid, wie das auf dem Bilde hier, bei ihm angefertigt wurde, von dem sie ihm eine genaue Beschreibung übersandte. Die Antwort ist heute eingetroffen. Hier ist sie. Der Mann schreibt, daß eine Robe, wie die beschriebene für ein Fräulein Zellner, Statistin am X'schen Theater in Berlin, angefertigt wurde; der erwähnte Maiglöckchenschmuck sei von der Bestellerin jedenfalls selbst angebracht worden, da in seinen Büchern nichts davon aufgezeichnet sei. Die Genannte schiene zwar über reiche Mittel zu verfügen, hätte diese Robe bei ihrer Abreise von Berlin aber zu bezahlen vergessen. Sie sei im übrigen keine hervorragende Schauspielerin, sondern eben nur eine sehr schöne Person und eine – hm – eine leichte Fliege, die –«

Hier wurde der Kommerzienrat durch einen Lachanfall Theos unterbrochen, den zu unterdrücken sie sich nicht die geringste Mühe gab. Sie hatte mit steigender Erheiterung zugehört, dann begann es um ihren Mund zu zucken, und bei der »leichten Fliege« konnte sie ihrer Heiterkeit nicht mehr Herr werden, sondern platzte unaufhaltsam damit heraus.

»Nein, das ist ja zum Schießen!« stöhnte sie, und trocknete sich die Augen. »Das setzt dem ganzen wirklich die Krone auf! Sagen Sie Fräulein von Ganting mit meinem respektvollsten Knicks, daß sie eine mordskluge Dame sein mag, aber für die Rolle des Detektivs nicht die allerelementarsten Begriffe besitzt. Nicht eine Beschreibung des Kleides mußte sie dem Schneider einschicken, sondern die Photographie! Er hat das Kleid nämlich wirklich gemacht; ich hab' es bei der letzten Cour in Berlin getragen und vorher richtig bezahlt! Besser wär's aber noch gewesen, dem Photographen, dessen Name ja groß und breit hinter dem Bilde aufgedruckt ist, die Photographie zu schicken! Dann hätte Fräulein von Ganting meinen wahren Namen eher erfahren als Sie selbst! Nein, Herr Kommerzienrat, die Talente Ihrer Schwägerin sind in puncto der Maulwurfsarbeit höchst mangelhaft entwickelt, ihre Methoden von einer geradezu rührenden Kindlichkeit! Herrschaft! So habe ich lange schon nicht mehr gelacht. Sind Sie jetzt fertig?«

»Nein!« donnerte Reudnitz mit ganz überflüssigem Stimmaufwand, um nicht mitlachen zu müssen. »Ich habe noch zwei Posten auf Ihrem Konto. Einer ist so haarsträubend, daß ich ihn nur als Kuriosum erwähnen möchte. Meine Schwägerin behauptet nämlich, Sie hätten ein gewisses goldenes oder vergoldetes Maschentäschchen mit einer fürstlichen Chiffre auf dem edelsteinbesetzten Bügel –«

»Freilich hab' ich es; Fräulein von Ganting geruhte ja, es sehr genau zu betrachten.«

»Eben ja. Bitte mich nicht zu unterbrechen. Wo war ich? Ja, meine Schwägerin behauptet, besagtes Täschchen im Besitz der Herzogin, als diese hier war, gesehen zu haben. Es blieb im Saal liegen, als die Herrschaften in den Garten zu gehen geruhten, und nun besteht meine Schwägerin darauf, daß Sie – daß Sie –«

»Daß ich das Täschchen unterdessen gemopst habe, nicht?« vollendete Theo lachend. »Natürlich, und danach habe ich, dumm wie ich nun einmal bin, gleich damit geprunkt. Hätte Fräulein von Ganting nicht nur nach der äußeren Ähnlichkeit geurteilt, so hätte sie gefunden, daß das Täschchen der Herzogin ein ›T‹ als Chiffre trägt, während auf dem meinigen sich ein ›E‹ befindet. Es ist nämlich ein sogenanntes Austauschgeschenk. Übrigens hat Herr von Willig der Herzogin das Täschchen aus dem Saal geholt. Ich bin ihm dabei begegnet, was er Ihnen gewiß bestätigen wird, falls Sie noch nicht überzeugt sein sollten. Doch das ist eigentlich unwesentlich, darum weiter im Text. Zweiter und letzter Posten, bitte!«

»Na, 's ist Zeit, daß es der letzte ist«, murrte Reudnitz. »Also nur zu: Sie sind nochmals an einem schönen Morgen, – genau gesagt an dem, der auf den Abend in Steinau folgte, drüben am Grenzzaun am See gesehen worden, wie Sie sich – gerechter Bimbam, wie bringe ich das noch heraus, ohne zu ersticken – na, meinetwegen: wie Sie sich von Graf Zimburg, der zuvor über den Zaun gesprungen ist, was ich nebenbei für eine sehr respektable Turnerleistung halte – küssen ließen!«

»Das hat – Sabine gesehen?« fragte Theo rasch, mit dunkler Glut übergossen.

»Sabine?« wiederholte Reudnitz erstaunt »Nein, Sabine hätte sich, falls sie's gesehen hätte, wohl sofort entfernt, bestimmt aber nicht darüber gesprochen! Die Person, die Sie beobachtete und scheint's prinzipiell zu spät kommt, war dieselbe, welche Sie mit Herrn von Bergfried zusammen sah.«

»Ah so!« machte Theo befriedigt. »Ihr Vorname ist wohl Adelheid, oder gar – nun, es tut nichts zur Sache. Mich freut's nur, daß es nicht Sabinchen war, und ich bedaure, daß ich sie auch nur vorübergehend in Verdacht haben konnte. Ja, Herr Kommerzienrat, ich leugne den Grafen Zimburg ebensowenig ab wie den Herrn von Bergfried. Wenn es unangenehm aufgefallen ist, daß Graf Zimburg mich  mich küßte, so kann ich nur sagen, daß er ganz in seinem Rechte dazu war; denn er ist mein Verlobter. Ich glaube wenigstens, daß Verlobte sich zu küssen pflegen, will aber Sabinchen deshalb fragen, die darüber ja auch Bescheid wissen wird. So, und falls Sie nun wirklich mit Ihrem Beweismaterial fertig sind, will ich reden und mich Ihnen gebührend vorstellen. Dieses ganze hochnotpeinliche Verhör wäre überflüssig gewesen, wenn Sie mich in der ersten Stunde unserer Bekanntschaft hätten sagen lassen, was ich allerdings zu verheimlichen vorhatte, bis das Gewissen mich zwickte und ich Farbe bekennen wollte. Ich verstehe eigentlich immer noch nicht, weshalb Sie mich nicht hören wollten.«

»Ja nun, man hat halt mal seine schwachen Seiten«, bekannte Reudnitz mit einem Rest von Mißtrauen, dem sich ein gewisses Unbehagen beimischte. »Sehen Sie, ich habe auch ein paar durch die Schule des Lebens geschärfte Augen, die ganz genau sahen, was meiner Schwägerin im schiefen Winkel auffiel, nämlich daß Sie unmöglich das sein konnten, als was Sie in mein Haus kamen. Nun, das haben Sie ja damit gleich erklärt, als Sie zugunsten Ihrer Freundin auf deren Gehalt verzichteten. Daß ich Ihren wahren Namen nicht hören wollte, war eine ganz niederträchtige Feigheit von mir: ich wollte mir für alle Fälle vor meiner Schwägerin die Hintertür der Ahnungslosigkeit offen lassen. Das ist ein hartes Eingeständnis, aber ich glaube es Ihnen als Sühne schuldig zu sein. Und nun haben Sie das Wort – ich bin ganz Ohr!« –

Als Theo nach dieser interessanten Unterhaltung in ihr Zimmer zurückkehrte, war sie entschlossen, der tollen Sache nicht den Rest ihres freien Nachmittags durch Nachgrübeln zu opfern, sondern lieber über dem Rätsel der Karten nachzudenken. Sie hatte das Spiel, als sie abberufen wurde, rasch wieder zusammengeschoben und mit dem Gedicht einstweilen in ein Fach ihres Schreibtisches verschlossen, aus welchem sie es nun wieder hervorsuchte, um es, wie vorher, auf der Klappe des Sekretärs auszubreiten. Dabei fand sie den Raum etwas beschränkt; der Tisch vor dem Sofa war mit allen möglichen Dingen beladen, die erst abgeräumt werden mußten, und vergeblich sah sie sich im Zimmer nach einem anderen zweckdienlichen Möbel um. Da fiel ihr ein sogenannter Puff ein, der zur Aufnahme der gebrauchten Wäsche in Badekabinett stand und für ihren Zweck ganz geeignet schien, weil er die Form eines viereckigen, umfangreichen Hockers hatte, dessen glatte Oberfläche ganz gut wie ein Tisch benutzt werden konnte. Rasch holte sie sich dieses nicht zu schwere Möbel, das eben leer war, herbei und stellte es neben ihrem Schreibtisch auf. Im Grunde war das Ding eben nichts anderes, als eine mit leichtem, buntem Kattun bekleidete Kiste von 60 bis 70 Zentimeter im Quadrat und etwa 50 Zentimeter Höhe, die innen einfach dunkel gebeizt war, was Theo feststellte, als sie zufällig den Deckel emporhob und dabei auch bemerkte, daß dieser nicht massiv war, sondern nur aus einem an Scharnieren befestigten Rahmen bestand, der oben mit leichtem Kattun straff bespannt und ringsum mit einer Krause verziert war.

»Blendwerk der Hölle«, murmelte sie, diesen Deckel kritisch betrachtend, aber ein Versuch zeigte ihr, daß der Stoff so fest angezogen war, daß man darauf trommeln konnte, und die leichte Last der Karten durfte ihm darum ohne Bedenken anvertraut werden. Sie schob also einen niedrigen Sessel herbei, um bequem vor dem Kasten sitzen zu können, und trat dann an ihren Sekretär, die Karten zu holen, – – In diesem Augenblick aber wurde die Tür zum Korridor aufgerissen, und Cordula stürzte mit blassem, verstörtem Gesicht, in welchem die Augen vor Wut funkelten, wie ein Orkan herein.

»So!« rief sie atemlos vor Aufregung. »So, das also war des Pudels Kern, Sie abgefeimtes, intrigantes Geschöpf! Aber ich werde diese unerhörte, unmögliche Sache nicht dulden und nicht eher von dieser Stelle weichen, bis ich Sie vor mir auf die Knie gezwungen habe!« Wenn ein Mensch aus unbekannten Ursachen sehr aufgeregt ist, dann wird der andere, dem die Aufregung gilt, meist sehr ruhig. Und so ging es auch Theo.

»Lieber Himmel, was ist denn geschehen?« fragte sie erstaunt. »Verzeihen Sie, aber ich habe Sie wirklich nicht klopfen gehört.«

»Klopfen! Ich bin nicht in der Stimmung, mich mit Anklopfen aufzuhalten. Sollte ich mich vielleicht gar bei Ihnen durch den Diener anmelden lassen?« versetzte Cordula unwillkürlich etwas ruhiger. »Ich komme, Sie wegen Ihres unerhörten Betragens zur Rede zu stellen!«

»Wirklich?« fragte Theo ungläubig. »Nun, dann bin ich sehr neugierig zu wissen, was ich in Ihren Augen wieder verbrochen habe.«

»Sparen Sie sich diese Unschuldsmiene für – andere Leute; mich betrügt sie nicht!«

»Ich habe doch aber wenigstens das Recht zu erfahren, was eigentlich los ist!«

»Nun, mir scheint, die Hölle ist los – die Hölle, die mit Ihnen in dieses friedliche Haus einge-zogen ist, Sie blonder Satan, Sie!« schnob Cordula, sich aufs neue aufregend. »Kaum im Haus, machen Sie mir das Herz meiner Nichte abspenstig, und damit nicht genug – umgarnen Sie meinen Schwager, und der alte Hansnarr geht natürlich wirklich in ihr Netz!«

»Na, da schlägt's dreizehn!« sagte Theo ruhig, aber doch ein wenig besorgt um die geistige Gesundheit ihres Besuches und darum bemüht, sie nicht noch mehr zu reizen. »Sie müssen schon entschuldigen, aber ich verstehe wirklich noch nicht ganz – – darf ich Ihnen vielleicht ein Glas Wasser holen?« Damit machte sie einen Schritt seitwärts der Tür zu; aber Cordula trat ihr in den Weg.

»Sie bleiben!« herrschte sie sie an. »Nicht wahr, um in die Arme meines Schwagers zu flüch-ten?«

»Waaaas?« machte Theo zurückprallend, und nun wurde auch sie ernstlich böse. »Fräulein von Ganting, es hat alles seine Grenzen. Sie stürzen ohne anzuklopfen zu mir herein, überhäufen mich mit Ehrentiteln. Sie werfen mir die unglaublichsten Beschuldigungen ins Gesicht – ich finde, jetzt ist es damit genug. Entweder, Sie erklären, was Sie in diesen Zorn versetzt hat, oder – Sie kommen lieber ein anderes Mal wieder, wenn Sie sich beruhigt haben.«

Cordula mochte wohl eingesehen haben, daß sie in ihrer Heftigkeit zu weit gegangen war. Jedenfalls blieb der ruhige, bestimmte Ton Theos nicht ohne Wirkung auf sie; denn nach einer kurzen Pause sagte sie wesentlich milder:

»Sie wissen zwar sehr genau, was mich in einen Abgrund von Kummer und Sorgen gestürzt hat. Mein Schwager hatte vorhin eine Unterredung mit Ihnen auf Grund von Beweisen, die ich gegen Ihre Person vorgelegt habe. Nach Beendigung dieser Unterredung mit Ihnen kam mein Schwager zu mir, teilte mir kurz mit, und ohne auf die Gegenbeweise einzugehen, die Sie natürlich in Bereitschaft hatten, daß meine ganzen, vollwichtigen Anklagen gegen Sie hinfällig seien und er zu Ihrer Rehabilitierung und zu Ihrer Entschädigung entschlossen sei, Sie – zu heiraten!«

Theo prallte zurück, unterdrückte einen Ausruf unbegrenzten Erstaunens ebenso wie eine fast unbezwingliche Lachlust, weil sie plötzlich begriff! Sie hielt den Ausbruch mit einer geradezu heroischen Anstrengung zurück und war damit Herr der Lage.

»Nein, wie lieb von ihm«, sagte sie sanft. »Ich habe von Anbeginn eine sehr hohe Meinung von dem Herrn Kommerzienrat gehabt, und daher wundert es mich wirklich nicht, daß seine Ritterlichkeit sich bis zu dieser Höhe erheben konnte. Aber, bescheiden, wie ich nun einmal bin, hätte ich doch kaum zu hoffen gewagt, Sie, teures, gnädiges Fräulein, dereinst noch – Schwipp-schwägerin nennen zu dürfen.«

Cordula sah ihre Gegnerin fassungslos an.

»Das – das ist eine Unverschämtheit, die ich mir merken werde«, gappste sie, faßte sich aber gewaltsam, weil sie einsah, daß heftige Worte hier wirklich nichts ausrichteten, und fuhr schein-bar kalt fort: »Natürlich kann aus diesem – ritterlichen Plane nichts werden. Dafür stehe ich gut.

Die Beweise, die ich gegen Sie meinem Schwager vorgelegt habe, sind – natürlich von seiner Verblendung für Sie abgesehen – derartige, daß ich nicht zögern werde, sie der Polizei vorzulegen, die dann das Weitere veranlassen wird, falls Sie nicht vorziehen sollten, mir jetzt gleich freiwillig, freiwillig eine schriftliche Erklärung zu geben, daß Sie ein für allemal auf die Hand meines Schwagers Verzicht leisten. Sie haben also jetzt die Wahl und werden mir die Gerechtigkeit widerfahren lassen, daß ich mild gegen Sie sein will, wenn Sie Vernunft annehmen.«

»Hm –« machte Theo scheinbar unentschlossen, »man muß doch Bedenkzeit haben – es sich überlegen dürfen –«

»Lassen Sie mich das Für und Wider in Ruhe auseinandersetzen«, rief Cordula, durch dieses scheinbare Schwanken ermutigt, mit gänzlich verändertem Ton, der halb schmeichelnd, halb drohend war. »Setzen wir uns denn und besprechen wir die Sache, welche –«

Den Rest der Rede verschlang eine unerwartete Katastrophe. Cordula hatte mit einer gnädigen Handbewegung auf den Sessel gedeutet, den Theo vorher für sich herangeschoben hatte, und ehe diese noch einen Warnungsruf ausstoßen konnte, ließ Fräulein von Ganting sich selbst mit einem flüchtigen Blick nach rückwärts auf die kattunbezogene Kiste nieder. Das aber geschah, da dieses Möbel niedriger war, als sie's geschätzt haben mochte, mit einer Wucht, durch welche der dünne Kattun des Deckels, straff, wie er ohnedem gespannt war, regelrecht zerplatzte. Und das hatte zur natürlichen Folge, daß die durchaus nicht leichte, stolze Cordula, Gan-Erbin von Burg Ganting, im Nu in der Stellung eines zugeklappten Taschenmessers in die Tiefe der leeren Kiste versank.

Theo rechnete es sich später hoch an, daß sie bei diesem Anblick wenigstens noch einen Rest von Fassung bewahrte und nicht gleich zu Hilfe eilte, wie es, genau genommen, ihre Pflicht gewesen wäre – selbst nach allem Vorangegangenen. Aber es gibt Augenblicke, wo selbst die Pflicht der Humanität zurücktreten muß und das Gegenteil zur Pflicht wird.

Das Häufchen Unglück in der Kiste war überdies auch noch ein Anblick für Götter. Durch den unsanften Anstoß des höchstens nur zu zwei Dritteln über den Kistenrand ragenden Kopfes der wie in einer Versenkung Verschwundenen war ihr die Perücke bis über die Augen gerutscht; die Hände der festgeklemmten Arme griffen wild in die Luft, und da auch das reichlich weite Kleid von den nach oben stehenden Beinen, die sich bis an die Knie würdelos in weißen Strümpfen emporstreckten, herabgeglitten war, so verhüllte es auch, was von dem Gesicht noch hätte sichtbar sein können. Das Zetermordio, das Cordula nach dem ersten Schrecken über diese Katastrophe erhob, veranlaßte Theo zwar, das Kleid etwas herabzustopfen, damit die Versunkene Luft bekam, aber da sie sich an der Perücke nicht vergreifen wollte, so ließ sie diese, wie sie der Rand des Kistendeckels verschoben hatte.

»Nein, das ist aber wirklich eine fatale Sache«, meinte Theo, heldenhaft mit ihrem Lachen ringend. »Wer hätte auch denken können, daß der Stoff so dünn ist?«

»Helfen Sie mir! Helfen Sie mir doch!« kreischte Cordula mit vergeblichen Anstrengungen, sich aus ihrer Falle herauszuarbeiten. »Sie sehen ja, daß ich allein nicht hier heraus kann! Ich ersticke!«

»Ja, was soll ich denn dabei machen? Sie sind doch viel zu schwer für mich!« behauptete Theo nicht ohne Berechtigung. »Dazu sind andere Kräfte notwendig. Ich gehe, gleich die Diener rufen –«

»Unterstehen Sie sich!« zeterte Cordula aus ihrer Kiste heraus. »Damit ich zum Gaudium dieser Menschen gemacht werde und meine Autorität damit zugrunde gerichtet wird. Geben Sie mir die Hände und versuchen Sie, mich daran herauszuziehen!«

»Da müßte ich ja Herkuleskräfte haben!« widersprach Theo »Wenn Sie die Diener nicht wollen, werde ich den Herrn Kommerzienrat rufen –«

»Nein, nein, ihn erst recht nicht!« schrie Cordula. »Helfen Sie mir – es muß sich doch machen lassen, ohne daß das ganze Haus zusammenläuft, um mich in dieser schändlichen Lage zu sehen. Gott, wenn nur Sabine nicht jetzt etwa zurückkommt!«

Theo war inzwischen ein herrlicher Gedanke gekommen. »Ja, es ließe sich allerdings ohne fremde Hilfe machen – das heißt, ich sehe eine Möglichkeit dazu«, begann sie.

»Nun, so versuchen Sie es, schnell, nur schnell! Ich vertrage diese Lage nicht länger!« jammerte Cordula dem Weinen nahe.

»Aber es ist ein bißchen gewaltsam«, meinte Theo gemütlich. »Das macht nichts, ich übernehme die Verantwortung«, versicherte Cordula. »Nur um alles: Holen Sie niemand herzu, der mich so sehen kann! Schnell doch, schnell! Was zögern Sie denn noch? Ich halte es nicht mehr aus.«

»I bewahre, so schlimm kann es ja doch nicht sein«, sagte Theo freundlich zuredend. »Also, ich glaube, es ginge so, wie ich mir's denke, aber ich tu's nur unter einer Bedingung.«

»Oh, Sie schlechtes Geschöpf, Sie!«

»Wenn Sie wieder auf mich schimpfen wollen, gehe ich auf der Stelle, die Diener rufen«, erklärte Theo mit der größten Entschiedenheit. »Also –«

»Wollen Sie Geld haben? Meinen Schmuck –?«

»Unsinn! Je eher Sie mich ausreden lassen, um so schneller kommen Sie aus diesem Kasten heraus, in den allein nur Ihre eigene Niederträchtigkeit Sie hereingebracht hat«, sagte Theo weniger logisch als energisch. »Also passen Sie gut auf – ich will Ihnen die schriftliche Erklärung geben, daß ich Ihren Schwager unter keinen Umständen heiraten will; aber ich verlange dafür Ihre schriftliche Erklärung –«

»Daß ich Sie bei der Polizei nicht anzeigen soll!« fiel Cordula hastig ein. »Ich habe das zwar vorweg schon so gut wie versprochen, will es aber gern noch schriftlich –«

»Meinetwegen können Sie sich in dieser Kiste sofort zur Polizei tragen lassen«, fiel Theo ein. »Ich rate Ihnen sogar dringend dazu, denn eine tüchtige Blamage wäre Ihnen ganz gesund. Ich befinde mich nämlich in der angenehmen Lage, auf Ihre ganzen Beweise gegen mich pfeifen zu können. Trotzdem aber will ich Sie in puncto Ihres Schwagers und meiner beruhigen und es Ihnen schriftlich geben, wenn Sie sich ebenfalls schriftlich dafür verpflichten, das Haus des Kommerzienrats für immer zu verlassen.«

»Ich sollte fort, Sabine verlassen? Nie und nimmermehr!« begehrte Cordula auf.

»Sabine wird Sie verlassen, und zwar recht bald. Wobei mir einfällt, daß Sie für den Fall, daß Herr Reudnitz Sie zur Hochzeit einladen sollte, sich verpflichten müssen, gleich nachher wieder abzureisen, damit Sie es nicht wieder vergessen, wie das letzte Mal. Also – wollen Sie, oder wollen Sie nicht?«

»Das Haus meines Schwagers verlassen? Niemals!«

»Gut, dann gedulden Sie sich also noch ein paar Minuten, bis ich das ganze Haus zu Ihrer Befreiung aus der Kiste zusammengerufen habe«, erwiderte Theo und ging auf die Tür zu.

»Fräulein Zöllner! Haben Sie Erbarmen!« zeterte Cordula.

»Ich gehe ja nur, Hilfe für Sie zu holen«, gab Theo, die Klinke in der Hand, gleichmütig zurück. Und drückte die Tür möglich laut auf.

»Halt!« tönte es aus der Kiste. Theo wartete. »Ich werde die verlangte Erklärung schreiben«, stöhnte Cordula. »Und nun helfen Sie mir schnell!«

»Gleich, – nachdem ich die Erklärung geschrieben, und Sie unterschrieben haben werden«, erwiderte Theo liebenswürdig. »Ich fürchte nämlich, Sie könnten in dem berechtigten Wunsch, sich von dem fatalen Sturze erst zu erholen, darauf vergessen!«

Cordula stöhnte zum Steinerbarmen und murmelte etwas, das Theo sich bemühte zu überhören, während sie sich an den Schreibtisch setzte und auf einen Briefbogen eine kurze Erklärung des Inhalts schrieb, daß sie nicht die Absicht habe, den Kommerzienrat Reudnitz auf Amönenhof zu heiraten, wofür Fräulein Cordula von Ganting, Gan-Erbin auf Burg Ganting, sich verpflichtet, das Haus des Obengenannten, ihres Schwagers, alsbald für immer zu verlassen und auch nach der Vermählung seiner Tochter nicht wiederzukehren, und dies freiwillig durch ihre Unterschrift bekräftige. Dieses Elaborat las Theo nun der Gan-Erbin in der Kiste vor und erhielt nach einigen kleinen Seitenhieben das geforderte Ja des Einverständnisses.

»So«, sagte Theo, unterschrieb die Erklärung und legte sie auf einen Löschblock. »Jetzt werden Sie die Güte haben, Ihre Unterschrift unter die meinige zu setzen. Es geht ganz gut, wenn ich den Block halte und Sie sich etwas Mühe geben. Wenn ich Sie nämlich vorher herauslasse, würde ich auf Ihre Unterschrift bis zum Jüngsten Tage warten müssen, wozu ich keine Zeit habe, da ich ja nur in Stellvertretung hier bin. Man muß seinem Nächsten immer das Beste zutrauen, das habe ich von Ihnen gelernt. Also, bitte, hier ist meine Füllfeder. Ich lege den Block gegen Ihre Knie und halte ihn fest – zur Not geht es schon!«

»Es geht nicht!« keifte Cordula. »Ich kann ja überhaupt nichts sehen und die Hand kaum bewegen. Und überhaupt gilt die Unterschrift nichts, wenn Sie mich dazu zwingen –«

»Aber nein, um kein Wunder möchte ich Sie zwingen. Wenn Sie nicht wollen oder können, dann ist die Sache ja erledigt, und ich hole Ihnen endlich Hilfe –«

Wieder schritt Theo zur Tür und machte sie auf, und wieder wurde sie von Cordula zurückgerufen mit der Versicherung, daß sie freiwillig unterschreiben wolle; das tat sie denn auch wirklich, obgleich es weniger gut ging, als Theo behauptet hatte. Wenn man in einem engen Raum eingepreßt ist, die Arme gegen den Leib gepreßt und die Knie unmittelbar vor der Nase hat und in dieser Lage auch noch schreiben soll, so ist das tatsächlich mit großen Schwierigkeiten verknüpft; aber Theo mußte trotzdem darauf bestehen, weil sie sehr mit Recht im anderen Fall Verrat fürchtete. Sie rückte ihrer Widersacherin die Perücke aus den Augen, gab ihr die Feder in die Hand, und so mußte es denn gehen, schlecht und recht, aber mehr schlecht wie recht, wie nicht verhehlt werden darf.

Nachdem dies geschehen war, schloß Theo den Bogen trotz des Jammerns der Gan-Erbin über diese neue Verzögerung erst sorgsam in ihren Schreibtisch ein, weil man nie wissen kann, was sich ereignen könnte, holte dann einen Feuerhaken vom Kamin, schob ihn nicht ohne Anstrengung als Hebel unter die eine Seite der Kiste und kippte diese dann nach der anderen Seite auf vorgelegte Sofakissen um, und nun konnte die Gefangene unter Mitwirkung eigener Kräfte aus ihrer würdelosen Lage befreit, beziehungsweise herausgezogen werden. Sie gelangte in der Stellung auf »allen vieren« zunächst wieder auf den Fußboden und wurde mit Theos Hilfe dann gerade auf ihre Beine gestellt, wobei ihr die Perücke vom Kopfe fiel – eine Begleiterscheinung, deren sie sich in dem Bemühen, ihre steifgewordenen unteren Extremitäten wieder geschmeidig zu machen, gar nicht bewußt wurde.

So stand sie, finster vor sich hinblickend, eine Weile da, versuchte dann ein paar Schritte, und nachdem sie sich vergewissert hatte, daß ihre Glieder wieder den gewohnten Dienst taten, ging sie schwerfällig bis zur Tür, wo sie von Theo eingeholt wurde.

»Sie haben etwas vergessen, Fräulein von Ganting«, sagte sie liebenswürdig, indem sie ihr die Perücke überreichte. »Ich an Ihrer Stelle würde das Ding aber nicht mehr tragen, denn Sie glauben gar nicht, wie hübsch Sie mit Ihren naturkrausen weißen Löckchen aussehen.«

Mechanisch hatte Cordula ihre »falsche Behauptung« in Empfang genommen.

»Wie?« machte sie geistesabwesend. Aber als ihr Blick dabei auf Theo fiel, übermannte sie ihre unbezähmbare Heftigkeit wieder.

»Da – Sie elende Natterkröte!« kreischte sie und warf ihr die Perücke an den Kopf. Theo fing sie aber auf und schleuderte sie durch die offene Balkontür hinab in den Garten.

»Danke! Ich habe keine Verwendung dafür«, sagte sie kühl und drehte sich auf dem Absatz um, wobei der Krach der zugeschmetterten Tür sie belehrte, daß Fräulein von Ganting sie endlich verlassen hatte.

»Grundgütiger! Noch solch ein schöner, freier Tag und ich ziehe das Leben eines Steinklopfers vor!« dachte sie, und sank auf den nächsten Stuhl. »Das heißt«, setzte sie einschränkend hinzu, »es wäre doch schade gewesen, diese Affenkomödie hier nicht zu erleben! Doch, nun aber wollen wir das Eisen schmieden, solange es warm ist; mit anderen Worten, die Sache muß in Ordnung gebracht werden, ehe das herzige Tantchen sich besinnt und ein großes Geschrei erhebt!«

Rasch sprang sie auf, nahm die kostbare, gegenseitige »Entsagungsurkunde« an sich und lief damit zu dem Kommerzienrat hinüber, der ihr bei ihrem Eintritt lebhaft entgegenkam.

»Meine Schwägerin war bei Ihnen?« rief er nicht ohne Besorgnis.

»Ich hatte die Ehre – und hier ist das Resultat«, erwiderte Theo, indem sie ihm das Papier mit einem triumphierenden Knicks überreichte. Reudnitz las das Schriftstück durch, las noch einmal und sank dann auf den nächsten Stuhl nieder.

»Wie haben Sie denn das zuwege gebracht?« fragte er mißtrauisch und noch ein wenig ungläubig. Theo lachte etwas verlegen, kämpfte dann einen kurzen Kampf mit ihrer Diskretion und dem dringenden Verlangen, die gute Geschichte nicht für sich behalten zu müssen.

»Eigentlich sollte ich einen Schleier darüber decken«, meinte sie, »aber uneigentlich ist die Geschichte dieser Urkunde viel zu schön, als daß ich sie für mich behalten könnte – namentlich, da Sie ja Sinn für Humor haben!« Und damit erzählte sie den Vorgang genau wie er sich abgespielt, wobei Reudnitz gelegentlich einige Kraftausdrücke dazwischen streute. »Warum haben Sie mich denn aber nicht auf Ihren Staatsstreich vorbereitet?« schloß sie vorwurfsvoll. »Ich bin wirklich fast auf den Rücken gefallen!«

»Nachdem Sie mich verlassen hatten, kam mir's erst ein, daß jetzt der Augenblick für meinen Trumpf gekommen war«, erwiderte Reudnitz nicht ohne eine gewisse Verlegenheit. »Ich hatte den Gedanken daran allerdings schon vorher in mir herumgewälzt, und es lag eigentlich nicht in meiner Absicht, daß Sie überhaupt Kenntnis davon bekommen sollten. Freilich hatte ich nicht mit dem Temperament meiner Schwägerin gerechnet, sondern darauf gebaut, daß sie sofort abreisen würde, Sie und mich mit stummer Verachtung strafend, was keinen Lärm macht und uns beiden nicht weh getan hätte. Die Wahrheit zu gestehen, ist dieser Staatsstreich, wie Sie ihn nennen, nicht in meinem Kopfe entsprungen, denn eine solche – Kühnheit wäre mir nie in den Sinn gekommen. Es war die nette, alte Hofmeisterin, die mir diesen Floh ins Ohr gesetzt hat.«

»Das habe ich mir gleich gedacht«, lachte Theo. »Aber was nun? Wird Fräulein von Ganting ihre etwas kraxliche Unterschrift für gültig halten? Wird sie keinen Widerruf versuchen?«

»Hm – ich werde es darauf ankommen lassen müssen, ob sie sich auf den Rechtsstandpunkt stellen will«, meinte er nachdenklich. »Juristisch anfechtbar dürfte diese kostbare Urkunde freilich sein, schon weil die Unterschrift von Zeugen fehlt. Daß ich mich auf dieses Blatt steifen werde, versteht sich; wird die Gültigkeit von ihr angefochten, dann sind wir ja ohnedem geschiedene Leute. Freilich wäre mir ein öffentlicher Skandal ebenso unangenehm, wie Ihnen wahrscheinlich erst recht.«

»Du meine Güte, daran habe ich überhaupt nicht gedacht!« rief Theo erschrocken. »Das wäre ja eine nette Bescherung! Da hätte ich ja etwas Reizendes angerichtet!«

»Na, na – soweit sind wir ja noch nicht; meine Schwägerin wird sich's wohl zweimal überlegen, ehe sie auf Grund dieses Wisches eine Klage wegen – Nötigung anstrengt. Wir wollen die Sache sich historisch entwickeln lassen«, brummte Reudnitz.

Theo war nun doch etwas weniger siegesbewußt, als sie langsam in ihr Zimmer zurückkehrte und mechanisch die Ordnung darin wiederherstellte. Ungerecht, wie der beste Mensch nun einmal ist, gab sie der Unglückskiste einen tüchtigen Puff, als sie dieses Möbel mit seinem durchgesessenen Deckel wieder in das Badekabinett zurücktrug.

»Hübsche Suppe das, die du Scheusal mir da eingebrockt hast«, redete sie das unschuldige Ding an, das sich nicht einmal verteidigen konnte. »Wer macht denn auch einen Puff mit einem falschen Deckel, frage ich? Soll ich nun zu dem alten Drachen gehen und den Wisch selbst widerrufen? Damit wären wir freilich auf dem alten Standpunkt, nur mit dem Unterschied, daß ich schleunigst meine Koffer packen und der alten Exzellenz bei ihrem Abendessen helfen dürfte. Und Leo –? Nein, folgen wir dem Rat von Vater Reudnitz, und lassen wir die Ereignisse sich historisch entwickeln.«

Indes saß Cordula allein in ihrem Zimmer, nachdem sie Adelheid mit heftigen Worten hinausgejagt hatte, und überlegte. Da sie ja nicht von heute und gestern war, so fiel es ihr auch sehr bald ein, daß die gegebene Unterschrift ohne Zeugen so gut wie ungültig war, damit aber auch jene »dieser Zöllner«. Darin lag der Haken, auf den sogar der Kommerzienrat nicht gekommen war. Für Cordula kam nun die Frage in Betracht, ob sie die ganze Sache einfach ignorieren und es darauf ankommen lassen sollte, was nun erfolgen würde, oder ob sie den Ochsen sozusagen gleich bei den Hörnern nehmen sollte, indem sie zu einem Rechtsanwalt ging und Theo wegen

Erpressung ihrer Unterschrift verklagte. Damit wurde aber die gräßliche Geschichte von Ihrer Versenkung in die Kiste an die große Glocke gehängt und der Rechtsanwalt samt dem lieben Publikum konnte sich schieflachen über die scheußliche Situation.

Leute vom Schlage Cordulas sehen schwer ein eigenes Unrecht ein; aber es dämmerte ihr in der Stille ihres Kämmerleins denn doch, daß sie falsch gehandelt, indem sie in der ersten Hitze gleich zu Theo hinübergerast war, um sie zur Rede zu stellen und zu einer »Entsagung« einzuschüchtern. Bei reiflicher Überlegung hätte sich die Sache ganz anders anfassen lassen, und die schreckliche Blamage Ihrer Versenkung wäre ihr erspart geblieben. Jetzt erst fiel es Cordula ein, daß ihr Schwager ja eigentlich nur von der Absicht gesprochen hatte, Theo zu heiraten, und daß letztere selbst ganz überrascht von dieser Mitteilung war. Aber der Zorn über die bloße Möglichkeit, über die unmittelbare Nähe dieses Schrittes war bei Cordula dermaßen entfesselt worden, daß er alle Überlegung bei ihr ausgeschaltet hatte.

Als sie noch so saß und immer erbitterter darüber grübelte, wie sie Ihre Übereilung wieder gutmachen konnte, öffnete sich die Tür und Sabine steckte ein ganz rosig angehauchtes Gesichtchen durch die Spalte.

»Darf ich, Tantchen?« rief sie eintretend. »Ich komme eben vom Schlosse und will dir guten Abend sagen. Aber Tantchen, wie siehst du denn aus?« unterbrach sie sich erstaunt; denn Cordula saß im Schmuck ihrer kurzen weißen Locken da, über die sie ein schwarzes Spitzentuch geknüpft hatte. »Du bist ja ganz weiß – ich meine, dein Haar. Nein, wie reizend steht dir das! Du siehst Ja um zwanzig Jahre jünger aus!«

»Das hat Fräulein Zöllner auch schon gesagt«, versetzte Cordula trocken, warf dabei aber doch einen Blick in den ihr gegenüberhängenden Spiegel. »Ist das wirklich wahr?« setzte sie mit plötzlich wiedererwachter Eitelkeit hinzu.

»Aber gewiß – bildschön siehst du so aus«, versicherte Sabine mit ehrlicher Überzeugung. »Bitte, bitte, trage dich doch immer so! Deine Züge sehen unter diesen süßen weißen Löckchen so weich, so – edel aus!«

»Schmeichelkatze! Na, wir werden ja sehen!« lächelte Cordula sehr besänftigt, indem ihre Augen wieder den Spiegel suchten. »Nun, und wie war es auf dem Schlosse?«

»Ach, das Kinderfest war reizend«. berichtete Sabine, deren Herz plötzlich zu klopfen begann, weil sie vor einer Aufgabe stand, die das Fest nicht betraf. »Du hättest nur sehen sollen, wie lustig die Kinder waren, wie die Herzogin selbst alle Spiele anführte, das Vesperbrot und die Preise verteilte. Die alte Frau Oberhofmeisterin, die Hofdame, Herr von Willig und ich, alle haben wir mitgespielt. Ich war die einzige Fremde, die gebeten war, denk' mal, und habe mich herrlich amüsiert.«

»Nun, das ist ja schön. Bist du auch rechtzeitig oben gewesen?«

»O ja, – sogar zu früh, denn es war noch niemand sonst da. Die Herzogin ließ mich aber gleich in ihr eigenes Zimmer rufen und war so lieb zu mir – – Sie hat mir alle ihre hübschen Sachen gezeigt, und, denk' dir, Tantchen, dabei habe ich etwas gesehen – etwas gesehen –« Sabine stockte, wurde rot, holte tief Atem und fuhr dann fort: »Es war etwas auf dem Schreibtisch der Herzogin – das Bild einer Dame in großer Hoftoilette, in schwerem, silbernem Rahmen, das mir so bekannt vorkam, daß ich mir erlaubte, es näher zu betrachten – – Und auf der Photographie stand der Name ›Theo‹ – nichts weiter wie ›Theo‹ –«

»Wie?« rief Cordula aufhorchend. »Nun«, setzte sie mit verächtlich gekräuselten Lippen hinzu, »Theodora mit dieser Abkürzung werden ja noch viele heißen.«

»Vielleicht; aber es war das Bild von Theo Zöllner selbst«, plauderte Sabine weiter. »Nein, ich sage dir, ein so ähnliches, reizendes Bild in der prächtigen Courtoilette. Ich konnte einen Ausruf der Überraschung nicht unterdrücken und sagte der Herzogin. daß diese – diese Dame meiner Theo ganz merkwürdig ähnlich sei, und da lachte Ihre Hoheit, nahm mich um die Taille und sagte mir, es sei auch ihre Theo. Natürlich konnte ich das nicht begreifen, und da erzählte mir die Herzogin, daß Theo ihre beste Freundin sei, mit der sie schon zusammen auf der Schule war, und eigentlich eine sehr große vornehme Dame, deren warmes Herz sie dazu getrieben, ihrer verarmten, krank gewordenen Freundin, Anna von Ried, dadurch zu Hilfe zu kommen, daß sie an ihrer Statt in die Stellung eingetreten sei, welche diese durch ihre Erkrankung sonst verloren hätte. Und damit der große Name, den sie trägt, für diesen Freundschaftsdienst nicht etwa als Hindernis gelten konnte, so hat sie ihn mit dem Titel einfach fallen lassen und nur den genannt, der als Beiname eigentlich zu dem ihrigen gehört – Zöllner. Ob mir dieser Name vielleicht bekannt sei, fragte mich die Herzogin lachend. Tantchen, – ich war vor Erstaunen einfach stumm.«

Tantchen sah ihre Nichte fassungslos an. »Und – und wie ist der – andere Name?« fragte sie endlich.

»Ja, den darf ich nicht verraten, bis Gräfin Theo mir selbst die Erlaubnis dazu gibt«, erwiderte Sabine, die ihre Lektion von ihrem geliebten Otto brav gelernt hatte, und atmete auf.

»Gräfin Theo!« wiederholte Cordula mechanisch. »Und du bist ganz sicher, daß du von ein und derselben Person sprichst?«

»Ganz sicher. Tantchen! Herr von Willig kennt Gräfin Theo doch so gut vom Weißenfelser Hofe her und die Herzogin weiß ja, daß sie als Fräulein Zöllner bei uns ist.«

»So – weiß sie das?« murmelte Cordula. »Nun, dann ist wohl kein Zweifel mehr darüber. Und nun laß mich allein, Kind! Ich habe heute schreckliche Kopfschmerzen und werde zum Abendessen nicht hinabkommen. Entschuldige mich bei deinem Vater und bei – nein, nur bei deinem Vater. Gute Nacht, – du brauchst nicht mehr zu mir zu kommen.«

»Soll ich dir Adelheid schicken, Tantchen?«

»Nein«, war die harte Antwort. »Sag’ ihr nur, sie sollte sich nicht unterstehen, eher zu mir hereinzukommen, bevor ich läute. Hörst du?«

Sabine hörte, und der glücklich entdeckte Sündenbock konnte in der Verbannung des Vorzimmers darüber nachdenken, was er wohl verbrochen haben mochte, weil er vor das Angesicht seiner Herrin ungerufen nicht treten durfte. Und dabei hatte Adelheid doch alles Material gegen das fremde Fräulein geliefert, das sich in aller Herrgottsfrühe von einem fremden jungen Herrn küssen ließ. War da drinnen bei »der Alten« etwas schief gegangen?

Man kann hier gleich vorweg verraten, daß Adelheid überhaupt nicht mehr bei ihrer Herrin vorgelassen wurde, die zu ihrer Bedienung eines der Hausmädchen bestellte. Nachdem die also in Ungnade Gefallene darüber während der Nacht, wie sich’s gehört, ausgiebig geweint hatte, erhielt sie am folgenden Morgen schriftlich ihre Entlassung nebst zuständiger Berappung und Extravergütung für die außerordentliche Kündigung und wurde danach zum Vergnügen der übrigen Dienerschaft bis Weißenfels abgeschoben. Also richteten die Weisheit und der hochentwickelte Gerechtigkeitssinn Cordulas die »niedrige Angeberei« Adelheids, die an allem schuld war und infolgedessen aus der erhabenen Nähe ihrer Herrin verduften mußte.

Sabine aber war von ihrer Tante geradewegs zu ihrem Vater gegangen und sagte diesem ihr wohleinstudiertes Sprüchlein genau so auf; hier aber erntete sie kein niederschmetterndes Erstaunen, sondern nur ein verschmitztes Schmunzeln.

»Aber Vatchen, du tust ja ganz, als wüßtest du’s schon!« rief Sabine ein wenig enttäuscht.

»Natürlich weiß ich’s längst«, behauptete der alte Herr überlegen, womit er zwar etwas aufschnitt, aber Kinder brauchen doch auch nicht alles zu wissen! Der Zweck der Übung war ihm übrigens ganz klar: Der Kammerherr hatte in seiner, Reudnitz nun ganz begreiflichen Entrüstung über die liebreiche Behandlung, deren Theo sich durch Cordula im Amönenhof erfreute, der Herzogin Bericht erstattet, und diese hatte sich Sabine ausersehen, um über Theos Kopf weg der Tante und ihm selbst den Star zu stechen. Das war ganz geschickt eingefädelt und Reudnitz selbst sehr angenehm; denn damit wurde dieses Geschäft ihm selbst erspart, trotzdem er mit Theo übereingekommen war, ihr Inkognito auch fernerhin noch gelten zu lassen.

Was Sabine dann mit Theo, zu der sie von ihrem Vater hinüberlief, plauderte, war natürlich nur eine Variation des gleichen Themas mit eingelegten Lachduetten und gegenseitigen Vertraulichkeiten. Hatte Theo von Anbeginn dem kleinen Fräulein Vertrauen eingeflößt und ihr dabei noch furchtbar imponiert, so verstärkte sich dieser Eindruck, nun sie »alles wußte«, zu einer Begeisterung, die sich zu einer Freundschaft verdichtete, die unerschütterlich blieb.

Trotzdem für Theo der Himmel nicht ganz wolkenlos war – weniger der Unsicherheit wegen über die Schritte, die Cordula vorhaben konnte, als in bezug auf Leo Zimburg, den sie ja noch in ihr Inkognito einweihen mußte; das hätte sie natürlich lieber selbst getan, ehe er's durch andere erfuhr, trotzdem war sie die nicht am wenigsten Heitere in dem kleinen Kreise zu dritt an der Abendtafel im Amönenhof. Der Kommerzienrat konnte sich's nicht versagen, als sie beisammen saßen, sehr hübsche, warmempfundene Worte zu sagen, die er in die Form eines improvisierten Trinkspruchs auf die »originellste und außergewöhnlichste Gesellschafterin, die noch je ein Haus beglückt«, einkleidete. Als dann die Gläser zusammenklangen, setzte er hinzu:

»Uns wird Ihre Stellvertretung immer eine liebe Erinnerung bleiben, Ihnen selbst aber gewiß oft eine Quelle des Spaßes, trotzdem Sie die Last ja nun eigentlich für nichts und wieder nichts auf sich genommen haben –«

»Nein, Herr Kommerzienrat, das dürfen Sie mir nicht antun«, fiel Theo bittend ein. »Sie werden mich doch nicht jetzt fortschicken wollen? Ich bitte Sie also herzlich: lassen Sie Fräulein Zöllner, wie sie ist, bis Anna Ried sie ablösen kann.«

»Wenn es nach mir ginge, dürfte Fräulein Zöllner bis in die graue Pechhütte im Amönenhof ›stellvertreten‹«, erwiderte Reudnitz schmunzelnd. »Aber leider geht es nicht nach mir. Mein Schwiegersohn in spe behauptet nämlich, er hätte keine Zeit mehr, ewig auf die Hochzeit zu warten, da er leider nicht mehr jünger, Sabine hingegen jeden Tag älter würde, und da ich annehme, daß er auf eine Gesellschafterin bei seiner Frau keinen Wert legen dürfte, indem er sich selbst wohl zutraut, diesen Posten zur Zufriedenheit auszufüllen, was ich ihm bei seinem Sprechanismus unbedingt auch zutraue, so wäre somit der Fall Anna von Ried sowieso in sechs oder acht Wochen erledigt.«

»Oh, ich blindes Huhn, daß mir das auch gar nicht in den Sinn gekommen ist!« rief Theo bestürzt aus. »Natürlich, wenn Sabine verheiratet ist, dann hat meine Freundin sowieso das Nachsehen! Nun, dann werde ich sie zu mir nehmen –«

»Falls Graf Zimburg nicht dasselbe unbegreifliche Vorurteil gegen einen Dritten in seiner jungen Ehe wie der hochwohlgeborene Herr von Willig hat«, fiel Reudnitz lachend ein.

»Es ist zehn gegen eins zu wetten, daß er's haben wird«, bekannte Theo kleinlaut. »Freilich, man weiß ja noch nicht, ob's überhaupt dazu kommt. Mein Verlobter weiß nämlich noch nicht, wer ich bin. Für ihn bin ich das arme Fräulein Zöllner, das sein Brot bei fremden Leuten verdienen muß, und ich habe ihn vorläufig noch bei dem Glauben gelassen; denn – so unglaublich es klingen mag – ich muß diesen Menschen ganz vorsichtig darauf vorbereiten, daß ich die unbekannte Namensbase bin, vor welcher er in langem Sprunge davonläuft, damit sie nur ja nicht denken könnte, daß er's auf ihr dummes Geld abgesehen hat!«

»Na«, sagte Reudnitz ordentlich feierlich, »der Mann verdient ausgestellt zu werden. Es versöhnt einen mit der Welt, daß es solche Menschen noch darin gibt.«

»Ja, das tut es«, nickte Theo mit feuchten Augen. »Für mich hat die Sache aber doch ihren Haken; denn ich bin ganz und gar nicht sicher, wie er die Enthüllung aufnehmen wird, daß ich die nicht bin, für die er mich hält, sondern – die andere. Ich wollte, ich könnte diesen sagenhaften Schatz hier finden, damit wir in puncto Mammon einander nichts vorzuwerfen haben.«

»Sehr netter Wunsch das«, meinte Reudnitz trocken. »Sie vergessen dabei nur, daß Sie mich damit wieder zum Amönenhof herauswimmeln. Jedenfalls werden Sie mir's billigerweise nicht verdenken können, wenn ich Ihnen diesen vertrackten Schatz nicht auch noch suchen helfe.«

»Nein, das verdenke ich Ihnen wirklich nicht«, sagte Theo lachend. »Hingegen können Sie mir's nach der Sachlage auch nicht verdenken, daß ich ihn gern finden möchte. Nicht um meiner selbst willen, da ich Habgier nicht zu meinen Untugenden rechne – auch kann ja, was man vor hundert Jahren einen Schatz nannte, heutzutage nur eine Lappalie sein – sondern um des Amönenhofs willen, dessen Verlust meinem Verlobten sehr nahegegangen ist.«

»Mit anderen Worten: Sie wollen mir die Bude wieder abkaufen!« rief Reudnitz mißtrauisch.

»Daran hab' ich natürlich auch schon gedacht«, gab Theo unumwunden zu. »Aber davon könnte ja nur die Rede sein, wenn Ihnen mal die Lust käme oder Ihnen daran läge, besagte Bude auf gute Manier wieder los zu werden.«

»Ich glaube nicht, daß mir diese Lust in absehbarer Zeit kommen wird.«

»Ja, das glaube ich auch nicht; denn man kauft sich doch nicht einen solchen Besitz, um ihn nach ein paar Monaten wieder zu räumen. Also können wir ruhig von etwas anderem reden.«

»Hat sich was!« brummte der Kommerzienrat. »Daß ich auf diese verflixte Schatzklausel in dem Kaufvertrag eingegangen bin, war doch ein haarsträubender Leichtsinn von mir; denn gesetzt, der Schatz kommt wirklich mal ans Licht, so mag er wert sein, was er will: die Klausel tritt dann in Kraft, und was für den Rückkauf fehlt, das legen Sie natürlich drauf.«

»So könnte es kommen, wenn –« meinte Theo. »Aber von diesem ›Wenn‹ hängt ja das alles ab. Man könnte ebensogut sagen: Wenn Herr von Willig zum Kaiser von China gewählt würde, dann käme Sabinchen recht weit fort, und wenn Sie sich darüber heute schon graue Haare wachsen lassen wollten, so würde ich das für eine recht unzeitgemäße Sorge halten. Seit mehr denn hundert Jahren haben die Zimburgs vom Amönenhof nichts unterlassen, um diesen Schatz zu finden, nur, daß sie das Haus deswegen nicht niedergerissen haben – wobei mir übrigens einfällt, ob man niemals auf den Gedanken gekommen ist, den See zu untersuchen.«

»Darüber bin ich in der Lage, Ihnen Auskunft geben zu können«, erwiderte Reudnitz. Man hat mir hier erzählt, daß der See unter dem verstorbenen Grafen kurz vor seinem Tode durch Taucher abgesucht worden ist. Der resultatlose Scherz soll einen netten Groschen gekostet haben. Die Sache war mir total entfallen, und erst Ihre Frage hat sie mir wieder ins Gedächtnis zurückgebracht. Herr von Mühling hat mir übrigens versichert, daß Graf Leo Zimburg an dem Niedergange der Amönenhofer Finanzen keine Schuld hat und den Erlös des Besitzes dazu verwendete, die Gläubiger seines Vaters zu befriedigen.«

Theo hatte zwar keinen Augenblick daran gezweifelt, daß ihres Verlobten Angaben über diesen Punkt der reinen Wahrheit entsprächen; aber diese Bestätigung war ihr doch eine Beruhigung, weil sie ihr sagte, daß wenigstens nicht alle Welt ihm die Schuld an der Veräußerung des alten Familiensitzes zur Last legte und seine Freunde sich nicht scheuten, der Wahrheit die Ehre zu geben.

Da dieser »ruhige« Tag schließlich doch ein recht bewegter gewesen war, so war's Theo sehr recht, beizeiten zur Ruhe zu kommen. Und sie war eben im Begriff, zu Bett zu gehen, als es bei ihr anklopfte und ein Zimmermädchen ihr einen verschlossenen Brief mit einer Empfehlung des Herr Kommerzienrats brachte. Neugierig öffnete sie das Schreiben, das nur einen Brief mit der Unterschrift »Cordula« enthielt und sich durch die Überschrift »Lieber Schwager« als an Reudnitz gerichtet auswies. Nicht ohne etwas beschleunigten Puls machte sich Theo alsbald an die Lektüre des Briefes, in welchem die Absenderin in sehr gewählten und liebenswürdigen Ausdrücken die Mitteilung machte, daß ihr altes neuralgisches Leiden sie zu dem schnellen Entschluß gebracht hätte, sobald als möglich Linderung in Baden-Baden zu suchen und – frische Fische gute Fische – mit dem Mittagsschnellzug des folgenden Tages dahin abzureisen gedenke. Da ja Sabine sich jetzt in ihr so angenehmer, sympathischer und durchaus passender Gesellschaft befände, so könnte sie, Cordula, diese Flucht vor der Pflicht ja auch wagen; sollte ihr Schwager indes der Ansicht sein, der sie sich nur aus vollster Überzeugung anschließen könnte, daß eine ältere Ehrendame im Hause für die lieben beiden jungen Mädchen wünschenswert sei, so möchte sie nicht verfehlen, darauf aufmerksam zu machen, daß die alte Oberhofmeisterin von Wiesenthal, Exzellenz, ihr selbst versichert habe, es würde ihr zum Vergnügen gereichen, solche heitere, frische Jugend um sich zu haben. Es geschehe einzig nur mit Rücksicht darauf, weil Reudnitz sein Haus doch nun einmal der Nachbarschaft geöffnet und öfter Gäste bei sich zu sehen wünsche, daß seine Schwägerin sich erlaube, ihm den Wink zu geben, daß die verehrte alte Dame möglicherweise einer Einladung nach dem Amönenhofe zugänglich sein könnte. Was sie selbst betreffe, so glaube sie nicht, den erhöhten Anforderungen, welche eine lebhafte Geselligkeit stelle, noch gewachsen zu sein, und würde es daher vorziehen, nach Burg Ganting zurückzukehren.

»Na, das nennt man den Spieß mit Schneid umdrehen«, dachte Theo, indem sie den Brief wieder zusammenfaltete. »Daß aus mir, die ich vor ein paar Stunden noch ein ›elendes, intrigantes Geschöpf‹, und eine ›Natterkröte‹ gewesen bin, plötzlich eine sympathische, angenehme und

durchaus passende Gesellschaft für Sabine und – was war s noch? – ein liebes junges Mädchen
geworden bin, das ist eigentlich alles mögliche. Verdanke ich das nun meiner Energie oder der
großen Neuigkeit, die Sabine vom Kinderfest mitgebracht hat? Wie dem auch sei, wir können
›Hurra!‹ schreien und auf unseren Lorbeeren schlafen, falls dieser gute Kommerzienrat nicht
etwa vorhat, den reuigen Sünder zu spielen, und seine teure Cordula heute noch auf den Knien
anfleht, zu bleiben.«

Der gute Kommerzienrat hatte aber entschieden seine Knie und seine Lungen geschont, denn
Cordula reiste am folgenden Mittag tatsächlich ab. Theo hatte sich natürlich von der Abschieds-
feier ferngehalten, und da Sabine den ganzen Vormittag um die Tante beschäftigt war, diese Zeit
für sich gehabt. »Tantchen« wurde von Schwager und Nichte feierlich auf den Bahnhof von
Weißenfels geleitet, und da sich inzwischen auch die Tragikomödie von Adelheids in Ungnade
erfolgtem »Abschub« vollzogen hatte, so war alle Aussicht vorhanden, daß für den Amönenhof
friedliche Tage anbrechen würden.

Theo hatte den Morgen ruhig und doch auch wieder ruhelos in Ihrem Zimmer verbracht.
Ein äußerlicher Grund dafür war nicht vorhanden, und auch für die innere Unruhe die sie
ergriffen hatte, wußte sie keine Ursache; aber sie war da und ließ sie zu nichts Rechtem kommen.
Nahm sie ein Buch zur Hand, so konnte sie keine zwei Zeilen lesen, ohne an irgend etwas
anderes zu denken; begann sie einen Brief zu schreiben, ging's ihr nicht besser. Sie schob diesen
Zustand von Unrast auf die Rückkehr von Leo Zimburg, die heute oder morgen zu erwarten war,
und auf die Aufgabe, die ihr damit bevorstand, und doch hatte sie sich darüber schon ziemlich
beruhigt. Indes rechtfertigte das ihre allgemeine Unruhe an diesem Morgen doch nicht ganz,
weil sie gewohnt war, sich zu beherrschen, und vor dem Eingeständnis eigener Irrtümer nie
zurückgeschreckt war.

»Es muß ein Gewitter in der Luft liegen«, dachte sie, als sie wieder einen › verschriebenen‹
Briefbogen zerknüllt in den Papierkorb warf. »Woher käme sonst diese nervöse Zappligkeit, die
mir ordentlich die Buchstaben auseinanderreißt, die ich niederschreiben will. Was fang ich nur
mit mir an? Geh' ich hinaus in die frische Luft? Dazu habe ich auch keine Lust; warum weiß
ich nicht! Ich werde mal die Augen zumachen und mich zu sammeln suchen; soll ja ein gutes
Rezept gegen Unrast sein.«

Es war jedenfalls ein Rezept zu einer neuen Beschäftigung; denn kaum hatte Theo die Augen
geschlossen, als ihr die Spielkarten des Urgroßvaters einfielen. Ein paar Minuten später lagen
sie auf dem abgeräumten Tisch vor ihr ausgebreitet, und diesmal zog keine Unrast mehr ihre
ungeteilte Aufmerksamkeit ab. Da die Zeichen der Karten sie jedoch an der Übersicht hinderten,
so nahm sie einen Bogen Papier, teilte ihn in zweiunddreißig gleiche Rechtecke und kopierte
in diese die Buchstaben, wie sie den Reihen und ihrer Folge entsprachen.

Auf dieses Wirrsal von Buchstaben sah Theo nun herab, bis sie anfingen, vor ihren Augen
zu tanzen, bis ihr der Kopf schmerzte, und doch konnte sie sich um alles nicht mehr entsinnen,
wie in ihrem Traum der Herr im gelben Schlafrock sie gelesen hatte. Er hatte getippt – getippt –
– aber wie und in welcher Reihenfolge, das wollte und wollte ihr nicht wieder einfallen. Zuletzt
wurde sie so müde vom Probieren und Nachsinnen. daß ihr die Augen zufielen und der Kopf
ihr bis auf die Tischplatte herabsank – Hatte sie geschlafen? War sie mit halbschlummerndem
Bewußtsein doch wach gewesen? Theo vermochte auch später darüber sich nie Rechenschaft
abzulegen. Und doch hätte sie darauf schwören mögen, daß sie mit ihren leiblichen Sinnen
erlebt habe, was vielleicht nur ein Traum, vielleicht aber auch ein Empfinden menschenunbe-
greiflichen Geschehens war – – Sonderbar! Ein leichter Lavendelduft schien durch das Zimmer
zu ziehen, leise schienen sich, wie aus weiter Ferne kommend, aus heimlichem Raunen und
Flüstern Silben und Worte zu formen. Dann plötzlich meinte sie klar und deutlich zu hören:
Hebe von links in der Acht an. Lies aus jeder Karte den ersten Buchstaben gleicher Zeile nach
abwärts durch alle Zeilen; dann den zweiten und dritten! Dann Stille, eine so tiefe, pulsierende
Stille, daß Theo das Summen der Bienen durch die offene Balkontür hören konnte, – eine Stil-
le, während der sie atemlos auf etwas wartete, das sie nicht nennen konnte. Dann schlug die
Schloßuhr eine Stunde, und beim ersten Schlag fuhr sie empor, – der Bann war gebrochen.

| | Acht. | | | Bube. | | Dame | | Sieben. | | | Neun. | | | Zehn. | | | König. | | As. | | |
|---|---|---|---|---|---|---|---|---|---|---|---|---|---|---|---|---|---|---|---|---|---|
| Treff. | D. |  | J. |  | O. |  | L. | E. |  | J. | S. |  | E. | N. |  | U. |  | C. | M. |  | C. |
|  | J. | U. | M. | G. |  | S. |  | H. | B. | N. | D. | N. | N. | C. | A. | P. | N. |  | A. | M. | L. |
|  | R. | E. | S. |  |  |  |  | N. | S. | S. | N. | O. | O. | R. | O. | U. |  |  | U. | E. | E. |
|  | G. | E. | K. |  | J. |  | M. | E. | D. | V. | W. | E. | U. | S. | A. | E. |  | E. | L. | H. | R. |
|  | D. |  | R. | M. |  |  | J. | N. |  | V. | U. |  | E. | N. |  | P. |  | K. | E. |  | L. |
| Pique. | A. |  | N. |  | J. |  | C. | N. |  | N. | T. |  | S. | D. |  | D. |  | E. | G. |  | O. |
|  | L. | W. | V. | E. |  | E. |  | E. | A. | F. | E. | A. | G. | K. | S. | A. | D. |  | S. | J. | E. |
|  | Z. | N. | T. |  |  |  |  | J. | A. | T. | N. | D. | P. | A. | T. | E. |  |  | F. | N. | R. |
|  | U. | G. | E. |  | N. |  | J. | K. | E. | J. | A. | J. | R. | P. | R. | S. |  | H. | W. | A. | G. |
|  | J. |  | B. |  | R. |  | H. | T. |  | J. | N. |  | J. | G. |  | O. |  | T. | R. |  | J. |
| Careau. | S. |  | D. |  | A. |  | E. | G. |  | K. | A. |  | S. | R. |  | E. |  | D. | E. |  | M. |
|  | B. | E. | E. | N. |  | R. |  | J. | L. | E. | R. | M. | K. | D. | Z. | R. | D. |  | S. | L. | T. |
|  | E. | L. | E. |  |  |  |  | S. | A. | E. | E. | E. | F. | U. | E. | T. |  |  | A. | S. | B. |
|  | N. | E. | V. |  | A. |  | L. | A. | M. | S. | N. | N. | C. | R. | E. | E. |  | E. | O. | T. | E. |
|  | E. |  | O. |  | L. |  | S. | J. |  | S. | T. |  | N. | T. |  | R. |  | A. | F. |  | E. |
| Coeur. | S. |  | E. |  | L. |  | F. | E. |  | E. |  | J. | U. |  |  | S. |  |  | L. |  | P. |
|  | E. | L. | R. | S. |  | B. |  | M. | L. | N. | B. | N. | A. |  | W. | Q. | E. |  | A. | J. | V. |
|  | U. | J. | C. |  |  |  |  | B. | L. | R. | N. | D. | F. |  | C. | T. |  |  | L. | C. | O. |
|  | D. | N. | E. |  | L. |  | J. | N. | L. | A. | M. | H. | I. |  | A. | M. |  |  | D. | Z. | N. |
|  | I. |  | R. |  | E. |  | A. | M. |  | J. |  | E. | D. |  |  | U. |  | J. | A. | T. | G. |

»Das war die Erinnerung, die erwacht ist und leibhaftig mit mir gesprochen hat!«, sagte sie ganz laut. »Ja freilich, so war's: links anfangen: immer den ersten Buchstaben der gleichen Reihe jede Achter-Karte von oben nach unten durch alle fünf Reihen lesen, dann den zweiten und dritten Buchstaben und so fort.«

» Nun wollen wir sehen, ob's klappt! Der erste Buchstabe der Treff-Acht ist ein D.; auf der Pique-Acht ein A.; auf der Careau-Acht ist ein D.; auf der Pique Acht ein A.; auf der Careau-Acht ist ein S. Gibt zum erstenmal, seit ich probiere, ein Wort : >Das

Theo sprang wie elektrisiert auf, holte sich ein Blatt Papier und einen Stift, schrieb feinsäuberlich jeden Buchstaben der Reihe nach auf und ging dann zur zweiten und dritten Kolonne der vier Achten über. Dann aber stutzte sie einen Augenblick vor den auf Buben und Damen eingezeichneten Lettern und versuchte auch diese von oben nach unten in der gleichen Weise zu lesen. Aber das stimmte nicht. Und wieder war sie ratlos, wie zuvor. Aber halt! – Es stimmte, indem sie die Buchstaben in den drei Kolonnen einfach der Reihe nach von oben nach unten herunterlas, und stimmte auch für die Reihe der Damen. Und dann kam für die Reihe der Sieben natürlich wieder das erste Verfahren dran.

»Hurra! Gewonnen. gewonnen!« – – Der Rest war, nach einigen in der Hast gemachten Irrtümern durch Überspringen, einfach genug, das Ergebnis der Aufzeichnung aber dieses:

»Das Silberzeug und die Juwelen liegen in dem Verstecke verborgen, so mir allein als erbliches Familiengeheimnis bekannt. Im Ballsaal, dem linken Fenster vis-a-vis ist an der Innenwand unten am Boden ein Messingknopf. Durch einen Druck darauf springt das zwote Careau des Parquettes empor und deckt das Geheimgelaß auf, allwo der Familienschatz complet verborgen liegt.«

»Complet verborgen liegt!« wiederholte Theo, nachdem sie die Mitteilung wieder und wieder durchgelesen, wie um sich von der Wirklichkeit dessen, was ihre Augen sahen, zu überzeugen. »Und ich war dazu ausersehen, ihn zu finden, diesen sagenhaften Familienschatz, ich! Ich, die ich mir solche Mühe gegeben habe, den Traum als logischen Gehirnreflex zu beweisen! Angesichts dieser Tatsache darf man mit Hamlet schon sagen: >Es gibt – <. Nun hätten wir also den Platz, wo der Schatz verborgen wurde! Die Frage ist nur: Liegt er noch dort? Werde ich die Überwindung haben, zu warten, bis Leo kommt, oder werde ich den Messingknopf, auf den in meinem Traum die Hand im gelben Schlafrockärmel so augenscheinlich hindeutete, schon vorher einer näheren Besichtigung unterziehen, damit in Leo keine falschen Hoffnungen geweckt werden, falls der Schatz sich inzwischen verkrümelt haben sollte? Der Schatz! Was geht uns beide der Schatz an! Um den Wiedererwerb des Amönenhofs handelt es sich, um das Haus der Väter Leos, das auch das meine werden soll.«

Der durchdringende Ton einer Hupe, welcher hier Theos Gedanken unterbrach, verkündete ihr die Rückkehr des Kommerzienrats mit seiner Tochter. Rasch verschloß sie die Karten und die dazugehörigen Papiere in ihren Schreibtisch und eilte ins Vestibül hinab, das die Angekommenen eben betreten hatten. Das Gesicht des Kommerzienrats verriet gerade keinen heftigen Trennungsschmerz, wogegen Sabine sich ersichtlich Mühe gab, »Tantchens Abschied« im pflichtgemäßen Lichte der Rührung zu betrachten, trotzdem es ihr ja schon dämmerte, daß »Tantchens rührende Fürsorge« für sie eigentlich nichts war als eine fortlaufende Kette von Quälereien. In ihrem jungen Glück war Sabinchen aber geneigt, alles in ein rosiges Licht zu hüllen, die Jahre von Tantchens Schreckensherrschaft eingeschlossen.

»Meine Schwägerin läßt sich Ihnen übrigens empfehlen«, berichtete Reudnitz, »– jawohl empfehlen, was ich zu beachten bitte – und Ihnen sagen, daß die ›kleine Differenz‹ mit Ihnen nur auf einem Irrtum beruht habe, an welchem die Schleicherin Adelheid allein die Schuld trage, wofür dieses holde Wesen auch sofort entlassen worden sei, was Sie als Genugtuung zu betrachten die Güte haben möchten. Tempora mutantur, liebe Gräfin! Ja, und meine Schwägerin erwartet von Ihrem – wie sagte sie gleich? – von Ihrem weiblichen Zartgefühl und von Ihrer Ehrenhaftigkeit, daß Sie ein gewisses Papier nunmehr vernichten würden. Von diesem Zerstörungsakt sind Sie jedoch entbunden, denn das gewisse Papier befindet sich ja in meinem Besitz, und ich denke gar nicht daran, es zu vernichten. Weil man nie wissen kann, wie die Feste fallen. Und nun, werteste Genossen vergangener Leiden, laßt uns zum Mittagessen gehen, denn ich habe Hunger!«

Das Mittagessen zog sich heut sehr in die Länge; denn der Kommerzienrat ließ in der Freude seines Herzens wieder den perlenden Trank der Witwe Cliquot springen und war so aufgeräumt und voll von Schnurren, daß Theo nicht das Herz hatte, ihm die rosige Laune durch die Mitteilung ihrer Entdeckung zu trüben. Da das Mahl sich durch Cordulas Abreise heut stark verspätet hatte, so war fast die übliche Teezeit herangekommen, als man durch ein dicht vor dem Hause ertönendes Autosignal in der Unterhaltung unterbrochen wurde.

»Nanu? Wer kann denn jetzt kommen?« fragte Reudnitz, der gerade noch einen Schwank zum besten gab. Doch schon stürzte einer der Diener herein und meldete die Ankunft der herzoglichen Herrschaften von Weißenfels. »Dunnerlitzchen!« machte der Hausherr, warf seine Serviette auf den Tisch, zupfte sich seine Krawatte zurecht und rannte schleunigst hinaus, die hohen Gäste zu empfangen, während Sabine und Theo in den Ballsaal gingen, in welchen die Herrschaften fast gleichzeitig eintraten. Wenn der Kommerzienrat noch einen Zweifel über Theos Identität gehabt hätte, so wäre er jetzt endgültig in ein Nichts zerflossen; denn Theo sehen und ihr um den Hals fallen, war das erste, was die Herzogin tat.

»Was haben Sie zu dieser verkappten Stellvertretung gesagt, lieber Herr Reudnitz?« lachte die Souveränin der beiden vereinigten Herzogtümer. »Ist diese Vorspiegelung falscher Tatsachen nicht eigentlich strafbar?«

»Vom Rechtsstandpunkt ließe sich freilich einiges dagegen sagen«, meinte Reudnitz schmunzelnd. »Indes bin ich geneigt, Gnade vor Recht ergehen zu lassen; denn als Fräulein Zöllner hat Gräfin Theo Ihre Sache sehr gut gemacht. Über ihre Taten ließe sich ein Buch schreiben. Nicht allein, daß sie mir mein kleines Töchterchen in höchst befriedigender Weise aufgemöbelt hat – wenn dieser Ausdruck gestattet ist –, zum ewig bittern Vorwurf muß es ihr jedoch gemacht werden, daß sie die schuldige Ursache ist, daß meine Schwägerin heute mein Haus für immer verließ –«

»Aber Vaterchen!« ließ sich Sabine hier vernehmen, und der Kommerzienrat ließ den Rest seiner doch vielleicht ein wenig von der Witwe Cliquot beeinflußten Rede in einem Hustenanfall verschwinden.

»Ja, man weiß nie, was geschieht, wenn Theo Ideen hat und losgelassen wird«, meinte die Herzogin, ein Lachen verbeißend. »Übrigens vergessen wir ganz über der Freude des Wiedersehens mit meiner unverantwortlichen Freundin den eigentlichen Zweck unseres Besuches, Ihnen, lieber Herr Kommerzienrat, zur Verlobung Ihres herzigen Töchterchens mit unserem verehrten Herrn von Willig zu gratulieren. Das tun wir denn von Herzen; denn diese vernünftigste Tat im

Leben unseres lieben Kammerherrn ist auch für uns ein Gewinn, indem wir Fräulein Reudnitz in unseren engeren Kreis einverleiben. Ich hoffe nur, daß dies recht bald geschehen möchte; denn Herr von Willig muß notwendig unter den Pantoffel kommen, ehe er das Schwabenalter erreicht. Ein allzu vernünftiger Mann sollte ein junger Ehegatte doch nicht sein! Das hat Zeit, wenn der Honigmond, oder besser noch, die Honigjahre dahin sind.«

»Hoheit wollen gnädigst verzeihen; aber bis zum Schwabenalter fehlen mir noch ganze drei Jahre!« verwahrte sich Willig mit solcher Energie, daß er damit die allgemeine Heiterkeit herausforderte.

»Eben darum«, behauptete die Herzogin. »Was sind drei Jahre, wenn man sich am Becher des Glücks sattrinken will, ehe die sogenannte Vernunft einem sagt, daß man mit dem Rest haushalten muß, damit er fürs Leben reicht? Theo, nimm dir ein Beispiel an diesem glücklichen Paare und gib endlich das schwunghafte Geschäft des Korbflechtens auf! Nun, wer weiß – der Berg, auf dem der Friede wohnt, soll ja hier in der Gegend zu finden sein!«

»Hui!« machte Reudnitz aufhorchend. »Von diesem Berge habe ich freilich nichts gewußt; hingegen bin ich ganz sicher, daß die – Zimburg dort über Steinau thront.«

Nun war es an der Herzogin aufzuhorchen, und fünf Paar Augen richteten sich gleichzeitig auf Theo, die abwechselnd rot und blaß wurde, aber kein Wort sagte. Der Herzog fiel rasch mit einer gleichgültigen Bemerkung ein, worauf die Herrschaften der Einladung des etwas reuig dreinschauenden Kommerzienrats zum Platznehmen entsprachen und auch noch eine Tasse Tee annahmen, ehe sie allein wieder fortfuhren und den Kammerherrn bei seiner Braut zurückließen.

Zu einer intimen Aussprache mit Theo hatte sich für die Herzogin während ihres Besuches keine Gelegenheit geboten, und erstere war ganz zufrieden damit, ja, sie hatte es sogar vermieden, dem öfters fragend auf sie gerichteten Blick ihrer hohen Freundin zu begegnen, und war ärgerlich über den Kommerzienrat, dessen schlecht verschleierte Andeutung sie geschmacklos fand, da sie ihn doch gebeten hatte, die Mitteilung über ihre Verlobung als vertraulich aufzufassen. Was sollte Leo Zimburg denken, wenn er bei seiner Rückkehr nach Steinau die Sache als ein öffentliches Geheimnis vorfand, ehe sie mit ihm gesprochen hatte!

Nachdem die herzoglichen Herrschaften den Amönenhof wieder verlassen, begab sich Theo in ihr Zimmer, da sie sich bei der zurückbleibenden Familienpartie für überflüssig hielt, und hörte nur noch beim Hinaufgehen die Meldung, daß Herr von Mühling vorgesprochen habe, aber, von der Anwesenheit der hohen Herrschaften hörend, wieder fortgeritten sei. Was hatte der Gutsherr von Steinau heute wieder hier gewollt? Seinen Antrag persönlich erneuern, nachdem er doch sicher heute Theos Brief erhalten haben mußte? »Welches Glück, daß schon jemand da war!« dachte Theo erleichtert.

Der Besuch des Kammerherrn dehnte sich bis zum Abend aus, und bei der Mahlzeit zeigte Reudnitz entschiedene Anzeichen von Müdigkeit.

»Ich fange wirklich an zu glauben, daß ein langer Brautstand für die Nichtbeteiligten anstrengend ist«, bemerkte er mit unterdrücktem Gähnen. »Ist eine Brautmutter schon ein vielgeprüftes Wesen, dann ist ein Brautvater auch nur 'n überflüssiges Appendix. Na, mach' nur kein solches Gesichtel, Binchen; denn so war's, so ist's, und so wird's bleiben. Kein vernünftiges Wort kann man mit so 'nem Bräutigam reden, weil er doch nur mit halbem Ohr hinhört. Nicht mal die Eudoxia Athenais kann sich dein teurer Otto ansehen, ohne daß er dir dabei die Hand drücken muß. 'ne Münze, bei der jedem Numismatiker das Wasser im Munde zusammenlaufen muß, wenn er bloß von ihr reden hört. Den Entwurf zur Verlobungsanzeige haben wir gerade nur so mit Hängen und Würgen zustande gebracht; denn zwischen jedem Worte mußte karmauzelt werden. Ceterum censeo: Wenn die Tochter sich verlobt, dann kann sie ebensogut gleich in der ersten Stunde heiraten; denn haben hat man doch nischt mehr von ihr!«

Daß Theo dem Kommerzienrat in seiner gegenwärtigen Stimmung, verbunden mit physischer Müdigkeit, heute nichts mehr von der Entdeckung des Fundortes des Schatzes sagen wollte, war begreiflich. Ebenso begreiflich war aber auch ihre Begierde, nachzuschauen, ob der Messingknopf im Ballsaal, der das Geheimgelaß öffnen sollte, noch vorhanden war und ob er seinen Dienst noch tat. An der Stelle, wo er sich befinden mußte, stand ein kleiner Kredenztisch, der es verhindert hatte, ihn zu sehen – wenigstens von der Stelle aus, wo Theo beim Besuch des Herzogspaares gesessen. Schwer konnte dieser Tisch nicht sein, dessen vier zierliche geschweifte und vergoldete Füße unter der oberen Platte durch eine kleinere verbunden waren. So viel hatte sich Theo am Nachmittag eingeprägt und beschloß, wenn alles im Hause zur Ruhe gegangen sein würde, hinabzuschlüpfen, um sich wenigstens von dem Vorhandensein des Knopfes zu überzeugen. Dieses Vorhaben führte sie denn auch, ein Licht in der Hand, ohne Schwierigkeit aus; denn der Saal wurde nicht abgeschlossen, die Fensterläden waren innen zugemacht und wohlverwahrt. Theo schwankte, ob sie das elektrische Licht entzünden sollte oder nicht, weil es schwerlich von außen gesehen werden konnte, keinesfalls aber einen verräterischen Schein auf die Terrasse und den Garten zu werfen vermochte. Aber sicher ist sicher; sie begnügte sich mit ihrer Kerze und leuchtete damit zunächst unter den bewußten Kredenztisch, unter welchem sich, dicht an der Wand, allerdings eine leichte Erhöhung befand, die aber keineswegs wie von Messing aussah. Indes konnte dieses durch die Zeit oder durch Überstreichen mit Bohnerwachs erblindet sein. Jedenfalls mußte man nachschauen. Der Tisch ließ sich auf dem spiegelglatten Parkett leicht zur Seite schieben, und Theo war eben dabei, das zu bewerkstelligen, als die Tür zum Vestibül aufging und Reudnitz, in der einen Hand ein brennendes Licht, in der anderen einen Revolver, in dem Saal erschien.

»Hände hoch!« donnerte er, bevor er noch sehen konnte, wer der Inhaber des anderen Lichtes war; denn Theo hatte sich eben hinter dem Tisch auf die Knie niedergelassen.

»Aber, Herr Kommerzienrat, schreien Sie doch nicht so – das ganze Haus muß ja davon aufwachen!« rief sie schnell gefaßt, und ohne ihre Stellung zu verändern.

»Was? Sie, Gräfin, sind's?« machte er erstaunt. »Ja, um alles in der Welt, was machen Sie denn dort? Haben Sie etwas verloren?«

»Ich könnte der Einfachheit wegen ›ja‹ sagen, aber ich tu's nicht, weil's nicht wahr wäre«, erwiderte sie und richtete sich auf. »Wie war's nur möglich, daß Sie mich hören konnten? Ich bin ja wie ein Einbrecher strümpfig herabgeschlichen!«

»Aber ich habe gute Ohren und hörte die Tür hier gehen, die ein wenig quietscht«, versetzte Reudnitz. »Und da ich dafür halte, daß diese Fensterläden zwar sehr schön und stilvoll, aber als Schutz für die Katze sind, so wollte ich doch lieber mal nachschauen. Darf ich fragen –«

»Natürlich dürfen Sie fragen, sintemalen dies ihr Haus ist; aber ich bitte Sie, sich mit der Antwort bis morgen zu gedulden«, fiel Theo ein, ihr Licht ergreifend. »Nicht wahr, Sie sind so lieb? Morgen werde ich Ihnen, wie sich's gebührt, Rede und Antwort stehen.«

»Hm – das klingt entschieden etwas geheimnisvoll«, sagte er etwas mißtrauisch. »Aber da ich aus Erfahrung weiß, daß Rede und Antwort bei Ihnen an Klarheit und Wahrheit nichts zu wünschen übrig lassen, so kann ich wohl kaum anders, als mich zu bescheiden. Ist's so recht?«

»Ich danke Ihnen und stelle fest, auf die Gefahr hin, Sie eitel zu machen, daß Vater Reudnitz ein Fels von Erz ist, auf den man Häuser bauen kann! Daß ich etwas gesucht habe, will ich heute schon zugeben; ob ich's gefunden habe, steht auf einem anderen Blatt. Jetzt verspreche ich, brav zu Bett zu gehen.«

»Das genügt mir für heute. Was Sie versprechen, halten Sie auch. Ich kann Ihnen den Fels von Erz wohl mit gutem Gewissen zurückgeben.«

Der folgende Morgen fand Theo wieder in aller Herrgottsfrühe im Freien und auf dem Wege zum Grenzzaun am See. Zwar wußte sie nicht, ob Leo Zimburg schon nach Steinau zurückgekehrt war, denn er hatte darüber nichts geschrieben, doch war sie der Meinung, daß es besser sei, den lieben Weg umsonst zu machen, als ›ihn‹ am Ende gar zu verfehlen.

Sie war jedoch kaum am Gatter angelangt, als sie ihn auch schon jenseits aus dem Walde treten sah, und mit einem lauten »Hurra!« war er im Laufschritt im Umsehen zur Stelle, schon von weitem einen Schlüssel von anständiger Größe in der Hand schwenkend, mit welchem er unter einigem Kraftaufwand das rostige Schloß aufschloß.

Über die Begrüßung der Verlobten darf füglich hinweggegangen werden. – Trotzdem beiden nun das helle Glück aus den Augen leuchtete, hatten sie doch gegenseitig einiges an Ihrem Aussehen auszusetzen. Zimburg fand, daß Theo etwas blaß war, und Theo fand Leo angegriffen.

»Ach, das ist nichts«, meinte er leicht. »Ich bin halt gestern den ganzen Tag gereist, spät in Steinau eingetroffen, habe dann noch unvernünftig lange mit Mühling geschwatzt und geraucht und bin mit der Sonne schon wieder aufgestanden. Dazu kommt, daß meine Angelegenheiten nicht so glatt gegangen sind, wie ich hoffte. Das Pferd habe ich ja verkauft, natürlich mit Verlust – na, das war zu erwarten; aber leider hat sich noch nachträglich ein Schuldposten meines Vaters gemeldet, der nachgeprüft und schließlich bezahlt werden mußte, was meine paar Kröten empfindlich vermindert hat. Das malt einem die Stimmung etwas grau in grau; aber nun ich dich wiedersehe, scheint mir's nicht mehr so schlimm.«

»Komm, wir setzen uns drüben auf die Bank in der Allee«, schlug Theo vor. »Da können wir bequemer miteinander reden und sind jetzt ganz ungestört.«

Zimburg war damit einverstanden. Arm in Arm schlenderten sie der Bank zu und hatten sich kaum niedergelassen, als Theo etwas stockend begann: »Ich habe dir furchtbar viel zu erzählen – große Neuigkeiten. Da ist's ganz gut, daß du einen festen Sitz hast, sonst fällst du am Ende auf den Rücken.«

»Na, so schlimm ist's nun doch nicht«, erwiderte er lachend. »Mühling hat mir deine großen Neuigkeiten natürlich schon verzapft—«

»Wie?«

»Das kannst du dir denken! Der hätte es bis heute damit nicht ausgehalten. Also erstens, daß sich das immer zur unrechten Zeit quietschende Sabinchen Reudnitz mit dem dicken Willig verlobt hat. Meinen Segen hat er dazu! – Gott sei Dank, daß der Geschmack so verschieden ist. Verflixt eilig hat er's aber gehabt –«

»Nicht eiliger als wir, Leo!«

»Das ist wahr, aber ich möchte doch bitten, uns zwei Brautpaare nicht in einen Topf zu werfen; denn wenn ich ja auch ohne falsche Bescheidenheit glauben darf, daß ich's an äußerer Schönheit mit Willig noch aufnehmen kann, so bilde ich mir doch ein, das größere, schönere Los gezogen zu haben –«

»Vergoldung vergeht – Schweinsleder besteht, heißt's im Andersenschen Märchen. Weiter denn mit deinen Neuigkeiten!«

»Also, nachdem wir die Verlobung ausgiebig besprochen hatten – Bergfried war nämlich schon schlafen gegangen – da wurde Mühling plötzlich melancholisch und erzählte mir mit zwei dicken Tränen in den Augen, daß du ihm einen Korb gegeben hast. Obschon ich seinen Schmerz verstehen konnte, so hatte ich doch Mühe, ein paar unpassende Worte des Beileids zu stammeln, worauf ich ihm rundweg reinen Wein darüber einschenkte, wie ich zu dir stehe. Mein braver Karlmann wollte eigentlich erst grob werden, besann sich aber, daß es doch dein gutes Recht ist, zu heiraten, wen du magst, trank darauf einen festen Zug Wein und gratulierte mir schließlich in tiefster Rührung, indem er mich einen alten Esel nannte, weil ich auf so mangelhafte Aussichten hin heiraten wolle; er prophezeite mir alles Unheil für die Zukunft, wenn ich erst einmal ein Dutzend rotköpfige Kinder zu ernähren haben würde, und stellte mir dafür sein ganzes Hab' und Gut zur Verfügung. Für meine schönen Augen hätte er das nicht getan – das geschah für dich, mein Lieb, und beweist, wie tief es bei ihm sitzt. Na, und dann, beim Auseinandergehen, zwischen Tür und Angel, erzählte er mir noch, daß die Gan-Erbin abgereist und dafür deine Herzensfreundin, Theodora Zimburg, im Amönenhof eingetroffen ist.«

»Wie?« rief Theo wie elektrisiert. »Woher will er denn das wissen?«

»Er ist gestern nach Amönenhof geritten«, berichtete Zimburg völlig harmlos. »Dort hörte er, daß der Herzog und die Herzogin von Weißenfels eben eingetroffen seien, nach welcher Mitteilung er sich natürlich wieder davonmachte; denn soviel ahnte der brave Kerl doch, daß man da nicht ohne weiteres hineinmarschiert. Vorher fragte er jedoch, neugierig, wie er nun einmal ist, wer noch anwesend sei, worauf der Diener ihm, wie er sagt, mit unverschämtem

Grinsen erzählte, Fräulein von Ganting sei heute abgereist und ihre Zofe schon vorher ›geflogen‹; es sei nur die Herrschaft da, also der Herr Kommerzienrat, Fräulein Sabine und Komtesse Zimburg. Da Mühlings Pferd aber vor dem herzoglichen Auto sehr unruhig war, so konnte er den Diener nicht weiter ausquetschen und mußte davonreiten, ohne zu hören, wann die Gräfin angekommen sei und so weiter. Ich für meinen Teil gestehe, daß ich auch gern wissen möchte, wie die Reudnitzens zu meiner Namensbase kommen, deren Ankunft doch für dich jedenfalls eine große Freude war.«

Theo fühlte, daß jetzt der große Augenblick für sie gekommen war; furchtlos, wie sie sonst war, zögerte sie doch einen Augenblick mit ihrer Antwort. »Sie ist schon so lange im Amönenhof, wie – wie ich selbst«, begann sie, wurde aber von Zimburg unterbrochen, der mit lachendem Erstaunen ausrief:

»Aber Theo! Warum und wo hat sie sich denn da versteckt?« »Wo sie sich da versteckt hat? Nun, unter ihrem – zweiten Namen! Oder unter ihrem ersten, wie man's nehmen will! Mach' kein so geistreiches Gesicht, Leo, als ob du's nicht erraten könntest«, sagte sie mit etwas erzwungener Lustigkeit. »Na, wie heißt du denn mit deinem vollen Namen? Wahrhaftig, ich muß es ihm sagen, diesem – diesem Reichsgrafen Zöllner von Zimburg!«

Einen Augenblick saß er da und sah auf sie herab, die mit merkwürdig umflorten Augen und blassen Wangen neben ihm saß; dann brach das Licht über ihn herein, und mit einem unartikulierten Laut sprang er auf.

»Macht das einen Unterschied zwischen uns beiden, Leo?« fragte sie leise.

Er antwortete nicht gleich, denn er gehörte nicht zu den allzu raschen, kaum zu den raschen Denkern; er brauchte wohl eine Minute, einen solch winzigen, aber doch manchmal entsetzlich lang scheinenden Zeitabschnitt, bis er diese Enthüllung richtig erfaßt und in sich aufgenommen hatte. Dann fuhr er sich mit der Hand über die Stirn und sagte langsam:

»Nein, Liebste, einen Unterschied zwischen uns beiden macht das nicht. Was ist dein Name? Für mich bleibst du, was du warst, selbst wenn du eigentlich die Kaiserin von China wärest. Aber zwischen uns beiden tritt dein – dein –«

»Sprich doch das scheußliche Wort nicht aus, Leo!« unterbrach sie ihn lachend, während ihr die Tränen über die Wangen rieselten. »Es tritt nicht zwischen uns, dieses dumme Geld; denn dann würde ich's von mir werfen. Ich weiß nur noch nicht, ob ich eine Idiotenanstalt, ein Katzenheim oder ein Damenstift damit gründen soll. Rate mir, was es werden soll, dann ist's mit einem Federzug geschehen, und wir zwei wandern nach Australien aus, und wenn wir das Dutzend rotköpfiger Kinder haben, dann pumpen wir gerührt den guten Mühling an, und –«

Sie konnte vor Schluchzen nicht mehr weiter, und da saß Zimburg auch schon wieder neben ihr und küßte ihr die Tränen aus den Augen.

»Theo, liebe, süße Theo – hast du mich denn so lieb?« murmelte er, kaum weniger bewegt als sie. »Laß es gut sein, Geliebteste, wir werden uns über die richtige Verwendung deines dummen Mammons schon einigen; es geht mir halt so sehr gegen den Strich und die böse Welt wird sagen –«

»Seit wann kümmerst du dich denn darum?« unterbrach ihn Theo vorwurfsvoll. »Die Welt würde sich ihr liebes Maul noch mehr zerrissen haben, wenn du die blutarme Gesellschafterin ohne Namen geheiratet hättest. Die Welt! Lieber Gott, wenn man sich um das Gerede der Welt kümmern wollte, dann hätte man viel zu tun. Tue recht und pumpe niemand, pflegte meine Pate zu sagen. Und überhaupt brauchst du dir über mein Geld gar keine Skrupeln zu machen, denn es ist mir erstens ja auch als eine gebratene Taube in den Mund geflogen, und dann – wer weiß, ob du nicht reicher bist als ich!«

»Vielleicht an Liebe, Schatz; aber auch das scheint mir denn doch recht zweifelhaft«, warf er leise ein.

»Mir nicht – aber davon ist jetzt nicht die Rede«, behauptete sie. »Ich meinte es buchstäblich; denn, Leo – erschrick nicht – ich glaube, ich habe deinen Familienschatz gefunden. Ach, mach' kein solches Gesicht, als ob du auf den Schatz pfeifen wolltest! Ich pfeife ja auch darauf; aber er ist doch gleichbedeutend mit dem Amönenhof, den du ohne ihn nicht mehr wiederbekommst!«

Er seufzte etwas ungeduldig.

»Du glaubst also, den Schatz gefunden zu haben, Theo? Nun, das ist sehr lieb von dir; aber mir wird's schwer, deinen Glauben zu teilen. Indes, wenn's dich glücklich macht, laß es dabei. Sage mir lieber, warum du mir, nachdem wir einig waren, deinen wahren Namen nicht gesagt hast. Ich kann dir diesen leisen Vorwurf nicht ersparen, und je eher ich ihn zur Sprache bringe, desto besser, damit es ganz klar zwischen uns ist.«

»Warum ich das tat?« erwiderte sie strahlend. »Ach, Leo, weil es mich so selig machte, mich um meiner selbst willen geliebt zu wissen, und ich diese hohe reine Freude voll genießen wollte. Und weil ich fürchtete, daß mein Geld zwischen dich und mich treten könnte, weil du die Theodora Zimburg geflohen, als ob sie die Pest hätte –«

»Na, na, so toll war's nun doch nicht; aber deine Erklärung macht mich sehr, sehr glücklich!« lachte er selig. »Wußte denn der alte Reudnitz, wer du warst?«

»Keine Spur! Natürlich hat Herr von Bergfried mich gekannt; aber ich nahm ihm das Versprechen des Stillschweigens ab, und die Weißenfelser Herrschaften – die Herzogin ist meine Duzfreundin – waren eingeweiht und haben ihrerseits den guten Willig ins Vertrauen gezogen. Was nun den Kommerzienrat betrifft, so laß dir die Sache erklären!«

Und sie berichtete getreu die Vorgänge im Amönenhof, oft unterbrochen von seinen Heiterkeits- oder Entrüstungsausbrüchen über die Gan-Erbin. Über die Geschichte Ihres Verschwindens in der Kiste lachte er einfach Tränen.

»Übrigens ist der alte Reudnitz doch ein ganz durchtriebener Kunde«, meinte er schließlich.

»Aber doch ein ganz prächtiger alter Herr, für den ich sehr viel übrig habe«, sagte sie standhaft. »Wenn er uns noch den Amönenhof freiwillig verkaufen wollte, wäre er einfach ein Engel; aber zu dieser Höhe wird er sich nicht aufschwingen. Wir werden uns daher schon auf die Verkaufsklausel steifen müssen, falls mein Glaube an den Schatz mich nicht betrogen hat. Weißt du was? Wir könnten die Sache gleich ins reine bringen. Die Frühstückszeit ist ohnedem so gut wie fällig. Komm' also mit mir, bitte dir dein wohlverdientes Morgenmahl aus, und dann werde ich den Stein ins Rollen bringen.«

»Wenn du durchaus meinst, daß wir uns heute beizeiten schon unsterblich blamieren müssen –«

»Das nehme ich auf mich!« rief sie mit blitzenden Augen, indem sie aufsprang und ihn mit sich fortzog. »Komm' nur – sträube dich also nicht erst; denn Theodora Zöllner von Zimburg weiß, was sie tut!«

Das klang ja nun zwar recht zuversichtlich; doch wenn er ihr auch gern aufs Wort glaubte, so konnte er sich doch eines gewissen Unbehagens nicht erwehren, weil jeder Mensch eine ganz berechtigte Scheu davor hat, sich lächerlich zu machen und die Rolle eines gegen Windmühlenflügel kämpfenden Don Quixote zu spielen. Nicht sein bester Freund hätte Leo Zimburg dazu zu bringen vermocht, Schritte zugunsten der Klausel zu unternehmen, die er nur aus Pietät für den letzten Wunsch seines Vaters in den Kaufvertrag des Amönenhofes aufgenommen hatte. Was aber keinem Menschen auf der ganzen Erde gelingt – eine Braut bringt es doch fertig, namentlich, wenn sie in solch strahlender Schönheit und Anmut, mit solch flehenden Augen und solch goldigem Haare vor einem hertanzt und bei jedem Schritt mit solch süßem Munde: »Bitte, bitte!« sagt! Und so lotste Theo Ihren Leo glücklich bis zum Amönenhof, in dessen Portal der Kommerzienrat stand und seine Morgenpfeife rauchte.

»Ich bringe einen Gast mit – darf ich?« rief sie dem alten Herrn entgegen. »Ich traf ihn am Grenzzaun, zu dem er den Schlüssel hat, und weil er behauptet, einen Wolfshunger zu haben, redete ich ihm zu, auf Ihre Gastfreundschaft zu bauen «

»Das war ein guter Gedanke und Ihrer würdig, Gräfin«, erwiderte Reudnitz erfreut. »Der Frühstückstisch ist ein sehr gemütliches Möbel; je mehr daran Platz nehmen, desto besser. Guten Morgen, Herr Graf, und zugleich meinen Glückwunsch! Sie haben sich eine reizende Braut errungen; und eine sehr energische und – unternehmungslustige dazu.«

»Ach, nach dieser Richtung sollen Sie mich erst noch kennenlernen«, lachte Theo etwas verlegen und lief rasch in ihr Zimmer hinauf, um zu holen, was sie für ihren Zweck brauchte. Da auch Sabine eben ihr Zimmer verließ, um sich hinabzubegeben, so dauerte es nicht lange, bis die kleine Gesellschaft am Frühstückstisch saß, dessen Behaglichkeit für Zimburg dadurch etwas beeinträchtigt wurde, daß er nicht wußte, was Theo wirklich vorhatte, und es ihm »einfach scheußlich« war, seinen freundlichen Wirt mit den »ollen Kamellen« anzuekeln, nachdem er ihm den Amönenhof ohne alles Feilschen abgekauft hatte. Als der allgemeine Appetit befriedigt schien, räusperte sich Theo und bat ums Wort.

»Wenn Sie mich nach dem, was ich zu sagen habe, ohne Vorrede nach dem Bahnhof Weißenfels abschieben wollen, Herr Kommerzienrat, so halte ich das für vollkommen gerechtfertigt«, begann sie frischweg. »Indeß möchte ich Sie zur Einleitung an ein Sprichwort erinnern, das Sie neulich selbst anführten: Die Haut ist einem näher als das Hemd. Ohne weitere Umschweife denn: Ich habe den Platz gefunden, wo der berühmte Schatz des Amönenhofes liegen soll.«

»Den Teufel haben Sie!« fuhr Reudnitz erschrocken auf, während Zimburg, blaß werdend, Theo erstaunt ansah; denn das klang ganz anders sicher, als ihr vages »ich glaube« in der Ulmenallee.

»Ob ich damit den Teufel habe, wird sich ja herausstellen«, erwiderte Theo mit ruhigem Lächeln. »Das wollen wir hier prüfen! Gestern abend, als Sie mit dem Revolver in der Hand in den Saal nachkamen, war ich nahe daran, auf eigene Faust nachzuforschen. Zum Glück quietschte die Tür und hat mich vor einer Unüberlegtheit und einer großen Indiskretion bewahrt; denn Ihnen, lieber Herr Reudnitz, steht es als Herrn des Amönenhofes ja allein zu, auf Ihrem Grund und Boden Untersuchungen anzustellen. Soviel zu meiner Erklärung für meine nächtliche Anwesenheit im Ballsaal. Zu meiner Ehrenrettung muß ich aber noch hinzufügen, daß es mir nie eingefallen ist, in Ihrem Hause herumzuspionieren und den Schatzgräber zu spielen. Die Kenntnis, daß er tatsächlich vorhanden sein könnte, gelangte unversehens in meinen Besitz, indem ich dem Familiengeheimnis der Zimburgs vom Amönenhof aus Leidenschaft für das Geheimnisvolle auf den Grund zu kommen suchte.«

Und nun erzählte Theo, wie sie die Piquetkarten in der verborgenen Tasche der Bettnische gefunden, wie die Erwähnung des Gedichtes von dem Urgroßvater durch Leo Zimburg sie auf den Gedanken gebracht hatte, daß es mit den Karten im Zusammenhange stehen könnte, las danach den Brief des Professors Findelkind vor und daran anschließend dann das Gedicht selbst. Nun legte sie nach den Angaben in dem Gedicht die Karten aus, erzählte dann ihr Traumerlebnis und wies an der Hand der unterstrichenen Worte die richtige Reihenfolge nach, worauf sie es den Herren überließ, selbst die Buchstabenkolonnen in der Weise abzulesen, wie sie es gestern getan hatte.

»Nun«, sagte der Kommerzienrat, nachdem er den erhaltenen Text aufgeschrieben und noch einmal verglichen hatte, »an Hand dieses Ergebnisses ist wohl kein Zweifel mehr über die Richtigkeit der Angabe des Platzes, an dem der Schatz jedenfalls einmal gelegen hat, und darum stehe ich nicht an, meine Einwilligung zur Prüfung der Sache zu geben. Das ist einfach meine Pflicht. Meine persönlichen Gefühle dabei sind Privatangelegenheit. Ist es Ihnen recht, dann gehen wir gleich ans Werk; denn es hat ebensowenig Zweck, die sichtliche und sehr begreifliche Erregung Graf Zimburgs zu verlängern, wie meine eigene Unsicherheit hinauszuschieben. Das wäre eine unnütze Quälerei für beide Teile; auch scheint es mir fraglich, ob ich das Recht hätte, die Nachforschung durch mein Veto als derzeitiger Besitzer dieses Hauses zu verhindern. Vielleicht könnte ein geschickter Anwalt mir auf dem Prozeßwege dieses Recht verschaffen; denn die bewußte Klausel enthält keine Silbe davon, daß ich dazu gehalten bin, den Schatz suchen zu lassen. Begünstigung und Verweigerung ließ die Klausel vollständig offen. Wenn ich nun trotzdem sage: ›Also, suchen wir‹, so bitte ich das als freiwillige Entschließung aufzufassen, zu welcher mich rein menschliche Beweggründe veranlassen; wenn ich dabei die stille Hoffnung hege, daß der Schatz doch nicht mehr vorhanden sein könnte, so dürfen Sie mir das nicht übelnehmen. Trotzdem aber halte ich mich für einen anständigen Menschen, dem es nicht möglich wäre, ruhig über diesem möglichen Schatz zu schlafen, und außerdem liegt mir gar nichts an einem Prozeß – und Ihnen wahrscheinlich auch nicht. Also, vorwärts denn! Der bekannte Mann, der seinem Hund den Schwanz stückweise abhackte, damit's ihm nicht weh tun sollte, war nie mein Vorbild.«

Zimburg war viel zu erregt, um ein Wort herausbringen zu können: stumm reichte er dem Kommerzienrat die Hand, und dieser schlug kräftig ein.

»So verständigt man sich unter Männern«, nickte er und ging dann den anderen in den Saal voran, wo der Kredenztisch mühelos zur Seite gerückt und der erblindete Knopf sofort gefunden wurde.

»So, nun treten Sie mal fest mit dem Absatz drauf«, sagte Reudnitz, indem er Zimburg vorschob. »Dieser Teil der Arbeit gebührt Ihnen. Von mir können Sie das nicht gut verlangen.«

Es war wie ein Schwindel, der Leo Zimburg ergriff, als er der Aufforderung nachkam. Ihm war, als sollte er mit einem Wurf um das Haus seiner Väter spielen, und einen Augenblick zögerte er, den verhängnisvollen Schlag mit dem Absatz zu tun. Da trat Theo, die wohl fühlte, was in seiner Seele vorging, leise an seine Seite und ergriff seine Hand; diese Berührung nahm ihn das schwankende Gefühl. Fest die liebe Hand mit der seinen umfassend, setzte er den Fuß auf den Knopf und ließ die volle Wucht seines Gewichtes darauf fallen.

Aber der Knopf wich dem Druck nicht und das bezeichnete Viereck des Parketts rührte sich nicht vom Fleck.

»Der Mechanismus ist wahrscheinlich verrostet und der Knopf ringsum mit Bohnerwachs verklebt«, ließ Sabine sich schüchtern in der Stille vernehmen, die diesem Augenblick schwerer Enttäuschung folgte.

In jedem Menschen liegt etwas vom Jäger, er mag wollen oder nicht. Es braucht ja nicht immer gerade ein lebendiges Wild zu sein, das er verfolgen muß. Dieser Instinkt erwachte merkwürdigerweise nicht zuerst in den unmittelbar Beteiligten an der Jagd nach dem Schatze, sondern in ihm, dem daran gelegen sein mußte, daß er nicht gefunden wurde, in dem Kommerzienrat.

»Natürlich, das hätten wir uns eigentlich vorher denken können«, rief er aus, holte ein Taschenmesser hervor, klappte den daran befindlichen Champagnerbrecher auf, und im vollsten Eifer niederkniend, schabte er mit der stark gebogenen Klinge eine nicht unbeträchtliche Menge neuen und alten Wachses aus der Rille, die um den Knopf lief. »So, nun noch einmal!« kommandierte er und stand auf. Wieder schmetterte der Absatz Zimburgs herab, wie ein Hammer auf den Amboß, und wieder erfolgte – nichts.

Damit hätte Reudnitz das volle Recht gehabt, die Sache auf sich beruhen zu lassen; aber einmal hatte er Mitleid mit den weißen, enttäuschten Gesichtern Zimburgs und seiner Braut; die stand mit festverschlossenem Mund und niedergeschlagenen Augen da, um den feuchten Flor nicht sehen zu lassen, der sie verschleierte. Dann aber erwachte neben dem Jägerinstinkt in dem alten Herrn der zähe Trotz gegen die Schwierigkeit und die unbeugsame Tatkraft, durch die er sich vom Schlosserlehrling zum Millionär und gebildeten Mann emporgearbeitet hatte.

»Daß dich der Deixel hol – dir werden wir schon noch beikommen, du Satansknopf!« rief er mit voll erwachter Energie. »Daß ich alter Mechaniker mir's auch nicht gleich gesagt habe, daß da noch ein anderer Haken dabei sein muß, so dumm können die Leute doch nicht gewesen sein, einen Mechanismus herzustellen, der sich jedem sofort kenntlich macht, der zufällig, oder aus Übermut auf den Knopf trampelt und damit sofort hinter sein Geheimnis kommt! Also, lieber Herr Graf, ihr Urgroßvater hat entweder selbst nur vom Hörensagen gewußt, daß dieses Geheimfach existiert und wie ihm beizukommen ist, oder er hat in der Aufregung vergessen, anzugeben, was zu geschehen hat, ehe der Knopf in Funktion tritt. Nun lassen Sie mich mal nachdenken, wie der Mechanismus gearbeitet sein könnte. Das schlägt in mein Fach. Hm tja! Wenn der Knopf herabgedrückt wird, muß wohl ein Hebel in Bewegung gesetzt werden, der einen Riegel oder eine Haspe zurückzieht und damit zugleich bewirkt, daß eine Feder das Viereck des Parketts aufspringen macht. Soweit wäre die Sache ganz klar und kinderleicht. Nun muß aber noch eine Vorrichtung zur Sicherung des Knopfes da sein, damit dieser nicht, wie schon gesagt, jeder zufälligen Berührung nachgibt, und weit kann diese Sicherung bestimmt nicht sein. Lassen Sie uns mal sehen!«

Damit ließ Reudnitz sich wieder auf die Knie nieder und tastete auf dem handbreiten Holzbelag herum, der sich als Einrahmung des Parketts in langen, gleichmäßigen Teilen an der Wand entlang zog; da aber diese Gleichmäßigkeit keinerlei Handhabe bot, so wandte sich der alte Herr der getäfelten Wand selbst zu, deren Verschalung unten durch eine gewöhnliche, gekehlte Leiste abgeschlossen wurde. Hier fesselte eine Stelle seine Aufmerksamkeit, wo genau in der Senkrechten des tief eingelassenen, halbkugelförmigen Knopfes, der nur um ein geringes die Fläche des Bodens überragte, die Leiste zusammengestückt war und zwar derart, daß zwischen den beiden längeren Enden ein handbreites Stück eingeschoben war, in welchem jeder harmlose Blick, wenn ihm die Sache überhaupt aufgefallen wäre, nichts als eine Ergänzung für die zu kurz gemessene Leiste gesehen hatte.

Ohne ein Wort zu sagen, holte Reudnitz noch einmal sein Taschenmesser heraus und kratzte mit der feinen Klinge des Radiermessers sorgfältig den angesammelten Staub aus den Ritzen heraus, die zwischen den Schnittflächen der zusammengestückelten Leiste erkennbar waren; dann klappte er sein Messer zusammen, steckte es als ordnungsliebender Mann wieder ein und drückte mit der Hand fest gegen das Einsatzstück, als ob er es an die Wand pressen wollte. Da dies augenscheinlich aber nicht ging, so drückte er von oben gegen die immerhin ein gutes Ende vorspringende Leiste. Ein scharf schnappender Ton ließ sich hören und –

»Der Knopf ist herausgesprungen, Vater!« rief Sabine laut.

»Aha! So ist die Geschichte!« machte Reudnitz und schaute sich nach der angegebenen Richtung um, wo der Knopf nun als eine unten abgeplattete Kugel auf dem Parkett lag. »Seht ihr's? Das Stück Leiste ist einfach unter dem Niveau des Parketts verschwunden und hat den Knopf herausgeschnellt. Nun treten Sie mal fest darauf, Herr Graf, und Hans will ich heißen, wenn das Viereck jetzt nicht aufspringt.«

In Anbetracht der langen Zeit, in welcher der Mechanismus unbenutzt gelegen hatte, bedurften die Fugen um das bewußte Viereck mehr als einer erneuten Reinigung durch das Federmesser des Kommerzienrats und mehr als einer Kraftanstrengung, ehe damit etwas zu erreichen war. Man hörte bei den Versuchen unter dem Fußboden deutlich ein Scharren und Knacken wie von eingerostetem Eisen, und endlich, endlich klappte das große, mit einem Stern aus dunklem Holz eingelegte Quadrat des Parketts langsam, wie widerwillig empor, und enthüllte eine tiefe, unter dem Boden noch weit ausladende Vertiefung. Und in diesem Verließ lagen eine Anzahl größerer und kleinerer lederner Säcke, standen hölzerne Kisten und eine mit Purpursamt bekleidete Truhe, deren vergoldete Beschläge und Griffe mitten aus der dunklen Höhle hervorleuchteten!

»Der Schatz! Wahrhaftig der Schatz!« flüsterte Theo mit verhaltenem Atem.

»Sieht beinahe danach aus!« brummte Reudnitz. »Ohne mich hättet ihr lieben Leutchen suchen und probieren können, bis ihr schwarz geworden wäret – jawohl! Und ich alter Esel rutsche mir die Knie durch. um euch dazu zu verhelfen, mich aus dem Hause zu jagen!«

»Vaterchen, das hast du doch gern getan«, zirpte Sabine dazwischen.

»Liebend gern«, murrte der alte Herr. »Was weißt du kleines Schäfchen davon, ob ich's gern getan habe? Na ja, die zwei betrübten Lohgerber dort mit ihren käseweißen Gesichtern vor dem ollen Knopp stehen zu sehen, der sich nicht rückte und rührte, war ja gerade keine Augenweide für einen Menschen, der noch so was wie'n Herz im Leibe hat, und – i, du himmlischer Vater, Gräfin Theo, Mädel, was machen Sie denn da?«

Was Theo machte, war allen, die's sahen, sonnenklar: Sie hatte ihre Arme um den Hals des alten Herrn geschlungen und küßte ihn – wie Zimburg später behauptete – nach Noten ab.

»Vater Reudnitz, Sie sind eine Perle!« rief sie zwischen Lachen und Weinen.

»Perle?« fragte der also Überfallene unsicher. »Na ja, es gibt ja verschiedene Sorten von Perlen. Auch schwarze. Ist ja schon gut, liebes Herzel, ist schon gut! Das verdien' ich ja gar nicht! Mich hat ja eigentlich nur der Mechanismus gereizt. Und übrigens würde ich an eurer Stelle doch erst mal nachsehen, ob in den Säcken und Kisten auch was drin ist; denn wenn das alles bloß Blendwerk der Hölle ist, dann gibt's keinen Amönenhof, so wahr ich Jakob Reudnitz heiße. Verstanden?«

»Hier ist die Antwort!«, rief Zimburg, der nun seinerseits vor dem Loch im Boden niederkniete, hinunterlangte, einen der Ledersäcke ergriff und daraus einen fast lebensgroßen Schwan von Silber, der als Blumen- oder Fruchtschale dienen mochte, hervorzog. Das Silber war zwar des Putzens dringend bedürftig, ließ aber über seine Echtheit keinen Zweifel, und die Arbeit war geradezu bewundernswert. Daß der Untersatz, auf dem dieser wertvolle Vogel mit tief herabgebogenem Halse, goldenem Schnabel und Augen, die verdächtig nach Rubinen aussahen, gewissermaßen zu schwimmen schien, schwer vergoldet und im reichsten Barockstil gearbeitet war, erhöhte natürlich die Pracht dieses Schaustückes beträchtlich.

»Sehr schön!« lobte Reudnitz mit unverhohlener Bewunderung. »Meisterarbeit, und der pure Silberwert auch nicht zu verachten! Aber eine Schwalbe macht keinen Sommer, und mit einem solchen Schwan wird der Amönenhof noch nicht aufgewogen.«

»Auch mit vieren nicht«, murrte er einige Minuten später, als Zimburg wirklich vier dieser prächtigen Schaustücke herausgeholt und nebeneinander auf dem Parkett aufgebaut hatte.

Und dann folgte ein in buntschillernden Farben emaillierter Pfau in halber Lebensgröße, dessen aufgeschlagenes Rad seine »Augen« in Edelsteinen inkrustiert mit dem ganzen Protzentum seiner Pfauennatur zeigte, und dieser prächtige Tafelaufsatz stand wiederum auf einem schwervergoldeten Sockel, der das Zimburgsche Wappen trug.

»Smaragden, Rubine, Saphire, Opale, Irisquarz«, nickte Reudnitz, mit spitzen Fingern die schillernden Pfauenaugen berührend. »Was die alten Herrschaften doch Anno Tobak für einen Luxus mit ihren Tafeln trieben! Noch mehr von dieser Sorte vorhanden?«

Zimburg langte wieder hinunter und brachte große und kleine Tabletts, Schüsseln, Kannen, Zucker- und Fruchtschalen hervor; in den Holzkisten, sorgsam in Leder gebettet, ein vollständiges, vergoldetes »Service« für den Nachtisch, dessen Tellerränder prächtige getriebene Arbeit und alle das Zimburgsche Wappen zeigten, ferner Bestecke in großer Zahl, Schauteller und Humpen.

Zuletzt hob Zimburg die mit Purpursamt bezogene kleine Truhe nicht ohne Mühe heraus. Sie war nicht verschlossen, und als der Deckel zurückschlug, sank der aufgeregt um den Silberschatz herumlaufende Kommerzienrat auf den nächsten Stuhl und rief mehr andächtig als vernichtet aus:

»Nun aber Valet, Amönenhof!« Denn aus der Truhe funkelte, blitzte und gleißte es von Juwelen, die droben auf dem Bilde der Gräfin Amöne zu sehen waren. Vielleicht barg die Truhe nicht alle Steine, mit denen sie sich geschmückt hatte, auch hatten einige der Perlen sich in ihrem Versteck im Laufe der Zeit so verändert, daß man sie als verdorben bezeichnen mußte, – jedoch war das, was hier zugrunde gegangen war, nur ein verschwindender Prozentsatz des großen Wertes; denn eine große Menge anderer sorgfältig eingewickelter Perlen, darunter die Schnur kirschgroßer Perlen, die auf dem Bilde eng den Hals der Gräfin Amöne umschloß, hatten sich in den weichen, mit Samt ausgeschlagenen Etuis tadellos erhalten.

»Diese Schnur würde den Amönenhof allein reichlich aufwiegen«, nickte Reudnitz resigniert. »Von den Edelsteinen, namentlich den großen, fast fleckenlosen Smaragden ganz zu schweigen. Falls diese ganze Bescherung hier verkauft werden soll, dann bitte ich mir das Vorkaufsrecht auf diese Perlen als Brautgabe für meine Sabine aus.«

Theo wechselte mit Zimburg einen raschen Blick.

»Ich stimme dafür, daß der Schatz ungeschmälert in der Familie bleibt«, sagte sie laut und freudig. »Die Klausel sagt ja kein Wort davon, daß der Amönenhof von dem Erlös des möglicherweise zu findenden Schatzes zurückgekauft werden muß. Nun, der Schatz ist gefunden, und Leo wird das Haus seiner Väter mit dem Gelde meiner Pate wiedererwerben. Habe ich für diesen Vorschlag deine Zustimmung, Leo?«

»Ja, von ganzem Herzen stimme ich ihm zu«. erwiderte Zimburg bewegt. Dann lachte er wie befreit ein frohes, glückliches Lachen und umarmte der Zeugen ungeachtet, seine Braut. »Damit wäre nun der Lindwurm von einem Familienprozeß glücklich tot und begraben«, rief er wie erleichtert. »Der letzte Zimburg der jüngeren Linie führt die letzte Zimburgerin der älteren heim und gibt ihr die Juwelen der Gräfin Amöne hierdurch feierlich zurück. Ob ich damit

unrechtes Gut wiedererstatte oder mit rechtmäßigem die schönste Braut schmücke – darüber
brauchen sich Gerichte und Anwälte nicht mehr zu streiten, wenn wir zwei nur darüber einig
sind. Den größten und kostbarsten Schatz habe ich einzig und allein aber gehoben, als ich dich
fand und du mir deine Hand mit deinem Herzen gabst. – wogegen der ganze Krempel hier nur
Hexengold ist.«

»Bravo!« rief Reudnitz mit ehrlicher Zustimmung. »Und«, setzte er mit einem Seufzer hinzu, »und was kriege ich als Finderlohn für den echten Schatz und diesen durchaus nicht zu
verachtenden – Krempel?«

»Unbeschränkte, aus wahren Freundesherzen freudigst gebotene Gastfreundschaft im Amönenhof!« erwiderte Theo herzlich, und umarmte den alten Herrn, der sich's schmunzelnd gefallen ließ, zum zweiten Male an diesem schönen, ereignisreichen Sommermorgen, dessen strahlender Sonnenschein in dem erblindeten Silber und den funkelnden Edelsteinen des Zimburger
Familienschatzes sich lange nicht so herrlich spiegelte als in den vier Augen von zwei überglück-
lichen Menschenkindern.